Felicitas Mayall arbeitete als Journalistin bei der «Süddeutschen Zeitung», bevor sie sich ganz der Schriftstellerei widmete. Wenn sie nicht gerade in Italien für ihre Geschichten recherchiert oder mit ihrem Ehemann Paul durch dessen australische Heimat wandert, ist sie in ihrem Haus in der Nähe von München anzutreffen. «Schwarze Katzen» ist der neunte Band der Laura-Gottberg-Serie, die von Jahr zu Jahr erfolgreicher wird.

«Ein spannender, unterhaltsamer Krimi, in dem die Beschreibung des guten italienischen Essens einen angemessen vornehmen Platz findet.» (hallo-buch.de)

«Felicitas Mayall ist es gut gelungen, Fiktion und Realität in Einklang zu bringen. Sie hat einen spannenden und fundierten Krimi geschrieben, den man sowohl dem Krimifan als auch allen am Thema Mafia interessierten Lesern empfehlen kann.» (literaturkritik.de)

Felicitas Mayall

SCHWARZE KATZEN

Laura Gottbergs neunter Fall

Roman

Rowohlt Taschenbuch Verlag

3. Auflage Februar 2016

Veröffentlicht im Rowohlt Taschenbuch Verlag,
Reinbek bei Hamburg, Januar 2016
Copyright © 2014 by Rowohlt Verlag GmbH,
Reinbek bei Hamburg
Redaktion Nicole Seifert
Umschlaggestaltung any.way, Barbara Hanke/Cordula Schmidt
Umschlagabbildungen Steve Daggar Photography/Getty Images
Satz aus der Adobe Caslon PostScript, InDesign,
bei Pinkuin Satz und Datentechnik, Berlin
Druck und Bindung CPI books GmbH, Leck, Germany
ISBN 978 3 499 26737 6

Dieser Text ist rein fiktiv. Eventuelle Ähnlichkeiten mit tatsächlichen Personen, Orten oder Ereignissen beruhen auf Zufällen und sind nicht beabsichtigt.

Sündenregister

Stets nahm ich dich in Schutz und bliebe
Dein Anwalt gegen eine Welt,
Du Volk Italiens, das ich liebe,
So manches mir an dir mißfällt.

Doch unter uns und ohne Zeugen
Nehm ich ein Blatt nicht vor den Mund
Und kann als Freund dir nicht verschweigen:
Sie tadeln dich nicht ohne Grund. […]

Und daß man selbst den Angestellten
Vergolden mag die hohle Hand –
Nun, dies und andres noch, nicht selten
Trifft man's wohl auch in anderm Land.

Doch Schlimmres noch: Brigantenhorden
In deiner Berge wildem Schoß,
Vendetta, die, zur Pflicht geworden,
Geschlechter mordet gnadelos,

Der Wälder gräuliche Verwüstung,
Camorra, die das Ärgste wagt,
Und wes in sittlicher Entrüstung
Dich gutes Volk man sonst verklagt. […]

Paul Heyse (1830–1914)

Eine Erzählung hören und sie sich zu eigen
machen ist, als würde man eine Formel erhalten,
um die Welt wieder ins Lot zu rücken.

Roberto Saviano

SERGIO CAVALLINO drückte den Hebel der Kaffeemaschine nach oben und sah zu, wie der braune Espressostrahl aus der Düse in die kleine Tasse strömte. Seltsamerweise dachte er an Kuheuter und Milch, obwohl es nach Kaffee roch. Nur halb bewusst schob er die Tasse zur Seite, stellte eine zweite unter die Düse und ließ diesmal schaumige Milch aus der Maschine.

Kuheuter, dachte er wieder, automatisches Kuheuter. Er führte die Tasse voll heißer Milch an die Nase, roch angewidert daran und leerte sie ins Spülbecken des Bartresens. Dann zog er den Espresso zu sich heran und behielt den ersten Schluck lange im Mund, um den Milchgeruch zu vertreiben, der sich in seiner Nase festgesetzt hatte wie eine unangenehme Erinnerung. Während er die heiße, bittere Flüssigkeit von der rechten Backe in die linke laufen ließ, stützte er beide Unterarme auf die Theke, beugte sich vor und ließ den Blick durch das Restaurant wandern. Auch im Halbdunkel erschien es ihm wie ein Wunder, ein von ihm geschaffenes Wunder. Wohlig nahm Cavallino das Schimmern der bunten Lüster und Wandleuchten aus Muranoglas wahr, die großen Gemälde – Qualitätsgemälde, nicht den üblichen Kaffeehauskitsch mit Zypressen und blauem Meer –, die Blumengestecke, echte Blumen natürlich, die perfekte Anordnung der Tische und Stühle. Er strich mit der Handfläche über das glatte honigfarbene Holz des

Tresens, wandte den Kopf zur gläsernen Regalwand, den indirekt beleuchteten Flaschen und schluckte endlich.

Küchenpersonal und Kellner waren bereits gegangen, Cavallino hatte hinter dem Letzten abgeschlossen. Er liebte es, allein diesen sanft beleuchteten Raum zu genießen, der seit einem knappen Jahr sein Reich war. Der Boss hatte ihn gelobt, obwohl das sonst nicht seine Art war, hatte ihn in der Hierarchie befördert. Gewisse geschäftliche Entscheidungen durfte Sergio ab sofort selbst treffen. Nicht die ganz großen, aber immerhin. Es bedeutete einen winzigen Schritt weiter innerhalb des Unternehmens, einen Schritt für ihn selbst und für die anderen, die gemeinsam mit ihm arbeiteten.

Sergio Cavallino wandte sich um und betrachtete sich prüfend in dem verspiegelten Flaschenregal, schob eine Flasche Amaretto zur Seite, die sein Bild verstellte. Für besonders attraktiv hatte er sich noch nie gehalten, und er wäre gern größer gewesen als die mageren 168 cm, die er mit dicken Sohlen und etwas höheren Absätzen zu kompensieren versuchte. Sein Gesicht empfand er als durchschnittlich, und sein Haar begann sich zu lichten, obwohl er erst Mitte dreißig war. Es lag in der Familie, da konnte man nichts machen. Immerhin war er nicht fett geworden wie einige seiner Verwandten. Der dreieckige kleine Bartfleck, der seine Unterlippe hervorhob, sah passabel aus, und er mochte seine Augen. Sehr dunkle Augen mit langen Wimpern und kräftigen Brauen.

«Die Mädchen werden ganz verrückt nach deinen Augen sein!», hatte seine Mutter immer wieder vorausgesagt. Viel zu oft vor anderen und viel zu laut. Seine Geschwister hatten ihm deshalb den Spitznamen *Belocchio* gegeben, «Schönauge». Es war ihm peinlich gewesen, und das hatte er Mutter auch gesagt. Aber sie hatte nur gelacht, er solle froh und dankbar sein, diese Augen von seinem Vater geerbt zu haben – er, Sergio, der Letztgeborene, der siebte in einer Reihe von Söhnen und Töchtern, die alle größer geworden waren und ihn überragten.

Jedenfalls längenmäßig. Die Mädchen waren anfangs nicht unbedingt verrückt nach Sergio gewesen, aber zu manchen Erfolgen hatten seine Augen sicher beigetragen. Seit er auch wagte, sie sich zunutze zu machen, klappte es noch besser. Sein Vorbild war dabei George Clooney. Einige von Clooneys Filmen hatte er sich zu Hause immer wieder angesehen und dann vor dem Spiegel geübt. Inzwischen funktionierte der Augentrick ganz gut. Allerdings setzte er ihn vor allem bei der Arbeit ein. Die weiblichen Gäste seines Restaurants wussten das zu schätzen. Er konnte ihnen das nicht verdenken. Den meisten deutschen Männern fehlte es eindeutig an erotischer Ausstrahlung, an geheimnisvoller Tiefe, an irgendwas, das er nicht benennen konnte. *Peccato*, das war ihr Problem.

Sergio streifte den Ärmel seines hellgrauen Jacketts zurück, schaute auf die kleine, goldene Rolex an seinem Handgelenk und polierte mit dem Zeigefinger sanft das Uhrenglas. Mit Bedacht hatte er eine kleine Uhr gewählt. Es war nicht gut, unnötig aufzufallen und wie ein dummer Angeber herumzulaufen. Qualität ja, aber auf dezente Weise. Sein Vater hatte ihm das eingebläut. Sein Vater, der selbst stets wie ein einfacher Bauer aussah, mit dunklen Anzügen aus dickem Stoff und weißen Hemden, die von Wäschestärke ganz starr waren. Obwohl Vater nie nach Mottenkugeln roch, hatte Sergio stets diesen Geruch in der Nase, wenn er an Vater dachte oder ihm begegnete.

Halb zwei. Er sollte ebenfalls nach Hause gehen. Am

Morgen erwartete er eine Fischlieferung, die er unbedingt persönlich kontrollieren musste, da es sich nicht ausschließlich um Fisch handeln würde.

Doch er konnte sich nicht aufraffen, hing lieber seinen Gedanken nach – in dieser wunderbaren Stille, die jeden Abend auf das Geplapper und Geklapper des Restaurantbetriebs folgte. Manchmal kamen ihm ganz neue Geschäftsideen, wenn er in aller Ruhe die Erlebnisse des Tages an sich vorbeiziehen ließ. Auch die Sache mit den Fischen war so entstanden. Und so gehörte die Firma, die den frischen Mittelmeerfisch lieferte, seit einiger Zeit ebenfalls zum Unternehmen. Sergios Bruder Michele hatte sie in Südfrankreich übernommen und versorgte mittlerweile italienische Lokale in ganz Süddeutschland mit Meeresfrüchten. Nicht ausschließlich italienische Restaurants, sondern auch ein paar deutsche und griechische. Ein kluger Schachzug, den sie gemeinsam mit Vater ausgearbeitet hatten. In Mutters Küche in Mailand.

Vater war noch einer von der alten Generation, die sich in Mailand nicht wohlfühlte und niemals einen Fuß nach München setzen würde. Seine Welt war und blieb das kleine Dorf in Kalabrien, nicht das berüchtigte, sagenumwobene, sondern ein gänzlich unbekanntes, in dem es nur zwei Familien gab, die seit Jahrzehnten in aller Stille zusammenarbeiteten. Die Aspro-Cavallini. Nahezu alle im Dorf waren miteinander verwandt oder verschwägert, was die Sache erheblich erleichterte. Sergio und seine Geschwister waren eine Mischung aus beiden Geschlechtern – Mutter war eine Aspro. Maria Beata Aspro.

Vor zwanzig Jahren hatten sie dann eine Niederlassung in Mailand gegründet. Mutter war mitgegangen, und Sergio musste eine höhere Schule besuchen, obwohl er lieber gearbeitet hätte, wie die anderen. Vater war regelmäßig für ein paar Wochen zu Besuch gekommen, hatte es aber vorgezogen, das Unternehmen von seinem Dorf aus zu leiten. Er war es auch gewesen, der Sergio dazu bestimmt hatte, Jura und Betriebswirtschaft zu studieren, weil er der Meinung war, dass man sich in wesentlichen Dingen nicht auf Außenstehende verlassen sollte.

Sergio entfernte einen Fleck vom Spiegel, rückte den Amaretto wieder an seinen Platz und ließ den Blick prüfend über die Flaschen wandern. Schließlich entschied er sich für einen Artischockenlikör, füllte ein kleines Glas und trank das dickflüssige süßlich-bittere Getränk im Wechsel mit Espresso.

Es hatte nie zur Debatte gestanden, dass er als Anwalt arbeiten könnte. Nicht einmal für ihn selbst – nein, das stimmte nicht ganz. Ein paarmal hatte er kurz darüber nachgedacht, wie es wäre, wenn er das Unternehmen verlassen und Anwalt werden würde. In Rom vielleicht oder im Ausland, in Amerika oder Australien. In einer Firma, die geschäftliche Verbindungen nach Italien hätte, als Betriebswirt mit juristischen Qualifikationen. Sogar ein paar Anzeigen im Internet hatte er sich genauer angesehen, obwohl er sich dessen schämte und sich wie ein Verräter fühlte. Einer, der gegen das Gesetz des Vertrauens und der Ehre verstieß, auch wenn kein anderer von diesem unausgesprochenen Verstoß wusste. Er erinnerte sich sogar an das Herzklopfen von damals, an die feuchte Stirn und ein Gefühl von Angst und Ekel.

Wovor hatte er sich geekelt? Vor sich selbst? Vor seinem vorgezeichneten Leben?

Das wohlig zufriedene Empfinden von vorhin zerfloss, während er darüber nachdachte. Weshalb hatte er die heiße Milch aus der Kaffeemaschine gelassen? Suchte er den Ekel?

Er hatte diese verstohlenen Impulse auszubrechen nicht weiter verfolgt und nicht mehr wiederholt. Heute gab es keinen Grund mehr zur Scham. Seit Jahren arbeitete er als eines der zuverlässigsten Mitglieder der 'Ndrina, seiner Familie und ihrer vielfältigen Unternehmungen. Allen ging es gut – nur einen hatten sie auf ihrem Weg verloren. Den Zweitältesten der Cavallini, Gabriele, benannt nach dem Erzengel Gabriel. Sergio bekreuzigte sich und senkte kurz den Kopf, wandte sich zu dem kleinen Marienbild, das an der Wand am Ende der Bartheke hing, nickte ihm zu, bat die Madonna della Montagna um Fürsprache für seinen toten Bruder.

Gabriele war beim Aufbau der Niederlassung in Mailand ums Leben gekommen, als er in den Bezirk sizilianischer Geschäftsleute vorgedrungen war. Der Mörder wurde nie gefunden, und bis heute war Gabrieles Tod nicht vergolten worden, obwohl Vater Rache geschworen hatte. Aber Rache, deren Zeitpunkt sorgfältig gewählt werden sollte. Das war jetzt beinahe fünf Jahre her.

Manchmal, dachte Sergio, sieht es so aus, als hätten wir alle die Geschichte vergessen. Gabriele war unvorsichtig gewesen, hatte die Handelsware selbst ausprobiert und nicht zu knapp. Er hatte die große, goldene Rolex keineswegs unter seinem Jackenärmel verborgen, war im offenen Mercedes Sportwagen herumgefahren, auf Partys gegangen und hatte mit seinen vielen Weibergeschichten geprahlt – alles Dinge, die in der Familie Aspro-Cavallini keinen Platz hatten und gegen die Regeln verstießen.

Vater und Onkel Carmine hatten ihn heftig ermahnt und ihm sogar mit Rauswurf gedroht. Gabriele war eine

Gefahr für das Unternehmen geworden, denn Erfolg hatte man nur bei äußerster Diskretion.

Wieder spürte Sergio leichten Ekel. Er schenkte sich einen zweiten Artischockenlikör ein, führte das Glas zu den Lippen, hielt inne. Draußen raste ein Krankenwagen mit Blaulicht vorüber. Die Sirene und die Reifen auf dem Kopfsteinpflaster übertönten ein Geräusch, das aus der Küche des Restaurants zu kommen schien. Kaum hörbares Klirren, wie das Vibrieren eines Fensters.

Sergio lauschte. Vermutlich hatte der Krankenwagen eine Erschütterung ausgelöst. Trotzdem stellte er sein Likörglas ab, ging zur Küchentür und schaltete die Beleuchtung ein.

Der große Herd füllte blankgeputzt die Mitte des Raums, Pfannen und Töpfe standen auf den Anrichten oder hingen an den Wänden. Die Messer steckten in ihren Holzblöcken, die Arbeitsflächen waren leer, als hätte niemand hier noch vor wenigen Stunden köstliche Gerichte zubereitet. Leise lief noch die riesige Spülmaschine. Möglicherweise war das Geräusch von ihr gekommen, seltsam, dass er vorher nichts bemerkt hatte. Sergio löschte das Licht und kehrte zu seinem Likörglas zurück.

Man könnte das Geschäft mit den Fischen und Meeresfrüchten langsam nach Norden ausweiten, dachte er. Mit gebotener Umsicht und klugen Verhandlungen. Es war gut, sich mit der Arbeit zu beschäftigen, nach vorn zu denken und nicht an die Vergangenheit. Die war vorbei. Doch dann dachte er etwas, das er eigentlich nicht denken wollte. Es hatte mit Gabrieles Tod zu tun, und es war ein Gedanke, den er schon viele Male weggedrängt hatte.

Seit fünf Jahren tauchte immer wieder eine bestimmte Szene aus seiner Erinnerung auf: das Bild seines Vaters, des großen Bosses, als er die Todesnachricht empfing. Dario Cavallino war vor Schmerz zusammengesunken, als Sergio und Michele ihm berichteten, was in Mailand geschehen war. Man hatte ihn nicht angerufen, so eine Nachricht musste persönlich überbracht werden. Mit einer Hand hatte Vater seine Augen bedeckt, die andere so fest in seinen Oberschenkel gekrampft, dass die Knöchel weiß hervortraten. Vor seinem röchelnden Schluchzen hätte Sergio damals am liebsten die Flucht ergriffen, und Michele war es nicht anders ergangen.

Und doch hatte Sergio noch etwas anderes als den Schmerz seines Vaters gespürt: etwas Erschreckendes, Unerhörtes. Sergio war sicher, dass er sich nicht getäuscht hatte, obwohl er sich selbst augenblicklich verbot zu denken, was er dachte: Die Gesichtszüge des alten Cavallino hatten Erleichterung verraten, als er nach langer Zeit die Hand von den Augen nahm. Wobei Erleichterung ein viel zu starkes Wort war und er sich ganz sicher geirrt hatte, schließlich war es dämmrig im Zimmer gewesen. Im Haus des Bosses waren immer die Fensterläden geschlossen. Seine Wahrnehmung verwirrte und beschämte Sergio. Und doch – irgendwann in den vergangenen Jahren hatte er noch etwas gedacht, dessen er sich schämte und das ihm wieder kalten Ekel verursachte. In einem Zug leerte er das Glas und wischte sich mit dem Handrücken über die Lippen. Tief in ihm war der Verdacht gewachsen, dass Vater den Killer seines Sohnes Gabriele bestellt haben könnte. Schließlich war er der Boss und Gabriele eine echte Gefahr für das Unternehmen geworden. Von Vaters sieben Kindern funktionierten alle, sogar die Schwiegersöhne und Schwiegertöchter. Auch die Nichten und Neffen, die Tanten, Onkel, Großtanten und Großonkel. Alle funktionierten, nur Gabriele nicht. Und er war der Einzige, der in den letzten zehn Jahren gewaltsam ums Leben gekommen war. Nur einer der Unterbosse saß in England im Gefängnis – ein kleiner Rückschlag, aber die Geschäfte dort hatten immerhin beinahe fünfzehn Jahre lang reibungslos funktioniert. Bei Gabriele hatte nichts reibungslos funktioniert.

Nach seinem Tod hatte die Familie über Gabrieles Unachtsamkeit geklagt, getrauert und gleichzeitig seinen Mut gepriesen. Mutter versuchte einen Helden aus ihm zu machen. Die anderen ließen sie gewähren. Besser ein Held in der Familie als ein Idiot und Aufschneider. Am Anfang forderte Maria Beata Aspro heftig Vergeltung, und alle stimmten ihr zu. Sie zogen die Köpfe ein, wenn sie tobte und ihre Söhne und Schwiegersöhne als Feiglinge und Memmen beschimpfte. Doch ihr Ehemann, der Boss, hatte keinen Befehl zur Vergeltung erteilt, sosehr sie sich auch aufregte.

In letzter Zeit war es ruhiger geworden. Mutter lebte seit ein paar Monaten wieder bei Vater zu Hause in Kalabrien. Sie war nicht gern aus Mailand weggegangen. Aber der Boss hatte es verfügt. Er war alt und krank, dachte sogar über einen Nachfolger nach. Seit Sergio vor ein paar Monaten befördert worden war, hegte er leise Hoffnung auf diese Nachfolge. Doch Michele war älter als er und leistete verdammt gute Arbeit mit seinem Fischhandel. Und dann war da noch die Familie Aspro. Zwei von Sergios Schwestern hatten Männer der Aspro geheiratet.

Man traf sich nur bei besonderen Familienfeiern und beim Fest der Madonna della Montagna in den Bergen des Aspromonte. Ansonsten arbeitete man professionell und in aller Stille gemeinsam am Unternehmen. Allein in Sergios Küche waren sechs Köche und Gehilfen der Familie Aspro beschäftigt, und die Kellner gehörten alle der weiteren Verwandtschaft der Cavallini an. Lange hatte keiner mehr von Rache für Gabriele gesprochen.

Sergio griff nach der Flasche und füllte sein Glas zum dritten Mal, ließ es dann aber stehen, umrundete die Theke und ging langsam bis ans Ende des Gastraums. Mit den Fingerspitzen strich er über die glatten Tischdecken aus dunkelgrünem Damast.

«Montenero», sagte er leise. Den Namen hatte er sich ebenfalls ausgedacht – ein Name, den nicht jedes italienische Lokal hatte. Die Berge des Aspromonte waren im Winter beinahe schwarz. Das *Montenero* war ein voller Erfolg in dieser Stadt, die ständig nach neuem Luxus gierte, und in kurzer Zeit zum neuen Lieblingsitaliener einer bestimmten Schicht aufgestiegen. Genau wie vorgesehen.

Sergio hob den Kopf, glaubte wieder, ein Geräusch gehört zu haben. Die Spülmaschine müsste eigentlich längst durchgelaufen sein. Leise kehrte er zur Bar zurück, näherte sich seitlich der Schwingtür zur Küche, schaltete diesmal kein Licht ein, sondern verharrte lauschend.

Da war etwas. Diesmal klang es wie leises Scharren, dann, als wischte etwas über den Boden. Das konnte nicht die Spülmaschine sein. Sergio wollte gerade zur Bar zurück, um seine Waffe aus dem Geheimfach zu holen, das nur er kannte. Er drehte sich um und streckte gerade den rechten Arm aus, als ihn von hinten etwas anfiel wie ein wildes Tier, ihn mit mächtigen Schlägen in die Knie zwang.

Keuchend krümmte er sich, versuchte seinen Körper vor den Angriffen zu schützen. Irgendwie schaffte er es hinter die Bar, warf eine Vase samt Blumengebinde, Flaschen, alles, was er zu fassen bekam. Der andere war trotzdem schon um die Theke herum, traf Sergios Brustkorb, seine

Schulter. Wieder riss Sergio sich los, warf einen Barhocker, griff nach einem zweiten und schwang ihn herum. Der andere wich aus, Sergio schleuderte den Hocker in seine Richtung, flüchtete in die Küche, rutschte aus, wäre beinahe gefallen. In der Dunkelheit stieß er gegen den Herd, wischte mit einer heftigen Bewegung die schweren Töpfe aus dem offenen Regal. Krachend und scheppernd fielen sie auf die Fliesen und rollten vor die Füße des Verfolgers. Der strauchelte und schlug der Länge nach hin.

Mit zitternder Hand tastete Sergio nach den Küchenmessern, zog zwei aus dem Holzblock, ließ eines fallen. Alles drehte sich um ihn. Er nahm nur wahr, dass der andere wieder hochkam. In diesem Augenblick fuhr draußen ein Wagen vorbei, und ein kurzer Lichtstrahl fiel auf die Hände des Unbekannten. Behandschuhte Hände, die jetzt ein dünnes Seil hielten. Dann war es wieder dunkel. Sergio lehnte sich mit dem Rücken an die Wand. Er versuchte, klar und eiskalt zu bleiben, wie man es ihm beigebracht hatte. Doch er war weit davon entfernt, klar und eiskalt zu sein. Schweiß lief in seinen Nacken, und sein Herz schlug dröhnend. Sein Mund war plötzlich so trocken, dass er kaum schlucken konnte. Trotzdem schaffte er es, reglos zu warten, bis der andere so nah war, dass er ihn riechen konnte. Als der die Arme hochriss, stach er zu. Das Seil streifte Sergios Gesicht, dann fiel der Unbekannte mit einem dumpfen Laut schwer gegen ihn. Entsetzt stieß Sergio ihn von sich, der andere sackte zu Boden, wieder rollten Töpfe, ein Deckel drehte sich unerträglich lange auf den Fliesen.

Dann war es still.

Sergio versuchte zu begreifen.

Der andere lag vor ihm, ein dunkles, regloses Etwas.

Langsam ging Sergio in die Knie und horchte. Der andere röchelte kaum hörbar, einmal, zweimal, dann nicht mehr. Im Dunkeln schleppte Sergio sich um den Herd herum, kehrte zur Bar zurück, starrte auf seine blutige rechte Hand, wusch sie im Spülbecken der Bar und hätte sich beinahe übergeben, als sich das Rot mit dem Weiß des Milchschaums mischte.

Glasscherben knackten unter seinen Schuhen, zerbrochene Flaschen und abgeknickte Blumen bedeckten den Boden. Ein paar Tische und Stühle im Gastraum waren umgefallen. Sergio hatte nicht die geringste Ahnung, was ihn heimgesucht hatte. Er wusste nur, dass er schnell handeln musste. Mit zitternden Händen zog er das Mobiltelefon für spezielle Nachrichten aus der obersten Schublade hinter der Theke. Als sich sein Cousin Eduardo mit verschlafener Stimme meldete, gab Sergio seine verschlüsselten Anweisungen. Es dauerte eine Weile, bis Eduardo begriffen hatte und sich auf den Weg machte. Danach trank Sergio mit langsamen Schlucken Artischockenlikör und wartete.

UND NUN BEGINNT ALLES wieder neu, dachte Laura Gottberg, während sie langsam den dreistöckigen Brunnen am Weißenburger Platz umrundete. Sie steckte eine Hand ins kalte Wasser, beobachtete eine Weile dick bepelzte Hummeln, die um die Blumenbeete brummten, und betrachtete kurz die drei Männer, die mit der angestrengten Lautstärke Betrunkener aufeinander einredeten und offensichtlich schon sehr lange auf der Bank unter den Linden saßen – jedenfalls ließ die Menge an leeren Bierflaschen das vermuten.

Laura schaute auf ihre Armbanduhr. München-Haidhausen, zehn nach elf an einem sonnigen Sonntag im Mai. Vor zwei Tagen war sie aus Siena zurückgekehrt – körperlich zumindest, geistig keineswegs. Sie kannte diesen Zustand gut und wartete auf Besserung, darauf, dass die innere Verfassung wieder auf Anfang schaltete.

Manchmal kam sie sich vor wie in diesem Film, den sie vor langer Zeit gesehen hatte. Der Hauptdarsteller musste einen bestimmten Tag so lange immer aufs Neue durchleben, bis er endlich die richtigen Entscheidungen traf. *Und täglich grüßt das Murmeltier* war der ziemlich blödsinnige Titel. So ähnlich lief es seit Jahren in ihrer Beziehung zu Commissario Angelo Guerrini. Sie kamen zusammen, liebten sich, trafen keine Entscheidungen und trennten sich wieder. Es fehlte nur das Murmeltier.

Die jungen Blätter der Linden leuchteten geradezu provozierend hellgrün. In einem der oberen Stockwerke des Brunnens badete eine dicke Taube, und ein kleiner Junge warf Hände voll Kiesel ins Wasser und lauschte dem Geprassel so angestrengt, als handle es sich um ein wissenschaftliches Experiment. Vor dem italienischen Lokal an der Ecke Metzstraße deckten Kellner die Tische und spannten Sonnenschirme auf. Haidhausen ist schon nicht schlecht, dachte Laura. Der Weißenburger Platz ist zwar nicht der Campo von Siena – aber es ist nett und lebendig.

Sie musste über sich selbst lächeln, über ihre Versuche, sich um die Trauer herumzumogeln. Denn sie trauerte, und das seit zwei Tagen, auch wenn sie den Balkon mit Blumen bepflanzt, die Rückkehr ihrer Tochter Sofia aus London organisiert und ihren Vater angerufen hatte. Der alte Emilio Gottberg hatte es natürlich sofort gemerkt, er hatte nur ihre Stimme hören müssen. Auch das passte zu dieser Murmeltier-Geschichte. Vater, der ewige Mahner.

Erst morgen würde sie wieder zur Arbeit gehen, der Chef hatte ihr noch das freie Wochenende zugestanden – eine höchst ungewöhnliche Großzügigkeit, die von seinem schlechten Gewissen zeugte. Gemeinsam mit Commissario Guerrini hatte Laura einen Fall gelöst, den Kriminaloberrat Becker am liebsten vergessen hätte. Sie hatte sich seinen Anordnungen widersetzt und sich zuletzt noch zwei Wochen Sonderurlaub ausbedungen – unter anderem wegen mangelnder Kooperation seinerseits und daraus resultierender Gefährdung ihrer Familie. Laura bog in die Weißenburger Straße ein und blieb eine Weile vor dem Buchladen stehen, der Bildbände, Romane, CDs und Kalender günstiger verkaufte. Es war einer ihrer Lieblingsläden in Haidhausen, und wenn sie Zeit hatte, stöberte sie stundenlang in den Regalen herum. Leider hatte sie selten Zeit. Langsam schlenderte sie zum zweiten Schaufenster der Buchhandlung. Es war angefüllt mit italienischer Literatur, einmal quer durch die Bank, von Pavese über Elsa Morante und Pasolini bis zu Camilleri. In der Mitte lag ein aufgeschlagener Bildband, der ein Panoramafoto des Campo von Siena zeigte. Laura wandte sich ab. Vor drei Tagen hatte sie mit Angelo auf genau diesem Campo gesessen, an ihrem letzten gemeinsamen Abend – bis zur nächsten Fortsetzung ihrer Murmeltier-Inszenierung.

Unwillig schüttelte sie den Kopf und versuchte sich auf die Gegenwart zu konzentrieren. Sie war lange nicht mehr mit offenen Augen durch ihr Stadtviertel gegangen. Die Straße war sonntäglich still. Den griechischen Gemüsemarkt auf der anderen Straßenseite gab es nicht mehr, seinen Platz hatte ein seltsamer Metzgerladen in kühlem Design eingenommen. Vermutlich verkaufte man dort Designer-Würstchen, danach sah der Laden jedenfalls aus. Sie hatte ihn bisher gar nicht bemerkt, obwohl diese Veränderung sicher nicht über Nacht geschehen war.

Es gab viele neue Läden in der Weißenburger Straße, die ihr bisher nie aufgefallen waren. Das verstaubte Geschäft voll bayerischer Bierkrüge und Pokale existierte seltsamerweise immer noch, obwohl Laura sich schon vor Jahren gefragt hatte, wer dort eigentlich jemals etwas kaufte.

Ein kleiner Mann überholte sie mit schnellen Schritten. Sein langes Haar fiel weit über den Kragen seiner grauen Jacke. Seine Hosenbeine waren zu kurz, und er trug keine Socken. Unter seinem rechten Arm steckte ein ziemlich großes Buch. Jetzt verharrte er kurz und drehte sich so zu einem Schaufenster, dass Laura den Titel lesen musste: *Artists at Work*. Vermutlich war das sein Versuch, der Welt zu zeigen, dass er ein Künstler war oder zumindest einer sein wollte. Laura sah ihm nach, während er davoneilte.

Die Eisdiele am Pariser Platz gab es noch und auch McDonald's. Auf einer Bank in der Mitte des Platzes saßen zwei alte Türken, auf einer anderen zwei alte Frauen. Sie fütterten Tauben und Spatzen, was eigentlich verboten war. Wieder schaute Laura auf die Uhr. Halb zwölf. Um zwölf war sie mit ihrem Kollegen Peter Baumann in dem kleinen italienischen Café in der Sedanstraße verabredet. Er würde mit einem Taxi kommen, denn sein Bein steckte noch immer in Gips. Vor vier Wochen war Kommissar Baumann schwer verletzt worden, als er eine Schlägerei in einem Schnellimbiss am Stachus verhindern wollte. Laura hatte ihn vor drei Wochen zum letzten Mal im Krankenhaus besucht, kurz vor ihrer nicht genehmigten Dienstreise nach Florenz. Damals litt Peter Baumann unter Panikanfällen und schien völlig traumatisiert. Er hatte einen Kieferbruch, zwei gebrochene Rippen und eine zerschmetterte Kniescheibe. Inzwischen war er aus dem Krankenhaus entlassen worden, und am Telefon hatte er behauptet, es ginge ihm besser.

Laura überquerte den Pariser Platz und bog in die Sedanstraße ein. Nur ein Tisch vor dem Café war noch frei, an den anderen frühstückten die typischen Haidhauser Spätaufsteher: eine Familie mit drei kleinen Mädchen und einem kleinen Hund, eine junge Frau mit Laptop und zwei kahlrasierte junge Männer in lässigen Klamotten, die in ein ernstes Gespräch vertieft schienen. Der freie Tisch war für Laura reserviert. Sie rückte den Stuhl an die Hauswand, setzte sich und überließ sich ein paar Minuten lang der Sonnenwärme, den Stimmen der anderen Gäste und dem sanften Wind, der an den Häusern entlangstrich. Auch die

Sedanstraße war menschenleer, es schien fast, als existierte niemand mehr außer der bunten Gruppe von Gästen vor dem kleinen Café. Jetzt spürte Laura ihre Trauer ganz körperlich und machte auch keinen Versuch mehr, sie wegzudrängen. Ich vermisse Angelo schon am dritten Tag, dachte sie. Ich halte es kaum aus, dass nicht er zum Frühstück mit mir verabredet ist, sondern Peter Baumann. Es wird nicht besser, eher schlechter, obwohl wir in Sachen Trennung inzwischen Meister sein sollten.

Sergio Cavallino lag flach auf dem Rücken und starrte an die Decke seines Schlafzimmers. Seit Stunden lag er bereits so und versuchte sich an jeden winzigen Hinweis zu erinnern, den er übersehen haben könnte. Irgendetwas, das den Überfall von vorletzter Nacht erklären könnte. Höchstens eine Stunde hatte er geschlafen, dann war er schweißgebadet aufgeschreckt, hatte in die Dunkelheit gelauscht wie ein furchtsames Kind und endlich die kleine Lampe neben seinem Bett eingeschaltet.

Immer wieder rief er sich das Gesicht des Toten ins Gedächtnis, schaute es mit geschlossenen Augen an. Aber nichts in diesem Gesicht rief eine Erinnerung in ihm wach. Er hatte den Mann nie gesehen, war ihm nie begegnet. Dieser runde Schädel mit der leicht fliehenden Stirn und dem kräftigen Kinn war ihm völlig unbekannt. Der weiche Mund hatte unnatürlich rosafarben ausgesehen. Ekelhaft rosafarben.

«Der sieht aus wie ein Russe», hatte Eduardo gesagt. «Berufskiller.»

Ein Russe? Sergio kannte keine Russen, und er hatte auch keine Ahnung, wer einen Berufskiller auf ihn ansetzen sollte. Sollte er für irgendetwas bestraft werden? War es ein

Test, ob er geeignet war, neue Aufgaben zu übernehmen? Oder waren sie irgendwem in die Quere gekommen, ohne es zu wissen?

Sergio stöhnte und schob die Decke von sich, lag jetzt nackt auf dem Bett. Durch die Vorhänge drang Sonnenlicht, so intensiv, dass er die Wärme zu spüren meinte. Plötzlich fühlte er sich schutzlos und ausgesetzt. Er zog die Decke wieder heran, hielt dann aber inne. Bisher hatte er sich immer wohlgefühlt nackt zwischen den weichen Laken. Haut auf seidigem Stoff fühlte sich gut an, sinnlich. Derzeit keine Freundin zu haben, machte ihm keine Schwierigkeiten. Sergio kam gut mit sich selbst klar, war gut Freund mit seinem Körper.

Nur jetzt nicht mehr. Der Angriff des «Russen» klang in jeder seiner Zellen nach. Die ganze Nacht über hatte ihn die Vorstellung verfolgt, dass einer aus der Dunkelheit brechen würde und über ihn herfiele, um ihn totzuschlagen. Ein schwarzes, gesichtsloses, wortloses Etwas mit Armen, so hart wie Eisenstangen.

Wieder fühlte Sergio Schweiß auf seiner Haut, obwohl ihm kalt war. Er stützte sich auf einen Ellbogen und schaute auf die Uhr. Beinahe Mittag. Es hatte keinen Sinn, hier zu liegen und auf Schlaf zu hoffen oder dummes Zeug zu denken, das zu nichts führte. Im *Montenero* warteten sie vermutlich ungeduldig auf ihn. Es kam selten vor, dass er später als zehn zur Arbeit erschien. Sergio setzte sich auf den Bettrand und betastete die Prellungen auf seinen Oberarmen, der Brust und seiner rechten Hüfte. Große lila Hämatome breiteten sich auf seinem Körper aus. Zum Glück hatte er im Gesicht nichts abbekommen. Langsam stand er auf, ging ins Badezimmer und betrachtete sich im Spiegel. Wenn er ehrlich zu sich war, und er versuchte ehrlich zu sein, dann sah er aus wie einer, der Angst hatte. Unrasiert, bleich, hohlwangig. Da halfen auch seine schönen Augen nicht.

Aber so durfte er nicht aussehen. Er musste aussehen wie einer, der mit dieser Angelegenheit umgehen konnte. Professionell. Das Vorkommnis war bedauerlich, aber damit musste man rechnen. Es war Teil des geschäftlichen Risikos. Jetzt ging es darum, Schaden abzuwenden, nicht aufzufallen.

Sergio duschte lange und heiß, doch das Wasser konnte die Starre seiner Muskeln nicht lösen, verstärkte die Schmerzen seiner Prellungen noch.

Er rasierte sich, das leichte Zittern seiner Hände verachtend. Nachdem er sich in der Küche einen Caffè gemacht hatte, zog er die Vorhänge im Schlafzimmer auf. Die blendende Helligkeit ließ ihn die Augen zusammenkneifen und das Gesicht abwenden. Ich werde mich jetzt anziehen und ins Restaurant gehen, dachte er, setzte sich dann aber wieder auf sein Bett und trank den Caffè, ohne ihn wirklich zu schmecken.

«Buon giorno, Signora. Attenzione!» Der Kellner war ein fröhlicher junger Italiener, der für seine deutschen Gäste perfekt den fröhlichen, temperamentvollen, jungen Italiener spielte und mit dem Sonnenschirm eine kleine akrobatische Nummer aufführte, ehe er ihn über Laura aufspannte. Seine Jeans hatte er mit einem breiten Gürtel aufgepeppt, der mit falschen Edelsteinen besetzt war, und sein hellblaues Hemd trug ebenfalls ein paar blitzende Stickereien. Sein Haar war ganz kurz, und ein schmaler Bart betonte die Konturen seiner Wangen und seines Kinns.

«Ah, Signora!», rief er. «Sie waren lange nicht mehr bei

uns. Wie schön, Sie zu sehen! Ist es nicht wunderbar, dass man wieder draußen sitzen kann?» Sein Lächeln war strahlend, aber ein bisschen unaufmerksam. Sein Blick schweifte ab, er wischte ein paar Krümel vom Tisch, rückte die Karte zurecht. Laura erinnerte sich daran, dass sein Vorname Calogero war und er aus einem kleinen Ort an der Südküste Siziliens stammte.

«Wie ist das Leben?», fragte Laura.

Mit verschränkten Armen blieb er vor ihr stehen und schaute plötzlich sehr ernst auf sie herab. «La vita è la vita, Signora. Einfach das Leben, wie es eben ist. Man muss es nehmen, wie es kommt. Einen Tag nach dem anderen. Geht es Ihnen gut?»

«Nein, eigentlich nicht, deshalb brauche ich jetzt dringend einen Cappuccino und ein Glas Wasser.»

«Nichts zu essen?» Er musterte sie besorgt, schien zu überlegen, ob er nachfragen sollte, doch dann schweifte sein Blick schon wieder zu den anderen Gästen, die Straße entlang, zum Himmel hinauf und endlich wieder zu Laura.

«Ich warte noch, bis mein Kollege kommt.»

«Natürlich, ich eile. Der Caffè kommt sofort!»

Er ging, nicht besonders eilig, zog eines der kleinen Mädchen vom Nachbartisch am Pferdeschwanz und lachte laut, als es spielerisch nach ihm schlug und ihm nachlief.

Haidhauser Idylle, dachte Laura, und ihr war zugleich behaglich und unbehaglich zumute. Bevor sie dieses Gefühlsgemisch jedoch näher betrachten konnte, bog ein Taxi in die Sedanstraße ein und hielt am Randstein genau vor ihrem Tisch. Langsam stand Laura auf und wartete neben der Beifahrertür, bis Kommissar Baumann bezahlt hatte.

Der Taxifahrer eilte um den Kühler des Fahrzeugs herum, riss die Wagentür auf und griff nach Baumanns Arm.

«Halt! Ich muss erst meine Beine rausstellen. Das geht nicht so schnell!»

Es dauerte ein paar Minuten, ehe Baumann aufrecht stand und Laura endlich, auf eine Krücke gestützt, begrüßte.

«Danke, dass du nicht auch noch an mir gezogen hast!», sagte er. «Gut, dich zu sehen.»

«Gut, dich außerhalb des Krankenhauses zu sehen. Du hast dich sehr zu deinem Vorteil verändert. Letztes Mal warst du blau und lila im Gesicht und hattest Schlitzaugen.»

Baumann verzog den Mund zu einem schiefen Lächeln, ohne etwas zu erwidern.

«Komm. Setz dich. Mit dem Rücken an der Wand kannst du dein Gipsbein hochlegen.» Er sieht immer noch elend aus, dachte Laura. Blass und schmal. Sein Gesichtsausdruck ist anders, fremd. Er wirkt wie ein Fremder. Dabei war er mir vor ein paar Wochen noch so vertraut. Sie rückte einen Stuhl heran, Baumann legte vorsichtig sein eingegipstes Bein hoch und lehnte die Krücke neben sich an die Hauswand. Der Kellner Calogero brachte Lauras Cappuccino und fragte, ob er noch Polster unter Baumanns Bein legen solle und ob es beim Sport passiert sei.

«Bei einer Art Sport», murmelte Baumann, bestellte ebenfalls einen Caffè und studierte angestrengt die Frühstückskarte. Calogero warf Laura einen fragenden Blick zu, doch auch von ihr bekam er keine genauere Antwort.

Vielleicht will Peter gar nicht mit mir reden, dachte sie. Vielleicht ist er nur gekommen, weil er höflich sein wollte.

Sie bestellten Croissants und Joghurt mit Früchten.

Kauen falle ihm immer noch schwer, sagte er. Dann saßen sie schweigend. Die kleinen Mädchen bemalten inzwischen den Gehweg mit bunten Kreiden.

«Du warst ja ziemlich erfolgreich in letzter Zeit», sagte Baumann endlich. «Gratuliere.»

Was redet er denn, dachte Laura. Wir treffen uns doch nicht, um über die verdammte Arbeit zu sprechen.

«Danke», erwiderte sie, «es war einer dieser Fälle, bei denen ich dich dringend gebraucht hätte. Reines Glück, dass es so glimpflich ausgegangen ist.»

Was rede ich denn, dachte sie. Der Fall um den ermordeten Banker hat sich so schnell und unvorhergesehen entwickelt, dass ich Peter eben nicht gebraucht habe.

Calogero brachte Cappuccino und Croissants.

«Sitzen Sie bequem? Soll ich nicht doch ein Kissen bringen? Nein? Va bene ...» Calogero sah Laura ratlos an und verschwand.

«Er ist aufdringlich.» Baumann zog die Tasse zu sich heran.

«Nein, er ist besorgt und ziemlich nett.»

«Wenn du meinst.»

«Wie lange musst du den Gips noch behalten?»

«Noch zwei Wochen.»

«Und dann?»

«Dann komme ich in die Reha. Ich wollte nicht, aber der Arzt besteht darauf. Also bleibt mir nichts anderes übrig.»

«Warum wolltest du nicht?» Laura trank einen Schluck Kaffee und beobachtete ihren Kollegen von der Seite. Er schien es nicht zu bemerken, drehte den Kaffeelöffel in seinen Händen.

«Weil es eine Reha mit Physiotherapie und Psychotherapie ist.» Er betonte das Wörtchen *und*.

Laura wartete.

Baumann legte den Löffel neben die Kaffeetasse und drehte sich dann ruckartig zu ihr, wobei er stöhnend zusammenzuckte. «Verdammt, die Rippen tun immer noch höllisch weh, wenn ich eine falsche Bewegung mache. Dauert ewig, bis Rippen wieder zusammenwachsen.» Er hatte Mühe zu atmen und war noch blasser geworden.

«Der Arzt will mich in diese Psycho-Reha schicken, weil ich schlecht träume und manchmal unter unklarer Angst leide. Dabei ist alles schon viel besser geworden. Ich hab keine Macke. Ich schaff das allein.»

«Das hast du damals im Krankenhaus auch gesagt.»

Er presste die Lippen zusammen und räusperte sich ein paarmal. «Wenn sich unter den Kollegen rumspricht, dass ich in eine Reha mit Psychoabteilung gehe, dann nehmen die mich nicht mehr ernst. Du kennst die doch!»

«Auch das hast du damals gesagt.»

«Du hörst aber verdammt genau zu.»

«Erinnerst du dich auch noch daran, was ich gesagt habe?»

Der Kellner stellte Schalen voll Joghurt und bunten Beeren vor sie hin.

«Stimmt alles? Tutto bene?»

Laura nickte ihm zu. Er zog seinen glitzernden Gürtel ein wenig hoch, drehte sich um und bewunderte lautstark die Kreidebilder der Mädchen.

«Nein, schließlich hatte ich eine Gehirnerschütterung.»

«Ich habe damals gesagt, dass man nicht immer alles allein schaffen kann und auch nicht muss!»

«Und das sagst ausgerechnet du, Laura. Hast du schon irgendwann irgendwas nicht allein geschafft?» Seine Stimme klang scharf, und er war ein bisschen lauter geworden.

Die beiden jungen Männer am Nebentisch schauten kurz zu ihnen herüber.

«Du täuschst dich, Peter. Nach der Trennung von meinem Ex habe ich ein halbes Jahr Gesprächstherapie gemacht und außerdem einen Meditationskurs besucht. Das passt nicht zum Image einer Kriminalhauptkommissarin, aber es ist die Wahrheit. Und es hat mir verdammt gutgetan.»

«Weiß irgendjemand davon? Die lieben Kollegen zum Beispiel, oder der Chef?»

«Nein.»

«Aha, du hast es ja nicht mal mir erzählt. Und garantiert deshalb, weil du genau weißt, was der durchschnittliche Polizeibeamte von Psychogeschichten hält. Probleme haben nur Schwächlinge, und die haben bei der Polizei nichts zu suchen.»

«Nein, Peter. So einfach ist es nicht. Es gibt durchaus Kollegen, die Verständnis haben, wenn man nicht so gut funktioniert. Dich zum Beispiel. Ich habe es niemandem gesagt, weil ich mein Privatleben nicht mit der Arbeit vermischen wollte. Und nebenbei bemerkt – als Frau kann man es sich noch viel weniger erlauben, Schwäche zu zeigen.»

«Warum hast du es mir nicht gesagt, wenn du mir Verständnis unterstellst?»

«Weil es eine ganz persönliche Sache war, mit der ich selbst ins Reine kommen musste.»

Baumann schüttelte den Kopf. «Und warum darf ich mit meinem persönlichen Problem nicht allein fertigwerden?»

«Weil du in Ausübung deiner Arbeit als Polizist beinahe umgebracht worden bist. Weil niemand so etwas einfach abschüttelt. Noch nie was von traumatisierten Soldaten gehört, die aus Afghanistan zurückkommen? Das sind keine

Schwächlinge. Und Psychotherapie ist ebenfalls nichts für Schwächlinge. Da muss man sich nämlich eine Menge unangenehme Dinge ganz genau ansehen. Wer weiß etwas von deiner sogenannten Psycho-Reha?»

Laura beobachtete, wie Baumann einen Hustenanfall zu unterdrücken versuchte. Es dauerte ein paar Sekunden, ehe sie begriff, dass er lachte. Als er sich wieder unter Kontrolle hatte, atmete er möglichst flach und sagte endlich leise: «Das war eine klassische Rede meiner hochgeschätzten Kollegin Laura. Knappe These, Konklusion und eine Frage, die bereits Lösungsansatz ist. Bravo!»

Laura lachte ebenfalls, hielt sich die Hand vor den Mund.

«Entschuldige, Laura.»

«Du musst dich nicht entschuldigen. Wahrscheinlich hast du ja sogar recht. Die Antwort auf deine Frage ist: Niemand weiß von der speziellen Reha, nur der Arzt und du.»

«Gibt es da nicht eine dritte Person?» Laura erinnerte sich genau, dass es in den letzten Wochen eine deutliche Annäherung zwischen der Dezernatssekretärin Claudia und Baumann gegeben hatte.

«Nein», antwortete er. «Falls du Claudia meinst – ich habe ihr nur von einer ganz normalen Reha für mein Knie und meine Rippen erzählt.»

«Warum?»

«Das ist meine Angelegenheit, oder?»

«Natürlich.»

Baumann rührte mit dem Kaffeelöffel in seinem Joghurt herum. «Was ist also die Lösung?» Er zuckte heftig zusammen, als knapp neben ihm ein Mann aus der Einfahrt zum Hinterhof des Hauses hervortrat.

«'tschuldigung», sagte der Mann und ging schnell weiter.

«Die Lösung ist – ach, wieso machst du mich zu jemandem, der die Lösung weiß? Du kennst sie doch selbst!»

«Sag es trotzdem, dann können wir unsere Lösungen vergleichen.» Er lächelte, doch um seinen Mund lag ein bitterer Zug.

«Okay! Es ist einfach: Du absolvierst deine Reha, offiziell eine ganz normale Reha, und die Psychokomponente behältst du für dich. Von mir und von deinem Arzt wird es niemand erfahren. Und von Claudia auch nicht, das kann ich dir garantieren.»

«Lass Claudia aus dem Spiel, sonst frag ich dich, wie es mit deiner Dauer-Fernbeziehung steht und ob du Guerrini von deiner Therapie erzählt hast.»

Jetzt ist er nicht mehr so fremd, dachte Laura. Laut sagte sie: «Lass uns frühstücken, und beim zweiten Cappuccino erzähle ich dir vielleicht ein bisschen von meiner Dauer-Fernbeziehung. Da bist du platt, was?»

DIE ERSTEN GÄSTE saßen bereits vor dem *Montenero* in der Sonne, als Sergio Cavallini endlich seine Wohnung verließ, die nur ein paar hundert Meter von seinem Restaurant entfernt lag. Normalerweise schaute er sonntags nie in seinen Briefkasten, schließlich wurde an diesem Tag keine Post ausgetragen. Doch heute zögerte er, blieb stehen und öffnete schließlich das Spezialschloss, das er aus Sicherheitsgründen hatte einbauen lassen. Er fand ein Kuvert ohne Adresse oder Namen und betrachtete es lange, ehe er danach griff.

Irgendein Zeichen hatte er befürchtet, erwartet. Trotzdem fröstelte er, und die Haut auf seinem Rücken fühlte sich an, als richteten sich alle Härchen einzeln auf. Er wandte sich um, lief in den Hinterhof, dann auf die Straße. Aber natürlich war da niemand. Schließlich kehrte er in seine Wohnung zurück und drehte den Umschlag ein paarmal in den Händen, ehe er ihn behutsam mit einem Brieföffner aufschlitzte. Vorsichtig zog er ein weißes Blatt hervor, entfaltete es, las halblaut und sehr langsam. Jedes Wort hinterließ ein unwirkliches Echo in seinem Kopf, selbst als er schweigend weiterlas.

Ehrenwerter Freund,
der äußerst bedauerliche Zwischenfall in Ihrem Restaurant hat mich auf den Gedanken gebracht, Ihnen meine

*Hilfe anzubieten. Vertrauensvolle Zusammenarbeit bei
so bedauerlichen und gefährlichen Zwischenfällen bietet
Sicherheit auch für die Zukunft. Dabei denke ich auch an
das traurige Schicksal Ihres Bruders.
Es wäre deshalb unklug, diese Hilfe und vertrauensvolle
Zusammenarbeit nicht in Anspruch zu nehmen. Zu ge-
gebener Zeit werden wir Kontakt zu Ihnen aufnehmen.
Bis dahin wünschen wir Erfolg und gute Gesundheit
für Sie und Ihre große Familie.*

Bereits während Sergio las – er las sehr langsam –, musste er sich setzen. Seine Knie gaben nach, und er hätte sich am liebsten auf den Boden gelegt und geweint. Alles war bisher ohne Komplikationen verlaufen, allen ging es gut, jeder war an seinem Platz. Das Unternehmen wuchs ständig und ohne Aufsehen zu erregen.

Sergio lehnte sich zurück und starrte an die Decke. Briefe dieser Art schrieb normalerweise er selbst. Er war es, der für sein Unternehmen in Deutschland Kontakte knüpfte, der Hilfe anbot, sei es in Form von günstigen Lieferungen oder Investitionen. Einen Brief diesen Inhalts zu empfangen war ehrverletzend, beschämend, eine Grenzüberschreitung von katastrophalen Ausmaßen. Er fühlte sich, als hätte ihn jemand nackt in einen feuchtkalten Keller gesperrt. Der Brief war eine schriftliche Wiederholung des nächtlichen Angriffs. Er verstand einfach nicht, was geschehen war und aus welchem Grund.

Erneut liefen die Ereignisse der vorletzten Nacht vor ihm ab. Cousin Eduardo und zwei Neffen hatten den Toten in einer Kiste verstaut und Fischkonserven um ihn herumgebaut. Danach hatten sie Küche und Restaurant extrem gründlich gereinigt – mit Sergios Hilfe, der eigentlich unfähig zu halbwegs vernünftigem Handeln gewesen war, vor Eduardo und den anderen jedoch auf keinen Fall Schwäche zeigen durfte. Schwäche passte nicht zu einem künftigen Boss. Er hatte noch nie einen Menschen umgebracht, nur zugesehen – aus der Ferne. Zweimal. Das gehörte zur Ausbildung. Eduardo dagegen hatte getötet, das wusste Sergio genau.

Als am nächsten Morgen der Fischtransporter gekommen war, sah das *Montenero* aus, als wäre nichts geschehen. Sergio hatte die Lieferung in Empfang genommen wie immer, die Papiere unterzeichnet, mit dem Fahrer einen Caffè getrunken und ihm ein paar Tramezzini machen lassen. Danach hatten sie die Kiste mit dem Toten in den Laster geladen, und Eduardo war ein Stück mitgefahren. Zuvor hatte er Sergio umarmt und gesagt, er solle sich keine Sorgen machen, das Problem sei so gut wie erledigt.

Aber das war es nicht, und genau das hatte Sergio befürchtet. Der nächtliche Angriff war nicht die Tat eines kleinen Räubers gewesen, der hinter ein bisschen Geld her war, sondern der Angriff eines brutalen Mörders, der es auf ihn, Sergio, abgesehen hatte. Aber in wessen Auftrag? Sergio hatte durchaus eine ausgeprägte Phantasie, doch gerade jetzt ließ sie ihn im Stich.

Außerdem fragte er sich, wie es dem Unbekannten gelungen war, in das Restaurant einzudringen. Er hatte persönlich abgeschlossen, nachdem alle Kellner und Köche gegangen waren. Und es gab keine Spuren eines gewaltsamen Einbruchs, Türen und Fenster hatten sie genau untersucht. Eigentlich gab es nur eine einzige Erklärung: Der Mann hatte sich irgendwo versteckt und gewartet, bis Sergio allein war. Dabei überprüfte Sergio jeden Abend die Toiletten und Vorratsräume, ehe er absperrte.

Nachdem er den Brief dreimal gelesen hatte, blieb Sergio lange sitzen und starrte vor sich hin. Die Worte verharrten in seinem Kopf wie Sprechblasen, die dann plötzlich platzten. Bruder Michele war auf dem Weg von Marseille nach München, und Onkel Carmine kam aus Mailand. Heute Abend würden sie sich zusammensetzen und die Sache besprechen. Onkel Carmine würde Anweisungen vom Boss mitbringen. Dieser Gedanke beruhigte und ängstigte Sergio gleichzeitig. Endlich raffte er sich auf und machte sich erneut auf den Weg zum *Montenero*. Allerdings holte er diesmal sein Auto aus der Garage, einen schwarzen Mini mit dunklen Scheiben und Schiebedach. Er brachte es einfach nicht über sich, auf die Straße zu treten, sich auszusetzen.

Langsam legte er die kurze Strecke zum Restaurant zurück und parkte im Hinterhof. Er rückte seine Krawatte zurecht und überprüfte sein Gesicht im Rückspiegel. Dunkle Schatten lagen unter seinen Augen, und seine Haut wirkte trotz der heißen Dusche fahl. Sergio massierte seine Schläfen und Wangen, stieg dann aus dem Wagen und betrat durch den Kücheneingang das Restaurant.

Der Anblick glitschiger grauer Calamari, die gerade in grillfertige Portionen geteilt wurden, bereitete ihm Übelkeit. Es roch nach kaltem Fisch und Knoblauch. Die Köche und ihre Gehilfen grüßten und lächelten ihm zu wie immer, die Küche sah aus wie immer, niemand wusste, was geschehen war, nur die unmittelbar Beteiligten. So hatten sie es zunächst verabredet. Michele, Onkel Carmine und der Boss waren mit verschlüsselten Codes verständigt worden.

Zerstreut erwiderte Sergio die Grüße, während er die Küche durchquerte und dabei ganz bewusst über die Stelle ging, an der die Leiche gelegen hatte. Dann stellte er sich neben seinen Neffen Pietro, der hinter der Bar Weingläser polierte. Der junge Mann warf seinem Onkel einen kurzen Blick zu und nickte. Pietro wusste Bescheid.

«Bel giorno», murmelte Sergio.

«Sì, bel giorno. Wir sind ausgebucht. Mittags sind alle Tische reserviert und für den Abend auch alle bis auf zwei.»

«Bene.»

«Sì, perfetto. Aber nicht alles – Eduardo kommt gleich vorbei. Er muss mit dir reden.» Pietro sprach so leise, dass Sergio ihn kaum verstehen konnte.

«Gut, dass er kommt. Ich muss auch mit ihm reden.» Er kniff leicht die Augen zusammen und sah Pietro an. Der junge Mann erwiderte seinen Blick und runzelte die Stirn.

«Complicato?», fragte er dann.

«Complicato!», erwiderte Sergio. Er ging zum Bild der Madonna della Montagna hinüber und berührte es kurz, genau wie das von Padre Pio, ehe er die ersten Gäste begrüßte, die draußen in der Sonne saßen. Er verbeugte sich, machte ein paar Scherze über den schrecklich langen Winter in Bayern, erkundigte sich nach dem Wohlbefinden, fragte, ob jemand vielleicht eine Decke benötige. Ob das Gebäck frisch genug sei, der Caffè? Der Prosecco mit den ersten Erdbeeren?

Tutto fantastico, buonissimo!

Manchmal fand er seinen Job und seine Gäste zum Kotzen. Vor allem die Stammgäste, die er bereits gut kannte. Die bessere Gesellschaft, für die er das *Montenero* schließlich aufgebaut hatte. Sie nannten ihn Sergio, behandelten ihn wie einen engen Freund. Ließen sich mit ihm fotografieren, gaben ihm Catering-Aufträge. Er war *ihr Italiener* geworden, in kürzester Zeit. Die Frauen küssten ihn auf die Wangen, manche Männer ebenfalls, und er erwiderte ihre Küsse. Manchmal, wenn er sich abwandte, musste er sich zusammenreißen, damit das Lächeln nicht aus seinem Gesicht fiel.

Sergio kannte die Geschichte seiner Familie. Früher lebte man vom Volk, bemühte sich um die Zuneigung des Volkes, indem man ihm Zuneigung entgegenbrachte, es respektierte und großzügig unterstützte. Heute lebte man von den Reichen, indem man ihnen gab, was sie brauchten. Gutes Essen, Charme, schöne Augen, Geschäftsverbindungen ...

Er selbst hatte die Musik zusammengestellt, die am Abend aufgelegt wurde. Eine gute Mischung aus Eros Ramazotti, Paolo Conte, Adriano Celentano, etwas Klassik, Gianna Nannini, Zucchero, Andrea Bocelli und für späte Stunden sogar ein bisschen Verdi. Eben alles, was hier beliebt war. Auch ein paar Volkslieder aus Kalabrien hatte er am Anfang hineingemischt. Sie kamen ganz besonders gut an. Keiner begriff, dass sie von Armut, Ehre und Tod handelten, keiner verstand den Dialekt. Es hatte ihm Spaß gemacht, ein bisschen zu provozieren. Seine Gäste liebten das *Archaische* an dieser Musik, wie sie es nannten. Doch Michele und Onkel Carmine hatten darauf bestanden, dass er die Lieder nicht mehr spielte.

«Keinerlei Risiko!», hatte Carmine befohlen. «Es gibt Spezialisten, die sehr genau hinhören!»

Natürlich, die gab es sicher, sogar in München. Deshalb hörte Sergio diese Lieder nicht einmal mehr zu Hause. Es war ein Fehler gewesen. Solche Fehler machte man nicht, wenn man Boss werden wollte.

Während Sergio den Stuhl einer sehr blonden, etwas zerknitterten Frau zurechtrückte, die nach teurem Parfüm duftete und stark geschminkt war, dachte er plötzlich, dass er vorgestern Nacht ebenfalls einen Fehler gemacht haben könnte. Einen unvorhergesehenen, erzwungenen, aber trotz allem einen Fehler. Als er den Kopf hob, sah er Eduardos Lieferwagen in der Einfahrt zum Hinterhof verschwinden. Er verbeugte sich lächelnd und kehrte ins Restaurant zurück.

«Du sollst zu ihm rauskommen. Er hat gerade angerufen.» Pietro polierte noch immer Gläser.

Sergio nickte, kontrollierte kurz sein Handy. Warum ruft er mich nicht selbst an, warum Pietro? Diesmal nahm er nicht den Weg durch die Küche, sondern folgte dem halbdunklen Flur an den Toiletten entlang zu den Vorratsräumen und von dort in den Hof. Der dunkelblaue Fiat parkte neben seinem Mini. Eduardo lehnte mit dem Rücken an seinem Lieferwagen und rauchte eine Zigarette. Nachdenklich schaute er Sergio entgegen, stieß sich dann vom Fahrzeug ab und nickte. Die Querfalten auf seiner Stirn waren noch tiefer als gewöhnlich, und Sergio meinte, etwas Undeutbares, Dumpfes in Eduardos Gesicht zu lesen.

«Gehen wir ein paar Schritte.»

«Meinetwegen.»

Nebeneinander gingen sie durch die Einfahrt und dann über die Straße in Richtung von Sergios Wohnung. Eduardo rauchte schweigend und spuckte ab und zu einen Tabakkrümel aus. Ein schwerer Mann mit kräftigem Nacken, groben Gesichtszügen und großen Händen. Sein dunkles Haar glänzte und lag wie angeklebt an seinem Schädel. Eduardo kümmerte sich um den Weingroßhandel, den die Cavallini schon betrieben hatten, ehe es das *Montenero* gegeben hatte. Als Vorposten sozusagen.

«Es ist etwas passiert», sagte er endlich.

Sergio wartete. Es dauerte ein paar Minuten, ehe sein Cousin weitersprach.

«Man hat den Fischlaster angehalten, den Fahrer betäubt und die Kiste geklaut.»

Sergio blieb stehen. «Was?»

Eduardo starrte auf den Boden, warf dann seine Kippe weg und stellte einen seiner Stiefel drauf. Eduardo trug fast immer elegante Lederstiefel, die irgendwie nicht zu ihm passten.

«Du hast schon richtig gehört.»

«*Die* Kiste?»

«*Die* Kiste.»

«Und der Fahrer?»

«Als er wieder aufwachte, war die Kiste weg. Er ist weitergefahren und hat seine Ware geliefert. Darf ja nicht auffallen, eh! Jetzt ist er auf dem Weg nach Marseille. Michele weiß Bescheid.»

«Das heißt ...»

«Das heißt, dass die uns bei der Arbeit zugeschaut haben und ganz genau wussten, was in der Kiste ist.»

Sergio fühlte sich zu schwach für einen Fluch. Er richtete sich sehr gerade auf, um stark zu erscheinen. Wahrscheinlich war es am besten, Klartext zu reden. Ganz sachlich.

«Ich hab einen Brief bekommen. Er lag heute in meinem Postkasten. Sie bieten uns eine vertrauensvolle Zusammenarbeit und Hilfe an. Hast du eine Ahnung, welche Schweinerei dahintersteckt? Wahrscheinlich schauen sie uns gerade zu und lachen.»

Eduardo stieß ein unwilliges Knurren aus und schob sein Kinn vor. «Sie werden nicht lange lachen, Sergio. Heute Abend treffen wir uns bei dir. Michele, Onkel Carmine, du und ich. Dann gehen wir die Sache durch.»

«Es geht nicht vor Mitternacht – das Restaurant ist ausgebucht. Die Gäste erwarten, dass ich ständig da bin.»

«Dann macht Pietro heute den Gastgeber. Das kann er. Wir treffen uns um neun bei dir.»

Plötzlich hatte Sergio das Gefühl, nicht mehr derjenige zu sein, der Entscheidungen traf. Andere trafen jetzt Entscheidungen, das konnte er von Eduardos Gesicht ablesen, von seiner Art, ihn nicht anzusehen und beim Sprechen auf den Boden zu starren. Jetzt war er ganz sicher, einen Fehler gemacht zu haben.

ALS LAURA am Nachmittag in ihre Wohnung zurückkehrte, ging sie die Liste der zu erledigenden Dinge durch, die sie am Morgen geschrieben hatte, legte sie dann weg und trat auf ihren kleinen Balkon hinaus. Langsam ließ sie ihren Blick über die Hinterhöfe wandern, über die Dächer der Nachbarhäuser und in den Himmel, dem sie im vierten Stock etwas näher war als die meisten anderen. Irgendwo lachte jemand, dann bellte ein Hund, weiter entfernt hörte sie das Rumpeln einer Straßenbahn und noch weiter weg ein Martinshorn. Begleitet wurden die vertrauten Geräusche vom Lied einer Amsel, die sich auf der Dachrinne rechts von Laura niedergelassen hatte.

Alles beginnt wieder neu, dachte sie wieder und: Ich sollte die Liste zerreißen. Einfach warten, bis die Dinge von selbst auf mich zukommen. Allerdings würde niemand außer ihr heute Abend Sofia vom Flughafen abholen, niemand an ihrer Stelle morgen zur Arbeit gehen, den Kühlschrank auffüllen und die Wäsche waschen. Immerhin hatte sie sich mit Peter Baumann getroffen. Das war Punkt eins auf der Liste gewesen. Nur – abgehakt war dieser Punkt damit keineswegs. Dem jungen Kommissar ging es schlechter, als sie befürchtet hatte. Alles, was Laura über posttraumatische Belastungsstörungen wusste, traf auf ihn zu: diffuse Ängste, Schlafstörungen, Albträume, Schweißausbrüche.

Ausgerechnet er war in diese brutale Schlägerei in einem

Fastfood-Restaurant am Stachus geraten, bei der ein Mann ums Leben gekommen war. Ausgerechnet er, der sich immer wieder fragte, was er eigentlich in der Mordkommission zu suchen hatte, dem Gewalt regelrecht widerwärtig war. Das war einer der Gründe, weshalb Laura gern mit ihm arbeitete. Er war keiner dieser vordergründig knallharten Kollegen, von denen es eine ganze Menge gab. In den letzten Jahren war ein guter Ermittler aus ihm geworden, und falls die Sache mit Claudia, der Sekretärin, die eigentlich mehr eine Assistentin war ...

Das Summen des Telefons störte ihre Gedanken. Widerwillig schaute sie auf das Display. Luca.

«Pronto», sagte sie und wartete auf seine Reaktion.

Er lachte. «Salve, Mama, hast du deine Begrüßung noch nicht auf Deutschland umgeschaltet?»

«Nein, ich habe noch gar nichts umgeschaltet.»

«Du bist immerhin schon seit drei Tagen wieder in München. War es gut in Siena?»

«Es war sehr gut.»

«Okay ... ich würde heute Abend gern zum Flughafen mitkommen. Papa ist nicht da, und ich hab Sofia auch schon lange nicht mehr gesehen.»

«Danke, Luca. Irgendwie graust es mir davor, allein zu fahren, obwohl ich mich sehr auf Sofia freue.»

Luca schien zu zögern, dann sagte er, auch er freue sich auf seine Schwester. «Wir könnten ja noch zusammen essen gehen – ich meine: alle gemeinsam.»

«Ja, vielleicht. Falls es nicht zu spät wird. Ich muss morgen wieder arbeiten, und Sofia sollte eigentlich in die Schule gehen.»

«Ach, gönn ihr doch noch einen Tag. Nimm dir ein Beispiel an deinem Chef!»

«Sie hatte drei Wochen mit Patrick in London.»

«Dort ist sie auch zur Schule gegangen. Außerdem hatte sie drei Wochen mit Patrick und seinen Eltern.»

«Gut, vielleicht hast du recht. Ich hab jetzt keine Lust, das zu diskutieren. Ich hol dich um halb sieben ab.»

«Va bene. Ciao, Mama!»

«Ciao, Luca.»

Er hatte bereits aufgelegt. Laura legte ihr Telefon auf den Küchentisch und dachte daran, wie sie während der letzten Wochen mit Angelo Guerrini hin und wieder junge Männer in Lucas Alter beobachtet hatte. Junge Männer, die in Gruppen zusammenstanden und diskutierten, ganz selbstverständlich in den Bars Caffè oder Wein tranken, Autos lenkten, Mädchen küssten. Sie hatte versucht, auch Luca so zu sehen. Als einen dieser ganz selbstverständlich erwachsenen jungen Männer. Nicht als ihren Sohn. Sie hatte geübt. Theoretisch ging es schon ganz gut. Wenn sie seine Stimme hörte, nicht ganz so gut.

Zwei Stunden später stieg Luca zu ihr in den alten Mercedes, küsste sie auf die Wange, grinste und sagte: «Wird langsam Zeit, dass du dir ein neues Auto leistest, Mama.»

«Das hier fährt noch!»

«Aber nicht mehr lang. Außerdem stinkt es immer noch nach Papas Zigaretten.»

«Ist das mein Auto oder deins?»

«Deins.»

«Danke.»

Laura warf ihrem Sohn einen kurzen Blick zu, den er augenzwinkernd erwiderte. Er hat sich schon wieder verändert, dachte sie. Sein Gesicht ist schmaler geworden, er trägt die Haare länger, wirkt männlicher als vor drei Wochen. Oder bilde ich mir das ein? Sehe ich auch anders aus? Ändern wir uns ständig alle, einfach über Nacht, sind am Morgen ein anderes Wesen, aufgrund eines Traums, einer nächtlichen Erkenntnis? Angelo Guerrini ist jedes Mal ein neuer Mensch, wenn ich ihn sehe ... Sie hatte Mühe, ihrem Sohn zuzuhören.

Luca plauderte, was eigentlich nicht seine Art war, erzählte von der Schule, anstrengenden Lehrern und wie ungeduldig ihn dieses letzte Jahr vor dem Abitur mache. Als sie die Autobahn nach Norden erreichten, lehnte Luca sich zurück und schwieg plötzlich, schimpfte nur einmal auf einen anderen Autofahrer, der kurz vor Laura auf die Überholspur schwenkte. Sie war froh, dass er nicht mehr plauderte. Fragte sich, wie Sofia wohl zurückkehren würde. Glücklich? Verletzt? Erwachsener auch sie?

Der junge Ire Patrick war ihre erste Liebe, seit sie gemeinsam mit Luca letzte Weihnachten bei einer Gastfamilie in London verbracht hatte. Eigentlich hätte dieser Patrick vor ein paar Wochen an einem Schüleraustausch mit München teilnehmen sollen – bei Laura und Sofia. Sein bevorstehender Besuch hatte Laura in Unruhe versetzt. Sofia war noch so jung, knapp sechzehn. Doch nachdem Kriminelle Lauras Familie bedroht hatten, war nichts aus Patricks Besuch geworden. Um Sofia in Sicherheit zu bringen, hatte Laura sie nach London zu Patricks Familie geschickt. Erste Liebe war ihr angesichts der unklaren Situation vor ein paar Wochen als geringere Bedrohung erschienen, obwohl das durchaus nicht gesagt war.

«Ich muss dir was sagen, Mum.»

Wenn Luca «Mum» sagte, dann wurde es meistens ernst. «Ja?»

«Es ist ein bisschen schwierig ...»

Laura überholte einen Laster und tat so, als konzentriere sie sich ausschließlich auf den Verkehr.

«Hast du gehört, was ich gesagt habe?»

«Du hast gesagt, es sei ein bisschen schwierig.»

«Genau.»

Laura bog von der Nürnberger Autobahn Richtung Flughafen ab.

«Warum sagst du denn nichts?» Lucas Stimme klang gereizt.

«Ich denke, du willst mir etwas sagen.»

«Ja, will ich auch. Aber du könntest mir ein Signal geben, dass du dich interessierst, dass du nicht unbedingt sauer wirst ...»

Das ist es, dachte Laura. Das ist die Falle, die fast erwachsene Kinder ihren Müttern stellen. Er fällt in alte Muster zurück, er retardiert vor meinen Augen.

«Luca, ich gebe dir kein Signal, solange ich keine Ahnung habe, was du mir sagen willst. Ich hör dir einfach zu.»

«Okay, dann sag ich es eben: Sofia kommt nicht allein. Sie bringt Patrick mit.» Laura fuhr ruhig weiter, bremste nicht, gab nicht Gas, kam nicht ins Schleudern. «Wieso sagst du immer noch nichts?»

«Ich versuche das, was du eben gesagt hast, zu verstehen und zu verarbeiten.»

Luca zog eines seiner langen Beine an und umschlang es mit den Armen. Er beobachtete eine Maschine im Landeanflug, die knapp vor ihnen über die Autobahn schwebte.

«Da sind sie wahrscheinlich drin!», murmelte er und zog sein Smartphone aus der Hosentasche. «Genau!», fügte er nach ein paar Sekunden zufrieden hinzu. «18 Uhr 10, Lufthansa aus London. Pünktlicher als die S-Bahn!»

«Weshalb hat mir niemand gesagt, dass Patrick mit Sofia nach München fliegt?»

«Ich dachte, sie hätten es dir gesagt, Mum. Ich hab erst kürzlich von Sofia erfahren, dass du es nicht weißt.»

«Hat sie dir verraten, warum sie mich nicht gefragt hat?»

«Sie hatte Angst, dass du nein sagen könntest.»

«Und deshalb stellt sie mich einfach vor vollendete Tatsachen?» Laura sah Luca zornig an. «Wie lange weißt du denn von diesen Plänen?»

«Seit einer Woche. Vater hat's mir gesagt.»

«Ach, das finde ich ja wunderbar. Und weshalb hat dein Vater mich nicht angerufen?»

Luca blies die Backen auf und stieß dann hörbar die Luft aus. «Ich habe keine Ahnung, Mum. Und ich habe auch keine Lust, mich in eure Angelegenheiten einzumischen.» Seine Stimme klang abweisend.

«Verlange ich ja gar nicht! Ich frage mich auch, was sich Patricks Eltern eigentlich denken! Sie kennen meine Telefonnummern, sie haben meine E-Mail-Adresse ...» Laura atmete tief durch.

«Sie haben mit Papa gesprochen.»

«Dann kann Patrick ja bei ihm wohnen!»

«Ach Mama, das passt doch gar nicht zu dir. Kannst du dir nicht vorstellen, dass die ganze Sache nicht böse gemeint war? Sie wollten dich nicht stören!»

«Wie, nicht stören?»

Die ersten Flughafengebäude tauchten vor ihnen auf, und in diesem Augenblick wurden alle Lichter eingeschaltet, ein Meer von Lichtern, obwohl die Sonne noch nicht ganz untergegangen war. Luca saß mit angezogenen Beinen auf dem Beifahrersitz, das Kinn auf den Knien.

«Einfach nicht stören», sagte er nach einer Weile. «Du hattest doch ziemlich Stress mit dem Fall, mit Baumann, mit der Sorge um uns. Und dann warst du in Florenz, später in Siena ...»

«Angelo hat ebenfalls Telefon und Internet!»

«Mama, bitte. Kannst du dir wirklich nicht vorstellen, dass wir dich in Ruhe lassen wollten? In Ruhe mit Angelo, zum Beispiel? Großvater weiß auch, dass Patrick kommt, und er war ebenfalls dafür, dass wir dich für eine Weile in Ruhe lassen.»

Laura bog etwas zu spät zum Terminal der Lufthansa ab, hinter ihr hupte es mehrmals laut. «Aus deinem letzten Satz schließe ich, du warst damit einverstanden, dass ich nicht informiert werde.»

«Ja, ich war einverstanden, weil ich finde, dass du nicht ständig für alles die Verantwortung übernehmen musst.» Luca klang verhalten. Er sah Laura nicht an, sondern starrte aus dem Seitenfenster.

«Eine Familienverschwörung also.»

«Zu deinen Gunsten!»

«Das leuchtet mir noch nicht ganz ein. Du fährst also mit mir zum Flughafen, um diese Überraschung abzufedern, ja? Patrick soll unbedingt einen guten Eindruck von mir bekommen. Hat Sofia das am Telefon gesagt? Ich kann sie geradezu hören: Luca, bitte sag Mama, dass sie nicht böse sein soll. Ich hab Patrick erzählt, dass sie die beste Mum der Welt ist und für alles Verständnis hat!» Laura hörte sich plötzlich selbst reden und mochte nicht, was sie hörte, mochte auch den Ton ihrer Stimme nicht.

«Hör mal, Mama. Du hast uns auch ewig nicht gesagt, warum ein gewisser Angelo Guerrini dauernd bei uns anruft. Damit wir Kinder keinen Stress bekommen – hast du jedenfalls behauptet. Hinterher. Also nimm's ganz einfach locker!»

Laura hielt in einer Parklücke vor dem Terminal, schaltete den Motor aus und atmete tief ein. Locker bleiben, dachte sie. Nimm's locker. Ich bin alles andere als locker. Ich vermisse Angelo, und der Alltag liegt im Augenblick vor mir wie ein Gebirge. Es könnte sein, dass ich keine freien Kapazitäten für Patrick habe. Es könnte sein, dass ich nicht immer eine verständnisvolle Mutter sein will, dass ich nach der Arbeit meine Ruhe haben möchte, dass ich es schwierig finde, wenn meine minderjährige Tochter einen Lover in meine … unsere Wohnung schleppt.

«Wie alt ist Patrick eigentlich?»

«Genau ein Jahr älter als Sofi. Sie können in drei Wochen gemeinsam Geburtstag feiern.»

«In drei Wochen», wiederholte Laura langsam. «Bedeutet das, er bleibt drei Wochen?»

«Ich glaube, er bleibt ein bisschen länger. Mum, er wird in die Schule gehen. Er will deutsch lernen. Ich werd mich auch kümmern. Alles halb so wild!»

«Wirst du für die beiden kochen?»

«Lass sie doch selbst kochen.»

Er hat ja schon wieder recht, dachte Laura.

«Lass uns reingehen und nachsehen, ob Sofi ihn wirklich mitgebracht hat», sagte sie laut.

«Wieder okay?» Luca betrachtete sie prüfend.

«Möglich», erwiderte Laura und stieg aus dem Wagen. Sie fand, dass sich Luca in der gerade überstandenen Auseinandersetzung irgendwie erwachsener verhalten hatte als sie selbst.

UM HALB SIEBEN war das *Montenero* bereits so voll, dass Gäste abgewiesen werden mussten, die keinen Tisch reserviert hatten. Unter höchstem Bedauern selbstverständlich. Besonders Hartnäckige warteten vor dem Restaurant auf einen freien Platz, und Sergio Cavallino wies die Kellner an, ihnen auf Kosten des Hauses ein Glas Prosecco zu bringen. Das Geschäft blühte, wie immer, und Sergio krümmte sich innerlich vor Verzweiflung über die unvorhergesehenen Komplikationen. Äußerlich ließ er sich nichts anmerken, machte freundlich die Honneurs, ließ sich von diesem und jenem umarmen, ein Küsschen auf die Wange drücken, klopfte Schultern, wurde beklopft. Er empfahl eingelegtes Gemüse aus der Vitrine, gegrillte Dorade und Tintenfisch, gedünsteten Schwertfisch, Kaninchen in umido, einem Sud aus Zwiebeln und Sultaninen, hausgemachte Gnocchi mit würziger Tomatensoße, Radicchiosalat mit Blutorangen, mit Oliven gefülltes Perlhuhn, Zitronenhühnchen, Panna cotta mit frischen Erdbeeren, Zabaione, Zitronensorbet ... und gleichzeitig dachte er an das Treffen mit Michele, Eduardo und Onkel Carmine, das in genau – er sah schnell auf seine Uhr – 43 Minuten beginnen würde.

Langsam bewegte sich Sergio von Tisch zu Tisch. Waren die Gäste schon immer so laut gewesen? Hatten sie immer so gelacht, ihm zugeprostet? An diesem Abend kam es ihm vor, als machten sie sich über ihn lustig. Als wüssten alle, was geschehen war, als wären sie alle Komplizen. Seine? Oder die des Angreifers, des anonymen Absenders des Briefes? Er spürte Schweißtropfen auf seiner Stirn. Plötzlich hielt er es für möglich, dass einer von ihnen auf ihn schießen könnte, sah sich auf dem Boden liegen, schwerverletzt oder tot, während die anderen fraßen und lachten.

Er schaffte gerade noch einen halbwegs höflichen Abgang, rannte beinahe auf die private Toilette, schloss sich ein und lehnte sich an die Wand. Sein Herz klopfte laut. Ich höre mein Herz klopfen, dachte er. Es ist nicht normal, wenn man sein Herz klopfen hört. Seine Mutter hatte immer behauptet, er hätte schlechte Nerven, sei als Kind anfällig gewesen, leicht zu erschrecken und kaum zu beruhigen, wenn es knallte oder bei einem Gewitter donnerte. Als er einmal beim Brombeerpflücken einer kleinen Schlange begegnete, sei er einen Meter hoch gesprungen vor Schreck, obwohl er selbst noch nicht einmal einen Meter gemessen hatte. Nach einem großen Schreck hätte er manchmal Fieber bekommen. All das erzählte Mutter immer wieder und natürlich auch vor allen anderen, genau wie die Sache mit den schönen Augen.

«Hör auf, solche Sachen zu denken», sagte er leise. «Hör sofort auf! Sie merken es und schicken dich nach Hause, wenn du Angst hast. Oder nach Amerika. Dann übernimmt Michele dein Restaurant oder eine deiner Schwestern.»

Sergio ging zum Waschbecken, ließ kaltes Wasser über seine Hände laufen, wusch sich das Gesicht und trocknete es sorgfältig ab. Dann schaute er in den großen Spiegel, hob das Kinn, schob es ein bisschen vor, kniff die Augen leicht zusammen, versuchte, seinem Mund einen entschlossenen

Ausdruck zu geben. Endlich war er mit sich zufrieden. So konnte er den anderen gegenübertreten. Vielleicht.

Sein Herz hatte sich inzwischen beruhigt. Nein, er hatte keine Angst. Ein Cavallino hatte keine Angst. Zwischenfälle würde es immer geben, die gab es bei allen Unternehmen. Man musste sie als Herausforderung betrachten, und man musste gewinnen. Das hatte sein Vater, Dario Cavallino, immer wieder verkündet. Es gab eine Lösung für alles, und es würde auch eine Lösung für dieses Problem geben.

Sergio schaute auf seine kleine, goldene Rolex. In acht Minuten musste er ihnen gegenübertreten. Sie würden pünktlich sein, waren immer pünktlich. Seine Eingeweide gaben ein seltsames Gurgeln von sich.

Noch einmal betrachtete er sich prüfend im Spiegel, kämmte sein Haar, wischte sich mit der Hand über die rechte, dann über die linke Schulter, obwohl er keineswegs an schuppender Kopfhaut litt. Es war nur eine Angewohnheit.

Langsam verließ er die Toilette, nahm den Hinterausgang und setzte sich in seinen Mini. Vier Minuten lang blieb er im Dunkeln sitzen, dann stieg er wieder aus und ging zu Fuß zu seiner Wohnung. Als er den Schlüssel ins Schloss der Haustür steckte, klappten die Türen eines dunklen Volvo auf, der schräg gegenüber parkte. Drei Männer stiegen aus und kamen langsam auf ihn zu, so langsam, dass es bedrohlich wirkte.

Wieder hörte er sein Herz schlagen, schnell und unregelmäßig. Obwohl er wusste, dass es sich bei den Männern um Vetter Eduardo, Bruder Michele und Onkel Carmine handelte. Handeln musste. Unwillkürlich machte er zwei Schritte rückwärts, erschrak, als er sich dessen bewusst wurde, und zwang sich, ihnen entgegenzugehen.

Jetzt waren sie da, umarmten ihn schweigend. Einer nach dem anderen. Eduardo schaute sich nach allen Seiten um. «Gehen wir rein.»

Onkel Carmine hatte kalabrische Salami mitgebracht, die er sofort in die Küche trug, wo er begann, sie in Scheiben zu schneiden. Michele umarmte erneut seinen Bruder Sergio und rauchte nervös eine Zigarette nach der anderen. Eduardo entkorkte eine Flasche und holte Gläser aus dem Schrank.

Warum sagen sie nichts?, dachte Sergio. Aber er kannte das – wenn es um ernste Angelegenheiten ging, dann wurde am Anfang nicht viel geredet. Nicht in ihren Kreisen. Erst wenn sich alle niederließen, an einem Tisch saßen, dann redete man, erwog alle Möglichkeiten und traf Entscheidungen. Er, Sergio, hatte lange nicht mehr an solchen Treffen teilgenommen. Seit Gabrieles Tod war kein so ernster Fall wie dieser vorgekommen. Nur rein geschäftliche Angelegenheiten waren besprochen worden.

«Die Salami schickt deine Mutter», sagte Onkel Carmine zu Sergio und stellte das große Servierbrett auf den Esstisch. Carmine Cavallino war der Bruder vom Boss, fünfzehn Jahre jünger als der fünfundsiebzigjährige Dario. Ein schlanker Mann im dunklen Anzug, um dessen Schädel ein kurzer weißer Haarkranz lief. Er hatte die furchig ledrige Gesichtshaut eines Bauern, der sein Leben lang im Freien gearbeitet hat. Nur arbeitete Carmine schon lange nicht mehr als Bauer. Carmine war Koordinator des Unternehmens in Mailand, auch er ein Boss.

«Den Ziegenkäse schickt auch eure Mutter. Kam gerade rechtzeitig. Hör mal auf zu rauchen, Michele. Ich vertrag das nicht mehr, wenn es so stinkt.»

Vor drei Jahren hatte Onkel Carmine das Rauchen aufgegeben, gerade noch rechtzeitig, ehe es ihn umbrachte. Das behauptete er jedenfalls. Seitdem hatte er etwas gegen Raucher.

Michele inhalierte noch einmal tief und drückte die Zigarette dann im Aschenbecher aus. Sein Gesicht blieb dabei völlig ausdruckslos. Sergio leerte den Aschenbecher in den Mülleimer. Als er ins Wohnzimmer zurückkehrte, trat Onkel Carmine gerade seitlich ans Fenster und öffnete es so vorsichtig, als erwarte er unangenehme Überraschungen.

Sergio starrte auf das dunkle Loch, stellte sich plötzlich eine kreischende, schwarze Masse flatternder Fledermäuse vor, die ins Zimmer quoll.

Doch nichts drang ins Zimmer außer frischer Luft. Carmine atmete zufrieden ein, vermied es aber, sich vor das Fenster zu stellen.

«Allora», sagte er schließlich. «Fangen wir an.»

«Fangen wir an!», nickte Eduardo.

Sie setzten sich um Sergios Esstisch, stützten die Arme auf, steckten Salamistücke und Käse in den Mund, tranken den dunklen, schweren Rotwein.

Letztes Abendmahl, dachte Sergio. Vielleicht werde ich verrückt. Wieso stelle ich mir vor, dass Fledermäuse ins Zimmer fliegen, warum denke ich *letztes Abendmahl*? Er nahm ein Stück der roten, harten Wurst mit den großen, weißen Fettstücken und kaute darauf herum. Sie durften nicht merken, dass er verrückte Gedanken hatte. Er musste einfach machen, was sie machten.

«Gib mir den Brief!» Onkel Carmine wandte den Kopf in Sergios Richtung, sah ihn aber nicht an, streckte nur fordernd den Arm aus.

«Ecco.» Sergio zog den Umschlag aus der rechten Tasche

seines Jacketts und reichte ihn über den Tisch. Jetzt haftete Onkel Carmines Blick an seinem Gesicht, ein kalter Blick, den Sergio auf der Haut zu spüren meinte, obwohl das gar nicht möglich schien.

Die anderen saßen schweigend. Michele drehte eine Zigarette zwischen den Fingern, wagte aber nicht, sie anzuzünden. Eduardo kaute geräuschvoll Salami. Bedächtig nahm Carmine den Brief aus dem Umschlag und faltete ihn auseinander. Dann zog er eine Lesebrille aus einer Innentasche seines dunklen Jacketts, setzte sie so umständlich auf, als hätte er nie zuvor eine Brille aufgesetzt, schaute noch einmal über ihren Rand in die Runde und las. Er las langsam und sorgfältig, und es dauerte sehr lange, ehe er wieder aufschaute.

«Schlimm!», sagte er so leise, dass es wie Flüstern klang und sie genau hinhören mussten, um ihn zu verstehen. «Eine Schande, una vergogna, eine Prüfung des Himmels.» Er reichte den Brief an Michele weiter, der ihn überflog und besorgt den Kopf schüttelte.

«Klingt verdammt nach einer Prüfung. Allerdings weniger nach einer himmlischen. Da will uns jemand das Wasser abgraben. Wir müssen so schnell wie möglich rausfinden, wer das ist!» Micheles Augen waren ebenso dunkel wie Sergios, aber kleiner und nicht so ausdrucksvoll. Sein Gesicht hatte die kühnen, scharfen Züge eines sarazenischen Seeräubers.

«Ich hab mich ein bisschen umgehört und absolut nichts rausgekriegt!» Eduardo verschränkte die Arme vor der Brust.

«Und du, Sergio?» Diesmal schienen Onkel Carmines Augen in Sergios Kopf einzudringen. «Fällt dir irgendwas dazu ein? Schließlich haben wir dich studieren lassen.»

Sergios Kopfhaut wurde unter Carmines Blick feucht, doch er riss sich zusammen und redete irgendwas, das sich hoffentlich halbwegs intelligent anhörte. «Es handelt sich ganz offensichtlich um einen Erpressungsversuch. Irgendwer beobachtet uns – vielleicht gefallen irgendwem unsere Erfolge nicht. Die haben den Überfall auf mich gesehen, unsere Aktionen danach ebenfalls, und jetzt haben sie etwas in der Hand.»

«Ja, eine Leiche», murmelte Michele im Versuch einen Scherz zu machen, doch sein Grinsen verblasste unter dem Blick seines Onkels.

«Und wer ist dieser irgendwer?» Carmine klopfte ungeduldig mit Daumen und Zeigefinger auf den Tisch, immer abwechselnd.

«Das wissen wir noch nicht. Aber wir werden es bald wissen.» Sergio versuchte, entschlossen zu klingen.

«Du hättest ihn nicht umbringen dürfen, Sergio. Man bringt nur Leute um, die Verräter sind oder im Weg stehen. Todesfälle müssen genauestens geplant werden. Du weißt das, Sergio. Wenn er noch leben würde, könnten wir ihn befragen.»

«Er wollte mich umbringen, Onkel Carmine. Ich hatte keine andere Wahl!»

Carmine zuckte die Achseln und machte eine zweifelnde Handbewegung.

«Du musst mir das glauben. Er ist über mich hergefallen wie ein Wahnsinniger. Mein ganzer Körper ist blau und grün!» Als Carmine noch immer nicht überzeugt schien, riss Sergio wütend sein Hemd auf. «Da, schau es dir an! Soll ich dir meinen Rücken auch noch zeigen?»

Carmine verzog den Mund und schüttelte den Kopf. «Schon gut ... ich glaub es dir. Dein Vater meint, dass es trotzdem keine gute Sache war. Er sagt, sobald irgendein Verdacht auf dich fallen könnte, wirst du abgezogen. Die Dinge laufen zu gut hier, um irgendwelche Risiken einzugehen.»

Eduardo nickte und kaute weiter Salami. Michele räusperte sich, trank einen Schluck Wein, fuhr sich mit gespreizten Fingern durch das dichte Haar und rieb sich lange die Augen, ehe er endlich redete: «Wir müssen alle unsere Verbindungen einsetzen, um herauszufinden, wer hinter diesem Brief steckt. Es gibt eine Menge Möglichkeiten – könnten sogar Polizisten sein, die uns nervös machen wollen. Ich schlage vor, dass wir erst einmal alles so weiterlaufen lassen wie bisher. Wachsam, aber keine Veränderungen. Wir verhalten uns völlig normal.»

«Aber sie haben die Leiche», knurrte Eduardo und versuchte, mit dem Fingernagel ein Stück Salami zu entfernen, das zwischen seinen Zähnen steckte.

«Beh, und was wollen sie damit anfangen? Sie uns vor die Tür legen? Als Paket an die Polizei schicken? Sie haben die Leiche geklaut, um uns Angst zu machen. Das ist alles.» Michele unterstrich seine Worte durch heftige Handbewegungen.

«Dein Vater denkt ganz ähnlich.» Onkel Carmine nickte vor sich hin. «Er sagt, dass es jetzt darauf ankommt, die Nerven zu behalten. Falls jemand mit uns verhandeln will, dann verhandeln wir. Spätestens dann wissen wir, mit wem wir es zu tun haben.»

Michele und Eduardo murmelten zustimmend, während Sergio ein Gedanke kam: Wie war es möglich, dass keiner von ihnen daran gedacht hatte, dass sie abgehört werden könnten? In dieser Zeit, da man nahezu jeden abhörte! Plötzlich empfand er das halbdunkle Zimmer als bedrohlich. Was, wenn jemand in seine Wohnung eingedrungen war? Nein, das konnte nicht sein. Sein Sicherheitsschloss war nicht zu knacken, und die Fenster hielt er stets verschlossen, wenn er die Wohnung verließ, Doppelfenster mit Sicherheitsglas und Sicherheitsverschluss.

Er sah zu, wie Onkel Carmine noch mehr Salami aufschnitt, Eduardo eine zweite Flasche Wein entkorkte und Michele am offenen Fenster eine Zigarette rauchte. Sie hatten kein Brot, aber keiner sagte etwas. Warum sagte keiner was? Sergio folgte Carmine in die Küche, holte das frische Weißbrot und nahm die Teller mit Antipasti aus dem Kühlschrank, die Pietro früher am Abend in seine Wohnung gebracht hatte. Pietro. Ihm hatte Sergio die Schlüssel gegeben. Niemandem sonst hätte er seine Schlüssel anvertraut. Pietro wusste Bescheid, und Pietro war absolut zuverlässig. Pietro, der Sohn seiner ältesten Schwester Pia.

Sergio stellte Brot und Antipasti auf den Tisch, und Eduardo sog zufrieden den Duft von Kapern und Limonen ein. Sie aßen weiter, redeten über die Geschäfte, lachten sogar. Doch wenn die Gespräche leiser wurden, hörte Sergio jedes Mal sein Herz schlagen, und er verfluchte sich für seine schwachen Nerven und dieses laute Herz.

Als Laura durch die automatischen Glastüren auf die Passagiere der Maschine aus London schaute, entdeckte sie ihre Tochter sofort. Sofia war groß, sehr schlank und ihr dunkelbraunes Haar auffällig lang. Jetzt warf sie es mit einer lässigen Bewegung zurück und lachte den jungen Mann an, der neben ihr stand und aufmerksam die vorbeiziehenden Koffer auf dem Förderband beobachtete.

Das also ist Patrick, dachte Laura. Patrick, der mich als die unsichtbare Mutter bezeichnet hat, weil ich nicht auf

Facebook bin und nicht mit ihm skype. Patrick, der allgegenwärtige virtuelle Mitbewohner unseres Heims seit ungefähr vier Monaten.

Er war nur einen halben Kopf größer als Sofia, hatte pechschwarze, lockige Haare, die ihm bis auf die Schultern fielen, und wirkte aus der Ferne wie ein Rockmusiker, der nicht auf seinen Koffer, sondern auf eine E-Gitarre wartet.

Luca begann heftig zu winken, doch die beiden bemerkten es nicht. «Patrick ist cool», sagte Luca. «London ist echt noch was anderes als München!»

«Ich bin absolut sicher, dass Patrick auf den Fotos, die Sofia mir gezeigt hat, rothaarig war!»

«War er ja auch», grinste Luca. «Die ganze Familie ist rothaarig. Sind richtige Iren.»

«Aha.»

Luca lachte über Lauras zweifelnden Gesichtsausdruck. «Findest du nicht, dass Männer auch das Recht haben, sich die Haare zu färben?»

«Natürlich haben sie das.» Laura ließ den jungen Iren nicht aus den Augen. Er trug eine schwarze Lederjacke, schwarze, enge Hosen und schwarze Stiefel.

«Er ist nicht zufällig einer von den Gothics oder so was?», fragte sie vorsichtig.

Luca lachte schon wieder. «Nein, ist er nicht, Mum. Eher Anarchist.»

«Wieso denn das?» Plötzlich kam sich Laura alt und irgendwie dumm vor, wie jemand, der den Anschluss verpasst hat.

«Ist das nicht eine ganz normale Reaktion, wenn man sich die politische Entwicklung und den Zustand unserer Erde so ansieht?» Lucas Stimme klang kühl und überlegen.

Verblüfft musterte Laura ihn von der Seite. Er wandte

ihr sein Profil zu und winkte wieder. «Sie kommen! Also, versuch, die coole Mutter zu sein, die du meistens bist!»

Laura fiel keine schlagfertige Antwort ein. Sie stand einfach da und schaute ihrer Tochter und dem irischen Anarchisten namens Patrick entgegen. Und sie dachte an die jungen Italiener, die fast alle aussahen wie Anarchisten. Dachte an ihre eigenen Trockenübungen anhand dieser jungen Männer, Übungen des Loslassens, die Angelo Guerrini sehr erheitert hatten. Sie nahm die fragende Unsicherheit in Sofias Augen wahr, Patricks zögernde Schritte.

«Mum!» Luca stieß sie an. Endlich schaffte sie es, den Arm zu heben und den beiden zuzuwinken, schaffte ein Lächeln, ein kleines Lachen. Dann waren sie da. Sofia fegte ihre Unsicherheit hinweg, indem sie Laura um den Hals fiel, Luca umarmte Patrick, und endlich stand Laura dem jungen Iren gegenüber.

Er hatte grüne Augen und ein Grübchen in der rechten Wange. Sie streckte ihm die Hand entgegen, er nahm sie, drückte sie, murmelte eine Entschuldigung wegen des unangekündigten Besuchs.

Also war auch er eingeweiht, dachte Laura, sagte «No problem» und «Welcome. Hope it works this time». Er lächelte schief.

Es war wie immer bei Begrüßungen nach längerer Trennung oder erster Begegnung. Sie waren sich alle ein bisschen fremd, redeten durcheinander, warfen sich vorsichtige schnelle Blicke zu, um den Grad der Fremdheit auszuloten, froh, sich um Gepäckstücke kümmern zu können, den Weg zum Auto finden zu müssen.

Später saßen sie beim Inder an der Ecke – der Türke hatte aus irgendwelchen Gründen aufgegeben –, aßen Fladenbrot und Chicken Tikka. Auf der Heimfahrt hatten Sofia und Patrick nicht viel geredet. Luca war es zum Glück gelungen, längeres Schweigen durch geschickte Fragen zu überbrücken. Er fragte nach der Schule, die er gemeinsam mit Patrick in London besucht hatte, nach Freunden, Lehrern, nach Patricks Eltern, seinen Geschwistern, dem Hund. Patrick antwortete geduldig, ab und zu sagte auch Sofia ein paar Sätze. Trotzdem war Laura die Rückfahrt wesentlich länger vorgekommen als die Hinfahrt. Im Rückspiegel war sie ein paarmal Patricks Blick begegnet. Jedes Mal hatte er schnell weggeschaut.

Jetzt im Halbdunkel des indischen Restaurants saßen sie sich gegenüber und gaben sich Mühe.

«Sie arbeiten wirklich bei der Mordkommission?», fragte Patrick.

«Ja, wirklich», erwiderte Laura.

«Warum eigentlich?»

Laura sah Patrick erstaunt an, ließ das Mango-Lassi in ihrem Glas kreisen und zuckte die Achseln. «Das frage ich mich auch hin und wieder. Gerade in diesem Augenblick kenne ich die Antwort auch nicht. Aber wir haben ja noch viel Zeit, nicht wahr?»

Patrick lächelte sein schräges Lächeln und nickte. Er hat Charme, dachte Laura. Wenn ich sechzehn wäre, würde ich mich möglicherweise auch in ihn verlieben. Sie mochte seine eher ungewöhnliche Frage, dieses «Warum eigentlich?». Die meisten jungen Männer hätten vermutlich gesagt: toll, interessant, spannend. Kluger Junge, dachte Laura. Trotzdem war sie sehr dankbar, als Luca ankündigte, diese erste Nacht gemeinsam mit den beiden Rückkehrern in Lauras Wohnung zu verbringen. Vor Dankbarkeit für die Entschärfung der Situation hätte sie ihren Sohn am liebsten geküsst.

«Grazie, Luca», sagte sie leise, als sie das Lokal verließen.

«Per piacere», antwortete er ernst und hielt ihr die Tür auf.

Onkel Carmine und Eduardo gingen um halb zwölf. Es gab nichts mehr zu besprechen. Sergio und Michele begleiteten sie zur Haustür und sahen ihnen nach, bis die Rücklichter des dunklen Volvo am Ende der Straße verschwanden, dann kehrten sie in die Wohnung zurück.

«Du bist ganz schön nervös, was?» Michele zündete sich schon wieder eine Zigarette an, machte sich diesmal aber nicht die Mühe, das Fenster zu öffnen.

«Findest du das nicht normal in dieser Situation?», antwortete Sergio heftig und räumte geräuschvoll die leeren Antipastiplatten vom Tisch.

Michele zuckte die Achseln. «Schon, aber du solltest es nicht zeigen.»

«Habe ich das denn?»

«Ich finde schon. Na ja, ich bin dein Bruder und kenne dich ziemlich gut. Onkel Carmine ist es wahrscheinlich gar nicht aufgefallen.»

«Carmine fällt alles auf. Das weißt du genau, Michele!»

«Beh, fast alles. Hast du wirklich keine Ahnung, wer hinter diesem Mist steckt?» Michele stieß erstaunlich viel Rauch aus, es kam Sergio vor, als fülle sich sein Wohnzimmer mit stinkendem Theaternebel.

«Musst du eigentlich dauernd rauchen?»

«Ja!», erwiderte Michele ruhig. «Aber du hast meine Frage nicht beantwortet.»

«Nein, ich weiß es nicht! Ich habe keine Ahnung!»

«Bist du sicher, dass du keinen Fehler gemacht hast? Zum Beispiel bei der Kontaktaufnahme mit Kunden?»

«Nein, ich habe keinen Fehler gemacht, porca miseria! Du weißt ganz genau, dass ich besonders vorsichtig bin, weil ich hier noch ziemlich am Anfang stehe. Aber es sieht gut aus. Zwei, drei Immobilienhändler kommen regelmäßig ins Restaurant. Ich denke, dass man sie bald ansprechen kann. Und ein Bauunternehmer ist schon im Geschäft mit uns.»

Michele nickte und schenkte sich noch ein halbes Glas Wein ein. «Klingt alles gut. Mir ist nur nicht klar, warum die anderen die Leiche geklaut haben. Ich meine, die haben einen ganz schönen Aufwand betrieben ... 'n Laster stoppen, den Fahrer betäuben, die Kiste ausladen. Wetten, dass die irgendwas vorhaben mit deiner Leiche, Sergio? Du musst darauf gefasst sein!» Aus Micheles Nasenlöchern strömten zwei Rauchfahnen.

Sergio flüchtete in die Küche. Plötzlich wusste er, was er tun würde. Er musste einen Bunker bauen, einen, den nur er kannte, niemand sonst. Er war kein Boss, nur beinahe ein Boss. Aber jeder Boss besaß einen Bunker. Seine einzige Sicherheit, seine einzige Zuflucht.

Sergio kannte die Geschichte der Familien und Clans samt der Geschichte ihrer Geheimverstecke. Ihm graute vor den Männern, die Jahrzehnte in Bunkern lebten und trotzdem Macht über Leben und Tod besaßen, Millionengeschäfte machten und dabei kaum atmen konnten. Aber in einem Bunker würde niemand über ihn herfallen. Niemand würde es wissen. Auch Onkel Carmine nicht.

«Du kannst auf dem Sofa hier schlafen», sagte er zu Michele. «Aber mach deine Zigarette aus, ehe du einschläfst.»

Er selbst zog sich in sein Schlafzimmer zurück, fühlte sich zum ersten Mal an diesem Tag etwas besser. Nachdem er Michele eine Decke, Kissen und zwei Laken gegeben hatte, legte er sich angezogen auf sein eigenes, breites Bett. Der Gedanke an den Bunker beruhigte sogar sein Herz. Er hörte es kaum noch, selbst wenn er sich ausstreckte und genau auf die Schläge achtete. Nur der Gestank von Micheles Zigaretten störte noch, war ihm ins Schlafzimmer gefolgt, hing in seinen Haaren und Kleidern.

DIE KISTE LAG auf der linken Spur der Prinzregentenstraße, Richtung Isar, nur ungefähr fünfzig Meter entfernt vom Haus der Kunst und ziemlich genau da, wo der Eisbach aus seinem Tunnel hervorquoll und mit wilden Wellen in den Englischen Garten strömte. Der morgendliche Berufsverkehr begann sich zu stauen und brach dann ganz zusammen, sodass ein paar Männer schließlich aus ihren Autos stiegen, um die Kiste beherzt zum Bürgersteig zu schleppen. Allerdings war sie so schwer, dass sie es kaum schafften und noch andere zur Unterstützung rufen mussten. Einer verständigte mit seinem Mobiltelefon die Polizei. Danach kehrten die Männer zu ihren Fahrzeugen zurück und fuhren weiter. Der Verkehr floss wieder, und der Stau löste sich auf.

Als nach einer halben Stunde ein Streifenwagen der Polizei eintraf, standen nur noch ein paar Neugierige herum, die Spekulationen über den Inhalt der Kiste anstellten. Einige hatten versucht, sie anzuheben, doch es war ihnen nicht einmal unter heftiger Anstrengung gelungen. Deshalb tippten sie auf Maschinenteile oder Steinplatten, Fliesen, Waschbecken ... irgendwas von der Art.

Nur einer, ein junger Mann mit Fahrrad, verkündete, dass seiner Meinung nach eine Leiche in der Kiste sei. Leichen seien außerordentlich schwer und wesentlich spannender als Steinplatten, Fliesen oder Waschbecken.

«Du spinnst ganz schön!», sagte ein Älterer.

«Abwarten», grinste der Junge.

Zwei Streifenpolizisten stiegen aus ihrem Wagen, einer von ihnen war eine junge Frau mit blondem Pferdeschwanz. Die beiden umrundeten die Kiste, ruckten an ihr herum.

«Macht sie doch auf!», sagte der junge Mann mit dem Fahrrad.

Die Polizistin mit dem Pferdeschwanz drehte sich zu der kleinen Ansammlung um.

«Hat jemand irgendwas gesehen? Ob die Kiste von einem Laster gefallen ist, zum Beispiel?»

Alle schüttelten den Kopf.

«Die lag einfach mitten auf der Straße», sagte der ältere Mann, der eine etwas abgewetzte Aktentasche unterm Arm trug und einen dieser irgendwie zu kleinen Trachtenhüte auf dem Kopf hatte. «Ein paar Autofahrer haben sie auf den Bürgersteig getragen. Is' ja keiner mehr durchgekommen.»

Der Kollege der blonden Polizistin sprach in sein Funkgerät.

«Warum schaut ihr denn nicht rein?» Der junge Mann kam mit seinem Fahrrad ein Stück näher an Kiste und Polizistin heran.

«Weil wir die Kiste abtransportieren und von unseren Technikern aufmachen lassen. Spurensicherung! Schon mal davon gehört?»

«Wenn ihr Spuren sichern wollt, dann dürft ihr sie aber nicht abtransportieren. Die Spuren sind doch hier, oder?»

Die Polizistin verdrehte die Augen und seufzte. «Sie können alle weitergehen, wir werden die Kiste hier nicht öffnen. Es hat also keinen Sinn zu warten!»

Die meisten Neugierigen gingen tatsächlich weiter, sichtlich enttäuscht. Nur der junge Mann mit dem Fahrrad und der ältere mit dem zu kleinen Hut blieben stehen, hielten zehn Minuten durch, bis der Transporter der Polizeitechniker kam. Als die Kiste verladen war und Transporter und Streifenwagen abfuhren, schauten sie hinterher wie Verlassene.

«Wetten, dass eine Leiche drin ist!», murmelte der junge Mann trotzig. Der Ältere zuckte die Achseln, dann gingen sie noch eine Weile schweigend nebeneinander her, bis der Junge auf sein Fahrrad stieg und davonradelte.

An diesem Morgen erwachte Sergio Cavallino früh und nahm sofort den kalten Zigarettenrauch wahr, der über Nacht in sein Schlafzimmer gekrochen war. Er hatte leichte Kopfschmerzen, und die Rippen auf seiner rechten Seite schmerzten heftig.

Vielleicht ist doch etwas gebrochen, dachte er. Ich sollte zum Arzt gehen. Doch er wusste, dass er nicht gehen konnte.

In Mailand gab es einen Arzt, zu dem er gehen könnte, in München hatte er noch keinen gefunden, der schweigen würde. Es brauchte alles seine Zeit. Aber irgendwer wollte ihm diese Zeit nicht zugestehen, und das machte ihn wütend und verzweifelt zugleich.

Draußen war es noch ziemlich dunkel, ein paar Vögel sangen schon, und aus dem Wohnzimmer drang das leise Schnarchen seines Bruders Michele. Sergio drehte sich auf die linke Seite und betastete vorsichtig die Rippen auf seiner rechten. Wenn er Glück hatte, dann waren sie nur geprellt. Irgendwo hatte er gelesen, dass gebrochene Rippen ganz von selbst wieder zusammenwachsen. Man musste nur warten und es aushalten.

Vorsichtig rollte er sich wieder auf den Rücken und

starrte an die Decke. Was, wenn die Polizei hinter dieser Geschichte steckte? Es wäre durchaus möglich, dass die Deutschen Tipps von ihren italienischen Kollegen bekommen hatten. Vielleicht war das *Montenero* von Anfang an beobachtet worden. Die arbeiteten ja inzwischen mit allen Mitteln. Denen war absolut zuzutrauen, dass sie eine Leiche klauten. Alles war denen zuzutrauen.

Er hatte nichts bemerkt, und genau das würde ihm die Familie vorwerfen. In ihren Augen hätte er versagt. Aber das durfte nicht geschehen. Er, Sergio, war einer von ihnen geworden, hatte den Eid geschworen, sein Blut auf das Heiligenbildchen tropfen lassen und es brennen sehen. Bereits damals war er intelligent genug gewesen, um sich zu fürchten. Sogar an den Geruch in der Halle des alten Hauses von Onkel Carmine konnte er sich genau erinnern, diese merkwürdige Mischung aus Mottenkugeln, feuchten Wänden und Weihrauch. Es konnte gar nicht sein, aber er erinnerte sich an den Geruch von Weihrauch. Und an das Gemurmel, das seltsame Ritual, bei dem die Männer im Halbkreis standen und die Worte des Vorsitzenden nachsprachen.

Damals war er noch ein *contrasto onorato* gewesen, ein ehrenwerter Außenstehender.

Er hatte zuvor auswendig gelernt, was er zu sagen und zu antworten hatte.

Er suche Blut und Ehre, hatte er auf die Frage zu antworten, was sein Begehr sei.

Blut für wen?, lautete die nächste Frage.
Blut für die Verräter, war die richtige Antwort.
Ehre für wen?
Für die Ehrenwerte Gesellschaft.
Und dann kamen die Regeln: Über der Familie, den El-

tern, den Schwestern und Brüdern stehe das Interesse und die Ehre der Ehrenwerten Gesellschaft, sie allein werde vom Augenblick dieses Rituals an seine Familie, und wenn er Verrat begehe, werde er mit dem Tod bestraft. Wenn er der Gesellschaft treu sei, dann werde auch die Gesellschaft ihm treu bleiben und ihn unterstützen. Nur der Tod könne dieses Treueverhältnis beenden.

Sergio war neunzehn gewesen, als man ihn zum *picciotto d'onore* gemacht hatte. Danach ließen sie ihn studieren und ziemlich in Ruhe, nur ab und zu führte er Kurierdienste aus. Er lernte auch Deutsch und Englisch, und nach dem Studium wurde er so etwas wie der Justiziar der Gesellschaft. Dann erschoss jemand seinen Bruder Gabriele, und Sergio fielen die Regeln wieder ein.

Vielleicht hatte Vater, der Vorsitzende, der Boss der Bosse, seine Gedanken gelesen – diese Fähigkeit hatte er auch bei anderen immer wieder bewiesen. Er war ein extrem misstrauischer Mann, der Verräter schon am Geruch zu erkennen schien. Nicht lang nach Gabrieles Tod befand der große alte Dario Cavallini, dass Sergio seine Fähigkeiten beweisen müsse. Aufgrund seiner Deutschkenntnisse wurde er nach München geschickt, um Eduardo beim Ausbau der Geschäfte zu unterstützen. In Mailand war bereits ein neuer Justiziar gefunden. Sergio hatte man nichts davon gesagt.

Drüben im Wohnzimmer hustete Michele. Mit ihm war Sergio stets gut ausgekommen. Er und Michele arbeiteten Hand in Hand. Würde Michele nach den Regeln der Gesellschaft handeln, wenn jemand Sergio als Gefahr für das Unternehmen bezeichnete? Ihr Boss-Gott-Vater zum Beispiel? Würde er selbst es tun, falls Michele …

Als sich die Tür zu seinem Schlafzimmer öffnete, stellte Sergio sich schlafend. Michele trat neben das Bett und beugte sich über ihn, legte die Hand auf seine Schulter und grub die Finger in sein Fleisch. Sergio hörte sein Herz.

«Caffè, chi vuole Caffè!», schrie Michele in Sergios rechtes Ohr. Solche albernen, unangenehmen Scherze hatte er schon früher häufig gemacht.

«Ist der Caffè fertig, oder muss ich ihn erst noch machen?», knurrte Sergio zurück. «Ich hasse es übrigens, wenn man mir ins Ohr schreit.»

«Deswegen hab ich's ja gemacht, Bruder. Der Caffè ist fertig und steht in der Küche. Im Kühlschrank habe ich außerdem einen sehr guten Mandelkuchen gefunden. Hast du den selbst gebacken?» Micheles Stimme triefte vor Ironie.

«Natürlich!» Sergio versuchte mitzuhalten.

«Wie wäre es, wenn du mir jede Woche einen nach Marseille schicken würdest? Mit unserem Fischtransporter. Das ist doch eine grandiose Idee.»

«Sehr grandios. Back dir deinen Scheißkuchen selber, ich hab im Augenblick andere Sorgen.»

«Wer wird sich denn von einer einzigen Leiche gleich aus dem Konzept bringen lassen. Das passt gar nicht zu dir, Sergio.»

«Ich lasse mich nicht aus dem Konzept bringen! Ich versuche herauszufinden, wer uns erpressen will. Das ist eine verdammt ernste Situation, Michele. Du hast gestern Abend selbst gesagt, dass sogar die Polizei dahinterstecken könnte.»

«Ich werde mich umhören. Sergio. Spätestens morgen wissen wir, was los ist. Das verspreche ich dir! Steh jetzt auf und trink deinen Caffè. Du musst ins *Montenero*, sonst fällt auf, dass du zum zweiten Mal zu spät kommst.»

«Permesso? Was sagst du da? Woher weißt du, wie oft ich zu spät komme, eh?»

«Beh, reg dich nicht auf. Reiner Zufall. Sollte ein Scherz sein. Pietro hat gesagt, dass du vorgestern erst gegen Mittag aufgetaucht bist.»

«Was geht das Pietro an? Er ist nichts als ein verdammter Kellner.»

«Reg dich ab. Es war wirklich nicht bös gemeint, nicht von Pietro und nicht von mir! Klar?»

Sie beobachten mich, dachte Sergio und versuchte, diese Erkenntnis nicht zu bewerten. Wenigstens vorläufig nicht. Sein Körper reagierte trotzdem – Sergio spürte, wie seine Achselhöhlen feucht wurden, sein Haaransatz, seine Oberlippe ... er wischte sie schnell mit dem Handrücken ab.

«Also, was ist? Willst du Caffè oder nicht?» Michele lehnte am Türrahmen und rauchte schon wieder.

«Ich komme gleich. Darf ich vielleicht vorher noch aufs Klo, eh?»

«Certo, certo!» Michele grinste und verschwand im Wohnzimmer, während Sergio dem Himmel dankte, dass seine Wohnung zwei Badezimmer hatte. Das Schlafzimmer war mit einem eigenen Bad ausgestattet, und dorthin flüchtete er sich jetzt vor der aufdringlichen Präsenz seines Bruders.

Er fragte sich, ob Michele zu seiner Überwachung abgestellt war, ob er deshalb bei ihm übernachtet hatte.

Und wenn es so wäre?

Wenn es so wäre, dann bedeutete es, dass sie ihm nicht mehr trauten. Aber dafür gab es keinen ernsthaften Grund. Vermutlich wollten sie nur sichergehen, dass er nicht die Nerven verlor. Vielleicht sorgten sie sich einfach um ihn.

Lächerlich! Wenn sie anfingen, sich um jemanden zu sorgen, dann bedeutete das nichts Gutes.

Jedenfalls nichts Gutes für denjenigen, um den sie sich sorgten.

Sergio stellte sich unter die Dusche und pinkelte an die Kacheln. Ihm war einfach danach. Aber noch währenddessen empfand er diesen hilflosen Ausbruch seiner Wut vor allem als beschämend.

Auf Zehenspitzen bewegte sich Laura Gottberg über die knarrenden Dielen des langen Flurs zur Wohnungstür. Alle anderen derzeitigen Mitbewohner schliefen noch an diesem Montagmorgen. Patrick in Lucas Zimmer, Sofia in ihrem eigenen und Luca auf dem Sofa im Wohnzimmer. Laura hatte auf dem Küchenbalkon eine Tasse Tee getrunken und der Amsel zugehört, die wieder auf der Dachrinne gegenüber saß. Ibrahim Özmers Kopf war kurz am offenen Klofenster erschienen und gleich wieder verschwunden. Aber dann hatte ihr türkischer Nachbar doch zu Laura herübergegrüßt, obwohl es ihm offensichtlich peinlich war, aus dem Toilettenfenster zu winken.

Gut, dass alle noch schlafen, dachte Laura, während sie leise die Wohnungstür öffnete und sich hinausschlich. Gut, dass mein erster Arbeitstag nach dreieinhalb Wochen ganz still anfängt – ohne Gespräche, ohne Stau vor dem Badezimmer. Vielleicht wird es sogar ein ruhiger Tag im Dezernat, einer ohne besondere Vorkommnisse. Solche Tage waren selten, aber es gab sie.

Als Laura die Wohnungstür leise hinter sich zuzog, öffnete sich die Tür gegenüber, und Ibrahim Özmer nickte ihr lächelnd zu.

«Laura wieder da? Lange weg. In Ordnung, ja?»

«Guten Morgen, Herr Özmer. Alles in Ordnung, ja, ich bin jetzt wieder da. Sofia auch und Luca und ...» Laura zögerte kurz. «... und der Sohn von meiner Schwester. Sie lebt in England.»

«Ah, Sohn von Schwester. Gestern Abend gekommen, ja? Ich gesehen.» Ibrahim Özmer wies ein bisschen verschämt auf den Spion in seiner Wohnungstür. «Ich aufpassen, dass nix passiert!»

«Das ist sehr nett, Herr Özmer. Aber jetzt passiert nichts mehr. Sind alle im Gefängnis.»

«Oh! Alle?»

«Ja, alle.» Laura lächelte ihm zu. «Sie waren sehr tapfer damals, Herr Özmer, ich bin Ihnen sehr dankbar. Wie geht es Sefira?»

«Gut, alles gut. Schon arbeiten Sefira. Immer früh, ganz früh!»

Laura schaute auf ihre Armbanduhr. Kurz nach sieben. «Ich muss jetzt auch arbeiten ... und Sie?»

«Ich nix arbeiten. Heute Urlaub.»

«Dann schönen Urlaub!»

Laura winkte ihm zu und lief schnell die Treppe hinunter, dachte an die turbulente Nacht vor ein paar Wochen, als ein Unbekannter versucht hatte, in ihre Wohnung einzudringen. Dem wachsamen Ibrahim Özmer war es gelungen, ihn in die Flucht zu schlagen. Laura hatte auch Drohanrufe gegen ihre Familie bekommen und Sofia deshalb nach London geschickt. Der Fall war zwar inzwischen gelöst, trotzdem dachte sie ungern daran zurück. Zum ersten Mal waren Sofia und Luca gezielt bedroht worden, um Laura von Ermittlungen abzuhalten.

Sie wusste genau, dass die Özmers weiterhin aufpassen würden. Deshalb war es gut, Patrick sofort als Sohn ihrer

Schwester in London einzuführen. Laura hatte zwar keine Schwester, aber das wussten die Özmers nicht. Es reichte Laura schon, dass die beiden mit Argusaugen über ihre Tugend wachten. Zum Glück hatten sie Angelo Guerrini und die Tatsache, dass Laura sich hatte scheiden lassen, inzwischen mit Mühe akzeptiert.

Im ersten Stock roch es nach Kaffee, im Parterre ein bisschen nach den Abfalltonnen im Hinterhof – all das war vertraut, und eigentlich mochte sie es, samt den knarrenden Stufen und dem verschnörkelten Treppengeländer, das schon unzählige Male lackiert worden war und allmählich abblätterte. Trotzdem war ihr, als hätte sie ihre Wurzeln ein bisschen mehr aus der Erde gezogen und hinge irgendwie in der Luft. Ein paar Wurzeln hatten sich zwischen die dicken Kopfsteinpflaster in Siena gegraben, eine steckte im großen Basilikumtopf des alten Fernando Guerrini, zwei in der Erde des zerzausten Oleanders auf der kleinen Dachterrasse des Commissario und viele kleine an allen möglichen Orten – unter Olivenbäumen, Schirmpinien, in Gärten verlassener Bauernhöfe in den Crete oder wie eine Pionierpflanze am Strand der Maremma.

Laura trat hinaus auf die Straße, atmete tief die Morgenluft ein und überlegte, wo sie am Abend den Wagen abgestellt hatte, dann machte sie sich auf den Weg ins Präsidium.

AUCH DIE LANGEN FLURE des Polizeipräsidiums rochen vertraut, wenn auch nicht besonders angenehm. Laura nahm die Treppe in den dritten Stock, grüßte ein, zwei Kollegen, öffnete die Tür zum Dezernatsbüro und blickte erstaunt auf eine kleine Versammlung, die sie zu erwarten schien, denn alle wandten sich zu ihr um.

«Willkommen, Laura!», grinste Andreas Havel und hob grüßend eine Kaffeetasse. «Wir haben gerade darüber gesprochen, dass es an dir liegen muss. Zwei Wochen lang ist fast nichts passiert, und kaum bist du zurück, liegt ein hochinteressanter Fall sozusagen auf der Straße. Genau am Morgen deines Dienstbeginns!» Der Kriminaltechniker streckte Laura die Hand entgegen und schüttelte die ihre so kräftig, dass ein bisschen Kaffee aus seiner Tasse schwappte.

Außer Havel standen noch eine Beamtin und ein Beamter in Uniform herum, Kriminaloberrat Becker, Claudia, die Dezernatssekretärin, und ein junger Mann, den Laura nicht kannte. Nacheinander drückten sie Lauras Hand, der Kriminaloberrat stellte die beiden Streifenpolizisten vor und endlich auch den unbekannten jungen Mann.

«Das, verehrte Laura, wird in der nächsten Zeit Ihr engster Mitarbeiter sein. Darf ich vorstellen: Kommissar Severin Burger – Kriminalhauptkommissarin Gottberg. Kommissar Burger wurde uns von den Kollegen in Regensburg ausgeliehen, als Ersatz für Baumann, der ja noch eine

Weile ausfallen wird. Ich hoffe, dass Sie gut zusammenarbeiten werden. Kommissar Burger wurde von mir bereits auf Sie vorbereitet, Laura.» Becker lachte breit und ein bisschen anzüglich, wobei sich sein Gesicht wie immer sehr rot färbte. Hinter seinem Rücken verdrehte Claudia die Augen, und Havel räusperte sich ausgiebig. Die beiden Streifenpolizisten sagten nichts.

Alles ist wie immer, dachte Laura, geradezu unangenehm vertraut. Sie verweigerte sich der kleinen Provokation ihres Vorgesetzten und nahm sie einfach nicht zur Kenntnis. Sagte freundlich, dass sie sich über die Verstärkung durch Kommissar Burger freue, wandte sich dann an Havel und fragte, was es denn mit der Geschichte auf sich habe, die auf der Straße gelegen hätte.

«Ich hoffe, du hast dich gut erholt», murmelte er. «Wir haben den Fall wirklich auf der Straße gefunden. Eine große Kiste, die wir vor einer halben Stunde geöffnet haben. Wir fanden einen frischen Betonblock, der sogar noch feucht war.» Havel machte eine bedeutungsvolle Pause und trank einen Schluck Kaffee. Laura wartete.

«Natürlich haben wir angenommen, dass es wenig sinnvoll ist, einen Betonbrocken in einer Kiste zu transportieren, und deshalb nahmen wir an, dass in dem Betonblock etwas versteckt sein könnte.» Wieder trank Havel und ließ sich sehr viel Zeit, gerade so, als erwarte er, dass irgendwer die Geduld verlor.

Doch noch immer sagte niemand etwas, nicht einmal Kriminaloberrat Becker, der im Allgemeinen nicht besonders geduldig war.

«Wir haben den Betonblock also durchleuchtet und fanden unsere Annahme bestätigt. Im Innern des Blocks entdeckten wir einen menschlichen Körper.»

Havel sprach mit diesem leichten Singsang seiner tschechischen Muttersprache, der sich stets verstärkte, wenn sein Bericht dem Höhepunkt zustrebte.

«Ach!», sagte Laura und tat so, als sei sie überrascht.

«Es befindet sich also eine Leiche im Beton!», mischte sich Becker ein, er schien jetzt doch die Geduld zu verlieren. «Falls sich nicht irgendwer einen Scherz mit uns erlaubt und eine Schaufensterpuppe oder so was eingegossen hat. Man kann ja nie wissen. Ich und die Kollegen von der Technik sind der Meinung, dass Sie, Laura, und Kommissar Burger bei der Öffnung des Betonblocks anwesend sein sollten.»

«Danke!», erwiderte Laura trocken.

Becker hob beide Augenbrauen und wandte sich an den jungen Kommissar. «Jetzt sehen Sie, was ich gemeint habe!»

Severin Burger grinste nicht, er lächelte Laura an, und in seinem Lächeln lag so etwas wie Zustimmung. Laura konnte allerdings nicht deuten, wem diese Zustimmung galt.

«Na ja, ihr braucht mich jetzt nicht mehr. Die beiden Kollegen hier haben die Kiste gefunden und stehen für Auskünfte zur Verfügung. Ich verabschiede mich. Falls ihr mich braucht ...» Becker war schon aus der Tür.

Laura ging zur Kaffeemaschine und stellte eine Tasse unter die Düsen, drückte auf Cappuccino und wandte sich dann an die beiden Polizisten.

«Ich nehme an, Sie beide wollen auch schnell wieder fort, also erzählen Sie doch einfach.»

«Gibt nicht viel zu erzählen. Die Kiste hat wohl auf der Prinzregentenstraße gelegen und den Verkehr behindert. Einige Fahrer haben sie dann zur Seite getragen und uns verständigt, und wir haben sie abtransportieren lassen. Das ist alles.»

«Zeugen?»

«Wir haben keine angetroffen, die etwas aussagen konnten.»

«Die Autofahrer?»

«Waren schon weg. Von einem haben wir die Handynummer.»

«Also müssen wir über Presse und Internet Zeugen suchen. Claudia, kannst du das bitte organisieren. Aber warte noch, bis wir wissen, was wirklich in dem Betonblock ist.»

Laura griff nach ihrem Cappuccino und wandte sich an Kommissar Burger. «Wie lange sind Sie denn schon hier?»

«Seit zwei Wochen.»

«Interessant.»

«Inwiefern?» Burger beugte sich ein wenig vor, und Laura betrachtete ihn aufmerksam. Er war groß, mit einem Hang zur Fülligkeit. Seine dunklen Haare trug er sehr kurz geschnitten, seine Augen waren erstaunlich rund und ganz hellblau, und auf seiner unteren Gesichtshälfte spross ein Dreitagebart, der irgendwie nicht zu seinen roten Backen passte.

«Inwiefern ...», wiederholte sie nachdenklich. «Es ist interessant, weil ich dringend Ersatz für meinen Kollegen Baumann gebraucht hätte, der in Ihrer Person offenbar genau dann kam, als ich niemanden mehr brauchte und gar nicht mehr in München war. Aber vergessen wir das: Auf gute Zusammenarbeit!» Laura hob ihre Kaffeetasse.

«Auf gute Zusammenarbeit!» Er stieß mit ihr an und lächelte wieder auf diese freundlich zustimmende und gleichzeitig etwas unbestimmte Weise. Zufällig fing Laura einen sehr nachdenklichen Blick von Claudia auf.

«Ich geh mal schnell in mein Büro, dann können wir

zusammen los!» Laura nickte Andreas Havel zu und ging zur Tür.

«Warte, ich komm mit. Ich hab ein paar Fragen zu diesen Akten hier. Die liegen rum, seit du nach Florenz geflogen bist. Es ist ziemlich wichtig!» Claudia nahm einen Stapel Akten von ihrem Schreibtisch, lief hinter Laura her und holte sie auf dem Flur ein.

«Das mit den Akten war sehr auffällig und nicht sehr überzeugend.»

«Meinetwegen, aber ich muss mit dir reden, ehe du wieder weg bist.»

«Über den Neuen?»

«Nein, nicht über den Neuen, obwohl – vielleicht auch über den Neuen.»

«Warte, bis wir in meinem Zimmer sind.»

«Deshalb bin ich dir ja nachgelaufen.»

Lauras Büro lag am Ende des Flurs, und die Tür war nicht abgeschlossen. «Wieso ist meine Tür offen?»

«Das war der Chef. Er hat gesagt, dass alle Büroräume zugänglich sein müssen. Er meinte, dass Kollegen keine Geheimnisse voreinander hätten und offene Türen die Zusammenarbeit fördern.» Claudia verzog ihr Gesicht zu einer ihrer komischen Grimassen. «Ich habe ihm gesagt, dass er damit ein gewisses Risiko eingeht, was deine Person betrifft.»

«Hast du das wirklich gesagt?»

«Na ja, so ähnlich jedenfalls.»

«Und er? Wie hat er reagiert?»

«Er hat gesagt, dass er dieses Risiko in Kauf nehmen könne.»

«Ich habe also einen neuen Mitarbeiter, und meine Tür ist nicht mehr abgeschlossen. Gibt es noch irgendwelche

Entwicklungen, die ich in den letzten drei Wochen versäumt habe?» Laura öffnete das Fenster ihres Büros und schaute zur Frauenkirche hinüber. «Immerhin steht der Dom noch!» Langsam wandte sie sich um und ließ ihren Blick über Schreibtisch, Regale, Computer und Aktenschränke wandern. «Glaubst du, dass die mein Büro durchsucht haben, Claudia?»

«Weshalb sollten sie das tun?»

«Weil ich Informationen über die Vertuschung von Straftaten hatte.»

«Dann haben sie es wahrscheinlich durchsucht. Konnten sie was finden?»

«Nein.» Laura setzte sich in ihren ledernen Chefsessel, wippte nach hinten und stellte dann fest, dass immerhin ihre Schreibtischschubladen verschlossen waren. Was aber nicht bedeutete, dass sie nicht geöffnet worden waren.

«Glaubst du, dass wir hier abgehört werden?» Claudia strich an den Wänden entlang.

«Durchaus möglich. Nachdem heute fast jeder abgehört wird.»

«Wie kannst du das nur so cool nehmen, Laura?»

«Warum sollte ich irgendwem die Freude machen und mich aufregen? Ich meine, falls wir gerade abgehört werden. Du wolltest mich doch unbedingt sprechen. Das machen wir jetzt einfach so!» Laura holte ihr kleines Büroradio aus dem Regal und drehte es auf volle Lautstärke.

Claudia lachte, wurde dann aber schnell ernst.

«Komm ans Fenster!»

Laura folgte ihr und stellte sich dicht neben sie.

«Irgendwie albern, findest du nicht?», rief Claudia in Lauras Ohr.

«Albern, aber wirksam. Die Musik von Bayern drei ist

genau das Richtige für Leute, die andere abhören. Falls sie abhören. Also, was hast du auf dem Herzen?»

«Das weißt du ganz genau, Laura. Peter geht es schlecht, und er will nicht darüber reden. Ich hab keine Ahnung, was ich machen soll. Ich hab einen Artikel über eine erfolgreiche Therapie für dieses verdammte posttraumatische Syndrom gelesen. Aber ich trau mich nicht, ihn darauf anzusprechen. Beim kleinsten Versuch geht er sofort hoch. Sagt, mit ihm sei alles in Ordnung, in der Reha würden sie sein Bein wieder in Ordnung bringen und mehr brauche er nicht.»

«Ich weiß.»

«Du weißt das?»

«Ich hab ihn gestern auf einen Kaffee getroffen.»

«Und?»

«Ich rede nicht gern über ihn, wenn er nicht dabei ist.»

«Mensch, Laura! Er braucht Hilfe. Das sieht doch ein Blinder!»

«Claudia, er muss sich die Hilfe selbst holen. Man kann ihm Informationen zukommen lassen, mehr nicht. Und vor allem dürfen wir in diesem Haus nicht offen darüber reden. Überhaupt gar nicht, hast du verstanden? Das wäre für ihn ein mindestens ebenso schlimmes Trauma.»

«Ich bin ja nicht blöd, Laura. Ich kenn doch den Laden!»

«Gut, dann treffen wir uns irgendwo außerhalb, und du erzählst mir von der Therapie. Und was ist mit dem Neuen?»

«Unklarer Fall, nett, aber unklar. Mehr weiß ich auch noch nicht. Nur, dass der Chef ihn fördert.»

«Stammt Becker nicht auch aus Regensburg?»

Claudia zuckte die Achseln. In diesem Augenblick wurde die Tür aufgerissen, und die empörten Gesichter zweier Kollegen erschienen.

«He, macht's ihr Disco, oder was?»

Laura kehrte lächelnd zum Schreibtisch zurück und schaltete das Radio aus. «Wir haben nur gerade einen Abhörtest durchgeführt. Ziemlich erfolgreich, wie mir scheint.»

«Hä?»

«Wusstest du eigentlich, dass *Hä* eines der meistgebrauchten Wörter der Alltagssprache ist, Kollege?»

«Was is'n mit eich los? Ham's eich wos in Kaffee g'mischt?»

«Wenn uns jemand was in den Kaffee mischt, dann sind wir das selber, Kollege!», erwiderte Claudia würdevoll. «Und jetzt geht's wieder, Ende der Vorstellung!»

Sie gingen tatsächlich und schlossen die Tür hinter sich betont leise. Laura und Claudia hielten sich den Mund zu und drehten sich vor Vergnügen im Kreis.

«Gut, dass du wieder da bist!» Claudia wischte sich Lachtränen aus den Augenwinkeln. «Ohne dich und Peter war es in den letzten Wochen ziemlich trostlos. Ich hab schon angefangen, im Internet nach einem neuen Job zu suchen.»

«Mach das ja nicht!»

«War ja nur zur Vorsorge – falls ihr mich hier allein lasst!»

«Und? Was gefunden?»

«Da waren ein paar ganz interessante Stellen. Seitdem fühle ich mich besser.»

«Weniger abhängig?»

«Genau!»

«Perfetto! Und was ist mit den Akten, die du mir nachgeschleppt hast?»

«Ach, das sind irgendwelche Akten, die ich mir zufällig geschnappt habe.»

«Dann werde ich mich jetzt innerlich auf die einbetonierte Leiche vorbereiten.»

«Na, viel Spaß dabei! Ich geh mal wieder, sonst fängt Becker an zu meckern.»

Als Laura endlich allein in ihrem kleinen Arbeitszimmer war, setzte sie sich wieder in den schwarzen Ledersessel und drehte sich mit ihm langsam erst nach links, dann nach rechts. Bisher hatte sie diesen Raum als ihr Rückzugsgebiet empfunden, als etwas, das außerhalb des Präsidiums angesiedelt war ... gefühlsmäßig. Ihr *Zimmer für sich allein*, frei nach Virginia Woolf. Es war nicht mehr ihr Zimmer. Mit Sicherheit hatte Becker es durchsuchen lassen – vermutlich sogar auf Anweisung der Kollegin aus dem BKA, der Laura Vertuschung von Straftaten vorgeworfen hatte. Laura wusste, wie Menschen sich nach einem Einbruch in ihre Wohnung fühlten. Oft genug hatte sie in solchen Fällen getröstet, Beistand geleistet gegen den Verlust von Sicherheit und Unverletzlichkeit.

Nun ja, die Kollegen waren offensichtlich behutsam vorgegangen, hatten nichts zerstört. Aber Laura wusste, dass sie jedes Stück, jedes Blatt Papier in die Hand genommen hatten. Dass sie in ihren PC eingedrungen waren, vermutlich auch in ihrem schwarzen Sessel gesessen hatten. Und da hatte der Kriminaloberrat sich am Telefon so kooperativ gezeigt, sogar zugegeben, dass sie gute Arbeit geleistet hatte, ihr zwei Wochen Sonderurlaub zugestanden. Er hatte wirklich genügend Zeit für seine hinterhältigen Aktionen, dachte Laura. Und ich werde ihm nicht den Gefallen tun, eine große Szene hinzulegen. Nur mein Büro werde ich wieder abschließen. Diesmal werde ich einfach abwarten und ihm ganz nebenbei zeigen, dass ich Bescheid weiß.

Sie schloss die Augen und dachte an den Abend vor einer Woche, als sie auf einem Hügel in den Crete gestanden hatte. Wie weiches Fell hatte das halbhohe grüne Getreide auf den Feldern ausgesehen. Ein grünes Meer, das im leisen Wind wogte und sich im Purpurdunst am westlichen Himmel verlor. Sie war allein auf diesen Hügel geklettert, die Schuhe schwer von der feuchten, lehmigen Erde. Guerrini hatte beim Wagen auf sie gewartet.

Was hatte sie auf diesem Hügel empfunden? Den Wunsch, die Zeit anzuhalten, für immer zu bleiben und alles andere zu vergessen. Vielleicht den purpurnen Nebeln entgegenzulaufen, um nachzusehen, was sich hinter ihnen verbarg. Aber ganz sicher nicht den Wunsch, in dieses Büro zurückzukehren, um sich mit den Machtspielen ihrer Vorgesetzten zu befassen.

Laura schüttelte sich, stand auf und griff nach ihrem kleinen Lederrucksack.

«Einbetonierte Leiche», murmelte sie und schloss sorgfältig hinter sich ab. Zweimal.

Sergio Cavallino schlüpfte in eine sehr enge dunkelblaue Jeans von Armani und nahm gerade ein schwarzes T-Shirt aus dem Schrank, als ihm einfiel, dass Montag war. Das *Montenero* hatte montags Ruhetag. Wie kam Michele auf den blödsinnigen Gedanken, er würde zu spät kommen? Vielleicht waren die Putzfrauen noch da, und die warteten bestimmt nicht auf ihn.

Mit dem T-Shirt in der Hand riss er die Schlafzimmertür auf. «Es ist Montag, Michele. Hast du das vergessen, eh? Du weißt doch genau, dass heute Ruhetag ist!»

Michele saß vor seinem Laptop und rauchte. Er musterte kurz den nackten Oberkörper seines Bruders, grinste dann und sagte: «Pass auf, dass du nicht fett wirst, Sergio. Wenn dem Wirt sein Essen zu gut schmeckt, dann wird's gefährlich.»

«Kümmere dich lieber um deinen Lungenkrebs und deine stinkenden Fische. Das hier ist meine Angelegenheit: das *Montenero*, die Kontakte ...»

«... und deine Leiche!», ergänzte Michele und blies eine große Rauchwolke in seine Richtung.

Ein paar Sekunden lang starrte Sergio ihn und die Wolke schweigend an, dann ging er in die Küche und machte sich einen frischen Espresso. Der Caffè, den Michele ihm hingestellt hatte, war bereits kalt geworden. Sergio goss ihn weg. Er durfte sich nicht aus der Fassung bringen lassen. Wahrscheinlich hatte Michele die Anweisung, seine Nervenstärke zu testen. Die Situation verlangte gute Nerven, also wollten sie sichergehen. Nur verständlich nach dem, was Mutter so über ihn erzählt hatte.

Trotzdem stellte Sergio sich, während er die Espressomaschine beobachtete, selbst die Diagnose einer mittleren Paranoia. Was nichts Besonderes war, die meisten Mitglieder des Unternehmens litten unter dieser latenten Krankheit. Jedenfalls die meisten, die er kannte. Und zwar aus sämtlichen Unternehmen, wenn er genau darüber nachdachte. Sergio war intelligent genug, gewisse Tatsachen nicht zu übersehen.

Er musste versuchen, wieder in die Position des Handelnden zu gelangen. Im Augenblick war er unsicher und wurde von den anderen kontrolliert, damit er keine falschen Schritte unternahm. Er befand sich in einer Position der Schwäche.

Dabei war er noch vor wenigen Tagen in einer ganz anderen Verfassung gewesen. Er dachte an die Nacht, als er voll innerer Zufriedenheit sein *Montenero* betrachtet hatte. Als er sich auf dem Weg zum großen Erfolg und beinahe schon als Boss gesehen hatte. Ein kleiner Unfall – und alles schien in Frage gestellt.

Genauso lief es häufig, und Sergio war sich dessen durchaus bewusst. Kleine Fehler, kleine Verräter, kleine Unfälle, und plötzlich wurde ein mächtiger Boss abgeführt wie ein mieser Dealer. Entwürdigend war es, wenn diese Männer aus ihren Bunkern gezogen wurden wie ausgeräucherte Kaninchen. Vor aller Augen, im Fernsehen.

Sie wussten alle, dass sie mit hoher Wahrscheinlichkeit irgendwann ermordet oder im Gefängnis landen würden. Egal ob Boss oder einfaches Mitglied der Ehrenwerten Gesellschaft. Die Alternative war, zum Verräter zu werden und sich in ein Zeugenschutzprogramm zu retten, das aber auch keinen absoluten Schutz vor Vergeltung bot. Und danach konnte man sich für den Rest seines Lebens damit herumquälen, seine Ehre verloren zu haben.

Sergio trank einen Schluck Caffè und schaute dabei aus dem Küchenfenster. Die Sonne beleuchtete die jungen hellgrünen Blätter der Lindenallee von hinten, ließ sie durchsichtig erscheinen und so leuchtend gelbgrün, dass Sergio die Augen schloss.

Er durfte nicht in Panik geraten, musste ruhig weitermachen wie bisher.

Warten.

Im Grunde war er ans Warten gewöhnt. Als junger Mann hatte er darauf gewartet, in die Gesellschaft aufgenommen zu werden, während des Studiums hatte er auf die Entscheidungen und Anweisungen der Bosse gewartet und darauf, dass er eine große Aufgabe zugeteilt bekäme. Jetzt musste er abwarten, wie sich die Dinge entwickelten.

Als er vor ein paar Wochen seine jüngste Schwester in Florenz besucht hatte, war ihm bei einem Spaziergang über die Piazza San Lorenzo ein großes Pappschild aufgefallen. Zu Füßen der Statue des Dichters Dante stand darauf mit dickem Filzstift geschrieben:

Dein Leben?
Du wirst geboren, erzogen, lernst zu
gehorchen, lernst zu arbeiten, lernst zu
konsumieren, heiratest, arbeitest,
bekommst Kinder, konsumierst, stirbst.
Du bist frei.

Er war weitergegangen, aber nach einer Weile zurückgekehrt, um die Worte in sein kleines Notizbuch zu schreiben. Daneben hatte er das Wörtchen *Vero!!* gesetzt, mit zwei Ausrufezeichen. Noch eine halbe Stunde lang hatte er die Leute beobachtet, die stehen blieben, um diese Sätze zu lesen. Manche lachten, manche nickten ernst, andere schüttelten die Köpfe. Ein paar Touristen fotografierten das Schild.

Wartest, hätte der unbekannte Verfasser noch dazuschreiben können, dachte Sergio. *Wartest*, ja, das fehlte. Vermutlich warteten alle auf irgendetwas. Bei ihm selbst fehlten nur Heiraten und Kinder. Vielleicht war er deshalb noch kein Boss. Mit Frau und Kindern war es schwieriger, zum Verräter zu werden. Auf Männer mit Familie konnte sich die Gesellschaft ganz besonders verlassen. Kein Vater wollte, dass seiner Familie etwas zustieß. Familien schafften Vertrauen.

Ich sollte nicht dauernd über all das nachgrübeln, dachte Sergio. Nicht denken, nicht grübeln, sondern einfach warten. Aber er wusste, dass es nicht funktionieren würde. Sein Gehirn war schon immer aktiver gewesen, als ihm lieb war. Es arbeitete ununterbrochen, schuf Bilder, Erinnerungen, Assoziationen. Es erschöpfte ihn, brachte ihn häufig um den Schlaf. Es säte Misstrauen, registrierte kleinste Veränderungen im Verhalten anderer, erzeugte Ängste. Manchmal erschien es Sergio nicht als Teil seiner selbst, sondern als quälendes Anhängsel, das er nicht ausschalten konnte, das vollkommen unabhängig von seinem Willen immer weiterdachte.

«Na, hast du den Mandelkuchen probiert?»

Sergio zuckte heftig zusammen, als Michele ihn unerwartet von hinten anredete. «He, was ist denn an Mandelkuchen so Erschreckendes? Du musst was für deine Nerven tun, Bruder.»

Da war es wieder! Sie machten sich wirklich Sorgen, dass er die Nerven verlieren könnte, und würden ihn nicht mehr aus den Augen lassen.

«Cazzo!», fluchte er laut. «Ich war in Gedanken und hab nicht damit gerechnet, dass du plötzlich in mein Ohr schreist. Übrigens schon zum zweiten Mal an diesem Morgen! Und nein, ich habe den Mandelkuchen nicht probiert. Aber ich werde es jetzt machen, weil ich Hunger habe.»

«Reg dich nicht auf! Hier, ich hab dir schon ein Stück abgeschnitten!» Michele balancierte ein großes Kuchenstück auf einem breiten Messer. Sergio griff danach, es brach in der Mitte, und ein Teil fiel zu Boden.

«Porca miseria!», fluchte Michele. «Tut mir wirklich leid, Bruder.»

«Man serviert Kuchen nicht auf Messern!» Sergio sprach leise und sehr deutlich. «Man raucht auch nicht in der Wohnung von Nichtrauchern. Sag einfach, dass du mich nervös machen sollst, dass du auf mich aufpassen sollst oder sonst irgendwas Ehrliches. Und falls ich mich irre, wäre ich wirklich dankbar, wenn du wieder zu deinen Fischen fahren würdest.»

«Aber Sergio, wo ist denn dein Humor geblieben? Ich mache dumme Witze, über die du früher mal gelacht hast. Lass uns reden. Wir trinken noch einen Caffè und reden, ganz wie früher.» Michele fegte die Kuchenkrümel zusammen, ließ frischen Espresso aus der Maschine, schäumte Milch auf.

«Und? Was reden wir jetzt?», fragte Sergio.

«Wir reden zum Beispiel über die anderen *locali*, die in München tätig sind. Hat sich da etwas geändert in letzter Zeit? Sind neue Familien angekommen? Hast du irgendwas gemerkt?»

«Darüber haben wir schon gestern Abend gesprochen. Ich habe keine Ahnung.»

«Na ja, der Boss hat mir eine Nachricht zukommen lassen, er vermutet, dass einige Familien sich in Bewegung setzen, weil die Bedingungen hier ziemlich gut sind. Er meint, in Deutschland und Australien bewege sich eine Menge. Und ich glaube dir auch nicht, Bruder, dass du keine Ahnung davon hast, was hier abläuft.»

Sergio kaute langsam. Solange sein Mund voll war, musste er nicht antworten.

«He, bist du stumm?»

Sergio schluckte und spülte den Kuchenrest in seinem Mund mit Caffè hinunter.

«Na?!»

«Seit wann redest du mit mir, als wäre ich ein Idiot? Der blöde kleine Bruder? Was fällt dir eigentlich ein, Michele? Wir arbeiten seit Monaten hervorragend zusammen, haben

Verbindungen aufgebaut, die wie geschmiert funktionieren. Und plötzlich, wegen eines unvorhergesehenen Zwischenfalls, ändert sich alles, oder wie soll ich das verstehen?»

Michele zog das Päckchen Zigaretten aus seiner Brusttasche, betrachtete es einen Augenblick und steckte es wieder weg. Dann hob er den Kopf und sah Sergio an: «Du hast meine Frage nicht beantwortet!»

«Ich beantworte sie auch nicht! Nicht, ehe du meine beantwortest!»

«U madonna, vergib mir, dass ich deinen Namen ausgesprochen habe. Sei nicht so empfindlich, Sergio. Nichts hat sich geändert. Es liegt an dir! Du bist verändert. Du hast Angst, und das lässt dich überall Feinde sehen. Wir sind alle nur damit beschäftigt, dich aus diesem Schlamassel herauszuholen!»

Windelweich klangen Micheles Worte in Sergios Ohren. Charakterlos, lügnerisch. Vielleicht hatte auch Michele etwas mit dem Tod ihres Bruders Gabriele zu tun. Vielleicht wussten alle, was damals geschehen war, nur er selbst hatte keine Ahnung.

«Also, was ist? Ich habe deine Frage beantwortet. Jetzt kommst du!» Michele zog eine Zigarette aus dem Päckchen.

«Ich habe keine Kontakte zu anderen Familien. Ich habe seit Monaten nichts anderes gemacht, als das *Montenero* in Schwung zu bringen und Abnehmer für deine Fische und das andere Zeug zu finden. Bei mir hat sich niemand gemeldet, und ich hatte auch keine Zeit für irgendwas anderes. Und ich nehme an, dass unsere Leute mir gesagt hätten, wenn sie etwas wüssten. Das ist alles!»

Michele zuckte die Achseln. «Hast du was dagegen, wenn ich am offenen Fenster rauche?»

«Wenn du keine Angst hast, abgeknallt zu werden ...»

Michele stieß ein heiseres Lachen aus. «So weit sind wir noch lange nicht.»

«Na ja, Onkel Carmine war gestern Abend sehr vorsichtig und hat sich nicht ans offene Fenster gestellt.»

«Das ist Carmine. Du kennst ihn doch. Er war schon immer so. Traut keinem.» Michele öffnete das Küchenfenster, setzte sich auf den Sims und zündete seine Zigarette an. Er inhalierte tief und blies den Rauch nach draußen, lehnte sich dann weit hinaus. «Schöner Tag. Keine Wolke am Himmel. Beinahe wie in Marseille ...»

Ein lauter Knall warf ihn zurück, er stürzte ins Zimmer, fiel auf den Boden und blieb auf dem Bauch liegen. Schützend hielt er die Arme über den Kopf und krümmte sich zusammen. Sergio presste seinen Körper flach an die Wand, näherte sich vorsichtig dem Fenster und riss so heftig am Riemen des Rollos, dass dieses wie eine Guillotine herabsauste. Dann beugte er sich über Michele, fasste ihn an der Schulter.

«Ist dir was passiert? Michele! Dimmi! Lascia mi guardare!»

Erst rührte Michele sich nicht, dann tauchte sein Kopf zwischen den Armen auf wie der Kopf einer Schildkröte. Endlich richtete er sich auf, schaute an sich herunter, betastete sich, suchte auf dem Boden herum, fand seine noch glimmende Zigarette und steckte sie in den Mund.

«Nein», sagte er undeutlich. «Sie haben mich nicht erwischt. Was ist das für eine gottverdammte Scheiße, eh? Auf wen haben die es eigentlich abgesehen? Auf uns alle?»

Micheles Hand zitterte. Das zu sehen erfüllte Sergio mit Zufriedenheit, ja beinahe mit Triumphgefühlen.

«Ich hab keine Ahnung, Michele», murmelte er, ging

dann ins Wohnzimmer hinüber und schaute auf die Straße. Ein Stück entfernt entdeckte er hinter einer der großen Linden zwei kleine Jungs, die am Boden knieten. Er konnte nicht erkennen, was sie machten, aber gleich darauf knallte es ein zweites Mal, und die Jungs rannten weg.

«Was zum Teufel …?» Michele erschien in der Küchentür, ganz blass im Gesicht.

«Ich konnte nur einen Wagen sehen, der schnell wegfuhr, mehr nicht. Ich weiß nicht mal, was für ein Wagen es war.»

Zum ersten Mal seit dem denkwürdigen Abend hatte Sergio den Eindruck, möglicherweise ein Stück Kontrolle zurückgewonnen zu haben.

ES DAUERTE UNERTRÄGLICH lange, ehe der Betonblock den Bohrern, Sägen und Meißeln nachgab, Risse zeigte, Stück um Stück zerbröselte. Endlich, nach mehr als einer Stunde intensiver Arbeit der Kriminaltechniker und zweier Spezialisten der Feuerwehr, drang man zu etwas vor, das nicht Beton war. Kurz darauf wurde allen klar, dass es sich keineswegs um eine Schaufensterpuppe handelte. Dabei hatte man erst ein Bein freigelegt, das aussah wie aus weichem Kunststoff und sich kaum aus dem Beton lösen ließ. Offenkundig ein männliches Bein. Andreas Havel seufzte tief. Der junge, freundliche Kommissar Burger schlug vor, am anderen Ende des Blocks weiterzubohren, dort, wo er den Kopf vermutete.

«Gute Idee», stimmte Laura zu. «Sagt mir Bescheid, wenn ihr ihn ausgebuddelt habt. Ich muss mich um meinen vollen Schreibtisch kümmern.» Sie flüchtete aus dem Nebenraum der Gerichtsmedizin, den die Kriminaltechniker für diese ungewöhnliche Arbeit zugeteilt bekommen hatten. Auf dem Flur vermied sie im letzten Augenblick einen Zusammenstoß mit dem Gerichtsmediziner, Dr. Reiss, der ein bisschen zu schnell und unachtsam aus seinem Büro getreten war.

«Na, habt ihr ihn schon ausgegraben?» Er hielt Laura an beiden Schultern fest, wobei unklar war, ob er sich selbst stützen wollte oder sie.

«Erst ein Bein. Es wird noch eine Weile dauern. Ich beneide Sie nicht um Ihre Aufgabe, Doktor.»

«Ich mich auch nicht. Andererseits habe ich noch nie eine Leiche obduziert, die in Beton eingegossen war. Mein Beruf hält immer wieder interessante Überraschungen bereit, obwohl ich in drei Jahren pensioniert werde und demnach ziemlich viele Leichen kennengelernt habe.»

«Und was fällt Ihnen zu einer Leiche in Beton ein?» Laura wusste, dass sie jetzt eigentlich sagen sollte, man sehe ihm seine naherückende Pensionierung nicht an und er habe sich verdammt gut gehalten.

Der Gerichtsmediziner lächelte grimmig, presste kurz Lauras Schultern und ließ sie mit einem leichten Schubs los. «Mir fällt genau das ein, was Ihnen wahrscheinlich auch eingefallen ist, verehrte Kollegin. Aber genau deshalb liegen wir vermutlich alle beide daneben.»

«Sie meinen also, dass jemand zu viele Mafiafilme gesehen hat?»

«Der oder die Täter und wir natürlich auch.»

«Und wenn jemand genau darauf abzielen würde?»

«Sie meinen, dass wir diese uralte Methode für eine Irreführung halten?»

«Genau das.»

«Dann würde ich mich allerdings fragen, warum die Kiste mit dem Betonblock mitten auf der Prinzregentenstraße verloren wurde. Wenn es keine Absicht war, dann sind die Täter Idioten. Wenn es Absicht war, dann sind sie hochintelligent und gefährlich. Also, ich muss sagen, dass ich diese Geschichte richtig spannend finde. Viel spannender als die meisten Fälle der letzten Jahre.»

«Mein Bedarf an spannenden Fällen ist eigentlich für dieses Jahr schon gedeckt», erwiderte Laura.

«Ja, du lieber Himmel! Es ist doch erst Mai. Was ist denn mit Ihnen los, Laura?»

«Ich komme gerade von einem sehr spannenden Fall aus Italien zurück und wäre wirklich dankbar für eine kurze Pause.»

«Aber in Ihrem Alter! Sie sind noch so jung! Schauen Sie mich an, ich würde am liebsten mit Ihnen ermitteln!»

«Ach, Doktor, man sieht Ihnen Ihr Alter wirklich nicht an, und das wissen Sie auch!» Endlich war Laura das Kompliment losgeworden, auf das der Doktor sicher schon wartete. Sie machte das nur, weil sie ihn mochte. Er war nicht wirklich eitel, eher ein bisschen beunruhigt, weil die Zeit so schnell verging.

«Danke, danke!» Er winkte mit dem rechten Arm ab. «Ich weiß genau, wie alt ich bin. Aber laufen Sie nicht weg, Laura. Ihr neuer Assistent hat mich gerade angerufen, dass sie beinahe durch sind.»

«Und wieso hat er mich nicht angerufen? Ich habe erst vor zwei Minuten den Raum verlassen! Er hätte mir sogar nachlaufen können.»

Dr. Reiss zog beide Augenbrauen nach oben und spitzte die Lippen. «Darauf wüsste ich eine Antwort. Aber die ist Ihnen vermutlich ebenfalls bekannt. Kommen Sie mit mir, dann wird er sich hoffentlich ärgern!» Er fasste Laura am Arm und zog sie mit sich.

Severin Burgers rote Wangen färbten sich noch ein wenig kräftiger, als Laura hinter dem Gerichtsmediziner auftauchte.

«Ich wollte Sie gerade anrufen», murmelte er. «Gut, dass Sie den Doktor getroffen haben.»

Interessant, dachte Laura. Einer, der gerne Chef sein

möchte. «Ist schon gut, Severin», antwortete sie kühl. «Sie haben doch nichts dagegen, wenn ich Sie Severin nenne?»

«Nein, nein.» Jetzt wurde er richtig rot.

«Also, was ist passiert?»

«Da, schauen Sie. Er ist draußen. Plötzlich war es ganz einfach.»

Laura und Dr. Reiss traten näher an den Betonblock heran, der inzwischen in viele unregelmäßige Brocken zerfallen war. Die Techniker machten ihnen Platz, und da lag er vor ihnen, erinnerte irgendwie an die Opfer des Vulkanausbruchs in Pompeji. Nur war er größer, aber ebenso grau verschmiert und zusammengekrümmt. Selbst seine Nasenlöcher waren mit Beton gefüllt.

«Ich nehme an, dass er sich ganz gut gehalten hätte in diesem Betonblock», sagte Dr. Reiss. «Ich meine, wenn wir ihn nicht ausgebuddelt hätten. Luftdicht abgeschlossen, ist das eine ziemlich gute Konservierungsmethode.»

Severin Burger runzelte die Stirn, sagte aber nichts. Laura betrachtete aufmerksam das graue Gesicht. Es wirkte wie geschminkt, Betonkrümel hingen in den kurzen Haaren, an den Ohren, den Augenlidern. Der Tote hatte einen großen, runden Schädel, einen markanten Kiefer, aber einen kleinen Mund. Sein Körper war vollständig bekleidet, in betongetränkte Hose und Jacke.

«Wir müssen die Klamotten schnellstens runterkriegen. Je länger er an der Luft ist, desto schneller werden sie hart. Noch sind sie ein bisschen feucht!» Andreas Havel drängte zur Eile. Wieder seufzte er, und Laura lächelte ihm ermutigend zu, denn sie wusste, dass er lieber Gegenstände identifizierte und Computerrecherchen machte. Frische oder einbetonierte Leichen waren nicht nach seinem Geschmack.

«Na, dann bringt ihn mal rüber auf meinen Seziertisch. Da geht das sicher leichter. Ich zieh mich schon mal um.» Dr. Reiss öffnete die Tür zum Obduktionsraum und verschwand. Mit viel Mühe lösten die Kriminaltechniker den Toten ganz aus seiner Betonhülle und hievten ihn auf eine fahrbare Trage.

Langsam ging Laura einmal um die Trage herum. Der Tote hielt Arme und Hände vor seiner Brust gekreuzt, als versuchte er, sich zu schützen. Sie wollte nicht zusehen, wie er aus seinen Kleidern geschält wurde. Wenn Baumann hier wäre, dann bräuchte sie ihm nur einen Blick zuzuwerfen, und er würde wissen, dass es Zeit für einen Kaffee war. Severin Burger schien dagegen wild entschlossen, bei Enthüllung und Obduktion dabei zu sein.

«Ich gehe jetzt einen Kaffee trinken», sagte Laura zu ihm. «Sie können mich gern begleiten, Severin.»

Erstaunt wandte er sich zu ihr um. «Aber jetzt geht es doch richtig los. Jetzt wird sich herausstellen, was passiert ist.»

«Was passiert ist, wird sich kaum herausstellen. Höchstens, wie er ums Leben gekommen ist. Aber das wird uns der Doktor berichten, wenn er fertig ist. Und für seine Arbeit braucht er uns wirklich nicht. Also, was ist?»

«Ich ... ich bleibe lieber hier. Seine Kleidung könnte auch wichtige Informationen ...»

«Die von unseren Kriminaltechnikern sicher gründlich beseitigt werden, damit wir sie auf keinen Fall bekommen. Meinen Sie das?»

«Nein, natürlich nicht, aber ...»

«Also gut», unterbrach ihn Laura, «bleiben Sie. Man lernt ja auch eine Menge bei so einer Obduktion. Ich geh auf einen Kaffee, und diesmal rufen Sie mich wirklich an, wenn der Doktor fertig ist. Abgemacht?» Sie lächelte dem rotbäckigen Kommissar zu und ging.

Das kleine Café an der Ecke hatte seit Lauras letztem Besuch schon wieder den Pächter gewechselt. Es hieß jetzt *Café El Salvador*, und diesmal mühten sich drei Frauen um die Gunst der Gäste, die ganz offensichtlich miteinander verwandt waren und Laura mit strahlenden Gesichtern begrüßten. Es roch köstlich nach frischen Brioches, und die Einrichtung war geradezu minimalistisch: schwarze Lederbänke, schlichte Holztische und rosa Tulpensträuße.

Laura bestellte Milchkaffee und ein Brioche und fand schnell heraus, dass die drei Frauen tatsächlich aus El Salvador stammten, Mutter und Töchter waren und das kleine Lokal vor drei Monaten eröffnet hatten.

«Und, läuft es?» Laura schaute sich um, entdeckte in einer Nische nur zwei weitere Gäste. Junge Frauen, die Latte macchiato tranken und in ein ernstes Gespräch vertieft schienen.

«Es läuft! Mittags ist es voll. Am Nachmittag auch!» Die ältere der Töchter nickte heftig und lächelte stolz. Ihr Deutsch war beinahe akzentfrei.

«Wir machen alles selbst. Flammkuchen, Tortillas, Suppen. Alles Bio und viel vegetarisch.»

Laura dachte an das triste Angebot des letzten Pächters, an die verstaubte Einrichtung, die er vom Vorgänger übernommen hatte, den Geruch nach billigem Frittieröl und den schlechten, abgestandenen Kaffee.

«Ihr drei seid offensichtlich ein echter Fortschritt für diese Gegend!», sagte sie.

«Danke!» Die junge Frau lachte.

Laura setzte sich ans Fenster, griff sich die Zeitung vom Nachbartisch und überflog lustlos die Schlagzeilen. Die jüngere Tochter der Wirtin brachte Kaffee und Hörnchen. Als Laura hineinbiss, stellte sie entzückt fest, dass es mit ungesüßter Vanillecreme gefüllt war. Brioche mit Vanillecreme und duftender Caffè führten sie ohne Umwege zurück nach Siena und auf Guerrinis Dachterrasse. Und ohne Umwege nahm sie das Smartphone aus ihrem kleinen Rucksack und schrieb eine SMS:

Esse gerade Brioche mit Vanillecreme. Würde das lieber mit dir auf deiner Terrasse tun.
Laura

Jetzt benehme ich mich schon so wie Sofia, dachte sie. Schreibe dumme SMS-Botschaften wie ein verliebter Teenager. Sie legte das Telefon neben sich auf den Tisch und probierte den Milchkaffee. Perfetto, dachte sie und schrak ein bisschen zusammen, als das Smartphone einen Brummton von sich gab.

Vieni qua! Subito! Die Sonne scheint, und ich vermisse dich. Angelo

Ja, ja, wenn ich könnte, würde ich sofort, stöhnte sie leise und schrieb zurück:

Geht nicht. Muss mich um einbetonierte Leiche kümmern. Ti amo!
Laura

Die Antwort kam sofort.

Wie bitte?

Laura wiederholte:

Einbetonierte Leiche. Ti amo!

Die Sache wird immer absurder, dachte sie und musste lachen.

Falls du Witze machst, dann ist es in Ordnung. Falls nicht, rufe ich dich an. A.

Laura trank einen Schluck Kaffee, dann tippte sie weiter.

Nicht anrufen. Wer weiß, wer mithört. Un grande bacio. Laura

Gleich darauf brummte wieder das Telefon, und diesmal kündigte es eindeutig keine SMS an. Es wurde auch keine Nummer angezeigt, vibrierte nur ziemlich aufdringlich. Er arbeitet mit allen Tricks, dachte Laura und nahm lächelnd das Gespräch an.

«Niemand hört mit!» Angelo Guerrinis Stimme klang so deutlich, als säße er neben ihr. «So wichtig sind wir auch wieder nicht, Laura. Also, was ist los?»

«Salve, amore. Ich werde es nicht noch mal sagen. Es ist kein Scherz, sondern ein erstmaliger und einmaliger Fall, der sogar unseren altgedienten Gerichtsmediziner in Aufregung versetzt.»

«Klingt nicht gut.»

«Leichen klingen nie gut.»

«Du weißt genau, was ich meine!»

«Naturalmente!»

«Cosa volete fare? Was habt ihr vor?»

«Das werde ich nicht in einer Bar und auch nicht am telefonino diskutieren. Außerdem habe ich keine Ahnung. Ich weiß ja noch nicht einmal, wie die Leiche eine Leiche geworden ist.»

«Sei vorsichtig, Laura. Die Sache deutet in eine gewisse Richtung, die ich nicht besonders schätze.»

«Das hast du aber hübsch ausgedrückt, Angelo. Wir haben uns überlegt, dass die Sache vielleicht zu direkt in eine gewisse Richtung zeigt.»

«Manchmal glaube ich, wir Polizisten denken zu viel.»

«Ja, manchmal.»

«Es könnte nämlich durchaus sein, dass die Sache so direkt in eine gewisse Richtung deutet, um genau *davon* abzulenken.»

«Auch daran habe ich bereits gedacht.»

«Ah, wir reden schon wieder über die Arbeit! Warum bist du nicht Ärztin oder Gärtnerin?»

«Warum bist du kein Schafzüchter in der Maremma?»

«Wäre ich zwar gern, aber dann hätten wir uns vermutlich nie kennengelernt. Come stai, amore?»

«Abbastanza bene ... davon abgesehen, dass Sofia mit einem jungen Mann namens Patrick aus London zurückgekommen ist, eine Leiche für mich bereitlag und ich dich vermisse.»

Laura hörte Guerrini leise lachen. Madonna, es tat weh, ihn lachen zu hören. Sie konnte ihn vor sich sehen, wie er den Kopf senkte und die Fältchen in seinen Augenwinkeln tiefer wurden.

«Sofia hat Patrick mitgebracht? Einfach so? Oder hast du es gewusst?» Er lachte immer noch.

«Ich habe es nicht gewusst. Er war ein Überraschungsgeschenk.»

«Ma, Laura, das ist nicht dein Ernst!»

«Doch, ist es.»

«Und was machst du jetzt?»

«Hoffen, dass Sofia die Pille regelmäßig nimmt und er nicht für immer bleibt.»

«Santa Caterina!»

«Ich liebe es, wenn du Santa Caterina sagst.»

«Schaffst du das alles?»

«Ich weiß noch nicht. Wenn ich es nicht mehr schaffe, dann komme ich zu dir.»

«Davvero?»

«Davvero!»

«Sonst komme ich!»

«Davvero?»

«Davvero!»

«Bei mir klopft jemand an. Ich muss Schluss machen.»

«Lass ihn klopfen!»

«Ich bin im Dienst, Angelo.»

«Ich auch.»

«Aber du wartest nicht auf den Obduktionsbefund einer Leiche, oder?»

«Woher weißt du das?»

«Ich nehme es nur an.»

«Ich habe keine Lust, das Gespräch zu beenden. Leichen interessieren mich im Augenblick nicht.»

«Bitte, Angelo. Ich rufe dich heute Abend an.»

«Du musst auf den Knopf drücken. Ich mach es nicht.»

Er lachte schon wieder.

«Una bella giornata, Commissario!», sagte sie und drückte voll Bedauern.

Der klopfende Anrufer war Kommissar Severin Burger, der meinte, dass sie besser zurückkomme, sobald sie ihren Kaffee ausgetrunken habe. Der Doktor habe die Todesursache bereits herausgefunden.

«Wollen Sie's mir verraten?», fragte sie.

«Er will es Ihnen selbst sagen, Frau Gottberg.»

«Na, dann komm ich eben. Den Kaffee habe ich fast ausgetrunken. Bis gleich.» Sie wartete nicht auf seine Antwort.

Falls Angelo mit seinen Wortspielen recht hatte, dann bedeutete ihre einbetonierte Leiche tatsächlich Mafia. Aber Angehörige der Mafia waren sicher nicht so dämlich, eine Leiche mitten auf der Prinzregentenstraße zu verlieren. Also die zweite Variante, die sie bereits mit Dr. Reiss angedacht hatte: eine mit Absicht verlorene Leiche? Laura löffelte den Milchschaum aus ihrer Tasse, aß die letzten Krümel des Hörnchens, zahlte und machte sich auf den Weg. Lieber wäre sie sitzen geblieben und hätte Angelo zurückgerufen. Ihr war nur zu bewusst, dass es ihr derzeit an beruflicher Ernsthaftigkeit fehlte.

Jetzt, da es nicht länger eilte, weil Montag war und Ruhetag, setzte sich Sergio Cavallino seinem Bruder gegenüber an den Küchentisch und schenkte ihm ein Glas Brandy ein. Verstohlen betrachtete er dabei Micheles noch immer zitternde Hände. Vielleicht war es jetzt möglich, mit ihm zu reden. Anders zu reden als zuvor.

«Kannst du dir vorstellen, wie ich mich nach dem Angriff im Lokal gefühlt habe? Ich habe genauso wenig damit gerechnet wie du eben!»

Michele stürzte den Brandy hinunter und hustete ein bisschen. Dann lehnte er sich zurück und steckte beide Hände in die Taschen seiner Jeans, als sei ihm in diesem

Augenblick bewusst geworden, dass sie zitterten. Er legte den Kopf in den Nacken und streckte die Beine von sich. «Glaubst du, ich bin blöd? Natürlich weiß ich, wie du dich gefühlt hast!» Er starrte an die Decke. «Das Problem ist ein ganz anderes. Niemand wirft dir vor, dass du dich erschreckt hast, und schon gar nicht, dass du dich verteidigen wolltest. Das Problem ist, dass du kurz davor bist, heiß zu werden. Verstehst du? Falls du heiß wirst, dann bist du eine Gefahr für das Unternehmen. Ich sage das, weil ich dein Bruder bin und dich mag. Die anderen haben um den heißen Brei herumgeredet.»

Sergio stand auf, nahm ein zweites Brandyglas aus dem offenen Küchenregal und füllte es.

«Gib mir auch noch einen», murmelte Michele.

Langsam goss Sergio den goldbraunen Brandy in Micheles Glas, dann setzte er sich wieder und trank in kleinen Schlucken. Er spürte das Brennen des Alkohols in seiner Mundhöhle, die Speiseröhre hinab bis zum Magen. Er hustete nicht, räusperte sich nur zweimal.

«Gabriele war auch heiß, oder?» Seine Stimme hörte sich rau an. Er räusperte sich ein drittes Mal.

«Natürlich war Gabriele heiß.»

«Und?»

«Was und?»

«Was soll ich daraus schließen, eh?»

«Was du willst, Bruder.»

«Soll ich daraus schließen, dass Gabriele vom Unternehmen umgebracht worden ist?»

«So etwas solltest du nicht laut aussprechen, Sergio. Denken kannst du alles, aber nicht aussprechen! Niemals!» Michele nahm die rechte Hand aus der Hosentasche und drehte das Brandyglas zwischen den Fingern.

«Ich habe es nur ausgesprochen, weil ich deine Reaktion sehen wollte.»

«Und, was hast du gesehen?»

«Ab jetzt denke ich nur noch.»

«Traust du mir nicht?»

«Ich trau dir nur dann, wenn du aussprichst, was du weißt und denkst. Über Gabrieles Tod zum Beispiel.»

Michele trank das zweite Glas Brandy wieder in einem Zug. Seine Hand zitterte nicht mehr. Er nahm auch die linke aus der Hosentasche, stützte beide Arme auf und sah Sergio zum ersten Mal an. «Ich weiß nichts. Manchmal denke ich, dass es das Unternehmen war. Dann wieder halte ich es für unwahrscheinlich. Einmal dachte ich sogar, dass ...» Er brach ab und zuckte die Achseln.

«Dass der große Boss, der Vorsitzende der Ehrenwerten Gesellschaft, unser unfehlbarer Vater ...»

«Halt den Mund!» Michele sprang auf und zündete eine Zigarette an. «Bist du verrückt geworden? Santa Madonna da Muntagna, ich wollte sagen, dass ich die Aspro verdächtigt habe. Wie kommst du auf Vater? Wie kannst du es wagen?»

Mit einer Hand bedeckte Sergio sein Gesicht, rieb sich Augen und Stirn. Er hatte es vermasselt. Offen zu reden war völlig unmöglich, war es immer schon gewesen. Es ging um Gehorsam, Ausführung von Befehlen und Aufträgen, um völlige Ergebenheit. Er musste seine letzte Bemerkung ungeschehen machen. Musste!

«Ich habe das nur gesagt, um dich auf die Probe zu stellen. Wie könnte ich dir trauen, wenn du Vater verdächtigen würdest, Michele.» Sergio schaute seinem Bruder in die Augen, flehte zur Madonna, dass er ihm glauben möge.

Michele starrte ihn ein paar Sekunden lang an, ging

dann rauchend in der Küche umher und sagte lange nichts. Endlich blieb er stehen, hustete, löschte die Zigarette im Spülbecken und wandte sich zu seinem Bruder um. «Du musst sehr aufpassen, Sergio. Irgendwas stimmt nicht mit dir. Du hast komische Einfälle. Vielleicht liegt es daran, dass du studiert hast. Mutter sagt immer, dass Leute, die studieren, gefährliche Ideen haben und die Welt immer komplizierter machen. Wahrscheinlich ist das bei dir auch so, sonst hättest du nicht gesagt, was du vorhin gesagt hast. Ich weiß wirklich nicht, ob du mir nur Theater vorspielst oder irgendwas von dem, was du gesagt hast, ernst meinst. Komische Art, mich auf die Probe zu stellen.»

«Aber es hat doch funktioniert, oder?»

«Nein, Sergio, hat es nicht! Was hättest du denn gesagt, wenn ich Vater verdächtigen würde? Wäre ich dann heiß, und du könntest mich erpressen oder ans Messer liefern? Dann wärst du erst einmal aus der Schusslinie, was?»

«Heiliger Himmel, steh uns bei», murmelte Sergio. «Setz dich wieder hin, und dann erzähle ich dir, was ich von deinen Ideen halte.»

«MAN HAT IHN ERSTOCHEN», sagte Dr. Reiss und wies auf die ziemlich breite Wunde unterhalb des linken Rippenansatzes. «Es muss sich um ein sehr langes und sehr scharfes Messer gehandelt haben. So etwas wie ein Tranchiermesser zum Beispiel, später können wir sicher Genaueres sagen. Es wurde auch sehr professionell benutzt, von unten und schräg nach oben.»

Der massige Körper auf dem Seziertisch sah noch immer so aus, als hätte man ihn in Vulkanschlamm gebadet.

«Weitere Verletzungen?», fragte Laura.

«Ich vermute ein paar Hämatome, die ich erst genau beurteilen kann, wenn wir ihn gewaschen haben.»

«Und sicher gibt es keinerlei Hinweise auf die Identität des Toten, hab ich recht?» Laura warf einen Blick auf die verschmierten Fetzen, die einmal die Kleidung des Unbekannten gewesen waren.

«Bisher nicht», erwiderte Andreas Havel. «Aber wir werden jede Faser untersuchen.»

«Davon bin ich überzeugt. Wir werden also eine Pressekonferenz geben und nach Zeugen suchen, die gesehen haben, wer die Kiste abgeworfen hat.» Laura nickte Havel zu.

«Sie wurde nicht abgeworfen», mischte sich der junge Kommissar ein. «Sie war kaum beschädigt.»

«Okay, dann wurde sie hingestellt. Oder irgendwer hat sie sanft von einem Laster heruntergleiten lassen. Ist das präzise genug?»

Severin Burger warf Laura einen seltsamen Blick zu und zuckte mit einer Schulter.

«Gut, dann fahren wir jetzt ins Präsidium zurück und bereiten die Pressekonferenz vor. Das wird sicher eine hübsche Schlagzeile für die Boulevardblätter. Die Journalisten werden uns dankbar sein. Gibt schließlich nicht jeden Tag eine einbetonierte Leiche mitten in München. Kommen Sie diesmal mit, Severin?» Laura lächelte dem Gerichtsmediziner zu, er zwinkerte zurück.

«Ich wollte eigentlich das endgültige Ergebnis der Obduktion abwarten ...»

«Ach, lassen Sie den Doktor doch in Ruhe arbeiten. Er wird uns sicher einen ausführlichen Bericht schreiben.»

Hinter dem Rücken des Kommissars verdrehte Dr. Reiss die Augen, und Andreas Havel grinste breit.

Wir sind ziemlich gemein, dachte Laura, aber sie konnte nichts dagegen tun, dass sie Peter Baumann heftig vermisste. Ihr angeschlagener Assistent hatte ganz entschieden etwas gegen Obduktionen, Seziertische und in gewisser Weise auch gegen Gerichtsmediziner, deren Arbeit er zwar nützlich fand, aber auch furchterregend.

«Na gut, dann komme ich mit!» Severin Burger, der die Stimmung wahrgenommen zu haben schien, hob grüßend die Hand und folgte Laura zur Tür, während sie seine Entscheidung im Stillen bedauerte. Sie wäre lieber allein zurückgefahren.

Schweigend gingen sie nebeneinander den langen Flur entlang und traten in die strahlend helle Frühlingssonne hinaus.

«Wie gehen wir weiter vor? Ihrer Meinung nach?», fragte Burger endlich, offensichtlich vor allem aus Verlegenheit. Schützend hielt er eine Hand über seine Augen.

«Ich habe nicht die geringste Ahnung, Severin. Aber ich denke, es wird sich alles finden. Vielleicht wird irgendwer den Toten vermissen, vielleicht finden wir einen Zeugen, der gesehen hat, wer die Kiste abgelegt hat.» Laura suchte in ihrem Rucksack nach ihrer Sonnenbrille und setzte sie auf. «Aber etwas können Sie schon erledigen: Nehmen Sie doch bitte Kontakt mit unseren Kollegen vom OK auf und finden Sie heraus, welche Mafiaclans derzeit in München aktiv sind.»

«Sie glauben also ...»

«Ich glaube gar nichts. Aber es kann ja nicht schaden, wenn wir uns ein bisschen umhören. Rein theoretisch natürlich. Jetzt nehmen wir die Trambahn zum Stachus, und dann gehen wir zu Fuß, weil das Wetter so schön ist.»

«Mit der U-Bahn geht's schneller.»

«Aber unter der Erde sieht man den Frühling nicht, Severin, und man kann ihn auch nicht riechen.» Er sieht aus, als würde er gleich sagen, dass wir nicht dafür bezahlt werden, den Frühling zu sehen, dachte Laura. Aber Severin Burger sagte es nicht. Er sagte gar nichts, sondern folgte Laura zur Straßenbahnhaltestelle.

Die Schlagzeilen der Tageszeitungen konnten fetter nicht sein: *Leiche in Betonblock gibt Rätsel auf, Horrorfund auf der Prinzregentenstraße – Mafiamord in München?* Radio- und Fernsehnachrichten waren natürlich im Vorteil gewesen und hatten die Geschichte bereits am späten Montagnachmittag gemeldet, kurz nach der Pressekonferenz, als die Zeitungen noch nicht einmal im Druck waren. Doch zu

Sergio Cavallino und Michele drang die Neuigkeit erst am frühen Abend.

Irgendwann im Lauf ihrer Auseinandersetzung hatten sie beschlossen, das gegenseitige Misstrauen aufzugeben und sich wieder den entscheidenden Unternehmensfragen zuzuwenden. Den ganzen Nachmittag hatten sie mit schwierigen Planungen verbracht, Risiken für neue Geschäftszweige erwogen und einen vorübergehenden Stopp für bestimmte Lieferungen beschlossen. Beide waren sie schließlich zu dem Ergebnis gekommen, dass man die Situation unter Kontrolle bringen könne, wenn alle zusammenhielten.

Sie fühlten sich wesentlich wohler, beinahe zuversichtlich, als die Türklingel sie aufschreckte.

Fünfmal schrillte es, lang und herrisch. Augenblicklich spürte Sergio wieder sein Herz, und während er langsam zur Wohnungstür ging, fühlten sich seine Beine weich und unsicher an. Fast versagte ihm die Stimme, er musste zweimal ansetzen, ehe er über die Sprechanlage fragen konnte, wer da klingelte.

«Wir sind's, Eduardo und Carmine.» Sie nannten den Sicherheitscode.

Kurz darauf standen die beiden mit düsteren Gesichtern im Zimmer und überbrachten die schlechte Nachricht. Dann saßen alle vier schweigend um Sergios Küchentisch herum und starrten vor sich hin.

Als Michele plötzlich mit der Faust auf den Tisch schlug, zuckten die anderen zusammen.

«Die müssen krank sein. Perverse Verbrecher. So etwas verstößt gegen alle Regeln. Das sind Verrückte, gefährliche Irre!» Er schrie fast.

«Halt den Mund!», sagte Carmine ruhig.

«Ich will aber nicht den Mund halten. Es ist eine verfluchte Schweinerei, was da passiert! Wie soll ich da den Mund halten?»

«Aber dein Gequatsche nützt uns nichts. Halt den Mund und benutz dein Gehirn, falls du eins hast!»

Michele wollte aufspringen, doch Eduardo legte ihm die Hand auf den Arm. «Carmine meint es nicht so. Er ist nur sehr ärgerlich und sehr besorgt. Genau wie du, Michele. Wir sind alle sehr ärgerlich und sehr besorgt, nicht wahr, Sergio?»

Sergio antwortete nicht, zuckte nur kaum merklich die Achseln.

«Es sieht so aus, als hätte jemand vor, uns zu zerstören.» Onkel Carmine sprach so leise, dass die anderen ihn kaum verstehen konnten. «Wir werden das nicht zulassen. Wer immer das getan hat, wird dafür bezahlen.»

Sie mussten fast den Atem anhalten, um Carmines fast tonlose Stimme zu verstehen. Sergio fühlte wilden Hass in sich aufsteigen. Das hat er von Vater gelernt, dachte er. Genauso hat Vater immer seine Befehle verkündet, wenn er sicher sein wollte, dass keiner weghört und dass jeder sich der Macht des Oberbosses bewusst wurde. Sergios Herz hämmerte vor Anstrengung, einen Wutausbruch zu unterdrücken, sein rechtes Ohr begann zu pfeifen.

«Allora», sagte Eduardo bedächtig, «Carmine und ich sind der Meinung, dass wir uns absolut ruhig verhalten müssen. Also: keine nervösen Nachforschungen, kein Kontakt zu anderen Unternehmen und auch kein Stopp irgendwelcher Lieferungen. Alles soll so bleiben, wie es ist!»

«Wir sind da anderer Meinung – besonders, was die Lieferungen angeht.» Die Adern an Micheles Stirn und Hals traten deutlich hervor.

«Ich kann eure Überlegungen verstehen, aber sie sind trotzdem falsch. Jede Veränderung wird auffallen, und wenn etwas auffällt, dann kann auch jemand darüber reden. Habt ihr verstanden?» Eduardo tätschelte Micheles Rücken.

«Jemand hat auf mich geschossen.» Michele sprach leise und trotzdem heftig.

«Permesso?»

«Heute Mittag hat jemand auf mich geschossen. Sergio kann es bezeugen.»

«Seid ihr von allen guten Geistern verlassen? Wieso habt ihr uns nicht sofort verständigt?»

«Wir wollten es gerade tun, aber da seid ihr gekommen, und jetzt wisst ihr's.»

«Aber du hast gesagt, es ist heute Mittag passiert, und jetzt ist beinahe Abend.» Eduardos Gesicht lief rot an. Sergio warf einen kurzen Blick auf Onkel Carmine, doch der regte sich nicht, sah nur irgendwie grau aus. Wie Beton, dachte Sergio und verfluchte sein Gehirn, das schon wieder selbständig assoziierte. Er hörte Michele sagen, dass ein Auto weggefahren sei, nach den Schüssen. Mehr wüssten sie nicht.

Eduardo packte Michele am Arm und schüttelte ihn. «Was macht ihr, eh? Noch ganz bei Trost? Ist deshalb das Rollo unten? Habt ihr draußen nachgesehen?»

Michele schüttelte den Kopf und zog ihn gleichzeitig ein.

«Sie waren ja weg. Was sollten wir da sehen?»

«Na warte, du verdammter Anfänger! Ich geh jetzt nachsehen. Es ist noch nicht ganz dunkel. Gib mir eine Taschenlampe, Sergio! Und komm mit, verdammt noch mal!»

Merda, merda, merda, dachte Sergio, und diesmal war es er selbst, der das dachte, nicht sein losgelöstes Gehirn.

Er stand auf und suchte herum, als wüsste er nicht, wo er seine Taschenlampe aufbewahrt haben könnte. Eduardo aber ging mit entschlossenen Schritten in den Flur, nahm die Lampe aus dem Regal neben der Tür und hielt sie hoch.

«Oh», murmelte Sergio, «ich leg sie jedes Mal woanders hin.»

Eduardo stieß ein verächtliches Schnaufen aus und bedeutete Sergio mit einer Kopfbewegung, ihm zu folgen. Mit einer Bewegung, als hätte er Lust, seinen kräftigen Schädel gegen Sergios zu knallen.

Draußen war die blaue Stunde angebrochen, und selbst die jungen Blätter der Linden zeigten einen bläulichen Schimmer, als hätte jemand das helle Grün übermalt. Die Luft schien sichtbar zu werden, zartblaue, kühle Luft, die vom nahen Park am Isarhochufer herüberströmte, eine Ahnung von Nebel.

Eduardo begann sofort damit, die Hauswand rund um das Küchenfenster abzusuchen, danach den Boden, den Fußweg. Schritt für Schritt entfernte er sich vom Haus, überquerte endlich die schmale Straße und kam bei den alten Linden auf der anderen Seite an. Als er unter den dicken Stämmen zu suchen begann, wurde es schon ziemlich dämmrig, und er war auf den Lichtkegel der Taschenlampe angewiesen.

Sergio folgte ihm langsam, tat so, als würde er ebenfalls suchen. Sein Gehirn arbeitete allerdings an einer plausiblen Erklärung für die irrige Annahme, dass jemand auf Michele geschossen hatte.

«Pass auf die Hundescheiße auf, Eduardo», sagte er und versuchte, seiner Stimme einen gelassenen Tonfall zu verleihen. Eduardo knurrte nur unwillig und lenkte den Lichtstrahl zum nächsten Baum. Kurz darauf stutzte er, ging in die Hocke, sammelte etwas auf und steckte es in die Jackentasche. «Bene!», sagte er grimmig, versetzte Sergio einen Stoß und leuchtete mit der Taschenlampe genau in sein Gesicht.

Geblendet kniff Sergio die Augen zu und hob abwehrend einen Arm. «Hör auf! Was soll denn das?»

«Ich will dich einfach sehen, wenn ich dich frage, was für einen Wagen du gesehen hast, als jemand auf Michele geschossen hat. War es ein großer oder ein kleiner? Welche Marke? Welche Farbe? He?»

«Es war ein dunkler Mittelklassewagen ... dunkelblau, glaube ich, und eher groß. Aber die Marke hab ich nicht erkannt. Die Autos sehen doch heute alle gleich aus.»

«Und er fuhr mit quietschenden Reifen ab, wie im Film, was?» Noch immer beleuchtete Eduardo Sergios Gesicht.

«Blödsinn! Nein, keine quietschenden Reifen. Er fuhr einfach schnell weg, weiter nichts!»

«Ah, gehen wir wieder rein!» Eduardo drehte sich um und überquerte die Straße, ohne auf Sergio zu warten. Wieder drückte er fünfmal lang auf den Klingelknopf, dann ging er so schnell hinein, dass die Tür vor Sergio wieder ins Schloss fiel.

Ich habe den Knall gehört und den Wagen abfahren sehen, dachte Sergio. Es ist völlig logisch, dass ich einen Zusammenhang zwischen beiden Ereignissen hergestellt habe. Sie können nichts dagegen sagen, und es klingt vollkommen plausibel. Auch Michele wird das schlucken. Langsam zog er den Hausschlüssel aus seiner Tasche, sperrte auf und ging hinein.

In der Tür zur Küche blieb er stehen, noch halb im unbeleuchteten Flur, und beobachtete Eduardos Auftritt. Sein

Vetter stand in der Mitte des Zimmers, eine Hand in der Jackentasche, und rief viel zu laut, geradezu marktschreierisch: «Ich habe das Projektil gefunden. Ziemlich großes Kaliber. Wenn sie besser schießen würden, hätten sie dich damit einfach weggepustet, Michele!»

Onkel Carmine und Michele erhoben sich halb von ihren Stühlen. Da zog Eduardo mit der Geste eines Zauberkünstlers die Hand aus der Jackentasche und hielt den beiden seine geschlossene Faust hin. «Na, was glaubt ihr?»

«Hör auf mit den Faxen!» Carmine runzelte die Stirn.

Eduardo öffnete seine Faust. Ein paar rote, halb verkohlte Pappfetzen wurden sichtbar und ein geschwärztes Pappohr. Mit großer Geste warf Eduardo seinen Fund auf den Küchentisch.

«Chinaböller!», sagte er und brach in zu lautes Gelächter aus. «Sie haben versucht, Michele mit einem Chinaböller zu erschießen!»

Ein kurzes Lächeln zuckte um Onkel Carmines Mund und verschwand so schnell, dass Sergio fast meinte, es sich nur eingebildet zu haben. Michele starrte seinen Bruder erschrocken an.

«Du hast es gewusst, eh? Sag, dass du es gewusst hast!»

«Ich habe es nicht gewusst. Ich habe einen Knall gehört und später noch einen, und dann ist der Wagen weggefahren. Für mich war klar, dass sie auf dich geschossen haben und ein zweites Mal auf das Fenster oder sogar auf mich.»

Onkel Carmine faltete die Hände und hob den Kopf. Noch immer sah er weder Michele noch Sergio an, sondern schien einen Punkt am Ende des Tisches zu fixieren, etwa zehn Zentimeter von Michele entfernt.

«Ihr benehmt euch wie verdammte Anfänger», sagte er mit dieser leisen Stimme, die Sergio sofort wieder in Wut und Panik versetzte. «Was ist los mit euch, eh? Warum geht ihr nicht raus und schaut nach, wenn ihr glaubt, dass jemand auf euch geschossen hat? Warum findet ihr nicht selbst raus, dass das Kinder waren, die ein paar Böller knallen lassen haben? Warum versteckt ihr euch hinter heruntergelassenen Rollos? Seid ihr verdammte Memmen oder was? Los, erklärt mir das!»

Michele biss auf seiner Unterlippe herum und zuckte die Achseln. «Die waren doch längst weg. Jedenfalls dachten wir das, nicht wahr, Sergio? Wir hatten eine Menge zu besprechen, und das haben wir gemacht.»

«Und euch in die Hosen gemacht, was? Habt ihr das besprochen? Außerdem habt ihr uns nicht gewarnt. Die hätten ja zurückkommen können. Dann wären Eduardo und ich die Zielscheiben gewesen. Ah!» Carmine machte eine Armbewegung, als wollte er sie alle beide vom Tisch fegen.

Sergio sagte nichts. Er hatte keine Lust, sich zu rechtfertigen. Sein Gehirn wiederholte ständig den Anfang eines Lieds von Lucio Dalla: *Datemi un coltello, un coltello per favore, datemi un coltello ...*

Er versuchte, das Lied wegzuschieben, und gleichzeitig stieg in ihm die Erinnerung daran auf, wie er zugestochen hatte. Und die Erkenntnis, dass er wirklich jemanden umgebracht hatte, dass er es konnte, obwohl Carmine ihn als Memme bezeichnete.

Weder Eduardo noch Onkel Carmine schienen seine Antwort zu vermissen. Knapp gaben sie Anweisung, dass Michele am nächsten Morgen abzureisen habe, um seine Geschäfte in Marseille weiterzuführen wie bisher. Spätere Entscheidungen würde man ihm mitteilen. Für Sergio gelte das ebenso. Das *Montenero* solle weiterlaufen wie immer.

«Aspettiamo», sagte Onkel Carmine. «Aspettiamo. Warten wir. Es ist nicht der Zeitpunkt zu handeln.»
Dann gingen sie.

Lange saßen die beiden Zurückgelassenen schweigend da. Michele rauchte, Sergio protestierte nicht, den Brandy ließen sie stehen.

«Und jetzt?», fragte Michele nach der zweiten Zigarette.
«Wir warten. Du hast es doch gehört.»
«Sie haben uns degradiert, ist dir das klar?»
«Natürlich.»
«Du nimmst das einfach so hin?»
«Natürlich.»
«Kannst du noch was anderes sagen als *natürlich*?»
«Was willst du denn hören?»
«Ich will wissen, ob du das mit den Chinaböllern gewusst hast!»
«Nein.»
Michele zündete sich eine dritte Zigarette an, drückte sie aber sofort wieder aus. «Sie werden mit Vater reden.» Er hustete.
«Natürlich.»
«Jetzt fängst du schon wieder an!»
«Ich weiß gar nicht, was dich so aufregt, Michele. Ich bin doch derjenige, der sich aufregen muss. Für mich besteht die Gefahr, dass ich heiß werde, für dich nicht! Du hast dich bloß von ein paar Chinaböllern erschrecken lassen – das ist kein Grund, heiß zu werden. Also reg dich wieder ab!» Sergio holte die Brandyflasche von der Anrichte und schenkte sich ein.
Von diesem Augenblick an wussten sie nicht mehr, was sie miteinander reden sollten. Alles war eigentlich gesagt,

und allen beiden war bewusst, dass eine Menge Lügen erzählt worden waren. Doch sie kannten nur die eigenen.

Später kochten sie Pasta, weil nichts anderes im Haus war. Sie aßen hastig und gingen früh zu Bett. Michele, weil er um sechs zum Flughafen musste, Sergio, weil er mit dem Chefkoch zum Großmarkt wollte, aber eigentlich, weil sie es nicht mehr miteinander aushielten.

ALS LAURA SICH AM ENDE dieses ersten Arbeitstages auf den Heimweg machte, überflog sie kurz die Nachrichten auf ihrem privaten Smartphone. Vier SMS warteten auf sie. Luca teilte mit, dass er noch eine Nacht bleiben werde und mit den anderen das Abendessen vorbereite.

Schlechtes Gewissen wegen Patrick?, dachte sie. Mir hält er einen Vortrag, dass ich mich nicht für alles verantwortlich fühlen soll, und was macht er? Er fühlt sich immer verantwortlich. Viel mehr als Sofia. Vielleicht sollte ich mal mit ihm darüber reden.

Zweite Nachricht: *Hi Mama, Patrick fühlt sich schon richtig wohl bei uns. Du warst gestern Abend phantastisch! Grazie. Sofi.*

Na, wie schön, dass er sich wohl fühlt. Immerhin war ich phantastisch, und das ist ein deutlicher Hinweis, dass ich so zu bleiben habe.

Dritte Nachricht: *Du kannst jederzeit kommen, wenn dir Betonblöcke und Iren zu viel werden. Angelo*

Vierte Nachricht: *Ich hoffe, dass dir Betonblöcke und Iren bald zu viel werden. A.*

Eigentlich sind sie mir bereits zu viel, vor allem mein neuer, äußerst pflichtbewusster Mitarbeiter, Severin Burger, der gerade dabei ist, eine sehr umfangreiche Dokumentation über das Organisierte Verbrechen in München zu erstellen, die ich gar nicht verlangt habe.

Es gab auch noch einen Anruf von Lauras Vater:

«Entschuldige, dass ich dir nichts von Patrick gesagt habe, Laura. Sofia hat sich so sehr gewünscht, ihn mitzubringen. Ich glaube, du verstehst das. Bitte sei nicht böse über unsere kleine Verschwörung. Einen schönen Tag wünsche ich dir. Papa.»

«Papa», murmelte Laura. «Papa nennt er sich nur, wenn er ein schlechtes Gewissen hat.»

Sie steckte das Telefon in ihre Jackentasche und stieg in ihren alten Mercedes. Ab morgen nehme ich den Bus, dachte sie. Ich brauche eine neue Monatskarte. Alles geht wieder los, ich stecke schon wieder mittendrin.

Diese Erkenntnis löste eine unerwartete Welle von Hilflosigkeit in ihr aus, jene Art der Verzweiflung, über die man lachen und gleichzeitig weinen kann. Sie blieb ruhig sitzen und wartete, bis die Welle vorüber war, erst dann fuhr sie los.

Überall in der Stadt blühten die Kastanienbäume, hatten unzählige rote und weiße Kerzen aufgesteckt. Am Gärtnerplatz bildeten sie einen Kreis um Inseln blühender Tulpen, es sah aus wie ein verrückter Frühlingstanz, als würden die Bäume sich an den Händen halten. Laura ließ das Seitenfenster herab. Trotz der vielen Autos roch es nach Frühling, und die Amseln übertönten mit ihrem Gesang hin und wieder den Verkehrslärm. Auf der Isarbrücke drang die kühle Luft des frühen Abends zu ihr herein, der Fluss schimmerte silbern, und im Westen, hinter den Türmen der Müllverbrennungsanlage, färbte sich der Himmel rötlich. Am Maria-Hilf-Platz standen bereits die Buden für die Mai-Dult, jenes kleine Volksfest mit Trödelmarkt, das bei ihren Kindern noch immer sehr beliebt war, obwohl sie dem Alter der Pferdekarussells und Autoscooter längst entwachsen waren.

Laura fiel ein Lied ein, das Vater ihr häufig vorgesungen hatte, als sie noch ein kleines Mädchen war. Ein sehr münchnerisches Lied, geradezu ein Stadtteillied. Auch Sofia und Luca hatte er es beigebracht. Laura sang leise gegen ihre unterschwellige Verzweiflung an:

Drunt in da greana Au
Bliat a Birnbaam schee blau ... gucku,
Drunt in das greana Au
bliat a Birnbaam schee blau.
Wos is an dem Baam
A wunderschena Ast ...
Ast am Baam,
Baam in da Au,
Drunt in da greana Au
Bliat a Birnbaam schee blau, juhu ...

Sie hielt inne. Wie ging es weiter? Mit dem Ast, und dann kam ein Blatt, ein Nest, ein Ei und zuletzt ein Vogel. Und eine Feder kam auch noch vor. Die Texte zwischen den Refrains musste man ganz schnell singen und durfte nicht den Überblick verlieren. Es war ein richtig schönes Frühlings-Blödellied. Laura liebte es, und ihre Kinder liebten es ebenfalls, und sie hoffte, dass es nie verlorenginge. Jetzt, da sie wieder mittendrin war, liebte sie auch München im Frühling, aber gleichzeitig sehnte sie sich zurück nach Siena auf Guerrinis Dachterrasse, und die Verzweiflungswelle schwappte schon wieder über sie hinweg.

Mit geschlossenen Augen wartete sie vor einer roten Ampel auf das Verebben der Welle. Hinter ihr hupte es, die Ampel hatte auf Grün geschaltet, zu schnell, denn die Welle war noch da. Laura nahm sich zusammen und gab Gas. Ich muss das alles ganz anders sehen, dachte sie, einfach positiv: Ich habe zwei wunderbare Kinder, einen mindestens ebenso wunderbaren Geliebten, einen sicheren, interessanten Job, einen richtig guten Vater, einen netten Gast aus Irland, einen passablen Exmann, eine große Wohnung, die ich sogar bezahlen kann, eine Parklizenz ... sie versuchte zu lachen, aber die Welle brach über sie herein und ersäufte sie beinahe.

«Va bene», murmelte sie. Angestrengtes «positives Denken» hatte bei ihr noch nie funktioniert.

Was würde ich machen, wenn ich allein wäre und keine Rücksicht auf andere nehmen müsste? Nach Hause gehen und sehr lange weinen, heiß duschen und ins Bett gehen. Aber das ist nicht möglich, weil meine Wohnung von drei jungen Menschen besetzt ist, die mit dem Abendessen auf mich warten.

Jetzt musste Laura doch über sich selbst lachen. Sie war eindeutig mittendrin angekommen. Das mit dem Anfang war erledigt. Ergeben machte sie sich auf die Suche nach einem Parkplatz.

Sie hatten Lasagne zubereitet.

«Hausgemacht!», wie Luca stolz verkündete. «Spinatlasagne mit Bechamelsoße und Parmesan, weil Patrick Vegetarier ist. Als Vorspeise gibt es bunten Salat.»

Patrick überreichte Laura einen Strauß gelber Rosen. «Von meiner Mutter», sagte er. «Sie hat heute zweimal angerufen und gefragt, ob ich auch ganz sicher Blumen für Sie besorgt habe, *inspector*. Von mir sind sie natürlich auch.»

«Danke, ich freu mich! Wie war der erste Tag?»

«Great.»

«Schon was von München gesehen?»
«Sure.»
«Gefällt es dir?»
«Yeah.»

Jetzt frag ich besser nichts mehr, dachte Laura. Ein-Wort-Antworten sind mir gerade ein bisschen zu anstrengend.

Sie setzten sich um den Küchentisch und begannen zu essen. Luca redete ziemlich viel, Sofia himmelte Patrick an, und Patrick beobachtete Laura.

«How was your first day?», fragte er plötzlich und unterbrach Lucas leicht kabarettistische Beschreibung des bayerischen Schulwesens. Sein Gesicht war so offen und interessiert, dass Laura lächeln musste.

«Sehr spannend», antwortete sie, und dann erzählte sie die Geschichte der Leiche im Betonblock.

«Wow!», murmelte Patrick am Ende. «Das hat doch jemand mit voller Absicht gemacht, oder? Was könnte dieser Jemand bezwecken? Ich finde, jeder von uns sagt dazu, was ihm einfällt!»

«Zu viele Krimis im Fernsehen gesehen, was?», grinste Luca.

«Rubbish! Aber es ist doch interessant, was uns dazu einfällt. Vielleicht hilft es deiner Mutter sogar.»

Er kann ja doch mehr als Ein-Wort-Antworten, dachte Laura, und er ist ziemlich originell.

«Wer fängt an?» Patrick hatte seine schwarzen Locken zu einem Pferdeschwanz gebunden und wirkte männlicher als am Abend zuvor. «Was denkst du, Sofia?»

Lauras Tochter drehte eine Haarsträhne um den Zeigefinger und runzelte die Stirn. «Falls dieser Betonblock, oder diese Kiste, nicht aus Versehen von einem Laster gefallen ist, dann ... dann will vielleicht jemand auf ein Verbrechen hinweisen. Also, jemand hat beobachtet, dass ein Toter in Beton gegossen wurde. Er will aber nicht die Polizei rufen. Die meisten Leute wollen ja keine Unannehmlichkeiten. Also packt er den Block in eine Kiste und wirft sie auf die Straße.»

«Ist aber verdammt schwer, so ein Betonblock!», wandte Luca ein. «Technisch kaum zu bewältigen! Jedenfalls für eine Person. Höchstens mit Frontlader!»

«Na, vielleicht hatte er einen!» Sofia warf ihr Haar zurück.

«Okay, next!» Patrick sah Luca an.

«Also, ich glaube, dass jemand den Betonblock verloren hat und jetzt ziemlich nervös ist. Alles andere klingt mir zu kompliziert.»

«Your turn, inspector!» Patrick lächelte sein halbes Lächeln in Lauras Richtung.

«Es könnte der Versuch sein, den Verdacht in eine bestimmte Richtung zu lenken. Die Mafia war eine Weile bekannt dafür, Leichen einzubetonieren. Ein Ablenkungsmanöver, möglicherweise.»

Patrick nickte und legte ein kleines Salatblatt, das auf den Tisch gefallen war, zurück auf den Teller.

«It's your turn!», sagte Luca. «Na, Patrick?»

«I think ... es ist eher kompliziert, wie du gesagt hast, Luca. Ich denke, man will jemandem Angst machen. Wenn jemand Angst hat, man kann leichter erpressen ihn.»

«Ja!», rief Sofia. «Genau, das passt doch zu meiner Idee. Vielleicht will der Täter gar nicht auf ein Verbrechen aufmerksam machen, sondern jemanden erpressen!»

«Ja», murmelte Laura, «auch das könnte durchaus sein. Diese Aktion ist wirklich sehr ungewöhnlich und furchterregend. Ich bin sehr gespannt, ob wir irgendwelche Reaktionen auf die Medienberichte bekommen werden.»

«Hat es geholfen, Mama?» Luca grinste ein bisschen spöttisch.

«Es war nicht schlecht. Zumindest ist euch mehr eingefallen als meinem neuen Assistenten. Ich werde euch als SOKO Betonblock engagieren. Danke!»

Danach verlief das Gespräch lockerer, beinahe vertraut, und Laura freundete sich sogar ein bisschen mit dem Gedanken an, dass Patrick bleiben würde.

Viel später, nachdem das Bad endlich frei gewesen und Stille eingekehrt war, lag Laura auf ihrem Bett und dachte darüber nach, ob sich das eigene Leben nicht auch aus einer übergeordneten Perspektive betrachten ließ. Nicht aus der Mitte heraus, sondern von außerhalb und objektiv. Wäre es dann leichter, Entscheidungen zu treffen? Man könnte sich nicht mehr hinter den sogenannten Verpflichtungen und Notwendigkeiten verstecken. Existierte irgendwo eine Freiheit, von der man nur nichts wusste, die dann aber plötzlich deutlich vor einem läge, wie ein Weg über sanfte Hügel, der immer weiterführt? Ob es mittendrin einfach nicht möglich war zu erkennen, dass man hinaustreten konnte in etwas anderes?

Laura streckte sich lang aus. Sie war müde und konnte trotzdem nicht einschlafen. Mittendrin bedeutete auch, dass sie heute Abend viel zu kurz mit Angelo telefoniert hatte, weil er zu einem Einsatz gerufen worden war. Später war er vermutlich mit seinem Freund Salvia zum Essen gegangen, ins *Aglio e Olio*, Lauras absolutes Lieblingslokal. Vielleicht saßen sie noch immer da und redeten, tranken Bianco di Pitigliano oder einen Digestivo ... Laura schaute auf ihren Wecker. Zehn nach zwölf. Durchaus möglich, dass sie noch mit Raffaele, dem Wirt, zusammensaßen, vielleicht hatte sich auch Angelos Assistent Tommasini dazugesellt, immerhin war er Raffaeles Bruder.

Vor einer knappen Woche hatten sie alle zusammen einen Abend im *Aglio e Olio* verbracht, sogar Guerrinis Vater war dabei gewesen und hatte ein bisschen am Essen herumgemäkelt, weil außer ihm natürlich niemand kochen konnte. Geschmeckt hatte es ihm trotzdem. Laura stöhnte und strampelte ihre Decke weg. Sie neidete Angelos Freunden und Kollegen den heutigen Abend. An den Heimweg über den Campo, den wohl schönsten nächtlichen Heimweg, den es in einer Stadt geben konnte, durfte sie gar nicht denken.

Manchmal wäre das Leben einfacher, wenn man aus zwei Personen bestehen würde, dachte sie. Dann müsste man auch keine schwerwiegenden Entscheidungen fällen. Man könnte zwei Leben gleichzeitig leben und sich gelegentlich treffen, um Erfahrungen auszutauschen.

Altersmäßig und geistig befinde ich mich gerade auf der Stufe von Sofia, dachte sie und wälzte sich auf den Bauch. Mein Abend war auch nicht schlecht. Es war richtig schön mit den Jungen, und gekocht haben sie auch ziemlich anständig. Was also ist los, Laura Gottberg?

Sie umschlang das Kopfkissen mit beiden Armen und presste es an sich. «Das ist los», flüsterte sie. «Buona notte, Angelo.»

Kurz nach sechs stieg Michele Cavallino in das Taxi zum Flughafen. Erleichtert sah Sergio den Wagen anfahren und am Ende der Straße verschwinden. Zum Abschied hatten sie sich umarmt, wie es sich für Brüder gehörte, aber nach der Umarmung hatten sie jeden Blickkontakt vermieden. Es war beiden klar gewesen, dass sie einander nur sehr bedingt trauten.

Sergio atmete tief durch und legte den Kopf in den Nacken, um zwei Schwäne zu beobachten, die Richtung Isar flogen. Bei jedem Schlag ihrer riesigen Flügel erklang eine seltsame Mischung aus Knarren und Rauschen. Die Schwäne waren frei, dachte Sergio, ganz im Gegensatz zu ihm selbst. Er senkte den Kopf und schaute nach rechts, wo ein Mann seinen sehr mageren Hund spazieren führte. Die kleine Straße linker Hand, die zum *Montenero* führte, war noch leer, wenn man von ein paar Krähen absah, die am Fuß der alten Linden herumpickten.

Sergio kehrte ins Haus zurück, kontrollierte kurz den Briefkasten und ging dann in seine Wohnung, wo er alle Fenster aufriss, um den beißenden Zigarettengestank loszuwerden, den Michele hinterlassen hatte. Inzwischen war Sergio ziemlich sicher, dass niemand auf ihn schießen würde. Wozu auch? Die planten etwas ganz anderes, Größeres. Wer sich eine so irrsinnige Geschichte ausdachte, sich die Mühe machte, eine Leiche in Beton zu gießen und auf die Straße zu werfen … er konnte es einfach nicht fassen.

Eigentlich hatte auch er an diesem Morgen etwas ziemlich Großes vor. Mit einem der deutschen Gemüsegroßhändler bahnten sich sehr vielversprechende Geschäftsverbindungen an. Eine Niederlassung der Aspro-Cavallini arbeitete erfolgreich im Gemüsehandel und versorgte einen Teil der Mailänder Märkte. Diese Lieferungen konnte man ohne größere Schwierigkeiten nach München ausweiten, man benötigte nur einen zuverlässigen Zwischenhändler. Sergio hatte einen gefunden, der sehr interessiert schien, aber in dieser Situation war es besser, die Sache noch um ein, zwei Wochen zu verschieben. Einfach alles so weiterlaufen lassen wie bisher und keine größeren oder auffälligen Aktivitäten! Er rief den Chefkoch Marcello an und sagte ihm, dass er an diesem Morgen nicht zum Großmarkt kommen würde.

Auch aus einem zweiten Grund erschien es Sergio sinnvoll, das endgültige Gespräch mit dem deutschen Partner aufzuschieben. Es würde den anderen noch stärker motivieren, wenn er ihn eine Weile hinhielt.

Zufrieden mit dieser Entscheidung, schloss er die Fenster und duschte anschließend ausgiebig und heiß. Danach kleidete er sich lässig und doch elegant, nahm statt Krawatte ein dunkelblaues Seidentuch zu hellblauem T-Shirt, dunkelblauem Blazer und dunkelblauen Jeans. Im Spiegel wirkte er ziemlich gut, aber es ging ihm nicht gut.

Wieder hatte er kaum geschlafen. Ständig waren ihm Micheles Worte durch den Kopf gegangen: «Niemand wirft dir vor, dass du dich erschreckt hast. Aber du bist kurz davor, heiß zu werden.» Und dann hatte er an Gabriele gedacht und an ein paar andere, die heiß gewesen waren. Einige waren verschwunden, andere hatte man weggeschickt, nach Südamerika und einen nach England, wo er dazu verdonnert worden war, ein kleines Reisebüro zu führen und den Kokainhandel in einem Vorort von Liverpool zu übernehmen – ein winziger Geschäftsbereich, eine absolute Katastrophe! Dort saß er vermutlich immer noch, möglicherweise bis an sein Lebensende, falls er nicht irgendwann aufflog. Das war zwar besser, als in einem italienischen Gefängnis zu verrotten oder umgebracht zu werden, aber es war nichts anderes als Verbannung, Degradierung, Demütigung.

Ich schwitze schon wieder, dachte Sergio. Er ging zur

Kaffeemaschine, schaltete sie aber nicht ein, weil ihm beim Gedanken an Espresso plötzlich übel wurde. Micheles Tasse stand noch auf dem Tisch. Sergio räumte sie in die Spülmaschine und kehrte ins Bad zurück, besprühte sich mit irgendeinem teuren Männerparfum, dem Geschenk einer früheren Freundin. Trotzdem hatte er das Gefühl, einen unangenehmen Geruch nach Schweiß und Zigaretten zu verströmen.

Es war viel zu früh, um ins *Montenero* zu gehen. Sergio schaltete den Fernseher ein. Die dritte Meldung der Morgennachrichten war die Leiche im Betonblock auf der Prinzregentenstraße, samt Ausschnitt aus der Pressekonferenz der Polizei. Sergio stöhnte und wechselte zum italienischen Fernsehen, wo schon wieder eine von diesen blödsinnigen Rateshows mit braungebrannten Quizmastern und aufgedonnerten Assistentinnen lief. Eine Weile starrte er auf den Bildschirm, dann schaltete er den Fernseher wieder aus und setzte sich auf sein schwarzes Ledersofa. Eigentlich hatte die Polizei kaum eine Chance herauszufinden, wo der Mann im Betonblock zu Tode gekommen war. Vielleicht würden sie nicht einmal herausfinden, wer dieser Mann war. Es kam also nur darauf an, klug mit den anderen zu verhandeln ...

Sergio sprang auf. Er konnte nicht einfach so herumsitzen und über Auswege nachdenken, die es vielleicht gar nicht gab. Falls jemand Rache an den Aspro-Cavallini üben wollte, dann gab es keinen Ausweg. Nur einen, nämlich dass sie schnellstens herausfanden, *wer* Rache üben wollte. Dann hätten sie vielleicht eine Chance zu handeln, ehe es zu spät war.

Er musste sich bewegen. Ein paarmal ging er durch alle Zimmer, aber der Zigarettengestank störte ihn. Halb acht.

Vor neun konnte er im *Montenero* nicht auftauchen, um neun kamen die Köche, und gegen halb zehn würde er mit Marcello die Speisekarte durchgehen. Das lief fast jeden Tag so. Falls er vor allen anderen da wäre, würde es auffallen. Also neun oder kurz nach neun, das war sicherer.

Und bis dahin? Er musste raus aus der Wohnung, brauchte dringend frische Luft. Ein Spaziergang würde ihm vielleicht helfen, diese flirrende innere Unruhe in den Griff zu bekommen. Er war lange nicht mehr spazieren gegangen.

Eilig schloss er alle Fenster, griff nach seinem Schlüsselbund und verließ die Wohnung. Er ging schnell durch die Eingangshalle zur Haustür, an der Reihe von Briefkästen vorbei, dann hielt er inne und drehte sich um. Etwas hatte seine Aufmerksamkeit erregt, und jetzt sah er auch, was: ein kleines, weißes Dreieck, das aus der Klappe seines Kastens herausragte. Die Ecke eines Umschlags vermutlich, der noch nicht da gewesen war, als er Michele vorhin zum Taxi begleitet hatte.

Sergio rannte zur Haustür, öffnete sie vorsichtig und bewegte sich ebenso vorsichtig nach draußen. Aber da war nichts. Eine Gruppe von Kindern auf dem Schulweg, eine alte Frau mit altem Hund. Kein Wagen, der schnell wegfuhr, nicht einmal einer, dessen Rücklichter gerade in der Ferne verschwanden.

Die Kontrolle des Innenhofs schenkte er sich. Er kam sich lächerlich vor, konnte sich das Grinsen der anderen vorstellen. Falls sie ihn beobachteten. Sie mussten ihn beobachten, vermutlich schon seit längerer Zeit. Nein, er konnte jetzt nicht in den Park gehen. Oder vielleicht doch? Vielleicht gerade jetzt!

Er würde mit dem Brief in den Park gehen und die

Botschaft dort lesen, auf einer Bank. Sie sollten ihm ruhig dabei zusehen, wie gelassen er bleiben würde. Er könnte zum Beispiel laut lachen, davonschlendern und den Vögeln zusehen. Könnte er? Er wusste es nicht.

Zögernd kehrte er in den Hausflur zurück, zog den weißen Umschlag aus dem Briefkasten und widerstand der Versuchung, sich damit in seiner Wohnung zu verstecken. Kurz musterte er den Umschlag, dann schob er ihn in die Innentasche seiner Jacke und machte sich auf den Weg in den Park.

Acht Uhr. Er hatte eine Stunde. Bis auf ein paar Jogger und Hundebesitzer würde der Park leer sein. Das Risiko war entweder hoch, oder es gab keins. Schon wieder klopfte sein Herz viel zu heftig und laut, und er hasste dieses Herz, das ihm dauernd seine Unzulänglichkeit vorhämmerte.

Zum Park am Hochufer der Isar war es nicht weit. Nur zwei Parallelstraßen trennten ihn von Sergios Wohnung, stille Straßen, gesäumt von großbürgerlichen, alten Villen aus der Gründerzeit, die schon lange nicht mehr von großbürgerlichen Familien bewohnt wurden, sondern Sitz von Stiftungen, Unternehmen oder Konsulaten waren.

Sergio ging schnell und schaute sich hin und wieder unauffällig um, indem er vor einem der pompösen Häuser stehen blieb und so tat, als würde er es genauer betrachten. Niemand folgte ihm, was ihn beinahe enttäuschte. Er wünschte sich Klarheit, irgendeine Aktion, irgendetwas ...

Aber es kam nichts. Er erreichte den Park, ging einfach hinein, querfeldein, zwischen den hohen silbernen Stämmen der Buchen hindurch, deren Kronen noch fast kahl waren. Dann folgte er einem gewundenen Pfad hinunter zum Fluss, kletterte in das Kiesbett hinab und setzte sich auf einen angeschwemmten Baumstamm. Von seinem

Platz aus konnte er die Tivolibrücke sehen und die Dächer der Autos, die sich dort oben stauten. Die unsichtbare Stadt summte hinter der hohen Mauer, die sie vom Fluss trennte und gleichzeitig vor ihm schützte. Ein paar Enten trieben schnell vorüber, schienen beunruhigt von der Geschwindigkeit des Wassers.

Sergio beobachtete die Büsche am Rand des Flussbetts, doch da war nichts. Ein Mann und eine Frau wanderten Hand in Hand am Rand des Wassers entlang. Der Mann bückte sich ab und zu, hob einen Stein auf und warf ihn in den Fluss. Leicht und unverschlossen lag der Umschlag in Sergios Hand. Er zog das Blatt Papier heraus, entfaltete es und las:

Ehrenwerter Freund,
der erneute bedauerliche und gefährliche Zwischenfall ist uns unendlich unangenehm, macht aber eine vertrauensvolle Zusammenarbeit umso dringlicher. Für uns ist es ganz einfach, diese gefährliche Situation zu bereinigen und damit Sicherheit für Sie und Ihre ganze Familie zu garantieren.
Wir werden deshalb sehr bald Kontakt zu Ihnen aufnehmen und freuen uns auf eine fruchtbare Zusammenarbeit.
Bis dahin wünschen wir viel Erfolg und gute Gesundheit für Sie und Ihre Familie.

Sie würden also kommen. Bald. Wie und wann ließen sie offen. Sergio steckte das Schreiben wieder in den Umschlag und schob ihn in die Tasche, dann machte er sich auf den Weg ins *Montenero*. Er spürte ein kaum merkliches Zittern in seinen Muskeln. Weshalb nur musste sein Körper auf alles reagieren? Seine Mutter hatte völlig recht, wenn sie darüber spottete! Sein Körper machte ihn wütend, so wütend, dass er gegen einen Ast trat, der vor ihm auf dem Weg lag.

Sie waren verdammt gut, die anderen. Wenn selbst Onkel Carmine nichts einfiel, dann mussten sie sehr gut sein. Vielleicht eröffneten sich damit sogar neue Möglichkeiten für das Unternehmen, für die ganze Provinz. Man konnte nicht wissen, man wusste nie.

COMMISSARIO ANGELO GUERRINI saß an diesem Morgen bereits in seinem Büro, dessen Fenster den Blick auf den nicht besonders attraktiven Hinterhof der Questura von Siena freigab. Er schaute allerdings nicht hinaus, sondern hatte sich mit verschränkten Armen zurückgelehnt und starrte an die Zimmerdecke, die ein paar Risse hatte und seit langem nicht mehr gestrichen worden war. In einer Ecke hingen graue Spinnweben, die leicht flatterten in für ihn nicht wahrnehmbaren Luftströmungen.

Guerrini bewegte seinen Unterkiefer hin und her und massierte mit beiden Zeigefingern seine Kiefergelenke. Die stille Wut, die ihn an diesem Morgen erfasst hatte, galt einem alten Misserfolg, den er meistens erfolgreich verdrängte und der wie ein Gespenst wiederauferstanden war, als er an diesem Morgen die Zeitung gelesen hatte.

Großinvestition für Florenz stand über dem Artikel. Und darunter: *Investor Della Valle steckt Millionen in neues Luxushotel. Anschub für die Bauindustrie und viele neue Arbeitsplätze.*

Guerrini verschränkte die Arme hinter dem Kopf und schloss die Augen. Geronimo Della Valle – zweimal sprach Guerrini den klangvollen Namen leise vor sich hin. Er gehörte jenem Mann, den Guerrini vor ein paar Jahren beinahe der Geldwäsche und der Zusammenarbeit mit der Mafia überführt hätte.

Della Valle war ein angesehener Politiker und Geschäftsmann, Florentiner und schon deshalb völlig unverdächtig. Offiziell existierte Organisiertes Verbrechen im Norden Italiens nicht, schon gar nicht in Florenz. Der Norden und seine «mafiafreie» Zone begann an der südlichen Grenze der Toskana. Offiziell jedenfalls. Und so sollte es nach dem Willen der Politiker auch bleiben, deshalb war Guerrini nach Siena versetzt worden und Della Valle unangetastet geblieben. Wie viele Jahre war das her? Sieben, acht?

Er hatte die letzten Beweise einfach nicht zusammentragen können, Geschäftsunterlagen waren plötzlich unauffindbar, Zeugen konnten sich nicht mehr erinnern oder verweigerten die Aussage. Della Valles Geschäftspartner erwiesen sich als gute Beschützer, und seine politischen Freunde hielten zu ihm.

Guerrinis Freund wiederum, Capitano Maltempo, goldbetresster Carabiniere, hatte die Schultern gezuckt und gesagt, man müsse Geduld haben. Er selbst war ebenfalls an Della Valle gescheitert, viel früher als Guerrini, und er war ihm längst nicht so nahe gekommen. Nur deshalb war er nicht strafversetzt worden. Er behalte die Geschichte im Auge, hatte er damals behauptet, und irgendwann werde der Zeitpunkt kommen ... irgendwann.

Gar nichts wird er im Auge behalten, dachte Guerrini. Er hat Frau und Kinder, eine Eigentumswohnung, die noch nicht abbezahlt ist, Pensionsansprüche, Sondervergütungen. In diesen unsicheren Zeiten riskierte man nichts, jedenfalls hierzulande nicht.

Aber ein cleverer Banker, dem Guerrini ebenfalls zu nahe gekommen war, hatte Nachforschungen anstellen lassen und war auf die Idee gekommen, dass Guerrini nur deshalb so erfolgreich gegen Della Valle ermitteln konnte, weil er selbst gute Verbindungen zur Mafia hatte, *zu* gute möglicherweise für einen Commissario, und wenn er das an maßgeblicher Stelle verlauten ließe, dann würde der Commissario vom Dienst suspendiert, und es würde Jahre dauern, bis die Untersuchungen gegen ihn abgeschlossen wären. Eine Möglichkeit also, ihm mit beruflicher Vernichtung zu drohen und so diskret zu erpressen.

Die Angelegenheit war im Sande verlaufen, weil die Ermittlungen gegen den Banker eingestellt wurden. Doch Guerrini wusste, dass der andere diesen vermeintlichen Trumpf in der Hinterhand behalten würde. Della Valle war ein wichtiger Kunde des Bankers und angeblich auch ein guter Freund. Gegen Staat und Gesetz musste man zusammenhalten in diesen Zeiten, da die Steuern in schwindelnde Höhen stiegen und nicht einmal ehemalige Ministerpräsidenten vor Staatsanwälten und Richtern sicher waren. Das ganze System gegenseitiger Unterstützung drohte ins Wanken zu geraten, jenes unsichtbare Korsett, das so viele in diesem Land aufrecht hielt und sehr reich und mächtig machte.

Guerrini stieß ein bitteres Lachen aus und schlug mit der Faust auf seinen Schreibtisch. Er konnte nicht geduldig warten und seine eigene Haut schützen, wie Capitano Maltempo empfohlen hatte. Er war nicht Commissario geworden, um seine persönlichen Interessen zu verfolgen und im richtigen Moment die Augen zu schließen. Es kotzte ihn an! Und ganz besonders kotzte ihn an, dass er damals kurz darüber nachgedacht hatte, auf das Verhandlungsangebot des Bankers einzugehen. Er hatte Laura davon erzählt, unter Schmerzen. Es war ihm wirklich nicht leichtgefallen, ihr seinen Schatten zu zeigen, die verdammte *brutta figura* zu offenbaren. Erst knappe zwei Wochen war das her.

Und sie, was hatte sie gemacht?

«Ist schon in Ordnung», hatte sie nach einer langen Pause gesagt. «Wir haben alle Momente der Schwäche, und als unbestechlicher Erzengel wärst du geradezu unerträglich, Angelo. Es könnte sein, dass ich dich jetzt ein bisschen mehr liebe. Einfach deshalb, weil du mir davon erzählt hast.»

Wofür er sie noch wesentlich mehr liebte. Er vermisste sie, hatte letzte Nacht erneut von diesem widerlichen zähnefletschenden Hund geträumt, der ihn seit Monaten immer wieder heimsuchte. Schweißgebadet war er aufgewacht. Er begriff nur nicht, warum, denn der Abend in seinem Stammlokal war gut gewesen. Er genoss die Gespräche mit seinem Freund Salvia, dem Gerichtsmediziner.

Er sprang auf und ging zu seinem Aktenschrank hinüber. Wichtige Unterlagen hatte er stets kopiert und in seinen großen alten Schrank eingeschlossen. Es war ein wunderbarer Schrank, aus dunklem Holz mit schlichten Schnitzereien, ein antikes Stück, dessen Fächer von unergründlicher Tiefe zu sein schienen.

Guerrini hatte keine genaue Vorstellung davon, was sich alles in den Fächern angesammelt hatte, doch er wusste, dass die Akte Della Valle ganz tief vergraben war. Er hatte sie – nicht ganz legal natürlich – von Florenz nach Siena mitgenommen. Eigentlich sogar ziemlich illegal. Aber in all den Jahren hatte niemand sie vermisst oder danach gefragt, und Guerrini wäre auch nicht dazu bereit gewesen, sie herauszugeben. Es war seine Akte, er selbst hatte jedes der Protokolle geschrieben, jeden einzelnen Schritt der Ermittlungen durchgeführt.

Eine Weile hatte er sie bei sich zu Hause aufbewahrt,

dann fand er den alten Schrank in seinem Büro sicherer. Niemand ahnte, dass die Akte hinter einem ungeordneten Papierberg in der Questura verborgen war. Und dass außerdem eine Kopie davon bei Laura in München deponiert war, in ihrem Bücherregal. Wovon nicht einmal sie etwas ahnte. Manchmal war es sicherer, wenn jemand nichts von dem Schatz wusste, den er hüten sollte.

Falls die Ermittlungen gegen Della Valle aus irgendeinem Grund wieder aufgenommen würden, dann konnte diese Akte wertvolle Dienste leisten. Vielleicht war es sogar sinnvoll, sich jetzt wieder ein bisschen umzuhören, ganz unauffällig. Wäre interessant herauszufinden, wie Della Valle die Millionen für sein neues Projekt zusammenbekommen hatte. Doch ehe Guerrini solche geheimen Ermittlungen in Betracht ziehen durfte, war es notwendig, die familiären Altlasten in Siena beiseitezuräumen.

«Das kann ich auch gleich erledigen», murmelte er, kehrte zu seinem Schreibtisch zurück und griff nach dem Telefon, einem wunderschönen, schwarzen Analogtelefon mit Wählscheibe, dessen Hörer auf einer Gabel ruhte. Guerrini hütete es wie seinen Augapfel, obwohl sich selbst sein Kollege Tommasini gelegentlich darüber lustig machte. Für Guerrini dagegen war es ein Symbol für Italien, das unter den Altlasten seiner Geschichte und seiner Kulturgüter schwankte und bröckelte: ein altes Telefon, das kaum noch kompatibel war. Mit zwei Fingern strich er über das massive Gehäuse und wählte dann entschlossen die Nummer seines Vaters.

«Warum rufst du so früh an, Angelo? Ich frühstücke gerade und lese die Zeitung. Dabei werde ich nicht gern gestört!»

«Ist sie interessant?»

«Nein, sie ist nicht interessant! Weil ein bestimmter Cavaliere, der fast so alt ist wie ich, dauernd Sachen sagt, die er schon vor zwanzig Jahren gesagt hat. Aber es fällt ihm nicht auf, und er scheint alle für blöd zu halten. È una vergogna! Wirklich eine Schande, das sage ich dir, Angelo. Die Welt lacht sich halb tot über uns, und er merkt es nicht!»

«Noch so eine Altlast», sagte Guerrini mehr zu sich selbst.

«Was hast du gesagt? Warum redest du denn so leise?»

«Ach, nichts.»

«Traust dich wohl nicht, weil du abgehört werden könntest, was? Mir ist das egal. Sollen sie ruhig hören, was ich denke! Ich bin schließlich nicht im Staatsdienst! Ich bin frei, ha!»

«Gratuliere!»

«Jetzt bist du sauer, was? Also, was willst du, warum rufst du so früh an? Zum ersten Mal seit einer Woche übrigens.»

«Santa Caterina! Bist du jetzt fertig? Also hör zu: Ich rufe dich an, weil ich dich zum Essen einladen möchte. Heute Mittag ...»

«Aber nicht ins *Aglio e Olio*, komm zu mir! Ich koche dir etwas, das wirklich erstklassig ist!»

«Ich war gestern Abend bei Raffaele, und das Essen war erstklassig!»

Der alte Fernando antwortete so lange nicht, dass Guerrini den Hörer schüttelte. Endlich hörte er ein Räuspern, dann sagte sein Vater sehr deutlich: «Gehst du eigentlich jeden Abend bei Raffaele essen? Du scheinst ja eine Menge zu verdienen, oder habt ihr da etwas arrangiert?»

«Das habe ich jetzt nicht gehört. Um zwölf komme ich

zu dir. Koch was Leichtes, ich werde sonst fett. Ci vediamo, und viel Spaß mit der Zeitung!»

Guerrini beendete das Gespräch, ohne auf die Antwort seines Vaters zu warten. Ein paar Minuten lang blieb er sitzen und starrte vor sich hin, dann öffnete er den Aktenschrank und suchte die Akte Della Valle. Es dauerte eine Weile, ehe er sie ausgegraben hatte, kurz hatte er sogar die Befürchtung, dass sie verschwunden sein könnte, doch endlich hielt er sie in den Händen. Er blies den Staub von den Seiten, setzte sich wieder an seinen Schreibtisch und begann zu lesen.

Es wurde ein etwas chaotischer Beginn des ersten Schultags für Sofia und Patrick. Ein einziges Badezimmer für vier Erwachsene, die alle gleichzeitig das Haus verlassen müssen, stellte sich als schwierig heraus.

«Wir brauchen eine Regelung für die Benutzung des Badezimmers!», bemerkte Laura beim eiligen gemeinsamen Frühstück.

«Na, ich bin ja nicht immer da», meinte Luca.

«Trotzdem. Dann sind wir immer noch zu dritt, und Badezimmerstress am Morgen kann ich schlecht aushalten.»

Dann waren sie schon fast aus der Tür, tranken den letzten Schluck Tee im Gehen, und Laura fiel ein, dass Patrick im Gymnasium wahrscheinlich gar nicht als Gastschüler gemeldet war.

«Wartet mal! Soll ich mitkommen und die Sache mit Patrick regeln?»

«Ach, Mum», grinste Luca. «Ist alles geregelt. Papa hat das erledigt. Du musst dich um gar nichts kümmern. Ganz schön schwierig, was?»

Laura warf ihm den Küchenschwamm nach, den sie gerade in der Hand hielt. Luca duckte sich, die Tür fiel hinter ihm ins Schloss, und Laura hörte, wie die drei lachend die Treppe hinunterliefen.

«Überhaupt nicht schwierig!», rief sie, obwohl niemand sie hören konnte. «Total entspannend. Geradezu großartig!» Sie holte sich den Schwamm wieder, kehrte in die Küche zurück und räumte das Geschirr in die Spülmaschine. Die Vase mit Patricks gelben Rosen stellte sie auf den blauen Küchentisch und freute sich daran. Kurz atmete sie auf ihrem kleinen Balkon die kühle Morgenluft ein und hörte zwei Minuten lang der Amsel zu, und danach fühlte sie sich halbwegs in der Lage, wieder einen Tag mit einbetonierten Leichen und Kommissar Severin Burger zu ertragen.

«Normalerweise», dozierte Severin Burger, «lässt die Mafia Leichen *verschwinden*. Ich meine das wortwörtlich. Es bedeutet, dass Ermordete verbrannt werden. Meist auf Mülldeponien. Einige Killer haben sich auch darauf spezialisiert, Tote in Säure aufzulösen. Es ist also sehr ungewöhnlich, dass eine in Beton gegossene Leiche quasi auf dem Präsentierteller landet.»

«Wenn man die Prinzregentenstraße als Präsentierteller bezeichnen will», murmelte Claudia.

Severin Burger überhörte ihre Bemerkung und fuhr mit seinem Vortrag fort: «Ein weiterer ungewöhnlicher Fall liegt schon ein paar Jahre zurück. Damals wurden in Duisburg sechs Mitglieder einer Familie der 'Ndrangheta beim Verlassen eines italienischen Restaurants erschossen. Der Fall ist inzwischen einigermaßen geklärt. Der Mörder wurde in Amsterdam gefasst und sitzt im Gefängnis. Es handelte sich bei diesem Massaker um eine Fehde zwischen zwei Clans. Diese offenen Auseinandersetzungen werden allerdings seltener, weil sie zu viel Aufsehen erregen. Wenn gemordet wird, dann möglichst unauffällig.»

«Ja, ich kenne den Fall und bin auch über die mafiaübliche Beseitigung von Leichen halbwegs auf dem Laufenden. Was mich jetzt interessiert, ist die Situation in München. Wie viele Clans, welche Geschäfte, irgendwelche ungewöhnlichen Vorkommnisse oder Aktivitäten in der letzten Zeit?» Laura saß auf der Kante von Burgers Schreibtisch, der eigentlich Peter Baumanns Schreibtisch war, und wippte ungeduldig mit einem Fuß.

Burgers rosige Backen glänzten. Er trug eine hellbraune Lederjacke im Trachtenstil, die er nicht auszog, obwohl ihm offensichtlich warm war.

«Nein, nichts. Jedenfalls ist den Kollegen, die zur Beobachtung der diesbezüglichen Aktivitäten abgestellt sind, nichts aufgefallen. Alles im normalen Bereich.»

«Soweit man diesen Bereich normal nennen kann», fügte Laura hinzu.

«Ja, natürlich. Kriminaloberrat Becker ist übrigens dabei, eine SOKO Beton zu bilden. Die Sache findet ein enormes Medienecho. Da müssen wir stark auftreten.»

«Ja, treten wir stark auf!», nickte Laura und vermied es dabei, Claudia anzusehen. «Haben Sie eine Liste der Mafiaclans, die hier beobachtet werden? Wer sind die Ansprechpartner bei der italienischen Polizei?»

«Ich bin grad dabei, das herauszufinden. Das läuft übers LKA. Um elf Uhr treff ich mich mit den Ermittlern vom OK.»

«Sehr gut, Severin. Ich komme mit.»

«Des braucht's aber ned», sagte Severin Burger mit plötzlich deutlichem bayerischen Akzent.

«Doch, des braucht's scho. Wenn wir stark auftreten sollen, dann müssen wir ganz genau Bescheid wissen. Jeder von uns. Organisierte Kriminalität ist nicht unser Fachgebiet. Selbst wenn unsere Betonleiche nicht in diesen Bereich fallen sollte ... Es ist immer gut, etwas zu lernen, oder?»

Kommissar Burger senkte den Kopf und zuckte die Achseln. Wirkte er etwas nervös?

«Ja, scho.»

«Na, sehen S'. Wir treffen uns also hier um halb elf und fahren gemeinsam ins LKA. Und jetzt muss ich mich noch ein bisschen an meinen Rechner setzen. Ciao, Severin, und danke für die Recherche.»

Laura nickte Claudia zu und verließ schnell das Dezernatsbüro. Ihr eigenes Büro war tatsächlich abgesperrt – offensichtlich hatte noch keiner bemerkt, dass sie sich den neuen Anweisungen widersetzte. Das Putzgeschwader würde erst Ende der Woche kommen, spätestens dann war die erste Kraftprobe fällig. Erleichtert ließ sie sich in ihren großen Ledersessel fallen und drehte sich einmal im Kreis. Dann rief sie Andreas Havel an und fragte nach neuen Erkenntnissen.

«Ein schönes Wort: *Erkenntnisse!*» Havel lachte leise, drüben in seinem forensischen Labor. Und das «schöne» Wort klang aus seinem Mund wirklich wie etwas ganz Besonderes. Laura liebte seinen weichen, kehligen, tschechischen Akzent, der ganz gewöhnliche deutsche Wörter und Sätze plötzlich fremdartig und interessant klingen ließ. «Kommt von erkennen, nicht wahr? Leider haben wir den Toten noch nicht erkannt, höchstens ein bisschen. Er ist zwischen vierzig und fünfzig, eher vierzig. Das hat der Doktor gesagt. Aber der wird dich später noch anrufen. Die

Kleider haben auch nicht viel ergeben. Aufgefallen ist uns nur, dass seine Jacke einen seltsamen großen Fleck hatte. Du wirst es nicht glauben, aber es war Campari. Keine Schmauchspuren, niemand hat geschossen. Nur der Riss am Vorderteil, also in Hemd und Jacke, wo das Messer eingedrungen ist.»

«Edelklamotten oder normale?»

«Eine Mischung. Die Uhr war teuer.»

«Rolex?»

«Omega.»

«Ist dir irgendwas eingefallen? Ich meine, als *Erkenntnis*?»

Havel lachte und ließ sich Zeit mit seiner Antwort.

«Na?»

«Schwierig. Höchstens, dass er vielleicht in einer Kneipe umgebracht worden sein könnte.»

«Wegen des Campari-Flecks?»

«Ja, aber den kann man auch zu Hause trinken, den Campari, nicht wahr?»

«Kann man. Und warum haben die Mörder ihm die teure Uhr nicht abgemacht?»

«Weil die Uhr sie nicht interessiert hat, Laura. Der wurde nicht wegen seiner Uhr umgebracht.»

«Fällt dir sonst noch etwas ein?»

«Nein. Aber ich wüsste wirklich gern, aus welchem Grund die so einen Aufwand treiben. In Beton eingießen und dann auf die Straße legen – schon ziemlich verrückt, oder?»

«Sehr verrückt sogar.»

«Wie willst du jetzt vorgehen?»

«Ich habe nicht die geringste Ahnung, Andreas. Der Herr Kriminaloberrat bildet gerade eine SOKO Beton, und ich werde mit dem rührigen Severin die Kollegen vom OK besuchen. Bringt wahrscheinlich wenig, aber so können wir Einsatzbereitschaft beweisen.»

«SOKO Beton, ist das ein Witz?»

«Nein, so wird das Ding genannt. Und nun können wir nur auf Hinweise aus der Bevölkerung hoffen oder auf eine Vermisstenmeldung.»

«Oje.»

«Genau.»

«Dann viel Erfolg. Wir werden noch eine Isotopenanalyse von Gewebeproben des Toten machen, Laura. Dann können wir immerhin einordnen, ob er Deutscher oder Ausländer ist und wo er sich in letzter Zeit aufgehalten hat.»

«Heute kann man überhaupt nichts mehr verbergen, oder?»

«Nicht mehr viel.»

«Ein bisschen unheimlich. Aber danke für deine Arbeit, Andreas. Ciao.»

Laura legte das Telefon weg, stand auf und ging zum Fenster. «Erkenntnis», murmelte sie ein paarmal vor sich hin. Eigentlich ist es überhaupt kein schönes Wort. Es ist hart, scharfkantig und schwer auszusprechen. Nur jemand wie Havel kann es ein schönes Wort nennen – auch eine Erkenntnis.

Und der Fall? Zumindest ungewöhnlich. Die SOKO Beton bereitete ihr Unbehagen. Sie bedeutete viel Kontakt mit Kriminaloberrat Becker, was Laura nicht besonders schätzte.

Zwei Stunden später saß sie mit Severin Burger zwei Ermittlern von der Abteilung Organisiertes Verbrechen gegenüber. Laura hatte gewusst, was die Kollegen sagen würden, und trotzdem erstaunte es sie, dass sie es tatsächlich so sagten, wie sie es erwartet hatte und wie es in allen Interviews nachzulesen war.

Die Leiche in Beton ordneten sie eher der sogenannten Russenmafia zu und hielten gleich einen kleinen Vortrag darüber, dass der Begriff Mafia in diesem Zusammenhang ganz falsch sei. Sie als Fachleute bezeichneten die Russenmafia als «postsowjetische organisierte Kriminalität». Mafia beziehe sich ausschließlich auf die italienische organisierte Kriminalität, habe eine lange Tradition, sei eng mit Familienclans verbunden, funktioniere wie eine Gegengesellschaft mit eigener Moral und eigenen Gesetzen. Die sogenannte Russenmafia sei dagegen ziemlich jung und habe mit Familien nichts zu tun. Es handle sich dabei schlicht um Verbrechersyndikate, die sich nach dem Zerfall der Sowjetunion gebildet hätten. Heroinhandel, Prostitution, Schutzgelderpressung und brutale Schuldeneintreibung seien ihre Spezialität.

«Okay», sagte Laura. «Danke für die Vorlesung. Und wie sieht es bei uns in Bayern aus? In München?»

Der Kollege, der seinen Vortrag offensichtlich nur ungern unterbrach, warf ihr einen scharfen Blick zu. «Es wird Sie enttäuschen, Frau Gottberg, aber die Russen sind vor allem in kleinen und mittleren Städten aktiv, ziemlich aktiv sogar und sehr gefährlich. Die Italiener haben wir vor allem in München, in Nürnberg und im Allgäu. Aber nach unseren Erkenntnissen sind sie weniger aktiv als die Russen ...»

«Sagen Sie jetzt nicht, dass Bayern vor allem als Rückzugsgebiet für angezählte Mafiosi gilt!»

«Wieso nicht? Es entspricht den Tatsachen.»

«Vielleicht hab' ich das einfach zu oft in der Zeitung gelesen. Glauben Sie wirklich, dass ein Mitglied – sagen wir eines 'Ndrangheta-Clans – in München bei einem Ableger seiner Familie unterkriecht und dann nur noch fernsieht und Nudeln kocht?»

«Nach unseren Erkenntnissen, werte Kollegin, gibt es gewisse Aktivitäten im Kokainhandel, auch Geldwäsche, aber die meisten leben eher unauffällig, arbeiten in Restaurants, Pizzerien oder sind irgendwo angestellt.»

«Zum Beispiel bei einer großen Baufirma?»

«Sie lesen zu viele Bücher von zweifelhaften Autoren!»

«Ach, sind die italienischen Staatsanwälte, von denen diese Autoren ihre Informationen haben, auch zweifelhaft?» Laura schaffte es, ihren Satz wie eine beinahe freundliche Frage klingen zu lassen. Severin Burger, der neben ihr saß, ruckelte unbehaglich auf seinem Stuhl herum.

«Manchmal scheinen diese Staatsanwälte zu übertreiben. Wenn wir dann nachfragen, bekommen wir nur sehr wolkige und allgemeine Aussagen. Also eher selten: Der Clan soundso unterwandert mit seinen Scheinfirmen gerade die Baufirma soundso. Oder: Der Clan X hat gerade das Luxushotel Y gekauft.»

«Na gut. Wie viele 'Ndrangheta-Clans gibt es also in München?»

«Ungefähr sechs, die wir beobachten. Das bedeutet Überwachung der Kommunikation und Auswertung aller sonstigen Infos, die wir kriegen können.»

«Überwachung der Kommunikation mit richterlicher Genehmigung?» Laura war selbst erstaunt über ihre sachliche Stimme, die keinerlei Provokation oder Ironie ausdrückte.

«Zum großen Teil.»

«Aha.»

«In diesem höchst sensiblen Bereich muss man manchmal auch zu nicht ganz legalen Maßnahmen greifen.»

«Tja, machen wir auch.» Laura lächelte freundlich und schaute dann zu Severin Burger hinüber, der bisher noch kein Wort gesagt hatte.

«Das wär's dann. Oder?»

«Ja, das wär's dann wohl», murmelte er.

«Könnten wir noch eine Liste der italienischen Clans haben und vielleicht ein paar Adressen?»

«Sie können, Frau Gottberg. Aber ich würde Ihnen raten, nichts ohne Rücksprache mit uns zu unternehmen. Da können Sie nicht einfach hingehen und Fragen stellen. Damit gefährden Sie eventuell Ermittlungen, die schon seit Jahren laufen.»

«Ich habe verstanden», erwiderte Laura ernst. «Sie auch, Severin?»

Der junge Kommissar warf ihr einen misstrauischen Blick zu und nickte.

Als sie wenig später nebeneinander im Wagen saßen, sagte Severin Burger, ehe er den Motor anließ: «Sie haben denen Theater vorgespielt, oder irre ich mich?»

«Ach, ich hätte nicht gedacht, dass man etwas merken könnte. Sie erstaunen mich, Severin!»

Er betrachtete sie von der Seite, schüttelte dann den Kopf und drehte den Zündschlüssel.

«Warum machen Sie das?», fragte er nach einer Weile.

«Wissen Sie, Severin, es ist nicht gut, wenn man die Dinge zu ernst nimmt. Auch in unserem ziemlich ernsten Beruf nicht. Es gibt kaum etwas Unangenehmeres als Menschen ohne Humor. Haben Sie schon mal einen Fanatiker mit Humor erlebt?»

Severin Burger bremste vor einer roten Ampel, sah Laura erstaunt an. «Darüber habe ich noch nie nachgedacht. Aber es könnt sein, dass Sie recht haben.»

«Könnt sein», erwiderte Laura und zwinkerte ihm zu.

«HAST DU DIE GESCHICHTE über Della Valle gelesen?» Der alte Fernando Guerrini war so aufgeregt, dass er vergaß, seinen Sohn zu begrüßen.

«Ich habe sie gelesen.»

«Und regst du dich überhaupt nicht auf, eh? Dieser Hurensohn hat sich über Jahre ziemlich still verhalten. Aber jetzt denkt er wohl, dass Gras über die Sache gewachsen ist und er wieder loslegen kann. Als großer Investor für Florenz. Dass ich nicht lache!»

Guerrini beugte sich zu dem alten Hund seines Vaters hinunter und streichelte dessen weißhaarigen Kopf. Tonino saß einfach da und genoss die Berührung mit halb geschlossenen Augen. Er sprang nicht herum wie früher, wedelte kaum, fiepte nur leise.

«Wie geht es ihm?», fragte Guerrini.

«Wem? Della Valle?»

«Quatsch! Tonino natürlich.»

Wortlos wandte sich Fernando Guerrini ab und verschwand in der Küche. Der Commissario folgte ihm langsam, drehte sich aber noch einmal nach dem Hund um, der sitzen blieb und ein kaum hörbares Winseln ausstieß. Guerrini fand seinen Vater am Küchenfenster vor. Da stand er und starrte hinaus, beide Fäuste geballt und schwer atmend.

«So schlimm?» Guerrini stellte sich neben ihn und

schaute ebenfalls aus dem Fenster. Auf der anderen Seite des Tals ragte die Basilica San Domenico hoch in den Himmel auf. Hunderte Tauben saßen auf ihrem Dach wie lebendige Ziegel und sonnten sich.

«Er frisst kaum noch, und ich muss ihn zum Pinkeln tragen.»

Guerrini legte eine Hand auf die rechte Faust seines Vaters, der zog sie weg.

«Nicht!»

«Was willst du machen?»

«Der Tierarzt hat gesagt, dass er auch ins Haus kommt ...» Eine Träne suchte sich ganz langsam ihren Weg durch Fernandos zerfurchtes Gesicht und tropfte endlich auf sein Hemd.

«Ich verstehe ...»

«Ah, lassen wir das!» Fernando Guerrini schüttelte den Kopf und wischte mit der Hand über seine Augen. «So ist das Leben. Es hat einfach kein Erbarmen mit uns. Also ist es nichts Besonderes, Angelo. Ich habe dir Cannelloni mit dem ersten jungen Spinat gemacht und Löwenzahnsalat. Zu mehr hat's heute nicht gereicht.»

«Warum sagst du denn nicht, was los ist, papà? Ich hätte das Essen mitgebracht.»

«Nein, nein, ich koche gern für dich. Außerdem, was hättest du schon mitgebracht, eh? Pizza?»

«Es gibt einen sehr guten Thai, der köstliche Currys macht.»

«Thai!» Der alte Guerrini hatte sich wieder gefasst. «Thai!», wiederholte er verächtlich. «Unsere Esskultur geht auch den Bach runter, genau wie alles andere. Kürzlich habe ich gelesen, dass fast alle Cafés in Venedig inzwischen von Chinesen betrieben werden. Stell dir das vor, Angelo,

Chinesen! Sie haben nicht nur Prato besetzt und nähen unsere Klamotten, sie kochen auch noch unseren Caffè! Und du isst beim Thai!»

«Ab und zu ist das gar nicht so schlecht. Ist dir eigentlich schon einmal aufgefallen, dass wir Toskaner ziemlich fett essen und viel zu viel Fleisch?»

«Madre mia!» Fernando starrte seinen Sohn an. «Fängst du jetzt auch mit diesem Quatsch an, der überall in den Zeitschriften steht? Wenn du die Cannelloni nicht magst, dann geb ich sie eben meiner Nachbarin.»

«Ich habe nichts gegen deine Cannelloni gesagt!»

«Bene, dann essen wir jetzt. Essen ist besser als der Blödsinn, den wir die ganze Zeit reden!»

Fernando hatte den Tisch bereits sorgfältig gedeckt und eine Flasche von Guerrinis Lieblingswein geöffnet, einem ganz speziellen Rosso di Montalcino.

Es geht nicht, dachte Guerrini. Ich kann jetzt nicht mit ihm über die Altlasten reden. Sein Hund stirbt, und ich will von ihm verlangen, dass er seine Geschäfte endgültig aufgibt.

«Siediti! Setz dich doch endlich!»

Guerrini nahm Platz. Er schaute sich in der vertrauten Küche um, ließ seinen Blick über die schönen, schweren Möbel und den offenen Kamin wandern, der auch im Frühling und Sommer rußigen Wintergeruch verbreitete. Sein Vater nahm die Cannelloni aus dem Ofen und stellte sie vor ihn auf den Tisch, dann stießen sie mit dem roten Wein an und aßen schweigend. Es fiel Guerrini schwer, sich auf den köstlichen Geschmack des Gerichts zu konzentrieren, zu nahe ging ihm der bevorstehende Abschied von Tonino. Wie gelang es seinem Vater nur, trotz seines Schmerzes eine so perfekte Mischung aus Muskat, Knoblauch und Spinat, feiner Bechamelsoße und Parmesan zu schaffen, die ganz genau zu dem frischen Geschmack des Löwenzahnsalats mit seiner Soße aus Zitronensaft und Olivenöl passte?

«Na, hat's dir geschmeckt?» Fernando schob seinen Teller zur Seite.

«Es war wirklich gut. Ich danke dir. Aber ich hab die ganze Zeit an Tonino gedacht ...»

«Ich auch.»

Wieder schwiegen sie und lauschten, doch Tonino, der noch immer im Flur lag, gab keinen Laut von sich. Fernando leerte sein Glas in einem Zug, fuhr sich wieder mit der Hand über die Augen und räusperte sich ein paarmal. «Non si può fare niente. Man kann nichts machen, Angelo. Es geht so schnell, das Leben ... und dann ist es plötzlich vorbei. Aber wir glauben es nicht. Wir glauben, dass alles so weitergeht, wie wir es lieben, wie wir es gewöhnt sind. Es stimmt nicht. Wir betrügen uns selbst. Dauernd betrügen wir uns selbst.»

«In gewisser Weise ...»

«Nein, in ganz bestimmter Weise. Machst du, was du wirklich machen willst ... ehe du stirbst? Machst du es? Sag schon, eh?»

Guerrini sah seinen Vater an. In den Augen des Alten stand eine so ernsthafte Frage, dass Guerrini den Blick senkte. «Nein.»

«Dann mach es, verdammt noch mal! Trödel nicht herum! Gib diesem Della Valle, was er verdient! Heirate Laura! Schmeiß deinen Commissario-Titel weg! Such mit mir Trüffel! Wie lange haben wir das nicht mehr gemacht, eh? Und wie oft hast du mir gesagt, dass du mit mir und Tonino Trüffel suchen willst! Es bleibt nicht mehr viel Zeit ... die bauen Trüffel inzwischen in Plantagen an, in Australien, wahrscheinlich sogar in China!»

Guerrini stand auf, umarmte seinen Vater und küsste ihn auf beide Wangen.

«Babbo, ich verspreche dir, jede deiner Forderungen zu erfüllen, wenn du eine einzige von mir erfüllst.»

Fernando hatte sich bei der unerwarteten Umarmung ein bisschen steif gemacht und schien erleichtert, als Guerrini ihn wieder freigab.

«Du willst immer was von mir, dauernd willst du was von mir!»

«Und du? Du willst gar nichts von mir, oder wie soll ich deine Predigt verstehen?»

«Ich will nur, dass du dein Leben nicht vertrödelst und verschläfst, verstehst du?» Wieder ballte Fernando die Fäuste.

«Etwas Ähnliches will ich auch. Ich will nicht, dass du auf deine alten Tage noch Ärger mit dem Gesetz bekommst. Ich will nicht, dass einer deine schrägen Steuerzahlungen aufdeckt oder dich der Kontakte zur Camorra beschuldigt. Ich will dich schlicht und ergreifend beschützen, verstehst du mich?»

«Beh! Ich muss nicht mehr ins Gefängnis, ganz egal, was sie mir anhängen wollen. In meinem Alter muss in diesem Land niemand mehr ins Gefängnis. Wenigstens da herrscht Gerechtigkeit!»

«Vater, bitte!»

«Ah, hör schon auf. Ich hab meinen Keramikhandel vor zwei Wochen verkauft. Alles. Komplett. Du musst dir also keine Sorgen mehr machen ... weder um dich noch um mich!»

«Du hast was? Warum hast du mir nichts davon erzählt?»

«Madonna! Erstens ist es mein Geschäft und nicht deins, zweitens bin ich durchaus in der Lage, meine Geschäfte selbst abzuwickeln, und drittens warst du mit Laura beschäftigt.»

«An wen hast du verkauft?»

«An jemanden, der die Arbeitsplätze erhalten wird, und es sieht gut aus, denn genau zum Zeitpunkt des Verkaufs kam ein Riesenauftrag aus Amerika.»

«Also? An wen?»

«Ich hab mein Geschäft quasi verschenkt, wenn du das meinst. Ich brauch ja das Geld nicht ...»

«Vater!»

«Beh, Angelo. Es ist wirklich nicht schwer, dich auf die Palme zu bringen, wenn man dich gut kennt. Also gut, ich hab den Keramikhandel nicht an die Mafia verkauft, sondern an die Leute, die bisher meine Madonnen und die anderen Motive hergestellt haben. Die haben so was wie eine Kooperative gegründet. Und falls es dich beruhigt: Ich hab genug Geld bekommen, dass es noch für ein kleines Erbe reicht!» Zum ersten Mal an diesem Mittag lachte der alte Guerrini leise und ziemlich dreckig vor sich hin. Zweimal schlug er mit der Faust auf den schweren Holztisch, dann stand er auf, ging zum Herd und rückte die Caffettiera auf eine Gasflamme.

«So, und jetzt bist du dran!», sagte er und sah seinen Sohn herausfordernd an. «Hast ein ganz schönes Pensum vor dir, was?»

«Sei incredibile, Babbo! Also, womit soll ich deiner Meinung nach anfangen?»

Fernando wiegte den Kopf hin und her. «Difficile, molto difficile. Lasciami pensare ... die Trüffel sind noch nicht so weit, das mit dem Commissario kannst du auch noch eine Weile verschieben ... also fängst du am besten mit Della Valle an. Und danach kommt Laura.» Er nahm das zischende Kaffeekännchen vom Herd und füllte zwei Espressotassen. «Stell sie mal auf den Tisch. Ich hab noch etwas für dich.»

Guerrini erhob sich, schaute aber erst nach Tonino, der auf der Seite lag und zweimal mit der Schwanzspitze auf den Boden schlug, ein langgezogenes Seufzen ausstieß und vergeblich versuchte, sich auf den Rücken zu drehen. Neben ihm kniend, kraulte Guerrini den Bauch des Hundes. Nach einer Weile bemerkte er, dass Fernando ihm in den Flur gefolgt war.

«Ich kann es noch nicht, verstehst du? Er hat keine Schmerzen, kann nur nicht mehr laufen. Und kleine Stückchen gedünstete Leber mag er noch ... wenn er Schmerzen hätte, dann ... aber so, es geht einfach nicht.» Fernando sprach leise, als fürchte er, der Hund könnte ihn verstehen.

«Wie schaffst du es eigentlich, ihn nach draußen zu bringen?»

«Ich leg ihm einen breiten Gurt um den Bauch, dann kann ich sein Hinterteil hochhalten. Vorn läuft er noch ein paar Schritte.»

«Du lieber Himmel.»

«Du hältst mich für verrückt, was?» Fernando klang matt und resigniert.

«Nein, ich halte dich nicht für verrückt. Ich würde es genauso machen, und wenn du es nicht mehr schaffst, dann komm ich und helfe dir. Aber lass ihn nicht leiden, Babbo.»

«Nein, nein, leiden lass ich ihn nicht ...» Schnell wandte Fernando sich wieder ab und kehrte in die Küche zurück. «Komm schon her und schau, was ich für dich habe!»

Auf dem Tisch stand ein flacher Kuchen, der mit Aprikosenmarmelade gedeckt war. Guerrinis Lieblingskuchen.

Manchmal zeigt mein Vater ganz nebenbei mehr von seinen Gefühlen, als er jemals zugeben würde, dachte er. Und wenn er dazu den Umweg über einen Aprikosenkuchen nehmen muss.

Vorsichtig schob Sergio Cavallino den frischen, duftenden Aprikosenkuchen in die Vitrine mit Desserts. Es war gut zu arbeiten. Ab und zu vergaß er sogar den Brief in seiner Jackentasche. Sekundenlang, minutenlang, dann kroch wieder Furcht in seinem Magen herum, ließ ihn kurz erstarren, innehalten, bis er weitermachte, Gäste begrüßte, Bestellungen entgegennahm, lächelte.

Das *Montenero* war beinahe voll, nur ein einziger Tisch nicht besetzt. Sie hatten grünen Spargel mit Parmesan als Mittagsgericht, dazu wahlweise Fisch oder feine Scheiben von Kalbsbraten. Für Vegetarier boten sie Spargelrisotto mit Kirschtomaten und Parmesan an, für Veganer dasselbe ohne Parmesan. Sie waren auf nahezu jeden Wunsch vorbereitet, und veganes Essen lag gerade im Trend.

Sergio hatte die Speisen mit seinem Chefkoch Marcello entworfen, doch allein der Gedanke an Essen bereitete ihm Übelkeit. Er konnte arbeiten, musste aber vermeiden, den Gästen zuzusehen, wie sie löffelten oder sich vollgehäufte Gabeln in die Münder steckten.

Natürlich dachte er immer wieder daran, dass der oder die Verfasser der Briefe an einem der Tische sitzen könnten, ihn beobachtend und den nächsten Schritt vorbereitend. Deshalb begann Sergio, seine Gäste zu beobachten. Einige von ihnen kannte er, lauter Deutsche, die mit Sicherheit nichts mit der Sache zu tun hatten. Bei anderen war er nicht so sicher. Wenn er einem Blick mehrmals begegnete, löste das diese flirrende Unruhe in ihm aus, vor der er sich fürchtete. Meistens waren es Frauen, die ihn ansahen. Eigentlich kannte er das, war vertraut mit flirtenden Blicken gelangweilter Damen mittleren Alters, die ihren Ehemännern zuzuhören schienen, während sie einen der jungen Kellner oder ihn selbst fixierten. Doch in seinem derzeitigen Zustand konnte Sergio nicht mehr zwischen Flirt und Beobachtetwerden unterscheiden. Und während er hin und wieder eine der köstlichen Spargelspeisen servierte – Chefkoch Marcello war ganz wild auf mindestens einen Michelin-Stern –, fragte er sich, wann und wie die anderen Kontakt aufnehmen würden.

Bald hatten sie in dem Brief geschrieben. *Bald* konnte heute bedeuten, aber auch morgen oder in einer Woche. Vielleicht erst in einem Monat.

Sergio wusste nicht, ob er dieses Warten aushalten würde. Er wusste auch nicht, was geschehen würde, wenn er es nicht aushielte.

Was machte ein Mensch, wenn er etwas nicht mehr aushielt? Fing er an, wild um sich zu schießen? Rannte er weg? Wohin rannte er? Versteckte er sich irgendwo? Verlor er den Verstand?

Sergio füllte zwei Gläser mit kühlem Prosecco und stellte sie neben eine kleine Schale mit schwarzen und grünen Oliven auf ein Tablett. Pietro war gerade in der Küche verschwunden, also übernahm er selbst das Servieren. Zwei Frauen hatten die Getränke bestellt, als Aperitif. Sie saßen in einem der ruhigsten Winkel des Restaurants hinter einem großen Gebinde frischer Blütenzweige und schienen sich intensiv zu unterhalten. Erst als Sergio vor ihrem Tisch stand, sahen sie auf.

Freundinnen, dachte er, lächelte professionell, verbeugte sich leicht und stellte Gläser und Olivenschale ab. Dann aber musterte er die beiden Frauen ein zweites Mal. Eine wirkte eher durchschnittlich, nicht besonders hübsch, nicht besonders gut angezogen. Es war die zweite, die ihn genauer schauen ließ. Sie war eine Schönheit, jedenfalls für Sergio, der den blondierten Püppchen, auf die seine Freunde standen, nichts abgewinnen konnte.

Die Frau vor ihm, die jetzt das Glas Prosecco anhob und ihm kaum merklich zulächelte, hatte dichte, glänzende, beinahe schwarze Haare mit einem warmen, dunkelbraunen Schimmer. Sie trug das Haar offen, und es reichte ihr weit über die Schultern und den halben Rücken hinab. Ihre Augen waren ebenfalls dunkel und sehr groß. Der Mund ... das Dekolleté ...

Sergio wandte den Blick ab und wollte sich gerade entfernen, da begann die Schwarzhaarige zu sprechen.

«Scusi, padrone», sagte sie mit sanfter, etwas rauer Stimme. «Wir benötigen Ihre Hilfe bei der Auswahl der Gerichte. Was können Sie uns empfehlen?»

Noch immer keine Spur von Pietro. Er konnte diese Bitte also nicht weiterreichen. Sehr langsam wandte er sich wieder den beiden Frauen zu, empfahl alle Spargelgerichte, auch den frischen Spinat mit gegrillter Seezunge. Dabei vermied er Blickkontakt mit der Dunkelhaarigen, beugte sich zu der Unscheinbaren, fragte sie sogar nach ihren Vorlieben. Aber sie hatte keine, was wiederum zu ihr passte. Dass beide Italienerinnen zu sein schienen, verwirrte Sergio, obwohl die weniger attraktive auch Französin sein konnte. Möglicherweise hatte sie einen leichten Akzent. Ach, er wusste es einfach nicht, und es war eigentlich egal.

Schließlich entschieden sie sich für Spargelrisotto mit

Parmesan und ein zweites Glas Prosecco. Sergio verbeugte sich, eilte davon und gab die Bestellung an Pietro weiter, der endlich wieder aufgetaucht war.

«Kümmere dich um die beiden. Eine ist 'ne heiße Nummer!»

Pietro grinste und zwinkerte Sergio zu, füllte Prosecco in Gläser und machte sich auf den Weg, seinen Auftrag zu erfüllen.

Bene, dachte Sergio. So läuft es ganz gut. Ich glaube, ich wirke gerade wie einer, der den Überblick hat. Ich werde einfach so weitermachen, mich durch nichts ablenken lassen und meine Umgebung genau beobachten. Ich werde sie erkennen. Ganz sicher werde ich sie erkennen.

Er machte weiter.

Gegen halb drei waren fast alle Gäste gegangen. Das Küchenpersonal saß an der Hausmauer des Restaurants in der Sonne, trank Caffè und ruhte sich aus. Sergio konnte sie durchs Fenster sehen. Einige rauchten, andere aßen, manche lachten. Alles war normal, und wer auch immer sie beobachtete, würde nichts Auffälliges entdecken. Er selbst stand hinter der Theke, er hatte Hunger und konnte doch nichts essen.

Die beiden Frauen waren immer noch da. Seit beinahe zwei Stunden. Nach dem Risotto hatten sie Panna cotta mit frischen Erdbeeren bestellt, dann Caffè und Aprikosenkuchen. Jetzt standen sie auf, und die Unscheinbare verabschiedete sich mit zwei Küssen von ihrer Freundin.

Hatten sie bezahlt? Sergio wusste es nicht. Wo steckte Pietro schon wieder?

Die dunkle Schöne warf ihr langes Haar zurück und kam langsam auf ihn zu. Sie trug dunkelblaue Pumps mit sehr hohen Absätzen, enge Jeans und eine blaue Lederjacke. Die

Bluse mit dem tiefen Ausschnitt war schwarz. Höchstens Ende zwanzig, dachte Sergio.

Jetzt stand sie vor ihm, hob die Augenbrauen und schenkte ihm ein kurzes Lächeln. «Kann ich bei Ihnen zahlen, Padrone?»

«Woher wissen Sie, dass ich der Padrone bin?»

«Man sieht es Ihnen an. Außerdem bin ich nicht zum ersten Mal hier.»

«Ich habe Sie noch nie bemerkt, was ich mir allerdings nicht erklären kann, Signora.»

«Signorina», verbesserte sie ihn. «Ich komme meistens am Abend und mit Freunden. In dem Trubel, der in Ihrem Restaurant herrscht, kann man leicht den Überblick verlieren.»

«Ja, meistens ist es sehr voll ...» Eigentlich wollte er noch mal betonen, dass er eine Frau wie sie normalerweise nicht übersehen würde. Aber er ließ es bleiben. Ein Flirt war das Letzte, was er jetzt brauchte.

Sie beugte sich ein wenig vor und ließ ihn mehr als nur den Ansatz ihrer Brüste sehen. Ein Hauch ihres Parfüms wehte zu ihm herüber. Sergio hustete laut, um das Gurgeln seines Magens zu übertönen.

«Kann ich bei Ihnen bezahlen?»

«Jaja, Sie können.» Sergio gab die Tischnummer in den Computer ein, druckte die Rechnung aus und schob sie über den Bartresen. Sie zahlte mit einem Hundert-Euro-Schein und ließ zehn Euro als Trinkgeld für Pietro liegen.

«Geben Sie's ihm!», sagte sie und streifte die Bügel ihrer großen, blauen Ledertasche über die Schulter.

«Naturalmente, Signorina. Ich hoffe, es hat Ihnen geschmeckt.»

«Naturalmente, Signor Cavallino. Sind Sie eigentlich immer so zurückhaltend?»

Sergio hob irritiert den Kopf und sah sie an.

«Woher kennen Sie meinen Namen?»

«Er steht zum Beispiel hinten auf der Speisekarte, Sergio. Und alle deine Stammgäste nennen dich beim Vornamen. Was soll also diese Frage?»

«Ah, es tut mir leid, natürlich. Ich habe letzte Nacht schlecht geschlafen und bin etwas unkonzentriert.»

«Schade ... Ich finde dich nämlich interessant. Falls du mich ebenfalls interessant findest, dann ruf mich doch an. Wir könnten mal essen gehen oder so was. Zwei Immigranten im Land der Reichen und Tüchtigen!» Sie stieß ein kurzes, provozierendes Lachen aus, knallte eine Visitenkarte auf den Tresen und ging.

Sergio starrte ihr nach, starrte auf ihre langen Beine, ihren Hintern und griff erst nach der Karte, als die Tür zugefallen war.

Barbara Bonanni stand da, *Consultant*, Telefon und E-Mail und dann zwei Adressen, eine in der Herzogstraße in Schwabing, eine zweite in Turin.

Waren sie das? War das die angekündigte Kontaktaufnahme? Er wusste es nicht, wusste überhaupt nichts, konnte die Frau nicht einschätzen. Natürlich, er erwartete einen Mann. Immer noch. Auf gar keinen Fall eine Frau wie sie, die sich wie eine *puttana* benahm. So etwas gab es in ihren Kreisen nicht. Es war gegen die Ehre. Nein, sie war es mit Sicherheit nicht.

Unschlüssig wendete er die Visitenkarte zwischen seinen Fingern und schob sie dann zu dem Brief in seine Brusttasche. Als Pietro von draußen kam, steckte er ihm die zehn Euro zu. «Von der Schwarzhaarigen.»

«Grazie!» Pietro grinste und zwinkerte Sergio zu. «Klasse Frau, was? Schade, dass sie weg ist. Ich hätte gern getestet, ob da ein bisschen mehr geht.»

«Lass den Blödsinn! Ich verlange äußerste Höflichkeit, gerade jetzt! Ist das klar, Pietro?»

«Ja, natürlich. Aber ein bisschen Spaß muss doch sein. Man kann doch nicht nur arbeiten. Alles für die Familie. Hast du schon mal darüber nachgedacht, ob sich das wirklich lohnt, eh?»

Sergio antwortete nicht. Er polierte den Tresen, wischte das Spülbecken aus, und als er weißen Milchschaum mit roten Flecken sah, schloss er kurz die Augen. Wieder hörte er das Rumoren in seinem Bauch.

«Stimmt was nicht mit deinem Magen?» Pietro hatte es ebenfalls gehört.

«Ich habe Hunger!», antwortete Sergio aufbrausend. «Falls es dich interessiert: Ich habe heute noch nichts gegessen!»

«Warum denn nicht?»

«Geh wieder raus! Ich hab jetzt keine Lust, Blödsinn zu reden!»

«Wegen der Familie, oder was?» Pietro warf Sergio einen vorsichtigen Blick zu.

«Fuori, hai capito!», brüllte Sergio, worauf Pietro einen Laut ausstieß, der wie ein Spucken klang, dann drehte er sich um und ging. Die beiden letzten Gäste schauten zu ihnen herüber, und Sergio machte eine entschuldigende Handbewegung.

Was hatte Pietro da gesagt? Er hatte die Familie in Frage gestellt. Und er hatte eine zustimmende Antwort erwartet. Pietro wollte ihn auf die Probe stellen. Vermutlich hatte Onkel Carmine das in Auftrag gegeben, das würde zu ihm passen. Pietro selbst würde nie auf so eine Idee kommen. Oder doch?

Wahrscheinlich verhielt sich überhaupt nichts so, wie er es sich gerade vorstellte, und Pietro redete einfach so daher, wie es junge Leute eben machten. Junge Leute gingen heute unbefangener mit der Familie um als noch er selbst und seine Geschwister. Hatte Pietro nicht schon ein paarmal angedeutet, dass er gern woanders arbeiten würde – außerhalb des Unternehmens, vielleicht in einem anderen Land, in Australien oder Amerika? Er hatte einfach ausgesprochen, was Sergio kaum zu denken wagte. Achtzehn Jahre lagen zwischen ihm und Pietro.

Sergio riss ein Päckchen Grissini auf, brach gierig Stück für Stück von den knusprigen Brotstangen ab. Im hinteren Teil des Restaurants saßen noch immer die beiden Männer und redeten miteinander. Ab und zu schauten sie zu Sergio herüber.

Das könnten sie sein, dachte er. Passendes Alter ... Ende zwanzig, Anfang dreißig. Ganz Junge würden sie nicht schicken. Er fühlte sich lächerlich, wie er da hinter dem Tresen stand und Grissini fraß. Wenn sie jetzt kämen ...

In diesem Augenblick standen sie auf. Sergio schluckte krampfhaft, um seinen Mund leer zu bekommen, bereit zu sein. Die harten Grissinistücke rutschten langsam und schmerzhaft durch seine Speiseröhre. Da nickten die beiden Männer ihm zu und gingen einfach.

DIE SOKO BETON war bereits versammelt, als Laura und Severin Burger ins Präsidium zurückkehrten. Kriminaloberrat Becker hatte alle Ermittler in den kleinen Sitzungssaal einbestellt, auch einen der besten Profiler. Die Lagebesprechung dauerte bereits eine halbe Stunde, Laura und Burger wurden mit einem kurzen Nicken begrüßt, setzten sich und hörten zu. Doch was sie hörten, bestätigte nur ihr eigenes Wissen: Es gab absolut nichts Konkretes.

Einziger winziger Hinweis bisher war der Anruf eines alten Mannes, der sehr früh aufgestanden war und einen Spaziergang gemacht hatte, weil er nicht schlafen konnte. Er hatte von der Ecke Königinstraße aus einen Lieferwagen gesehen, der offenbar mitten auf der Prinzregentenstraße gestanden hatte. Vielleicht war aus dem Wagen etwas ausgeladen worden, aber mit Sicherheit hatte er es nicht sagen können, denn er war zweihundert Meter entfernt gewesen und die Morgendämmerung ... Er hatte sich nichts weiter gedacht und war weiter Richtung Ludwigstraße gegangen. An die Farbe des Lieferwagens konnte er sich nicht mehr erinnern.

Ja, dachte Laura, so ist das mit den Zeugenaussagen. In diesem Fall halten wir uns wohl besser an den Doktor und an Andreas Havel und seine Techniker.

Aber auch die hatten nichts Ergiebiges zu berichten, weder Finger- noch Handabdrücke des Toten waren in der

Datenbank bereits vorhanden. Zwar hatte der Mann eine Tätowierung auf dem rechten Oberarm – einen Adler mit ausgebreiteten Schwingen –, aber das war nichts Ungewöhnliches und auch nicht das Zeichen einer bestimmten Gruppierung oder Bande. Die Kleidung war relativ teuer, die Uhr auch, und man wollte anhand der Nummerierung versuchen herauszufinden, wo sie gekauft worden war.

Jetzt war der Profiler dran, ein Kollege, der noch nicht sehr lange im Präsidium arbeitete, den Laura aber schätzte, weil er meistens gegen den Strom dachte. Doch Dr. Cornelius Lange sagte nur wenige Sätze, die eher wie eine Sammlung von Stichworten klangen: «1. Die Entdeckung der Leiche ist inszeniert worden, es sollte etwas Besonderes sein, etwas Geheimnisvolles. 2. Die Leiche ist der Öffentlichkeit geradezu präsentiert worden. 3. Die Identität der Leiche sollte im Dunkeln bleiben. 4. Aufgabe der Ermittlungen ist es herauszufinden, wen die Täter mit dieser öffentlichen Inszenierung unter Druck setzen wollen und aus welchem Grund. 5. Mögliche Motive: Rache, Machtkämpfe, Erpressung, Eifersucht. 6. Eine völlig entgegengesetzte Variante: Die Kiste wurde verloren, und keiner der zuvor genannten Punkte trifft zu. Das wär's erst einmal, wir brauchen erheblich mehr Daten und Hinweise, wie geringfügig sie auch scheinen mögen.»

Kriminaloberrat Becker schüttelte den Kopf: «Wie kommen Sie denn auf Eifersucht? Ihre Ideen sind ja manchmal ganz hilfreich, aber Eifersucht? Wenn das einer aus Eifersucht gemacht hat, dann ist er total durchgeknallt! Oder können Sie sich vorstellen, dass jemand den Lover seiner Frau oder Freundin umbringt, in Beton gießt und auf die Straße schmeißt?» Er lachte auf seine etwas unangenehme Art und schaute beifallheischend in die Runde. Einige Kollegen grinsten mit ihm, doch Lange antwortete ruhig: «Ich kann mir das durchaus vorstellen. Eigentlich, Herr Becker, ist unter uns Menschen alles möglich.»

Laura beobachtete, wie Beckers Ärger vom Hals her sein Gesicht flutete, eine rötliche Welle, die sogar seine Kopfhaut erfasste.

«Ich denke, dass der Kollege Lange vollkommen recht hat. Und wir Polizeibeamte sind ja durchaus vertraut mit all den Dingen, die unter uns Menschen möglich sind, nicht wahr?» Sie lächelte Becker freundlich zu.

«Haben Sie außer allgemeinen philosophischen Anmerkungen auch etwas Konstruktives beizutragen, Laura?»

«Nein.»

«Weshalb sind Sie dann zu spät gekommen?»

«Weil Kommissar Burger und ich im LKA waren und uns in Sachen OK auf den neusten Stand bringen lassen haben. Der so neu allerdings nicht ist.»

«Wer? Wer ist nicht so neu?», fragte ihr Vorgesetzter, und sein Gesicht färbte sich noch um ein paar Nuancen dunkler.

«Der Stand der Dinge, Chef.»

«Und wie ist der Stand der Dinge, Herrgott noch mal?»

«Es gibt ungefähr sechs Clans der 'Ndrangheta, die in München und Umgebung mehr oder weniger aktiv sind. Sie stehen unter Beobachtung unserer Kollegen. Wir sollen uns möglichst nicht einmischen, da sonst die Ermittlungen von Jahren umsonst gewesen sein könnten. München ist ein Rückzugs...»

«...gebiet der 'Ndrangheta und so weiter und so weiter. Das kann ich jetzt bald auswendig! Noch was?»

«So ähnlich habe ich es gegenüber den Kollegen auch formuliert, Chef.»

«Gut!»

«Danke.»

Langsam nahm Beckers Gesicht wieder eine normale Farbe an, und er wandte sich einem anderen Kollegen zu, der ebenfalls nur wenig zu berichten hatte. Laura füllte ein Glas mit Mineralwasser und trank langsam.

SOKO Beton, dachte sie. Wir sind ja eine eindrucksvolle Mannschaft. Mehr als zehn hat er wohl nicht zusammengebracht, der werte Chef.

Als die Sitzung endlich beendet wurde, war kaum mehr herausgekommen als die Anweisung, jedem kleinsten Hinweis nachzugehen, die Zusammensetzung des Betons zu analysieren, die Herkunft der Kiste, jeden Zentimeter der Kleidung des Opfers, Isotopenanalyse und so weiter und so weiter. Mit der Veröffentlichung einer Porträtaufnahme des Toten wollten sie noch warten. Aber das wäre natürlich eine weitere Option. Kriminaloberrat Becker bestellte Laura in sein Büro. In einer Stunde, allein.

«Und jetzt?», fragte Severin Burger, als sie ins Dezernatsbüro zurückgekehrt waren.

«Jetzt nichts», erwiderte Laura. «Wir warten. Warten ist ein wichtiger Teil unserer Arbeit, Severin. Wir warten auf Obduktionsergebnisse, auf chemische Analysen, auf Hinweise aus der Bevölkerung, auf wunderbare Zufälle.»

«Und was macht man während des Wartens?» Er zog tatsächlich seine Trachtenlederjacke aus und hängte sie über die Rückenlehne seines Schreibtischsessels. Sein blassgrünes Hemd zeigte ein paar Schweißflecke.

«Man studiert die neuesten Gesetze, liest die Ermittlungshilfegesuche anderer Kollegen, surft im Internet, bildet sich fort, schreibt Berichte, trinkt Kaffee mit Kollegen ... Fällt dir noch etwas ein, Claudia?»

Die Sekretärin verzog das Gesicht. «Klar! Man geht zum Beispiel zu wichtigen Ermittlungsgesprächen mit eventuellen Zeugen oder Verdächtigen.»

«Einfach so?» Burger ließ sich schwer in seinen Sessel fallen.

«Natürlich einfach so. Und natürlich am besten zu zweit. In manchen Fällen auch allein, was eigentlich gegen die Vorschriften verstößt.»

Severin Burger stöhnte.

«Aus welchem Grund sind Sie eigentlich zur Polizei gegangen, Severin?», fragte Laura.

«Weil es ein spannender Beruf ist, weil man was erlebt!»

«Ja, erleben kann man eine ganze Menge. Das Wichtigste ist aber, dass man Geduld hat und warten kann. Bis später, ich geh mich jetzt fortbilden.» Laura lächelte dem jungen Kommissar zu und zog sich in ihr Zimmer zurück, dessen Tür noch immer abgeschlossen war, was sie mit großer Befriedigung zur Kenntnis nahm.

Dennoch streifte sie noch einmal prüfend durch den Raum und suchte alles ab, während sie sich über die Notwendigkeit des Misstrauens ärgerte. Sie widerstand der Versuchung, Angelo Guerrini anzurufen. Obwohl sie das durchaus als Ermittlungsgespräch tarnen könnte – könnte. Aber sie ließ es besser sein.

Stattdessen rückte sie ihren schwarzen Ledersessel in einen Sonnenfleck am Fenster und begann die Liste mafiöser oder verdächtiger Adressen und Unternehmen zu studieren, die sie von den Kollegen im LKA bekommen hatte. Es waren viele. Eine bunte Mischung aus Import-Export-Großhandel, Restaurants, Pizzerien, Eiscafés, Weinhandlungen, sogar Boutiquen und Schuhgeschäften.

Nach einer Weile lehnte sie sich zurück, schloss die

Augen und genoss die Sonnenwärme. Wo anfangen? Und wieso eigentlich? Vielleicht handelte es sich wirklich um die Tat eines verrückten Eifersüchtigen. Sie spürte diesem seltsamen Mangel an Motivation nach, den sie in jüngster Zeit schon mehrmals an sich beobachtet hatte.

Ich brauche ein langes Gespräch mit meinem Vater, dachte sie. Seit beinahe vier Wochen habe ich ihn nicht gesehen. Sie zog ihr smartes Telefon aus der Tasche und wählte ihn an. Er klang heiter, freute sich, ihre Stimme zu hören.

«Ich würde gern morgen mit dir frühstücken, babbo. So kurz nach acht?»

«Normalerweise frühstücke ich um zehn, aber für dich mache ich natürlich eine Ausnahme. Bringst du Semmeln mit?»

«Sicher.»

«Aber richtig gute, nicht diese aufgeblasenen Teigbatzen, die es jetzt überall gibt!»

«Ich verspreche dir: keine aufgeblasenen Teigbatzen.»

«Und wo willst du richtige Semmeln auftreiben?»

«Überlass das nur mir.»

«Willst du sie selber backen?»

«Nein, Babbo. Geht's dir gut?»

«Für mein Alter geht's mir nicht schlecht. Und dir?»

«Für mein Alter auch ganz anständig.»

Der alte Gottberg lachte. «Wo bist du denn, Laura?»

«Im Präsidium.»

«Arbeitest du an der Sache mit der Leiche im Betonblock?»

«Arbeiten kann man es im Augenblick nicht nennen, aber ich bin damit befasst.»

«Tolle Sache! Endlich einmal was anderes.»

«Sehr anders.»

«Da wäre ich gern Staatsanwalt!»

«Dir geht's offensichtlich wirklich gut.»

«Abgesehen von meinem rechten Knie, der linken Schulter und einem mittleren Hörschaden geht es mir hervorragend. Außerdem ist Mai!» Der alte Gottberg lachte leise.

«Danke übrigens für die Entschuldigung wegen des Familienkomplotts.»

«Nichts zu danken. Wie läuft es denn so mit Patrick?»

«Es läuft. Morgen beim Frühstück erzähl ich dir mehr. Pass auf dich auf, Babbo. Ich meine, weil Mai ist! Ciao!»

Sie hatte sein Lachen noch im Ohr. Am liebsten wäre sie sofort zu ihm gefahren. Aber es ging nicht, Becker erwartete sie in einer halben Stunde, und er erwartete vermutlich nicht nur sie, sondern auch irgendwelche Strategien, die sie in der SOKO-Besprechung für sich behalten hatte – seiner Meinung nach. Hatte sie aber nicht. Widerwillig verließ sie ihren Sonnenplatz. Sie trat auf den Flur, schloss sorgfältig ihr Zimmer ab und lief die Treppe zum nächsten Stockwerk hinauf. Cornelius Lange, der Profiler, war zum Glück allein in dem großen Büro, das er mit zwei Kollegen teilte. Sein Schreibtisch und er selbst waren hinter einer Art Urwald im Kleinformat versteckt. Lange schreckte auf, als Laura, sich unter einem Palmenblattfächer duckend, plötzlich vor ihm auftauchte.

«Was gibt's?» Er verschränkte die Arme vor der Brust und lehnte sich zurück.

«Entschuldigung, ich wollte nicht stören.»

Der Profiler runzelte die Stirn. «Natürlich wollten Sie mich stören, aus welchem anderen Grund würden Sie sonst zu mir kommen?»

«Ich wollte Sie etwas fragen.»

«Ach, und eine Frage ist keine Störung?»

«Sind Sie gerade schwierig, oder tun Sie nur so, geschätzter Kollege?»

«Ich bin es gerade, weil ich außerhalb meines Urwalds gern eine Wand mit einer Tür hätte, die ich abschließen kann.»

«Das kann ich gut verstehen, zumal ich so eine Wand und eine Tür besitze.»

Ein paar Sekunden lang maßen sie sich mit grimmigen Blicken, dann mussten beide grinsen, und Dr. Lange streckte Laura die rechte Hand entgegen: «Ich finde, wir sollten uns endlich duzen, obwohl ich dessen nach sechs Monaten in diesem Haus vielleicht noch nicht würdig bin.»

«Na, die Probezeit hast du ja überstanden, also können wir drüber reden.»

«Wunderbar, aber ich habe nur Mineralwasser zum Anstoßen.» Lange ließ Lauras Hand los und griff nach einer halbvollen Flasche.

«Kein Zeit zum Anstoßen, ich muss in zehn Minuten zum Chef, und vorher habe ich eine Frage oder vielleicht sogar mehrere.»

«Dann stoßen wir später an. Frag!»

«Ich könnte mir vorstellen, dass der Tote, den wir in diesem Betonklotz gefunden haben, von niemandem vermisst wird. Ich bin sogar ziemlich sicher, dass selbst die Veröffentlichung seines Porträts keine Reaktion hervorrufen wird.»

Lange rückte seine Brille zurecht und lächelte verhalten. «Etwas Ähnliches habe ich gerade gedacht, als du mich unterbrochen hast ... wie kommst du darauf?»

«Ich kann es nicht erklären. Es ist einfach so ein Gefühl.

Eine Leiche auf diese Weise zu präsentieren ist verdammt riskant, wenn man sie schnell identifizieren kann.»

Cornelius Lange stützte das Kinn in eine Hand und betrachtete Laura über den Rand seiner Brille hinweg. «Und wie lautet die Frage?»

«Welche Art Mensch lebt so anonym, dass ihn niemand erkennt oder vermisst? Welche Art Mensch mit einer Omega am Handgelenk und ziemlich edlen Klamotten?»

«Tja, wenn wir davon ausgehen, dass die Omega ihm gehört und es sich um seine Klamotten handelt, dann könnte ich mir vorstellen, dass es ein Profikiller ist oder irgendwas in der Richtung. Einer, den man vergisst, weil es zu gefährlich ist, sich an ihn zu erinnern.»

«Und wenn man ihm die Omega nach seinem Tod geschenkt hat?»

«Dann gibt's mehrere Möglichkeiten – es könnte sich um einen Illegalen handeln, irgend so ein armes Schwein, das von Verbrechern verheizt wurde ... vielleicht um einen Obdachlosen. Vielleicht um einen, den sie aus dem Ausland mit irgendwelchen Versprechungen hergelockt haben ...»

«Um ihn umzubringen?»

«Vielleicht.»

Laura ließ sich in den leeren Stuhl sinken, der zwischen den Palmen stand. «Das bedeutet also, dass wir tatsächlich keinerlei Anhaltspunkte haben und möglicherweise auch keine bekommen werden.»

«Genau das.»

«Aber vorhin hast du das nicht so deutlich gemacht.»

«Ich wollte den geschätzten Kriminaloberrat nicht völlig verzweifeln lassen. Er muss schließlich dem Polizeipräsidenten Bericht erstatten.»

«Und was wäre, wenn jemand die Kiste samt Leiche einfach verloren hätte? Du hast es zumindest als Möglichkeit in den Raum gestellt.»

«Aber ich glaube es nicht.»

«Dann besteht also unsere einzige Chance darin, dass derjenige, dem diese Botschaft gilt ...»

«... durchdreht! Aber genau diesen Gefallen wird er uns wahrscheinlich nicht tun.» Lange nahm die Brille ab und spielte mit den Bügeln. Dann schaute er auf seine Armbanduhr und scheuchte Laura mit einer Handbewegung auf. «Los, du bist schon zwei Minuten zu spät für deine Audienz beim Chef. Viel Spaß! Was wirst du ihm denn sagen?»

«Ich habe nicht die geringste Ahnung, aber du kannst ja mitkommen!»

«Nein danke.»

«Feige, was? Aber trotzdem vielen Dank für die unangenehmen Erkenntnisse.» Laura bahnte sich vorsichtig einen Weg durch den Palmenwald und dachte, dass dies ein durchaus angemessener Arbeitsplatz für einen Profiler war, der einen Weg durch den Dschungel menschlicher Verirrungen zu finden versuchte.

«Wir haben absolut nichts in der Hand, nicht wahr? Herrgott noch mal, warum konnten die ihre Betonleiche nicht in Augsburg auf die Straße legen oder in Ingolstadt, Rosenheim oder Nürnberg!»

Es war einer jener Momente, in denen Kriminaloberrat Becker Laura in Erstaunen versetzte. Einer der Momente, in denen er beinahe sympathisch wirkte und die Rolle des fordernden, ehrgeizigen Vorgesetzten ablegte. Er ließ sich in einen der Sessel fallen, die eigentlich für Besucher bereitstanden, und dachte nicht daran, sich hinter seinem

Schreibtisch zu verschanzen. Ungeduldig lockerte er seine Krawatte, atmete tief ein und sah zu Laura auf, die am Fenster stand. «Und was jetzt?»

«Ja, was jetzt ... wir fragen bei Interpol und Europol nach, ob es irgendeinen Profikiller gibt, der unserer Leiche ähnlich sieht. Wir starten Anfragen bei den russischen Kollegen, bei den Italienern, den ...»

«Ach, hören Sie auf, Laura. Vielleicht sollten wir den Fall gleich an die Kollegen vom OK abgeben.»

«Die sind nicht scharf darauf.»

«Was also dann?»

«Abwarten.»

«Die Medien werden uns einheizen!»

«Sollen sie doch.»

«Sie haben leicht reden, Laura. So was nimmt ganz schnell politische Dimensionen an. Ein Toter im Betonblock mitten auf der Prinzregentenstraße, sozusagen vor dem Amtssitz des Ministerpräsidenten, in der sichersten Stadt Deutschlands, wahrscheinlich der Welt – ein Skandal, eine Bedrohung! So etwas darf es in Bayern nicht geben. Dem muss sofort Einhalt geboten werden! Und zwar nachhaltig!» Sanfte Röte stieg wieder von Beckers Hals in seine Wangen.

«Ich stimme Ihnen in allen Punkten zu und bin trotzdem für Abwarten. Irgendwas wird passieren.»

«Und was?»

«Zum Beispiel könnte derjenige, dem die Betonbotschaft galt, durchdrehen.» Laura wiederholte einfach ihr Gespräch mit Dr. Lange und führte es noch ein bisschen aus. «Er könnte solche Angst bekommen, dass er zu uns flieht und um Schutz bittet ... möglicherweise.»

Wieder lachte Becker, diesmal ziemlich spöttisch. «Das

wiederum, verehrte Laura, glaube ich nicht. Ich glaube, dass gar nichts passieren wird. Dass die Botschaft verstanden wurde und die Sache geregelt wird. Und falls irgendeine Mafia oder so was dahintersteckt, dann zeigt es, wie perfekt die auch bei uns arbeiten, und wir können nichts tun und haben vor allem keine Ahnung.» Schnell stand Becker auf und ging zu seinem Schreibtisch, schraubte den Deckel von einer Wasserflasche und füllte ein Glas. Fragend sah er Laura an und hob dabei die Flasche etwas höher.

Sie schüttelte den Kopf. «Danke, nein.»

Er trank ziemlich schnell und unterdrückte mühsam ein Aufstoßen. «Mir passt das nicht, verstehen Sie? Ich finde die ganze Sache höchst unangenehm und regelrecht gefährlich. Ich will in dieser Stadt keine süditalienischen Verhältnisse. Und um die zu vermeiden, müssen wir die Sache aufklären. So schnell wie möglich!»

Jetzt ist er wieder ganz der Alte, dachte Laura. Vermutlich hat er bereits einen Anruf von höherer Stelle bekommen, und der Ausrutscher von vorhin war nur ein kleiner menschlicher Schwächeanfall.

«Ich möchte, dass Sie sich diese Mafiaclans in München genauer ansehen, Laura. Ganz egal, was die vom OK gesagt haben. Schicken Sie die Kollegen von der SOKO los!»

Laura schüttelte den Kopf. «So einfach geht das nicht. Wir können beobachten, auch mit Hilfe der Kollegen vom LKA, aber mehr geht nicht. Sobald wir irgendwelche Fragen stellen, werden wir keine Antworten bekommen. Wir brauchen Geduld und Zeit. Da können sich die Politiker aufregen, wie sie wollen. Denken Sie an das Oktoberfest-Attentat, das ist bis heute nicht wirklich aufgeklärt. Also bitte!»

Becker ging ein paarmal auf und ab, blieb dann vor dem

Fenster stehen und schaute lange hinaus. «Sie haben ja recht, Laura», murmelte er endlich, immer noch mit dem Rücken zu ihr. «Geduld, wir brauchen Geduld.»

Am Nachmittag übergab Sergio Cavallino die Aufsicht an seinen Neffen Pietro. Plötzlich hatten ihn stechende Kopfschmerzen überfallen, und in seinen Augenwinkeln tanzten zitternde, helle Zackenmuster.

Migräne, dachte er. Ich habe eine verdammte Migräne.

Als Kind und Jugendlicher hatte er häufig solche Kopfschmerz-Attacken aus dem Nichts erlebt. Aber seit vielen Jahren war Ruhe eingekehrt. Jetzt also wieder Migräne, das Letzte, was er in dieser Situation brauchte. Vor Pietro riss er sich zusammen, behauptete, er müsse zu Hause noch ein paar wichtige Dinge erledigen, und wankte dann so aufrecht wie möglich die Straße entlang. Er verfluchte sich dafür, den Wagen in der Garage gelassen zu haben, fürchtete, Pietro oder einer der anderen könnte ihm nachschauen. Unter Mühen drehte er sich um, doch im hellen Sonnenlicht war niemand zu sehen. Jeder Schritt fühlte sich an wie ein Schlag auf den Schädel, und er war schweißgebadet, als er endlich vor seiner Haustür stand. Mit zitternden Händen schloss er auf, tauchte erleichtert in das Halbdunkel der Eingangshalle. Der Briefkasten war leer. Er stolperte die vier Stufen zu seiner Wohnung hinauf und war endlich allein.

Ich muss etwas essen, dachte er. Essen und dann schlafen. Vorher noch Tabletten nehmen, aber erst essen.

In der Küche schlang er ein großes Stück Mandelkuchen in sich hinein, dann schluckte er drei Aspirin. Als er sich dem Schlafzimmer näherte, bemerkte er auf dem Fußboden vor der Wohnungstür etwas Weißes.

Er sah das Weiße, das offensichtlich ein Blatt Papier war, sah goldene Zacken und wollte weder Papier noch Zacken sehen. Endlich löste er sich aus seiner Erstarrung, bückte sich und hob das Blatt auf, dann verriegelte er die Tür, legte die Sicherheitskette vor und ließ sich auf sein Bett fallen. Ein paar Minuten blieb er mit geschlossenen Augen und ausgebreiteten Armen liegen. Sein Kopf fühlte sich an, als blähte sich sein Gehirn auf und presste von innen gegen die Schädeldecke. Er wälzte sich auf die Seite, das Blatt Papier noch immer in der rechten Hand, um es genauer anzusehen. Aber es war zu dunkel im Zimmer, er hatte am Morgen das Rollo nicht hochgezogen. Als er die Nachttischlampe einschaltete, bereitete ihm das helle Licht stechende Schmerzen, trotzdem schaffte er es, die Zeilen zu lesen, die in fetter Computerschrift vor seinen Augen verschwammen.

Ehrenwerter Freund!
Vielleicht ist die richtige Zeit gekommen. Man weiß
nie genau, wann die richtige Zeit ist. Wir haben heute
Abend Tisch 6 reserviert. Ab halb elf. Wir laden Sie ein
zu einem Gespräch, das segensreich für uns alle sein wird.
Vermeiden Sie jegliches Aufsehen. Und denken Sie daran:
Wir wollen nur mit Ihnen sprechen.

Sergio starrte auf die Uhr neben seinem Bett. Kurz nach vier. Er musste schlafen und hoffen, dass die Migräne sich verflüchtigte. Ich darf in drei Stunden keine Kopfschmerzen mehr haben, flüsterte er und wusste gleichzeitig um die Lächerlichkeit dieses Vorsatzes. Er las die Zeilen ein zweites Mal, knipste dann das Licht aus und versuchte sich zu entspannen.

Es gelang ihm nicht einmal im Ansatz. Sie sind da, dachte er. Sie sind ganz nah, dauernd um mich herum. Gehen im Haus ein und aus, werfen Botschaften in meinen Briefkasten, schieben sie unter meiner Tür durch. Sie kommen immer näher, und ich kann nichts machen, habe keine Ahnung, was eigentlich los ist. U Madonna, hilf mir. Nimm wenigstens die Migräne von mir, damit ich einen klaren Kopf habe, nachher, um halb elf.

Was hatte Mutter immer gemacht, wenn er an Migräne litt? Ein entsetzlich heißes, feuchtes Handtuch hatte sie um seinen Nacken gewickelt. Sergio rappelte sich auf, ließ im Badezimmer heißes Wasser auf ein Handtuch laufen, wrang es mühsam aus, schlang es um seinen Nacken und kroch wieder ins Bett. Vielleicht wäre es das Beste zu sterben.

DER REGEN hatte aufgehört, als Commissario Guerrini das Haus seines Vaters verließ und langsam Richtung Questura ging. Das Kopfsteinpflaster glänzte, die Häuserwände waren dunkel vor Nässe, und hier und da tropfte es aus löchrigen Dachrinnen. Die schmalen Gassen zum Dom hinauf stiegen so steil an, dass Guerrini ein wenig außer Atem geriet.

Er blieb kurz stehen, um Luft zu schöpfen. Zwischen den Häuserzeilen konnte er das Land erahnen, es leuchtete in einem unwirklichen Hellgrün und schien zu dampfen. Als kurz darauf die Sonne durch die Wolken brach, begann auch die alte Stadt auf den Hügeln zu dampfen, und die Regentropfen an den elektrischen Kabeln, die wie ein Gespinst über den Gassen hingen, funkelten in allen Farben. Es roch nach einer merkwürdigen Mischung aus Regen, Frühling und feuchten Kellern.

Natürlich mache ich nicht, was ich eigentlich immer machen wollte, dachte Guerrini. Mein Vater hat völlig recht. Aber wer macht das schon, er selbst hat es auch nicht geschafft. Was allerdings keine gute Ausrede war.

In diesem Augenblick jedenfalls machte er genau, was er wollte. Er genoss jeden Schritt, nahm seine Stadt genau wahr, ihren Geruch, ihre Geräusche. Jetzt stand er vor der breiten Treppe, die zum Domplatz hinaufführte, blickte zu den Zinnen, Bögen und Statuen empor. Die Touristen wagten sich wieder aus den Bars, klappten die Regenschirme zu und legten durchsichtige Plastikcapes ab, die sie kurz zuvor von Straßenhändlern gekauft hatten. Das Rattern von Apes und Vespas mischte sich in die vertraute Geräuschkulisse – erst noch verhalten, dann immer aufdringlicher. Schnell nahm Guerrini die Stufen zum Domplatz. Als er wieder außer Atem geriet, beschloss er, sein Rennrad zu aktivieren. Seit der Schussverletzung hatte er seine alte Form nicht wiedergewonnen.

Tonino wird sterben, und Vater haut mir seine Lebenserkenntnisse um die Ohren. Laura wird gerührt sein, wenn ich ihr davon erzähle. Er überquerte den Domplatz, bahnte sich einen Weg durch Touristengruppen und erreichte endlich die Questura.

Die Sache mit den einzelnen Punkten, die ich abarbeiten soll, werde ich nicht so genau ausführen, wenn ich mit Laura telefoniere. Das mache ich vielleicht, wenn ich sie sehen kann.

D'Annunzio riss die Tür vor ihm auf und grüßte militärisch.

«Na, übertreib's nicht!»

«Ich mache nur, was mir beigebracht wurde, Commissario.»

Beinahe hätte Guerrini den jungen Mann gefragt, ob er mache, was er eigentlich immer machen wollte. Aber dann ließ er es bleiben, denn angesichts der Lage auf dem italienischen Arbeitsmarkt machte vermutlich kaum ein junger Mensch, was er sich mal erträumt hatte. Falls überhaupt noch einer wagte, Träume zu haben.

«Schon gut, D'Annunzio, vergiss es.»

«Tommasini hat nach Ihnen gefragt, Commissario.»

«Danke, ich werde bei ihm vorbeigehen.» Guerrini nahm

die Treppe in den ersten Stock und klopfte an Tommasinis Tür.

«Pronto!»

«Chi è?»

«Sono Guerrini.»

«Kommen Sie rein, Commissario!»

Guerrini öffnete die Tür und trat in das kleine Büro, das sich Tommasini mit einem Kollegen teilte, der gerade nicht da war.

«Meldest du dich immer mit pronto, wenn jemand klopft? Ich habe dich schließlich nicht angerufen!»

Tommasini sah von seinem Schreibtisch auf, fuhr kurz mit den Fingerspitzen durch das dünne Haar über seiner Stirn und lächelte. «Ah, Commissario. Ich sage immer *pronto,* wenn jemand anklopft. Schließlich bin ich da, oder? Wenn ich ‹Herein!› sage, dann kommt vielleicht jemand, den ich nicht sehen will.»

«Und wie willst du das vermeiden?»

«Indem ich schnell aufstehe und an der Tür sage, dass ich gerade keine Zeit habe.»

«Nett von dir, dass ich reinkommen darf. Willst du was von mir?»

«Nicht direkt, Commissario. Es ist nur … ich habe die Sache mit diesem Della Valle in der Zeitung gelesen, und im Fernsehen haben sie auch darüber berichtet, sogar mit Interview. Der plustert sich ja mächtig auf, von wegen neue Impulse für Florenz und Arbeitsplätze und so weiter. Ich dachte, das würde Sie interessieren, Commissario.»

«Grazie, ich habe es selbst gelesen.»

«Er hat sich in den letzten Jahren ziemlich still verhalten, was? È furbo, ein schlauer Kerl. Fragt sich nur, woher er das Geld hat.»

«Genau das versuche ich herauszufinden, Guido, und ich möchte dich bitten, kein Wort darüber verlauten zu lassen. Übrigens, meinst du, dass es irgendwann mit deinen Grundsätzen vereinbar sein wird, dass du mich beim Vornamen nennst und duzt?»

Tommasini seufzte und zog den Hals ein bisschen zwischen die Schultern.

«Findest du es nicht seltsam, dass dein Bruder mich Angelo nennt und du nicht?»

«Mein Bruder arbeitet nicht mit Ihnen, Commissario. Sie sind mein Chef.»

«Beh, du bist hoffnungslos altmodisch. Laura duzt ihren Mitarbeiter und er sie. Wir beide verbringen mehr Zeit miteinander als du mit deiner Ehefrau! Wo liegt also das Problem, eh?»

«In mir, Commissario. Es liegt in mir. Aber ich will es versuchen, wenn es so wichtig für Sie ist. Sie müssen nur wissen, dass ich diesen neuen Umgangsformen nicht traue. In Amerika reden sich auch alle mit Vornamen an, doch das bedeutet nicht, dass sie Respekt voreinander haben, und auch nicht, dass sie besonders freundschaftlich miteinander umgehen. Wenn ich Sie mit Commissario ansprechen, dann ist das Respekt. Wenn ich Angelo sage, dann ist das völlig anders, es ist ... ich weiß nicht, wie ich es ausdrücken soll. Ja, respektlos vielleicht. Es fällt mir sehr schwer.»

Guerrini lächelte seinem Assistenten zu. «Ein bisschen kann ich dich verstehen. Aber warum bestehst du darauf, dass ich dich duze?»

«Für mich ist es eine Ehre, Commissario, und ich weiß, dass Sie mich respektieren.»

«Du bist ein seltsamer Mensch, Tommasini. Aber ist

schon in Ordnung. Dann belassen wir es bei unseren üblichen Umgangsformen?»

«Ich wäre sehr froh, Commissario.»

«Bene, dann machen wir uns an die Arbeit. Della Valle. Er fällt zwar nicht in unsere Zuständigkeit, aber da wir im Augenblick nicht besonders viel zu tun haben, können wir ein bisschen neugierig sein. Einverstanden?»

Tommasini grinste. «Va bene, Commissario. Sie haben ja auch noch ein Hühnchen mit ihm zu rupfen, vero?»

«Assolutamente vero!», erwiderte Guerrini. «Du versuchst es auf deine Weise und ich auf meine, einverstanden?» Tommasini nickte zufrieden, und der Commissario verabschiedete sich mit einer kleinen Verbeugung.

Es wurde bereits dunkel, als endlich Guerrinis Telefon zu klingeln begann und genau der Mensch zurückrief, den er seit Stunden zu erreichen versuchte: Francesco Bombasso, Reporter bei einer der wenigen unabhängigen Zeitungen des Landes und ehemaliger Mitstreiter bei Guerrinis Ermittlungen gegen Della Valle.

«Es tut mir leid, dass du so lange warten musstest, Angelo. Wir stecken mitten in der Produktion. Jetzt ist gerade ein bisschen Ruhe eingekehrt. Übrigens schön, von dir zu hören. Wann haben wir uns das letzte Mal gesprochen? Vor vier Jahren, oder sind es schon fünf? Ich wollte dich immer anrufen, und jedes Mal kam was dazwischen ...» Deutlich hörbar steckte er sich eine Zigarette an.

«Schon gut, schon gut ... ich hätte ja auch anrufen können, aber für eine Weile war Florenz nicht gerade meine Lieblingsstadt, wie du vielleicht verstehen wirst.»

«Ja, natürlich. Was hast du auf dem Herzen? Ich hab nicht viel Zeit, weißt du. Wie geht es dir?»

«Abbastanza bene. Zeit hattest du ja noch nie, Francesco, daran bin ich gewöhnt. Ich mach es kurz: Was weißt du über das großartige Hotelprojekt mit Kongresszentrum, das Della Valle in Florenz bauen will?»

«Du hast also auch schon Wind davon bekommen. Ich bin dran, Angelo. Sobald ich mehr weiß, werde ich dir Bescheid sagen. Bisher weiß ich nur, dass er irgendeinen deutschen Investor aufgetrieben hat. Die Deutschen haben ja das dicke Geld. Die werden uns sowieso irgendwann aufkaufen, wenn wir endgültig pleite sind. Dann kriegen sie das Land ihrer Träume für 'nen Appel und 'n Ei und stellen fest, dass sie einen Haufen Scheiße gekauft haben!» Bombasso lachte so laut, dass Guerrini den Hörer von seinem Ohr weghielt.

«Kannst du rauskriegen, wer dieser Investor ist?»

Bombasso hustete ein bisschen und zog gleich darauf wieder an seiner Zigarette. «Kann ich, kann ich. Wenn die Zeitung raus ist, dann werde ich mich darum kümmern. Jetzt muss ich aber weitermachen. Du gibst auch nie auf, was?»

«In diesem Fall nicht.»

«Bravo, bravo, hai ragione! Falls wir diesem Mistkerl ein Bein stellen können, dann bin ich dabei! Ciao!»

Guerrini legte sein Smartphone auf den Schreibtisch, lehnte sich in seinen Sessel zurück und betrachtete die Spinnenfäden an der Decke. Diesmal wehten sie in eine andere Richtung als am Morgen. Dann steckte er die Akte Della Valle in seine lederne Aktentasche, die er sonst nur bei Gerichtsterminen benutzte, und machte sich auf den Heimweg. Draußen roch es noch immer nach Regen, doch der Himmel war wieder klar, und über dem Palazzo Communale hing die Mondsichel wie eine Laterne.

Als das Telefon schrillte, schreckte Sergio Cavallino auf und stellte verwirrt fest, dass er tatsächlich geschlafen hatte. Es war stockdunkel. Die Migräne – er hatte einen Migräneanfall gehabt. Vorsichtig bewegte er seinen Kopf auf dem Kissen hin und her. Tief im Nacken saß noch ein kleiner Schmerz, und in seinem linken Ohr rauschte es. Warum hörte dieses penetrante Klingeln nicht auf?

Widerwillig knipste er die Lampe neben seinem Bett an, wartete, bis seine Augen sich an die plötzliche Helligkeit gewöhnt hatten, und stand dann langsam auf. Sein Kopf war auch in aufrechter Position weitgehend in Ordnung.

Dieses Klingeln machte ihn wahnsinnig! Er stolperte über seine Schuhe, hielt sich am Türrahmen fest und erreichte endlich das Telefon im Flur.

«Pronto.»

«Bist du das, Sergio? Pietro hier! Wo bleibst du denn, es ist beinahe neun, und es ist voll, das sage ich dir. Ein Kellner fehlt, hat sich krankgemeldet, und ich schaff das mit den beiden anderen nicht.»

«Neun? Wieso ist es neun?»

«Weil es neun ist. Ich hab schon zehnmal auf dein Smartphone gequatscht, aber du hast nicht reagiert. Was ist denn los mit dir?»

«Mi dispiace, Pietro, es ging mir nicht gut. Wahrscheinlich hab ich was Falsches gegessen. Jetzt geht's besser. In ein paar Minuten bin ich da.»

«Hoffentlich.»

«Reg dich nicht auf, ja! Und schau mal nach, ob es eine Reservierung für Tisch 6 gibt.»

«Wieso?»

«Frag nicht, sondern schau nach!»

Es dauerte eine halbe Minute, dann sagte Pietro: «Es

gibt eine, für halb elf. Und es gibt auch eine für Tisch 8 und 9, beide für elf. Wieso interessiert dich das?»

«Weil ich mir nicht sicher war, ob ich es aufgeschrieben habe. Es ist mir gerade eingefallen», log Sergio.

«Du hast es nicht aufgeschrieben, das war ich. Kommst du jetzt oder nicht?»

«Ich bin auf dem Weg.» Sergio knallte das Telefon in seine Halterung. Wieso hatte er den Wecker nicht gehört? Er war sicher, dass er ihn auf sieben Uhr gestellt hatte. Doch der Wecker war nicht gestellt.

Langsam, dachte Sergio, ganz langsam. Ich hatte eine heftige Migräne, da passieren solche Sachen. Immerhin ist die Migräne weg. Ich werde jetzt duschen, mich anziehen und ins *Montenero* gehen. Bis halb elf sind es noch anderthalb Stunden. Sein Magen fühlte sich an, als hätte er Glasscherben verschluckt.

Kurz vor zehn kehrten Sofia, Luca und Patrick vom Abendessen bei Lauras Ex zurück. Es war eine ganz spontane Einladung gewesen, und Laura war erst bei Dienstschluss mit einer SMS verständigt worden. *Genieß den ruhigen Abend*, hatte Sofia geschrieben. Laura hatte ihn genossen und auch wieder nicht. Nein, eher nicht. Der Prozess des Loslassens schien aus einem Wechselbad von überwältigender Fülle und unerwarteter Leere zu bestehen. Ganz egal, wie sehr sie sich darauf vorzubereiten versuchte, immer wieder gab es Situationen, in denen sie vor allem mit sich selbst konfrontiert wurde und ihrer eigenen … ja, Bedürftigkeit.

Sie hatte sich auf das Abendessen mit den Jungen gefreut und vorgehabt zu kochen. Stattdessen saß sie in einer leeren Wohnung und verzehrte vor dem Fernseher ein Käsebrot und einen Apfel. Danach telefonierte sie mit Angelo, der ebenfalls in einer leeren Wohnung ein Käsebrot aß, ihr vom traurigen Zustand des Hundes Tonino erzählte und dass sein Vater endlich das Keramikgeschäft verkauft hatte.

«Erzähl mir was Lustiges», bat sie.

«Was Lustiges? Dass unsere heilige Bank, die älteste Bank der Welt, so gut wie pleite ist?»

«Das ist nicht lustig!»

«Irgendwie schon», antwortete er. «Weil einer der sogenannten Mächtigen nach dem anderen plötzlich nackt dasteht.»

«Ja, aber das ist auch eher traurig!»

«Dann erzähl ich dir was Lustiges: Mein Vater hat mich dazu aufgefordert, mein Leben nicht zu vertrödeln, sondern endlich das zu machen, was ich immer machen wollte.»

«Das ist nicht lustig, sondern weise.»

«Er hat mir sogar Aufgaben gestellt.»

«Welche?»

«Darüber kann ich am Telefon schlecht reden.»

«So gefährlich?»

«Durchaus.»

«Wie gefährlich?»

«Nicht am Telefon!»

«Bene, dann eben nicht. Ist es warm in Siena?»

«Nicht besonders. Wir hatten Regen.»

«Ist dir kalt?»

«Ja, und Zenia hat mein Bett frisch bezogen, es sieht eiskalt und hart aus. Vermutlich hat sie sogar die Laken gestärkt.»

«Poverino.»

«Mach dich nicht über mich lustig.»

Dann erzählte sie Angelo ein bisschen von ihrem aktuellen Fall, den er ziemlich lustig fand. Trotzdem bat er sie, besonders vorsichtig zu sein, schließlich liebte er sie und brauchte sie dringend, damit sie wenigstens ab und zu seine Wohnung und sein kühles Bett aufwärmte. Kurz darauf brachen die jungen Leute herein, und Laura wurde schmerzlich bewusst, wie weit weg Angelo war.

«Haben Sie die Täter schon gefasst?», fragte Patrick, der wieder einen Pferdeschwanz trug.

«Nein, nicht die geringste Spur», antwortete Laura.

Er grinste. «Hab ich mir schon gedacht.»

«Manchmal dauert es verdammt lange, was, Mum?» Luca drückte Laura einen Kuss auf die Wange, und dann verschwanden sie alle drei in Sofias Zimmer, weil sie mit Patricks Eltern und Freunden in London skypen wollten. Laura brachte ihren Teller in die Küche, brühte eine Tasse Tee auf und blätterte zerstreut in der Zeitung. Gegen elf beschloss sie, ins Bett zu gehen, klopfte an Sofias Tür und wünschte gute Nacht. Aus dem Gelächter, das hinter der Tür immer wieder zu hören war, schloss sie, dass die drei sich Youtube-Filmchen ansahen.

«Loslassen», murmelte sie, als sie unter die Decke schlüpfte, und «Dormi bene, Angelo».

Kurz vor zehn lenkte Sergio Cavallino seinen schwarzen Mini in den Hinterhof des *Montenero*. Wie gewohnt betrat er das Lokal durch die Küche und schloss die Tür hinter sich ab. In Zukunft sollte man beide Hinterausgänge absperren, er musste Vorsorge treffen. Jeder konnte unbemerkt das Restaurant betreten oder verlassen, und das war zu gefährlich in dieser Situation ... Sie hatten sich so verdammt sicher gefühlt. Die Köche und Gehilfen würden protestieren, sie brauchten ihre Zigarettenpausen, mussten

Müll rausbringen, leere Kisten und Flaschen ... aber man würde eine Regelung finden.

Er begrüßte Marcello, den Chefkoch, nickte den anderen zu und schaute in ein paar Töpfe, versuchte sich wie immer zu benehmen. Warfen sie ihm verstohlene Blicke zu, oder bildete er sich das nur ein? Wahrscheinlich hatte Pietro irgendwas gesagt. Egal. Jetzt kam es darauf an, dass er ruhig blieb und den Padrone spielte wie immer. Aber nichts war wie immer. Die Glasscherben in seinem Magen erinnerten ihn ununterbrochen daran. Er hatte Angst.

«Na endlich!» Pietro brach durch die Schwingtür zum Restaurant und nahm eine große Platte mit Langusten und Scampi entgegen. «Die Saltimbocca da drüben ist für Tisch 12. Die muss ganz schnell raus, sonst wird sie kalt!» Rückwärtsgehend verschwand er wieder.

Durfte Pietro so mit ihm reden? War das nicht ziemlich respektlos? Lief irgendwas hinter seinem Rücken? Hatten Eduardo oder Onkel Carmine Anweisungen gegeben?

Ich muss aufhören zu denken. Es ist völlig sinnlos. Wenn ich überall schwarze Katzen sehe, dann kann ich gleich verschwinden. Komplett verschwinden, in ein Zeugenschutzprogramm gehen, einen anderen Namen annehmen ... Irland wäre eine Möglichkeit ... U Madonna, mein Hirn macht sich schon wieder selbständig. Sergio drehte sich zur Wand und fasste sich unauffällig in den Schritt, um die bösen Gedanken und schlechten Geister abzuwenden. Dann riss er sich zusammen, nahm die Platte mit Saltimbocca, arrangierte kurz die Salbeiblätter neu, stieß die Schwingtür auf und tauchte ein in das vertraute Stimmengewirr und die Gerüche der verschiedenen Speisen. Es war wie immer: ein bisschen zu warm, ein bisschen zu laut, Lucio Dalla sang gerade *La sera dei miracoli* – Der Abend der Wunder ...

Sergio konnte den Titel nur als bittere Ironie empfinden, beinahe war es, als hätte irgendwer das Lied mit Absicht aufgelegt, um sich über ihn lustig zu machen.

Er servierte, ging von Tisch zu Tisch, erkundigte sich nach dem Befinden, der Zufriedenheit, tat, was man eben tat. Um zehn vor halb elf hatte er endlich seine Runde beendet, kehrte hinter die Bar zurück und trank ein Glas Wasser.

«Wenn das so weitergeht, dann brauchen wir mehr Kellner», sagte Pietro. «Geht's dir besser, Sergio?»

«Un poco.»

«Kann ich mal raus, eine rauchen? Jetzt haben gerade alle was zu beißen.»

«Geh nur.»

«Sicher?»

«Klar, hau ab! Giovanni ist ja auch noch da.»

Pietro hob dankend die Hand an die Schläfe und verschwand im Flur zu den Toiletten. Als Giovanni Getränke servierte, füllte Sergio blitzschnell ein Glas mit Whisky und nahm zwei große Schlucke. Das Zeug brannte höllisch in seinem Mund und glühte in seinem leeren Magen.

Fünf vor halb elf. Tisch 6 war erst vor ein paar Minuten frei geworden. Giovanni breitete gerade eine frische Tischdecke aus und stellte das *Reserviert*-Schild auf, rückte Blumen und Kerze zurecht, Salz und Pfeffer. Alles war bereit. Sergio trank einen dritten Schluck Whisky. Ein paar Stammgäste kamen zur Bar, um sich von ihm zu verabschieden. Redeten irgendwas, doch er hörte kaum zu, beobachtete die Tür.

Eine Minute vor halb. Die Stammgäste gingen, winkten ihm zu. Er winkte zurück. Frische Luft strömte durch die Tür, neue Gäste drängten herein. Zwei Paare. Sie blieben kurz vor Tisch 6 stehen, setzten sich dann aber an Tisch 10, der ebenfalls gerade frei geworden war.

Drei Minuten nach halb elf, fünf Minuten, zehn. Niemand setzte sich an Tisch 6. Pietro war inzwischen wieder da.

«Wenn die bis elf nicht kommen, dann halten wir den Tisch nicht länger frei. Einverstanden?»

Sergio nickte und trank den letzten Schluck Whisky. Er fühlte sich leicht betrunken, und der Schmerz in seinem Hinterkopf wurde wieder stärker. Außer dem Mandelkuchen hatte er noch immer nichts gegessen.

Um elf vergab Pietro Tisch 6 an eine Gruppe von Engländern, die in München an einem Medizinkongress teilnahmen, jedenfalls schloss Sergio das aus den Plastikkarten, die sie an ihren Jackets trugen.

Die anderen waren nicht gekommen. Und sie kamen auch in den letzten beiden Stunden nicht. Als Pietro kurz nach eins die Lichter im *Montenero* löschte, holte Sergio unauffällig die Pistole aus dem Geheimfach unter der Theke und steckte sie in seine Jackentasche. In der Küche packte er sich ein Stück Kalbsbraten, Bohnensalat und ein halbes Ciabatta ein, das übrig geblieben war.

«Soll ich dich nach Hause fahren, Pietro?»

«Nein, ich hab's nicht weit. Tut mir ganz gut, wenn ich ein bisschen frische Luft schnappe.»

«Dann gute Nacht.»

«Gute Nacht, Sergio. Hoffentlich geht's dir morgen besser.»

Es wäre Sergio lieber gewesen, wenn er Pietro nach Hause hätte fahren können. Ihm grauste vor dem dunklen Hinterhof des *Montenero*. Möglicherweise warteten sie dort auf ihn.

«Soll ich dich nicht wenigstens ein kleines Stück mitnehmen?», rief er Pietro nach.

«Nicht nötig, danke!»

Sergio schaltete die Beleuchtung des Hinterhofs ein und bewegte sich langsam auf seinen Mini zu. Seine rechte Hand umfasste die Pistole in seiner Jackentasche. Alles blieb ruhig. Schnell stieg er in den Wagen und knallte die Tür hinter sich zu, ließ umgehend den Motor an und wendete. Die Beleuchtung würde von selbst ausgehen, und falls die Zeitschaltung nicht funktionierte, so war ihm das in diesem Augenblick auch egal. Er wollte nur nach Hause und sich in seiner Wohnung verbarrikadieren. Und essen. Einfach nur essen.

Er fuhr zu schnell, bremste scharf, als etwas Dunkles vor ihm über die Straße huschte. Eine Katze? Was sonst. Eine schwarze Katze. Kurz leuchteten ihre grünen Augen auf. Sergio bekreuzigte sich. Sie war von links nach rechts gelaufen. Ein schlechtes Zeichen. Schwarze Katzen waren in seiner Heimat Unglücksboten.

Vor seinem Haus stellte er den Wagen einfach am Straßenrand ab, er fürchtete sich vor der Garage. Wieder umfasste er die Pistole, bis er die Haustür erreichte. Die Plastiktüte mit Essen hielt er in der Linken. Dann ließ er die Pistole los und sperrte auf, drückte die Tür hinter sich fest zu.

Der Briefkasten war leer, doch auf dem Fußabtreter vor seiner Wohnungstür lag ein Umschlag.

Sergio stellte die Plastiktüte ab, zog die Pistole aus der Jackentasche, entsicherte sie und lauschte. Kein Laut war zu hören, alle anderen Mieter schliefen um diese Zeit. Stufe um Stufe schlich er in den ersten Stock hinauf, dann weiter in den zweiten. Nichts. Wieder hinunter. Diese verdammte Holztreppe knarrte, obwohl er sich am äußersten Rand bewegte.

Er überprüfte den Eingang, dann die Hintertür zum Innenhof und den Mülltonnen. Die Tür war offen. Wieso war sie schon wieder nicht abgesperrt? Zentimeter um Zentimeter schob Sergio die schwere Metalltür auf. Jetzt ging das Licht in der Eingangshalle aus, und er stand im Finstern. Draußen war nur ein leises Rauschen zu hören, Wind in den Bäumen. Oder war da etwas hinter den Mülltonnen? Ein Schatten, eine Bewegung?

Am Boden, genau neben der Tür, stand immer ein kleiner Abfalleimer, und Sergio hielt die Tür, mit einer Schulter, um sich zu bücken und mit der freien Hand danach zu tasten. Als er ihn zu fassen bekam, schleuderte er ihn auf die Mülltonnen. Er erschrak selbst vor dem ungeheuren Lärm, den er verursachte, einem wilden Kreischen. Irgendetwas raste davon – kein Mensch, Menschen kreischten nicht so. Ein Fuchs? Oder wieder eine Katze? Wieso tauchten plötzlich überall Katzen auf?

Im ersten Stock gingen Lichter an, dann auch im zweiten. Leise zog Sergio die Tür ins Schloss, schob den Riegel vor und kehrte zu seiner Wohnung zurück. Erst jetzt hob er den Umschlag auf, öffnete die Tür, schob mit einem Fuß die Essenstüte hinein und kontrollierte mit der Pistole im Anschlag einen Raum nach dem andern. Nichts.

Sergio sicherte die Pistole wieder und legte sie auf den Küchentisch, dann verriegelte er die Wohnungstür und ließ alle Rollos herab. Ehe er den Umschlag aufmachte, schenkte er sich ein großes Glas Brandy ein. Er trank einen Schluck und dachte an seinen Vater, den großen Boss, der Alkohol verachtete und ebenso Menschen, die tranken. Aber er, Sergio, war *nicht* Dario Cavallino! Er war *Sergio*

Cavallino, und er hatte verdammt noch mal Grund, einen Brandy zu trinken!

Noch immer fasste er den Umschlag nicht an, sondern schnitt ein paar Scheiben des kalten Bratens ab, brach das Brot und begann zu essen. Nach ein paar Minuten fühlte er sich besser, nicht mehr so zittrig. Sorgfältig aß er alles auf, trank noch einen Schluck Brandy, wischte sich die Finger ab und öffnete endlich den Umschlag.

Ehrenwerter Freund,
vielleicht war es heute Abend doch nicht die richtige Zeit.
Wir bedauern dies ganz außerordentlich und hoffen,
dass Sie keine Unannehmlichkeiten hatten. Sobald der
Zeitpunkt uns richtig erscheint, melden wir uns sofort
wieder. Das versprechen wir im Sinne einer vertrauens-
vollen Zusammenarbeit, wünschen gesunden Schlaf und
gute Geschäfte.

Sergio griff nach der Brandyflasche, zog sie zu sich heran, stieß sie aber im nächsten Augenblick so heftig von sich, dass sie umfiel und über den Tisch rollte. Er machte keinen Versuch, sie aufzufangen, sah einfach zu, wie sie über den Rand kippte und zu Boden stürzte. Sie zerbrach nicht, kollerte quer durch die Küche, bis der Kühlschrank sie aufhielt. Sergio hatte gehofft, sie würde zersplittern, das hätte seiner Verfassung entsprochen. Er trank jetzt das Glas aus und schleuderte es gegen die Wand. Doch auch das Glas blieb unversehrt, fiel heil zu Boden und rollte ein Stück. Sergio legte die Arme auf den Tisch, bettete seinen Kopf darauf und begann zu weinen.

EMILIO GOTTBERG hatte vermutlich am Fenster gestanden und Laura kommen sehen, denn als sie vor dem Eingang des niedrigen, hellblauen Apartmenthauses am Eisbach stand, summte der Türöffner, noch ehe sie auf den Klingelknopf drücken konnte. Sie nahm nicht den Fahrstuhl, lief zu Fuß nach oben, und da stand er bereits und breitete die Arme aus.

«Wie gut, dass du da bist, Laura.» Lange hielt er sie ganz fest, ließ sie dann mit einem tiefen Seufzer los und zog sie in seine Wohnung. Es roch nach frischem Kaffee, und durch die offene Küchentür konnte Laura den gedeckten Tisch sehen.

«Lass dich ansehen, Laura. Ich habe dich vier Wochen nicht gesehen. Nach der zweiten Woche bekomme ich immer Angst, dass ich dich nie mehr sehen werde. Welch ein Glück, dass du bisher immer wiedergekommen bist und ich immer noch da war.»

«Ach Babbo, ist es so schlimm?»

«Nein, es ist nicht schlimm, es ist einfach realistisch. Ich bin in einem Alter, wo man allmählich fällig ist, und du hast einen gefährlichen Beruf. Aber lassen wir das ... Zeig die Semmeln, dann kann ich dir sofort sagen, ob es Teigbatzen sind, oder ob wir sie essen können!»

Laura schlüpfte aus ihrer hellgrauen Lederjacke und sah ihrem Vater dabei zu, wie er eine Semmel aus der Tüte nahm, sie von allen Seiten betrachtete, daran roch, sie ein bisschen zusammenpresste und endlich meinte: «Na ja, ich denke, die kann man probieren. Die Größe kommt auch hin, Semmeln müssen eher klein sein. Wo hast du die her?»

«Von dem einzigen Bäcker, der in Haidhausen keine Massenproduktion betreibt. Aber selbst bei dem sind die Semmeln nicht so gut wie bei der kleinen Bäckerei, die es früher in der Hochstraße gab.»

«Ja, ich erinnere mich. Die vergisst man nicht, diese Semmeln. Da war sogar Malz im Teig, wenn ich mich nicht irre.»

«Ganz genau, das gab ihnen einen Hauch von Süße, und sie waren unglaublich knusprig. Die Leute standen auf dem Gehweg Schlange, ach ja.»

«Ach ja», seufzte auch der alte Gottberg, und dann lachten sie alle beide gleichzeitig los. «Jessas!», kicherte Lauras Vater, «wir zwei sind vielleicht sentimental. Jetzt setz dich her, trink einen Kaffee, und dann essen wir gemeinsam die einzigen guten Semmeln von München.»

Auf dem gedeckten Küchentisch stand eine kleine Vase mit Maiglöckchen. Langsam hob Laura sie hoch und schnupperte an den weißen Blüten. «Du hast an Mamas Lieblingsblumen gedacht, Babbo.»

«Ich denke jedes Jahr daran.» Er goss sehr konzentriert Kaffee in Lauras Tasse. «War es gut mit Angelo?»

«Ja, es war gut mit Angelo, er lässt dich sehr herzlich grüßen. Fernando übrigens auch.»

«Na ja, mit dem telefoniere ich beinahe jede Woche. Er hat seinen Keramikhandel verkauft. Ein schwerer Schritt für ihn.»

«Du weißt es also schon. Ich denke, es war ein verdammt überfälliger Schritt.»

«Möglich, aber all die Dinge, die man aufgeben muss, wenn man alt wird ... Das ist so schwer, Laura, das können Jüngere kaum nachfühlen.»

«Meinst du mich? Ich bin gerade dabei, meine Kinder loszulassen. Für einen Keramikhandel kriegt man wenigstens was, für losgelassene Kinder höchstens ein merkwürdiges Vakuum im Bauch, das man irgendwie auffüllen muss.»

Emilio Gottberg brach ein Stück Semmel ab, schmierte sorgfältig Butter und Honig darauf und steckte es in den Mund. Er kaute lange, schluckte und murmelte: «Hmmh, nicht schlecht. Ist übrigens dieses merkwürdige Vakuum in deinem Bauch der Grund unseres Frühstücks?»

«Nein, Babbo. Ich wollte dir nur sagen, dass auch Jüngere etwas aufgeben müssen und dass es nicht leicht ist.»

«Ja natürlich, natürlich. Was also ist der wahre Grund deines Besuchs?»

«Was ist denn los mit dir? Ich bin gekommen, weil ich Sehnsucht nach dir hatte.»

«Ja, hatte ich auch. Und es tut mir leid, dass ich dir nichts vom Familienkomplott wegen Patrick gesagt habe. Läuft's denn mit ihm?»

«Ja, es läuft. Es läuft so gut, dass ich mich wie die Mitbewohnerin einer Wohngemeinschaft fühle.»

«Die Jungen sind selbständig, was?»

«Sehr.»

«Gratuliere.» Er brach wieder ein Stück Semmel ab und schmierte diesmal Johannisbeermarmelade drauf, betrachtete das Ergebnis und sagte: «Das ist auch etwas, das man aufgeben muss: in eine knusprige Semmel zu beißen, weil einem sonst die Zähne aus dem Mund fallen könnten.» Er stieß ein etwas verunglücktes Lachen aus.

Laura verzog das Gesicht. «Was meinst du mit *gratuliere*?»

«Ich gratuliere dir dazu, dass deine Kinder selbständig werden, Laura. Es bedeutet, dass du als Mutter irgendwas richtig gemacht hast, und es bedeutet, dass du dich mehr um deine eigenen Angelegenheiten kümmern kannst, zum Beispiel um das Auffüllen deines Bauchvakuums.»

«Hattest du auch eins? Ich meine, als ich selbständig wurde?»

«Natürlich hatte ich eins und deine Mutter auch.»

«Und wie hat sie es gefüllt?»

«Mit ihrer Malerei ... sie hat ernsthaft angefangen, daran zu arbeiten, sie hat mehr Italienischstunden gegeben und mehr Zeit mit mir verbracht.»

«Und du, was hast du gemacht?»

«Ich habe mehr gearbeitet und die Zeit mit deiner Mutter genossen. Das Leben ist anders ohne Kinder, aber es hat auch seine guten Seiten.» Emilio Gottberg betrachtete nachdenklich die Semmel in seiner Hand. «Ich konnte mit deiner Mutter plötzlich über Dinge reden, die weit zurücklagen, über den Krieg ... über die verlorenen Jahre, eine Trauer, die mir vorher gar nicht bewusst war. Über so was redet man nicht, wenn ein Kind aufwächst ... und wenn man noch zu nah dran ist.» Er legte die Semmel weg, räusperte sich ein paarmal und schüttelte dann den Kopf. Laura saß ganz still und schaute ihn einfach nur an. Ein bisschen verlegen rieb er sich die Nase, lächelte kaum wahrnehmbar und murmelte: «Was hast du mit deinem Vakuum vor, Laura?»

«Ich weiß es nicht, Babbo. Arbeiten? Das Problem ist nur, dass ich zurzeit keine wirkliche Motivation zur Arbeit habe. Ich mache meinen Job, aber nicht so wie früher. Früher hätte es mich brennend interessiert, wer dieser Tote im Beton ist. Im Augenblick finde ich den Fall zwar ungewöhnlich, aber wenn ich ganz ehrlich bin, dann ist mir die Identität dieser Leiche ziemlich gleichgültig.»

Emilio Gottberg beugte sich vor und sah seine Tochter aufmerksam an. «Ach. Mich dagegen reißt die Geschichte richtig vom Hocker. Ich wäre wirklich gern Staatsanwalt. Woran hakt es denn? Du warst doch immer die Rächerin der Rechtlosen, der Opfer. Findest du es plötzlich in Ordnung, wenn jemand mit Beton übergossen wird?»

«Nein, natürlich nicht ...»

«Was dann?»

«Ich weiß es nicht.»

«Du bist traurig, nicht wahr? Ich sehe das, Laura. Wenn man traurig ist, dann interessiert man sich für wenig. Es ist so ähnlich wie bei einer Depression.»

«Ich weiß.»

«Ja, natürlich weißt du das! Du weißt ja immer alles! Aber du kannst nichts dagegen machen, was?»

«Du bist heute nicht besonders freundlich, Babbo.»

«Doch, ich bin sehr freundlich, Laura. Ich nehme sehr ernst, was du mir gesagt hast.»

Laura zupfte das zarte Innere aus der halben Semmel, die vor ihr auf dem Teller lag.

«Nein, ich kann nichts dagegen machen», sagte sie leise.

«Natürlich kannst du etwas dagegen machen. Zum Beispiel kannst du dich um deine Traurigkeit kümmern.»

«Wie kümmert man sich denn um seine Traurigkeit?»

«Ach, Laura, du kannst zum Beispiel traurige Musik hören, du kannst weinen, Selbstgespräche führen, joggen oder die Ursache deiner Trauer beseitigen ... und ich garantiere dir, dass die Selbständigkeit deiner Kinder nicht die Ursache ist!»

«Hast du noch mehr Einfälle?»

«Wenn du damit aufhörst, diese unschuldige Semmel zu zerbröseln, sag ich's dir.»

«Sag's nicht. Ich weiß es selbst ...»

«Was soll dann die Fragerei? Weißt du eigentlich, dass ihr uns ganz schön auf die Nerven geht?»

«Wer ist *uns*?»

«Das kann ich dir sagen: Das sind Fernando Guerrini und ich, Emilio Gottberg. Zwei alte Narren, die wissen, dass man nicht ewig lebt, dass man schneller alt wird, als man denkt, und dass es eine Sünde ist ...»

«Babbo, hör auf!»

«Ist doch wahr!»

«Ja», sagte Laura.

«Hast du *ja* gesagt?»

«Ich habe ja gesagt.»

«Dann ist es gut.»

«Es ist gut, Babbo. Ich würde jetzt gern mit dir in Frieden weiter frühstücken. Und bitte reg dich nicht so auf, du bist ganz blass geworden.»

«Ich werde so lange blass, wie es mir passt! Erzähl mir was von den Ermittlungen. Wie weit seid ihr?»

«Wir sind nirgendwo, Babbo. Wir haben eine SOKO mit dem lächerlichen Namen *Beton* und nicht die geringste Ahnung, wo wir ansetzen sollen.»

«Aber das ist doch spannend, Laura. Hast du nicht immer gesagt, dass Beziehungstaten deprimierend langweilig sind, weil man eh schon weiß, wer es war?»

«Ja, das habe ich gesagt.»

«Dann ist das doch der richtige Fall für dich!»

«Nein, Babbo, es ist nicht der richtige Fall, weil ich sicher bin, dass er richtig unerfreulich wird und wahrscheinlich sogar gefährlich. Ich habe gerade einen Fall hinter mir, bei dem meine Familie bedroht wurde. Einen zweiten dieser Art brauche ich derzeit nicht.»

«Kannst du ihn nicht abgeben?»

«Im Augenblick nicht.»

«Wieso gefährlich?»

«Nur so ein Gefühl.»

«Organisierte Kriminalität?»

«Möglich.»

«Ich wollte, ich wäre jünger!» Der alte Gottberg drehte die Semmel in seiner Hand hin und her. «Weißt du eigentlich, warum so viele alte Leute nur noch Seifenopern sehen wollen, die gut ausgehen? Ich sag's dir: Sie wissen, dass die Dinge des Lebens meistens schlecht ausgehen. Alte Leute müssen Tod, Trauer und Verzweiflung nicht mehr im Fernsehen anschauen. Sie kennen das alles und halten es nicht mehr aus.»

«Wie kommst du denn jetzt auf Seifenopern?»

«Ah, ich hab gestern Abend einen schrecklich kitschigen Film gesehen, aber ich hab ihn genossen, obwohl ich wusste, dass es völlig verlogen ist. Er ging gut aus, Laura. Und das ist es, was ich mir die ganze Zeit für dich und die Kinder wünsche: dass es gut ausgeht für euch.»

Laura stand auf, ging zu ihrem Vater hinüber und legte die Arme um ihn.

«Manchmal habe ich Angst, dass es nicht gut ausgeht», murmelte er.

Als Sergio Cavallino aufwachte, stellte er fest, dass er in Kleidern geschlafen hatte und selbst seine Füße noch in

Schuhen steckten. Es war früh, und er hätte eine halbe Stunde länger im Bett bleiben können, doch er fühlte sich verschwitzt und unbehaglich, deshalb stand er langsam auf und fing an sich auszuziehen. Was ihm Mühe bereitete, denn seine Kleider schienen an ihm zu kleben. Seine Füße waren feucht und kalt, als er Schuhe und Socken endlich los war. Sein Kopf fühlte sich wattig an, und er erschrak, als er seinem Gesicht im Spiegel begegnete. Seine Augen waren rot und die Lider geschwollen.

Jetzt fiel ihm wieder ein, dass er geweint hatte. Geheult, geschluchzt. Wie noch nie in seinem Leben, stundenlang. Er hatte sich am Boden gewälzt, geschrien wie ein Tier, war wie ein Tier auf allen vieren ins Bett gekrochen.

Brandy, er hatte zu viel Brandy getrunken. Deshalb fühlte sich sein Mund so trocken an. Er konnte kaum schlucken. Barfuß und nackt lief er in die Küche, trank Wasser direkt vom Hahn. Ihm war kalt, und das kalte Wasser schickte Wellen von Gänsehaut über seinen Körper, überallhin, bis in die Haarwurzeln. Er stieß sich den großen Zeh an der Brandyflasche, die noch immer vor dem Kühlschrank auf dem Boden lag, fluchte laut, ließ sie liegen und hob das Glas auf.

Das Glas. Er hielt es in der Hand und starrte es an. Das Glas, das er an die Wand geworfen hatte. Es war nicht zerbrochen, und dann hatte er geweint. Weil es nicht zerbrochen war? Ja, er hatte geweint, weil es nicht zerbrochen war, weil es viel bedeutete, dass es nicht zerbrochen war. Es war ein Zeichen gewesen. Zeichen seiner Ohnmacht. Einen Augenblick überlegte er, ob er es noch einmal versuchen sollte, hob die Hand mit dem Glas, ließ sie wieder sinken.

Lächerlich! Er stellte das Glas auf die Anrichte und

kehrte ins Bad zurück, duschte lange und heiß. Als er frische Wäsche, ein schwarzes Shirt und hellgraue Hosen angezogen hatte, fühlte er sich etwas besser. Er setzte die Kaffeemaschine in Gang, zog sein Bett ab und stopfte Laken und verschwitzte Kleidung in einen Sack, den er später zur Wäscherei bringen würde.

Warum, verdammt, hatte er keine Freundin, die das erledigen konnte? Nichts stimmte, absolut nichts! Er würde einen der Küchengehilfen losschicken.

Während Sergio Espresso schlürfte und das letzte Stück Mandelkuchen aß, las er noch einmal die Nachricht der vergangenen Nacht. Was bezweckten sie eigentlich mit dieser Taktik? Wollten sie ihn einfach nur mürbe machen? Ihn, der nur ein kleiner Teil der Familie war, ein Ableger? Glaubten sie wirklich, die Familie unter Druck setzen zu können, wenn sie ihn verrückt machten?

Als sein Handy zu brummen begann, griff er zögernd danach, meldete sich mit einem knappen «Pronto».

«Sergio?»

«Sì.»

«Sono Eduardo. Gibt's was Neues?»

«Nein, nichts.»

«Carmine lässt dich grüßen.»

«Ah.»

«Er ist wieder in Mailand.»

«Und?»

«Er hört sich um.»

«Gut. Und du, hast du was gehört?»

«Nein. Der Boss sagt, es kann nicht mehr lang dauern.»

«Wär nicht schlecht.»

«Tja, wär nicht schlecht. Ich komm nachher mal vorbei. Bring 'n paar Kisten Wein.»

«Mach das.»

«Redest nicht viel heute, was?»

«Zu früh.»

«Na, dann.» Grußlos beendete Eduardo das Gespräch, und Sergio lauschte ein paar Sekunden lang dem leeren Tuten, dann legte er das Telefon neben die Pistole. Letzte Nacht hatte er sie einfach auf dem Küchentisch vergessen. Er, ein heulender Betrunkener. Es war einfach nur beschämend. Was nützte eine Waffe, wenn sie in der Küche lag und er im Bett! Ah, und er musste den Inhalt seiner Hosentaschen kontrollieren, ehe er sie in die Reinigung gab.

Sergio stand auf und zog seine Hose wieder aus dem Wäschesack. Er fand nicht viel, nur ein Taschentuch, etwas Kleingeld. Jetzt die Jacke, er hatte tatsächlich in Hemd und Jacke geschlafen. Seine Brieftasche war auch noch drin, die vorletzte Nachricht der Erpresser und die Visitenkarte der Frau, die ihn angemacht hatte. Er mochte es nicht, wenn Frauen ihn anmachten. Es war billig. Nur billige Frauen machten Männer an. Das hatte seine Mutter immer gesagt, und in der Familie waren alle dieser Meinung. Alle, die er kannte.

Sergio setzte sich, trank einen zweiten Caffè und biss in ein Stück Käse. Brot war keins mehr da. Er betrachtete die Visitenkarte und las halblaut: «Barbara Bonanni. Consultant.» Consultant ... jeder konnte sich heute Consultant nennen. Das bedeutete ungefähr so viel wie Schönheitschirurg. Na ja, die Frau sah wenigstens gut aus. Sogar Pietro war scharf auf sie, obwohl sie mindestens fünfzehn Jahre älter war als er. Unter halbwegs normalen Umständen würde er sie vielleicht anrufen. Trotz allem. Einfach um zu sehen ... schließlich hatte er zurzeit keine Freundin. Aber es herrschten keine normalen Umstände, und deshalb steckte er die Visitenkarte zu all den anderen, die sich vielleicht einmal als nützlich erweisen könnten.

Er musste los, nahm sich vor, ab heute und in der nächsten Zeit besonders früh im Restaurant zu sein. Er würde sich um die Geschäfte kümmern, noch besser als bisher. Die Familie konnte sich auf ihn verlassen. Ganz sicher konnte sie das. Sergio zog die hellgraue Anzugjacke aus dem Schrank, schlüpfte hinein und verstaute die Pistole in der rechten Außentasche. Dann betrachtete er sich prüfend im Spiegel. Die Schwellung seiner Lider war zurückgegangen, und das Weiße seiner Augäpfel war nicht mehr so rot. Er sah aus, als litte er ein wenig an Heuschnupfen oder hätte sich erkältet. So konnte er sich zeigen, das Grau des Anzugs und das schwarze Shirt passten gut zu ihm. Er drehte sich ein bisschen, strich sein Haar zurecht. Jetzt konnte er los. Von den neuen Botschaften würde er weder Eduardo noch sonst jemandem erzählen.

Zehn Minuten später ging Sergio Cavallino mit dem Chefkoch Marcello den Speiseplan und die nötigen Einkäufe durch. Am nächsten Morgen würde Micheles Laster wieder frischen Fisch liefern, nur Fisch diesmal, und Sergio war froh über diese Abmachung mit seinem Bruder. Weder Eduardo noch Carmine wussten davon.

«Der Gemüsehändler im Großmarkt will mit dir reden, Sergio. Jedes Mal, wenn ich auftauche, fragt er nach dir.» Marcello hatte einen besorgten Gesichtsausdruck. Auf Sergio wirkte er mit seinem straff zurückgekämmten, zum Pferdeschwanz gebundenen Haar und dem traurigen Mund wie einer der Fische, die er ständig zubereitete.

«Buono.»

«Come buono? Was soll ich ihm sagen?»

«Sag ihm, dass ich in den nächsten Tagen vorbeikomme, dann können wir miteinander reden.»

«Und wenn er wissen will, wann du kommst?»

«Dann sag ihm, dass ich zurzeit sehr viel zu tun habe, was übrigens stimmt.»

«Und wenn er das Interesse verliert?»

«Er wird es nicht verlieren, Marcello. Weshalb sollte er?»

«Könnte ein anderer kommen ...»

«Wer denn, eh?»

«Ich hab keine Ahnung, aber möglich wäre es doch, oder?»

«Das glaube ich nicht, nein, ganz und gar nicht. Gibt's noch was?»

«Ja, wir wollten frisches Erdbeereis als Dessert machen. Ein richtiges, mit vielen Früchten im Eis. Ist das okay?»

«Wenn ihr mir eins übrig lasst.» Sergio versuchte ein Lachen, und es gelang einigermaßen.

«Aber klar, Boss.» Marcello grinste.

«Bene, dann schau ich jetzt nach dem Wein. Eduardo kommt nachher und bringt noch ein paar Kisten.»

Marcello nickte, dann verschwand er hinter seinen Töpfen und rief den Hilfsköchen ein paar Anweisungen zu.

Alles war, wie es sein sollte. Kurz nach zehn, und die ersten Düfte stiegen auf. Seiner inneren Unruhe folgend, ging Sergio zum Briefkasten des *Montenero*, zog einen Stoß Werbeprospekte heraus, ein paar Rechnungen. Gestern war der Kasten offensichtlich nicht geleert worden. Sergio warf die Werbung in den Papierkorb und schaute flüchtig die Geschäftspost durch. Er suchte etwas anderes. Und fand es auch:

Sergio Cavallino, persönlich

Diesmal war der Umschlag zugeklebt, doppelt sogar, mit einem Klebstreifen. Sergio zog sich mit der Post in sein kleines Büro hinter der Vorratskammer zurück und verriegelte die Tür.

Nichts war, wie es sein sollte. Seine Hände zitterten schon wieder. Das Blut pochte in seinen geschwollenen Augenlidern, und er hasste sich, als er den Umschlag aufriss und las:

Ehrenwerter Freund,
wir bedauern ganz außerordentlich, Ihnen Unannehmlichkeiten bereiten zu müssen, aber unter den gegebenen Umständen erscheint es uns unvermeidlich. Vielleicht hilft Ihnen diese Geschichte zum tieferen Verständnis Ihrer und unserer Situation:
Hochwasser am Tiber, schlimmes Hochwasser sogar. Ein Mann sitzt in seiner Hütte mitten im Wasser und betet um Rettung. Da hört er eine Stimme von oben: «Ich werde dich retten, hab Vertrauen.»
Gleich darauf kommt ein Schlauchboot der Feuerwehr an der Hütte vorbei und will den Mann aufnehmen. Aber er lehnt ab, denn Gott hat versprochen, ihn zu retten.
Als Nächstes kommt ein Boot der Carabinieri, doch der Mann schickt es weg.
Inzwischen steigt das Wasser immer weiter, und der Mann muss auf das Dach seiner Hütte klettern. Da kommt ein Boot des Roten Kreuzes. «Steig ein!», rufen die Helfer. «Wir retten dich!»
Aber der Mann steigt nicht ein. Eine große Welle reißt ihn vom Dach, und er ertrinkt. Vor dem großen Himmelstor beschwert sich der Mann lautstark bei Petrus.

«Gott hat mir die Rettung versprochen, aber er hat mich im Stich gelassen!»
Petrus aber antwortet: «Na hör mal, wir haben dir drei Boote geschickt! Mehr konnten wir wirklich nicht tun.»
Wir hoffen sehr, dass diese Geschichte hilfreich für Sie ist, und wünschen Gesundheit und gute Geschäfte für Sie und Ihre Familie.

Sergio ließ sich in seinen Bürosessel fallen. Rettungsboote. Was sollte das bedeuten? Dass sie welche geschickt haben und ich nicht eingestiegen bin? Oder dass sie welche schicken werden?

Mit geschlossenen Augen versuchte er nachzudenken, ließ die Ereignisse der letzten Tage an sich vorüberziehen. Es fiel ihm schwer, sich genau zu erinnern, er brachte die Tage durcheinander und konnte nichts, aber auch gar nichts, mit einem Rettungsboot in Verbindung bringen.

Plötzlich drängte sich der unbekannte Tote in der Restaurantküche in seine Gedanken. Er konnte ihn vor sich sehen, dieses runde Gesicht mit dem kräftigen Kinn und dem dünnen roten Gerinnsel, das aus dem rechten Mundwinkel floss. Er konnte das Messer spüren, das erstaunlich leicht und tief in diesen Körper eingedrungen war, den Stich. Seinen Stich.

Sergio riss die Augen auf und starrte auf den Pin-up-Kalender über dem Schreibtisch und die halbnackte blonde Frau, die ihn herausfordernd anlächelte. Mit einer heftigen Bewegung beugte er sich vor, riss den Kalender von der Wand, den Marcello und Pietro aufgehängt hatten, und warf ihn auf den Boden.

«Eh, Sergio! Bist du da drin?»
Das war Eduardos Stimme. Wieso war er schon da? Has-

tig steckte Sergio den Zettel mit der neuen Botschaft in die Innentasche seiner Jacke, tastete nach der Waffe, stand auf und ging zur Tür. Die Klinke bewegte sich heftig. «Sergio! Wieso sperrst du ab? Mach auf, verdammt noch mal!»

Zögernd griff Sergio nach dem Schlüssel.

«Beh, was ist denn so dringend? Kannst du nicht warten?» Er drehte den Schüssel und riss die Tür auf. Breitbeinig stand Eduardo vor ihm, schaute an ihm vorbei in das Büro, machte dann einen Schritt nach vorn und versuchte, Sergio zur Seite zu schieben.

«Was fällt dir eigentlich ein?» Sergio drängte seinen Cousin zurück. «Willst du mich kontrollieren, oder was?»

«Jemand, der die Tür abschließt, hat Geheimnisse. Das ist doch klar, oder?»

«Jemand, der die Tür abschließt, will vielleicht nur seine Ruhe haben.»

«Du hast noch nie die Bürotür abgeschlossen.»

«Dann tu ich's eben jetzt!»

«Pass auf, Sergio. Du bist wie ein Bruder für mich, und deshalb sage ich dir, dass wir es uns in dieser Situation nicht leisten können, auch nur das kleinste Misstrauen aufkommen zu lassen. Hast du verstanden?»

«Bin ich blöd? Außerdem, wer ist hier misstrauisch? Du oder ich?»

«Hör sofort auf herumzulügen, basta!» Eduardo versetzte Sergio einen kräftigen Stoß, trat in das kleine Büro, hob den Kalender vom Boden auf und legte ihn auf den Schreibtisch. «Was macht der Kalender auf dem Boden?»

«Madre mia! Willst du hier aufräumen, oder was? Wahrscheinlich hat Pietro den Nagel nicht fest genug in die Wand geschlagen. Da ist er eben runtergefallen, der Kalender!»

«Irgendwas stimmt hier nicht, Sergio. Du bist nervös, wütend, sperrst die Tür ab. Was ist los, eh?»

«Findest du nicht, dass ich ein Recht darauf habe, nervös zu sein? Nach dem, was passiert ist! Um dich geht es ja nicht, du bist fein raus. Du hast ausnahmsweise keinen umgebracht. Es ist überhaupt deine Schuld, dass die Leiche geklaut werden konnte. Wenn du mit nach Marseille gefahren wärst, dann hätten die das nie geschafft!» Kaum hatte Sergio diese Worte ausgesprochen, da verstand er sich selbst nicht mehr. Noch nie zuvor hatte er es gewagt ...

Eduardo drehte sich langsam zu ihm um, schob den Unterkiefer vor, fasste blitzschnell mit seiner kräftigen rechten Hand nach Sergios T-Shirt und zog ihn nah zu sich heran. «Pass auf, Kleiner!» Er sprach fast so leise wie Carmine, und trotz seiner Bestürzung hätte Sergio ihn am liebsten in die Eier getreten. «Pass auf, Kleiner. Wir alle lieben dich, und deshalb stehen wir zu dir und beschützen dich. Aber du solltest dankbar sein, verdammt dankbar. Und jetzt sagst du mir, warum du die Tür abgeschlossen hast!»

Sergio sah das Gesicht seines Cousins dicht vor sich, die geplatzten Äderchen auf Eduardos Nase, die schwarzen Bartstoppeln, die aus seiner großporigen Haut wuchsen, die tiefen Querfalten auf seiner Stirn. Noch immer hielt Eduardo ihn fest, und mit der freien Hand zog er jetzt die Bürotür zu.

«Ich wollte meine Ruhe haben. Das ist der einzige Grund.» Sergios Stimme klang gepresst, denn Eduardos Faust zog den Ausschnitt des T-Shirts eng um seine Kehle.

«Erzähl mir keinen Mist. Los, leer deine Taschen aus und leg alles schön auf den Schreibtisch.»

Vorsichtig fasste Sergio in die rechte Außentasche seines Jacketts und legte die Hand um die Pistole. «Wenn du mich nicht sofort loslässt, dann ...»

Die Bürotür wurde aufgerissen, und Marcello steckte den Kopf ins Zimmer. «Wir haben nur noch zehn Flaschen Prosecco! Ich hoffe, du hast ein paar Kisten mitgebracht, Eduardo ... he, was macht ihr denn da?»

Eduardo ließ so schnell los, dass Sergio das Gleichgewicht verlor und gegen die Wand taumelte. Der Koch stand vor ihnen, die Hände in einer entschuldigenden Geste bis zu den Ohren erhoben, den Kopf ein bisschen eingezogen.

«Niente! Nur eine kleine Meinungsverschiedenheit. Der Prosecco ist draußen im Lieferwagen. Kannst deine Jungs rausschicken, damit sie ausladen. Sind alles Kisten für euch.»

Unschlüssig blieb Marcello stehen, schaute von Sergio zu Eduardo.

«Du kannst ausladen, hast du nicht verstanden?» Eduardo machte eine Handbewegung, als wollte er den Koch wegscheuchen.

«Hör auf, Marcello rumzukommandieren! Das hier ist mein Laden, kapiert?» Noch immer hielt Sergio seine Waffe umklammert, die ihm Kraft zum Widerstand zu geben schien. Er stellte sich neben Marcello. «Ich helf dir beim Sortieren der Kisten. Hast du 'ne Liste dabei, Eduardo?»

Der Weinhändler stand mit hängenden Armen da, sein wuchtiger Körper füllte das kleine Büro aus. «Dein Laden, was?», sagte er, wieder in diesem widerwärtigen Flüsterton, den Sergio so hasste. «Dein Laden. Ich hoffe für dich, dass du dich da nicht täuschst.»

Als Laura nach dem Frühstück bei ihrem Vater im Dezernat erschien, hatte Claudia bereits mehrere, nicht besonders erfreuliche Begegnungen mit Kriminaloberrat Becker hinter sich.

«Ich habe ihm gesagt, dass du dienstlich unterwegs bist, aber er hat es nicht wirklich geglaubt. Vor allem, weil Severin von nichts wusste. In Zukunft solltest du ihm irgendwas Griffiges erzählen, Laura.»

«Danke für den Tipp. Und weil wir gerade allein sind: Wie geht es Peter?»

«Nicht gut. Diese Reha liegt ihm total im Magen. Er hält es für verschwendete Zeit, fühlt sich aufs Abstellgleis geschoben.»

«Wann fährt er denn?»

«Morgen.»

«Ich werd ihn gleich anrufen. Wo ist Severin?»

«Bei Becker.»

«Ach, was macht er denn da?»

«Löst den Beton-Fall.» Claudia lachte laut. «Geh lieber hin, sonst übernimmt Severin bald deinen Posten.»

«Gefährliche Situation, was?» Laura schnitt eine Grimasse. «Aber ehe ich meine Karriere rette, ruf ich noch Peter an. Alles in Ordnung mit euch beiden?»

Claudia presste kurz die Lippen zusammen. «Na ja, was heißt in Ordnung. Ich mag ihn und glaub, dass er mich nicht ganz verabscheut.»

«Klingt irgendwie schwierig.»

«Klingt nicht nur so.»

«Vielleicht wird's nach der Reha besser. Also, ich ruf ihn jetzt an. Sorg dafür, dass weder Becker noch Severin mich stört, ja?»

«Auf mich kannst du dich verlassen.»

«Danke, Claudia. Soll ich ihn von dir grüßen?»

«Besser nicht, sonst weiß er, dass wir über ihn gesprochen haben.»

Laura nickte, schloss leise die Tür hinter sich und ging sehr schnell in ihr Büro, um nicht von Kollegen auf dem Flur aufgehalten zu werden. Noch immer schien niemand in ihrer Abwesenheit das kleine Zimmer betreten zu haben. Nichts war verändert, auch die Staubflocken in der Ecke zwischen Aktenschrank und Wand waren noch da, die komplizierte Anordnung ihrer Stifte, Stempel und Büroklammern unangetastet.

«Wunderbar!», sagte sie laut, griff nach dem Telefon und rief Peter Baumanns Nummer auf. Es klingelte lange, und sie wollte gerade wieder auflegen, als er sich doch noch meldete.

«Stör ich dich beim Packen?»

«Ja.»

«Es tut mir leid, aber ich wollte dir noch eine gute Zeit wünschen.»

«Danke.»

«Und ich wollte dich was fragen.»

«Hm.»

«Du hast doch von dem Fund der Betonleiche gehört, die Zeitungen sind ja voll davon. Der Fall ist bei uns gelandet, und es ist eine Schande, dass du nicht hier bist. Ich würd gern deine Meinung dazu hören.»

Baumann antwortete nicht.

«Bist du noch da, Peter?»

«Warum fragst du mich danach? Ich bin nicht an den Ermittlungen beteiligt. Willst du mir das Gefühl geben, dass ich nicht ganz draußen bin? Das ist doch Mist, Laura!»

«Du bist ein richtiger Depp, Peter! Ich frage dich, weil

du mein engster Kollege bist, weil ich dich vermisse und deine Meinung mir wichtig ist! Hast du das kapiert?»

«Nein. Ihr habt doch eine SOKO. Denen wird schon was einfallen.»

«Ich könnt dich schütteln! Denen fällt übrigens gar nichts ein und mir auch nicht viel. Hättest du also die Gnade, deine Gedanken zu offenbaren?»

«Ich habe keine Gedanken.»

«Das glaubst du wohl selber nicht!»

«Okay, okay, weil du es bist. Ich geh vom Material aus: Beton hat mit Bau zu tun. Baufirmen, Baumaterialproduktion, Bauplanung, Bauarbeiter. So, das ist die eine Seite. Die andere ist schwieriger: Wer soll mit dieser Aktion verwarnt werden, eventuell sogar erpresst? Ich bin sicher, den Hintermännern macht es einen Heidenspaß, die Polizei rotieren zu sehen. Ende der Durchsage.»

«Danke ... weißt du, dass du bessere Einfälle hast als unser Profiler?»

«Ich kenne die Einfälle des Profilers nicht. Außerdem kann ich auch völlig falschliegen.»

«Es ist zumindest ein sehr guter Einfall. Wie geht's dir eigentlich?»

«Es geht. Und jetzt muss ich packen.»

«Kann ich dich mal besuchen?»

«Bitte nicht.»

«Anrufen?»

«Ich melde mich.»

«Versprochen? Ich könnte noch mehr gute Einfälle gebrauchen.»

«Dann musst du dich eben an meinen Nachfolger wenden.»

«Verdammt noch mal, Peter. Es gibt keinen Nachfolger

für dich, sondern einen Aushilfskommissar, der ganz und gar nicht ... ach, lassen wir das. Ich wünsche dir gute Erholung.»

«Danke, pass auf dich auf.»

«Du auch! Ciao!» Laura legte auf und ging wütend auf und ab. Er hat sich dermaßen in die Rolle des Ausgeschlossenen, Traumatisierten, der nichts mehr wert ist, verbohrt, dass ich einfach nicht an ihn herankomme, dachte sie. Ich hoffe nur, dass er in dieser Reha einen wirklich guten Therapeuten findet.

Sie öffnete das Fenster, um den Frühling hereinzulassen, beschloss, ihren Chef und Severin allein beraten zu lassen, und vertiefte sich noch einmal in die Liste der mafiaverdächtigen Unternehmen in München.

BEREITS EINEN TAG nach ihrem Telefongespräch meldete sich Francesco Bombasso erneut bei Commissario Guerrini und kündigte seinen Besuch an.

«Hast du was rausgekriegt?»

«Über solche Sachen sollte man nicht am Telefon reden, Angelo. Heutzutage schon gar nicht.»

«Wann kommst du?»

«In zwei Stunden. Ich sitze quasi schon im Auto. Hab sowieso in Siena was zu erledigen, deshalb passt die Angelegenheit.»

«Willst du in der Questura mit mir reden?»

«Nein, ganz gewiss nicht! Wie wär's denn mit einem Drink auf deiner schönen Dachterrasse? Ich glaube nicht, dass uns da jemand zuhört.»

«Tauben und Spatzen, falls dich das nicht stört.»

Bombasso lachte kurz auf, zog hörbar an seiner Zigarette und hustete dann ins Telefon.

«Dann also bis später. So gegen halb vier.»

«Welchen Drink darf ich dir anbieten?»

«Einen simplen Campari, für Whisky ist es zu früh.» Er hustete wieder.

«Va bene. Ci vediamo, Francesco.»

Er raucht sich allmählich zu Tode, dachte Guerrini und dankte dem Himmel, dass er es geschafft hatte, seit fünf Jahren keine Zigarette mehr anzurühren. Er litt nicht einmal mehr darunter ... oder? Er zog die Schublade seines Schreibtischs auf.

Dort, in der hinteren rechten Ecke, ruhte ein halbvolles Päckchen Camel. Ohne Filter. Guerrini nahm es heraus, roch daran, klopfte eine Zigarette hervor – er konnte es noch –, steckte sie zwischen zwei Finger, führte sie zum Mund und hatte sofort ein paar Tabakkrümel auf der Zunge. Nein, er verspürte keinerlei Bedürfnis, die Zigarette anzuzünden. Schnell versteckte er das Päckchen wieder in der Schublade und machte sich auf den Weg, um Campari, Käse und Brot zu kaufen. Die Aussicht auf einen Nachmittag mit Bombasso auf der Dachterrasse hatte seine Laune erheblich verbessert.

Er ging zu Tommasini hinüber, um sich bei ihm abzumelden. Inzwischen war auch der auf einen deutschen Investor für Della Valles Hotelprojekt gestoßen. Allerdings hatte er keine Hinweise auf dessen Namen gefunden.

«Wie hat er denn das geschafft?» Tommasini schob seinen Sessel zurück, stand auf und ging zu Guerrini, der am Türrahmen lehnte. «Ich finde, Della Valle sieht nicht besonders vertrauenerweckend aus. Die Deutschen sind doch sonst eher vorsichtig.»

«Kommt darauf an», erwiderte Guerrini. «Mir sind da ein paar Fälle bekannt, in denen sie ganz schön übers Ohr gehauen wurden. Mit dieser österreichischen Bank zum Beispiel. Erinnerst du dich an den Fall?»

«Ja, natürlich. Aber glauben Sie nicht, Commissario, dass ein Investor genau nachforscht, mit wem er sich einlässt? Über Della Valle ist immerhin einiges bekannt geworden – unter anderem dank Ihrer Ermittlungen.»

«Offiziell handelt es sich um Verleumdungen, Guido. Er ist beinahe so reingewaschen wie ein Engel.»

«Beh, da bleibt immer was kleben.»

«Genau das könnte ihn interessant machen. Wenn jemand gute Mafiakontakte hat, dann wird das Bauen billiger. Das haben auch die Deutschen schon mitgekriegt. Und so edel sind sie keineswegs, dass sie bestimmte Vorteile nicht nutzen würden.»

«Hat das Commissaria Laura gesagt?»

«Das habe ich gesagt, Guido. Aber ich bin sicher, Laura würde dem sofort zustimmen.»

«Ah, man kann sich auf nichts mehr verlassen, Commissario. Nicht mal auf die Deutschen.» Tommasini grinste, sah aber gleichzeitig sehr besorgt aus. «Was wollen Sie jetzt machen, Commissario?»

«Ich werde mich mit einer Person treffen, die möglicherweise interessante Informationen liefern kann. Deshalb melde ich mich ab. Falls jemand nach mir fragt, dann bin ich bei einem wichtigen Ermittlungsgespräch. Zu erreichen nur im Notfall. Ciao!» Er zwinkerte Tommasini zu und verließ geradezu beschwingt die Questura.

Draußen war der Frühling innerhalb weniger Stunden geradezu explodiert, der Himmel sommerblau, die Luft unnatürlich warm. Mauersegler rasten in kreischenden Scharen um die Türme der Stadt, als wären sie genau in diesem Augenblick von ihrer afrikanischen Winterreise zurückgekehrt.

Guerrini öffnete die Knöpfe seines hellbraunen Jacketts, legte den Kopf in den Nacken und schaute eine Weile den schwarzen Vögeln zu, den Tagfledermäusen, wie Laura sie nannte.

Laura. Zwei Wochen hatten sie wieder einmal miteinander gelebt, Laura und er, wenn er die Ermittlungen in Florenz ausklammerte. Nein, sie hatten nichts verdrängt in diesen zwei Wochen, hatten alle Schwierigkeiten angesprochen, die langen Trennungen, seine innere Weigerung, mit ihr zu arbeiten, ihr etwas sehr stark ausgeprägtes Verantwortungsgefühl für ihre Kinder, seinen Wunsch, mit ihr zusammenzuleben.

Sie hatten sich geliebt wie ganz am Anfang ihrer Beziehung. Ihr Duft, ihre Art zu lachen, ihre Ironie, ihre Lust am Essen ... all das hatte wie eine Art Wunderheilung für seine diversen Traumata gewirkt. Zwei Wochen lang. Dann hatte er sie zum Flughafen nach Florenz gebracht, und sie war davongeflogen wie eine Tagfledermaus. Zu ihm aber war der verdammte fliegende Hund zurückgekehrt und geisterte ab und zu wieder knurrend und schnappend durch seine Träume. Sie hatten einander zugehört und wieder einmal nichts entschieden. Der Zorn des alten Guerrini und seine unbequemen Fragen waren durchaus berechtigt.

Der Commissario warf einen Blick auf die Uhr, eine knappe Stunde blieb ihm, bis Bombasso kam. Nachdenklich schlenderte er in Richtung seines Lieblingsgeschäfts für Spezialitäten der Region. Es lag in der Contrade des Stachelschweins auf der anderen Seite des Campo. Vor dem Café Nannini hingen kleine Gruppen von Rauchern herum, Touristen folgten den emporgehaltenen Fähnchen oder Regenschirmen ihrer Reiseleiter, und die Einheimischen versuchten so zu tun, als existierten die Fremden nicht.

Alles schien wie immer zu sein, doch Guerrini wusste, dass dieser Eindruck täuschte. Das ganze Land befand sich in einem Zustand permanenter Verzweiflung, die sich in immer häufigeren Eruptionen äußerte. Die Demonstrationen wurden gewalttätiger, und mit jedem Skandal wuchs die Verachtung gegenüber den Politikern.

Ihm fiel die Begegnung mit der Besitzerin eines Weinguts bei Buonconvento ein. Laura und er hatten sich für zwei Nächte in ihrem Agriturismo eingemietet, aus nostalgischen Gründen, weil sie sich in der Nähe der kleinen Stadt zum ersten Mal getroffen hatten. Abgesehen von der verlorenen Zeit, die sie zwischen den alten Möbeln und ihren Erinnerungen ganz schnell wiedergefunden hatten, waren sie auch ganz schnell mit den realen Zeiten konfrontiert worden. Beim Frühstück, das die Signora mit Liebe und Sorgfalt zubereitete, hatten sie ein paar harmlose Fragen nach dem Leben auf dem Land gestellt. Die Antwort war ein Verzweiflungsausbruch gewesen. Oder besser gesagt, erst ein Verzweiflungsausbruch und danach ein Wutanfall, der im Wunsch nach der Vernichtung der gesamten politischen Klasse gipfelte. Die Bürokratie, die Steuern, die tausend Vorschriften, die es fast unmöglich machten, eine Hilfskraft einzustellen, die Korruption, die Unzuverlässigkeit der Handwerker, die grundsätzliche Ungewissheit ... und dann war sie in Tränen ausgebrochen. Später entschuldigte sie sich für ihre Unbeherrschtheit und wünschte trotz allem ein angenehmes Frühstück.

«Das», hatte Guerrini zu Laura gesagt, «das, amore, war ein authentischer Einblick in die italienische Seele.»

«Mach dich nicht über sie lustig, Angelo! Sie ist wirklich verzweifelt!»»

«Ich mache mich nicht lustig, ich nehme es verdammt ernst. Aber ich kann es nicht mehr ertragen, denn bei der nächsten Wahl kommt wieder nichts heraus als die ewige Verlängerung dieser ewigen Hängepartie, in der nichts entschieden wird und sich nichts ändert.»

«Erinnert dich das nicht an irgendwas?»

Nach dieser Bemerkung hatte er die Beherrschung verloren und gegen ihrer beider Unfähigkeit gewütet, Entscheidungen zu treffen und etwas zu verändern. Zum Glück waren sie die einzigen Gäste, denn der hohe Raum wirkte wie ein Verstärker. Die Signora war mit ihrem kleinen Fiat davongefahren, und so gehörte ihm die Bühne ganz allein. Irgendwann hatte er aufgehört zu brüllen und sich gerade noch selbst daran gehindert, gegen einen der schönen antiken Stühle zu treten.

«Sag jetzt ja nichts von einem authentischen Einblick in meine italienische Seele!», war sein letzter Satz gewesen, und Laura hatte eine Weile gar nichts gesagt, sondern gewartet, dass er sich wieder setzte. Sie sagte so lange nichts, bis er es nicht mehr aushielt: «Warum sagst du denn nichts, eh? Deutsche Selbstbeherrschung, oder was?»

Und dann hatte sie zu brüllen angefangen. Was ihm eigentlich einfalle mit seiner verdammten italienischen Arroganz! Dass sie ihn trotzdem und mitsamt seiner verdammten Arroganz liebe und dass sie verdammt noch mal einen Job und zwei Kinder habe und keineswegs gewillt sei, eine Sieneser Hausfrau zu werden. Dass getrennt lebende Paare meistens glücklicher seien als andere, dass sie es aber trotzdem immer schlechter aushalte, so lange von ihm getrennt zu sein …

Den Rest des Vormittags hatten sie in dem Himmelbett mit Blick auf die Weinberge verbracht. Einen wilden, verzweifelten, unvergesslichen Vormittag.

Widerwillig tauchte Guerrini aus seiner Gedankenreise auf und stellte fest, dass er den Campo überquert hatte, ohne ihn wirklich wahrzunehmen.

Eduardo war fortgefahren, ohne eine Botschaft von Onkel Carmine zu überbringen. Aber er hatte andere Botschaften überbracht, unausgesprochene, und davon gleich mehrere. Keine davon war eine gute. Sergio beschloss, ab sofort seine Waffe stets bei sich zu tragen. Es erfüllte ihn mit Stolz, Eduardo die Stirn geboten zu haben, aber er wusste genau, wie gefährlich das werden konnte. Eduardo mochte es nicht, wenn man ihm widersprach.

Falls er bei Carmine andeutete, dass man Sergio nicht trauen könne oder er an seiner Loyalität zweifele, dann war er so gut wie heiß. Brandheiß.

Jetzt auch noch Marcello. Seit der Chefkoch Zeuge seiner Auseinandersetzung mit Eduardo geworden war, beobachtete er ihn ganz genau. Immer wieder spürte Sergio die forschenden Blicke des Kochs, und während des mittäglichen Andrangs war er auch häufiger als gewöhnlich aus der Küche gekommen, hatte getan, als erkundigte er sich bei den Gästen nach ihrer Zufriedenheit.

Oder bildete er sich das nur ein? Hatte Marcello das nicht schon immer getan? Natürlich hatte er. Ab und zu riefen die Gäste sogar nach ihm, weil es ihnen besonders gut geschmeckt hatte.

Marcello war ein Cousin zweiten Grades. Seine Mutter, sein Vater und zwei seiner Schwestern lebten in Kolumbien. Das schaffte Vertrauen zwischen den südamerikanischen Geschäftsfreunden und der Familie.

Was hatte Pietro einmal gesagt? Er wäre nicht gern Faustpfand von Kokainhändlern. Ganz leise hatte er es gesagt, nach einem Gespräch mit Marcello und Sergio. Warum sagte der Junge immer wieder solche Dinge und warum ausgerechnet zu ihm, seinem Boss? Wobei: Bisher war er nur der Anwärter auf die Stellung eines Bosses. Erst vor ein paar Tagen hatte Pietro gesagt, er sei nicht sicher, ob es sich lohne, immer nur für die Familie zu arbeiten, sich aufzuopfern. Pietro war noch immer ein *contrasto onorato*, ein ehrenwerter Außenstehender, der die Familie und das Unternehmen zwar respektierte, aber seine rituelle Aufnahme war noch nicht vollzogen.

Der Junge musste aufpassen, dass er seine gefährlichen Ansichten nicht vor Eduardo oder einem der anderen aussprach. Auch vor Marcello sollte er sich in Acht nehmen. Wer seine Eltern und zwei Schwestern in Kolumbien wusste, der blieb unter allen Umständen loyal gegenüber der Familie und dem Unternehmen.

Aber das war jetzt nicht sein Problem. Sergio versuchte sich zu konzentrieren. Wichtig war im Augenblick ... Madonna, er hatte keine Ahnung, was wichtig war. Er litt an einem Druck hinter den Augäpfeln, wahrscheinlich kam das von seinem gestrigen Weinkrampf. Doch, jetzt fiel es ihm wieder ein: Er musste unbedingt herausfinden, was es mit den Rettungsbooten auf sich hatte. Vielleicht hatten sie noch keins geschickt. Vielleicht wollten sie ihn nur aufmerksam machen, dass sie drei schicken würden. Oder sie schickten gar keins und lachten über ihn.

Wahrscheinlich war es sogar wichtiger, Onkel Carmine, Eduardo und seinem Vater, Dario Cavallino, zu beweisen, dass er fähig und zuverlässig war. Die Verteilung der Ware, die Michele mit seinen Fischen lieferte, klappte bisher ohne Schwierigkeiten. Die Bauunternehmer waren im Begriff anzubeißen und der Gemüsegroßhändler zumindest interessiert. Wenn er diese Verbindungen erfolgreich knüpfen könnte, würde er damit seine Fähigkeiten unter Beweis stellen. Dann musste die Familie ihn befördern ...

Auch wenn sie beschlossen hatten, sich völlig still zu verhalten, morgen früh würde er mit Marcello zum Großmarkt fahren und dem Händler ein unverbindliches Angebot machen. Nichts Konkretes, er würde nur ein bisschen deutlicher werden. Trotzdem fühlte er sich nicht besser, eher sogar schlechter. Mit diesem Schritt würde er die Entscheidungen missachten, die sie gemeinsam in seiner Küche getroffen hatten. Aber es half nichts. Wenn er seine Haut retten wollte, dann musste er etwas unternehmen.

Als er bemerkte, dass Marcello knappe zwei Meter von ihm entfernt am Tresen lehnte und ihn ansah, fuhr er auf. «Was stehst du denn da, eh?»

Marcello zuckte die Achseln und löste das bunte Tuch, mit dem er beim Kochen stets seine Haare bedeckte und das ihm das Aussehen eines Piraten verlieh.

«Ich steh einfach da, weil ich müde bin. Heute war die Kocherei irgendwie besonders anstrengend.»

«Dann setz dich hin, trink was und ruh dich aus. Oder willst du mir was sagen?»

«Die Sache von vorhin ... die mit Eduardo, die ist mir die ganze Zeit durch den Kopf gegangen. War das was Ernstes? Ich meine ... so was ist nicht gut zwischen Verwandten.»

«Ach, das war dummes Zeug. Du kennst doch Eduardo. Er hat einen Satz von mir falsch verstanden und ist hochgegangen. Er wird leicht handgreiflich, das ist auch nicht gut.» Sergio redete leichthin, griff nach einem Lappen und polierte den Wasserhahn im Spülbecken.

«Nein, das ist nicht gut. Ich glaube, er war immer noch wütend, als er wegfuhr.» Marcello ließ das bunte Tuch durch seine Hände gleiten.

«Wahrscheinlich war er noch wütend. Aber ich kann nichts dafür, wenn er sich so aufregt. Es gab gar keinen Grund ... nur ein dummes Missverständnis.»

«Ah. Ein Missverständnis.»

Sergio vernahm sehr wohl die unausgesprochene Frage nach dem Inhalt dieses Missverständnisses. «Ja, ein Missverständnis, nichts weiter», murmelte er und rückte die Flaschen auf den gläsernen Regalen zurecht. Marcello schien zu verstehen, dass das Gespräch beendet war, hing aber noch ein, zwei Minuten am Tresen herum, ehe er sich zum Küchenpersonal gesellte, das – wie immer in der Pause nach dem großen Mittagsandrang – vor dem *Montenero* saß und rauchte.

Unauffällig schaute Sergio durch eines der Fenster zu ihnen hinüber. Er fühlte sich ausgeschlossen, wusste genau, dass ihre Gespräche sich ändern würden, falls er zu ihnen ginge. Gerade lachten sie über etwas, das Marcello gesagt hatte. Vielleicht hatte sich der Koch über ihn lustig gemacht. Vielleicht wussten inzwischen alle, was geschehen war und in welchen Schwierigkeiten er steckte. Gerüchte waren wie Öl, wanderten sacht und unaufhaltsam, wenn Dichtungen sich lockerten.

Der Nachmittag über den Dächern von Siena fühlte sich an wie ein Sommernachmittag. Die Ziegel leuchteten in warmem Ocker, und über der Landschaft, draußen vor der Stadt, lag feiner Dunst, der die Hügel der Crete und den Monte Amiata unwirklich erscheinen ließ, blass und fern, wie Hintergrundmalerei auf einem Renaissancegemälde.

Francesco Bombasso stand an der Mauer, die Guerrinis Dachterrasse einfasste, und schaute über die Türme der Stadt ins Land hinaus.

«Nicht schlecht», sagte er nach einer Weile. «Hast du die Wohnung gemietet oder gekauft?»

«Gekauft», erwiderte Guerrini, der gerade Campari mit

Selterswasser mixte und eine Zitronenscheibe in jedes der beiden Gläser gleiten ließ.

«Schon länger her?»

«Lange genug, um nicht die Wahnsinnspreise bezahlt zu haben, die heute verlangt werden.»

«Glückspilz. Wie groß ist sie?» Bombasso nahm sein Campariglas entgegen, stellte es aber gleich wieder ab und warf durch die Terrassentür einen Blick ins Wohnzimmer.

«Wohnzimmer, Schlafzimmer, Küche, Bad und ein sehr kleines Arbeitszimmer. Wieso interessiert dich das? Handelst du jetzt nebenbei mit Immobilien?»

«Bei den atemberaubenden Verdienstmöglichkeiten für Journalisten wird mir irgendwann nichts anderes übrig bleiben. Immobilien, Korruption oder ein Enthüllungsbestseller – kommt ziemlich aufs Gleiche raus, was?» Ein heiseres Lachen ausstoßend, zog Bombasso eine Tabaksdose aus der Jackentasche und entnahm ihr eine sehr dünne Zigarette. «Ich dreh mir immer ein paar vor», murmelte er erklärend. «Du hast doch nichts dagegen, dass ich ...»

«Nein, hab ich nicht. Erzähl lieber, wie es dir geht, an was arbeitest du gerade?»

Bombasso zündete die dünne Zigarette mit einem roten Feuerzeug an, inhalierte tief und stieß gleich darauf eine erstaunlich große Rauchwolke aus, die sich langsam über der Terrasse ausbreitete.

Er ist gealtert, dachte Guerrini, aber es passt zu ihm. Falten, Schatten unter den Augen, markante Züge und grau meliertes Haar, ziemlich lang, lässiges Halstuch ...

«Ich arbeite ganz genau wie früher, Angelo: investigativer Journalismus. Meine letzte Großtat war, dass ich als einer der Ersten von der Beteiligung der Camorra an der Restaurierung der Uffizien Wind bekommen habe. Und dann ging es Schlag auf Schlag, wie du wahrscheinlich gehört hast. Die haben in fast allen Bauvorhaben ihre Finger drin, und das in unserem schönen Florenz mit seinem so überaus fähigen ehemaligen Bürgermeister, der in atemberaubender Geschwindigkeit Ministerpräsident wurde und unseren Augiasstall ausmisten will. Aber um es kurz zu machen: Ich wühle derzeit in feuchtem Beton und trage Ziegelsteine ab.»

«Dann passt ja Della Valles Großprojekt ganz gut dazu. Beton und Ziegelsteine wird er ebenfalls brauchen. Aber ich denke, er wird sich hüten, die Camorra zu beteiligen. Die Guardia di Finanza wird ihm diesmal genau auf die Finger schauen.»

Bombasso grinste und prostete Guerrini zu, und dann trank er mit Genuss das halbe Glas aus, ehe er antwortete. «Natürlich schaut sie ihm auf die Finger, und deshalb hat er sich einen deutschen Investor gesucht. Kluges Kerlchen. Die Firma heißt InputReal … toller Name, eh? Sie hat ihren Hauptsitz in München, baut aber überall in Europa. Nur ziemlich große Sachen.»

«Wie finanziert sie sich?»

«Da bin ich noch dran. Sieht so aus, als stamme ein Großteil des Geldes aus Investmentfonds und Aktien. Die sind seit vier Jahren an der Börse.»

«Und was ist faul?»

«Ich weiß es noch nicht. Vielleicht ist gar nichts faul. Vielleicht hat Della Valle zum ersten Mal in seiner Karriere beschlossen, eine astreine Sache auf die Beine zu stellen.»

«Das glaubst du doch selbst nicht, Francesco!»

«Nein», erwiderte Bombasso mit so todernstem Gesichtsausdruck, dass Guerrini sich vor Lachen an seinem Campari verschluckte.

«Ich glaube», fuhr Bombasso fort, «dass er schon wieder eine verdammte Schweinerei in Gang gesetzt hat. Aber ich weiß noch nicht, welche. Auf alle Fälle bewundere ich ihn für die Sache mit dem deutschen Investor. Kein schlechter Zug.»

«Pass auf, dass du ihm nicht zu sehr in die Quere kommst, Francesco. Della Valle ist nicht zimperlich.»

«Ach, weißt du, Angelo, ich hab mich inzwischen mit so vielen Leuten angelegt, dass es auf Della Valle auch nicht mehr ankommt. Ich bin ja nicht bei der Polizei – mich kann niemand strafversetzen. Im Gegenteil: Meine Zeitung freut sich über jeden Skandal, dann steigt die Auflage.» Bombasso steckte sich eine zweite Zigarette an.

«Aber er kann dir ein paar nette Schläger schicken, oder einen freundlichen Killer ...»

Bombasso spuckte einen Tabakkrümel aus. «Morddrohungen habe ich jede Menge überlebt, Schlägerkommandos auch ... und ich sage dir, Angelo, er wird nichts dergleichen tun, das Risiko ist zu hoch.»

«Ich möchte trotzdem nicht, dass du für mich ein Risiko eingehst ...»

«Ich muss dich enttäuschen, Angelo. Das mach ich nicht nur für dich, sondern auch für mich. Ich berichte nämlich nicht über die Hundehaufen auf dem Domplatz von Florenz, sondern über die Dreckhaufen in unserer Gesellschaft.»

«Trotzdem, Francesco, es reicht völlig aus, dass du den Namen des Investors rausbekommen hast. Ich habe Verbindungen zur Kriminalpolizei in München, und es ist sicherer und einfacher, wenn die Sache von deutscher Seite unter die Lupe genommen wird. Weniger auffällig, verstehst du? Wenn ich Informationen bekomme, dann gebe ich sie sofort an dich weiter.»

«Welche Verbindungen hast du denn?»

«Gute.»

«Was heißt das, eh?»

«Du spielst deine Trümpfe nicht aus, ich meine auch nicht.»

Der Journalist trank den Rest seines Camparis in einem Zug, dann beugte er sich vor und grinste hinterhältig. «Ich könnte mich in der Questura ja mal nach deinen guten Verbindungen erkundigen. Ich kenne da einige Leute. Nicht nur du hast gute Verbindungen, Angelo.»

Guerrini grinste zurück. «Davon bin ich überzeugt, Francesco. Aber falls du dich bei meinen Kollegen erkundigst, wirst du von mir nicht den kleinsten Tipp bekommen.»

«Oho! Dann muss es aber eine sehr delikate Verbindung sein.»

«Ich finde, wir wechseln jetzt das Thema. Ich hab einen phantastischen Pecorino für dich, eingelegte Oliven und frisches Brot.»

Bombasso lehnte sich in seinem Stuhl zurück, breitete die Arme aus und lachte so laut, dass vom Dach gegenüber ein paar Tauben aufflogen.

DIE LISTE der mafiaverdächtigen Unternehmen in München war lang, allerdings stand hinter etwa einem Drittel ein Fragezeichen. Es gab auch zwei kleinere Baufirmen, ebenfalls beide mit Fragezeichen. Laura hatte nicht die geringste Ahnung, wo sie anfangen sollte. Bei dem edlen Schuhgeschäft in Schwabing? Dem Restaurant in Nymphenburg? Bei einem Geschäft für Designermöbel? Es war wohl besser, noch einmal die Kollegen der Abteilung OK zu fragen, obwohl die eifersüchtig über ihre Jagdgründe wachten. Diplomatisch vorgehen, dachte sie. Bedeutet: den anderen loben und untertänigst um Unterstützung bitten.

Sie griff nach dem Telefon und legte es dann wieder weg, benutzte lieber ihr Handy und verlangte im LKA den Kollegen, der sich in München besonders gut auszukennen schien, Hauptkommissar Elias Koller. Er war noch in seinem Büro, wollte aber gerade gehen und hatte es offensichtlich eilig.

«Eine Minute, Kollege!», bat Laura.

«Gut, ich schau auf die Uhr!» Er klang mürrisch.

«Danke für die ausführliche Liste, die ich von Ihnen bekommen habe. Super Arbeit. Trotzdem brauche ich dringend Ihren fachkundigen Rat. Wo lohnt es sich, sich ein bisschen umzuschauen? Ganz unauffällig. Wo würde ich ein Gefühl für ein besonders gut integriertes Unternehmen bekommen? Als Lernende, nicht als Ermittlerin.»

Die Leitung schien tot zu sein, jedenfalls rührte Koller sich lange nicht.

«Sind Sie noch da?»

«Die Minute ist eigentlich schon rum», knurrte er. «Lernende, soso. Wollen Sie bei uns anfangen?»

«Jetzt grad nicht, aber euer Job ist ziemlich spannend. Könnt mich schon reizen.»

«Soso.»

«Ja, wirklich.»

«Na gut. Dann kaufen Sie ein paar Flaschen Wein und ein paar Spezialitäten im *Dolcissima* und gehen Sie mit einem Freund im *Montenero* essen. Beide Unternehmungen gehören den Aspro-Cavallini, sind sehr erfolgreich, völlig legal, zahlen Steuern, keine besonderen Vorkommnisse. So macht man das, wenn man echt professionell ist. Wir müssen denen nachweisen, dass sie irgendwas Illegales machen, weil sie viel zu viel Geld verdienen, das irgendwo anders herkommen muss. Bloß ... wir können es ihnen nicht nachweisen. Wir sind derzeit nicht so nah an denen dran, deshalb dürfen Sie da ein bisserl schnuppern, Kollegin. Von denen kann man eine Menge lernen. So, und jetzt sind es schon vier Minuten. Habe die Ehre. Und erzählen Sie mir, was Sie gelernt haben ... falls Sie etwas lernen.» Er legte auf.

Va bene, dachte Laura. Also, lernen wir. Sie sprang auf, schlüpfte in ihre Lederjacke, zog ihre Lippen mit einem kräftigen Rot nach und machte sich auf den Weg zur Weinhandlung *Dolcissima*. Anstelle von Severin Burger, der noch immer beim Chef zu sein schien, nahm sie Claudia mit.

«Ich hab genau eine Stunde, dann muss ich meine Tochter von der Kita abholen.»

«Ja, das passt schon. In einer Stunde kannst du einfach gehen. Wahrscheinlich sind wir dann eh schon durch.»

Claudia stieg neben Laura in den alten Mercedes, klappte die Sonnenblende herunter und betrachtete sich in dem kleinen Spiegel.

«Lippenstift!», sagte Laura und fuhr langsam an.

«Wieso denn?»

«Du musst dich ein bisserl aufbrezeln. Wir wollen ein paar mutmaßliche Mafiosi beeindrucken.»

«Echt?»

«Ja, echt. Davon abgesehen will ich wissen, was für eine Therapiemethode du gefunden hast, über die du mit Peter nicht reden kannst.»

Claudia lockerte mit gespreizten Fingern ihr rotblondes Haar, lehnte sich dann zurück und sah Laura nachdenklich an. «Es ist etwas ganz Seltsames. Bitte lach nicht! Aber Spezialisten behaupten, dass sie Traumata auflösen können, wenn sie einen Finger vor dem Gesicht des Patienten hin- und herbewegen, der Patient mit seinen Augen dem Finger folgt und dabei von seinem schrecklichen Erlebnis erzählt. Den Namen hab ich vergessen, er ist ziemlich kompliziert.»

«Ja», sagte Laura.

«Wie, ja?»

«Ich habe von der Methode gehört, und sie soll wirklich funktionieren. Niemand weiß genau, weshalb, aber das ist ja auch egal. Man nennt es ‹Neuro-Emotionale Integration durch Augenbewegungen›, und bitte lach du jetzt nicht, denn ich wollte mit Peter auch darüber sprechen. Aber es ging einfach nicht. Wahrscheinlich muss es ihn noch mehr durchschütteln, bis er wirklich bereit ist, Hilfe zu suchen. Dann kannst du ihm das vorschlagen, aber erst dann.»

Claudia starrte auf den Lippenstift, den sie aus ihrer Tasche gekramt hatte. «Wir sind doch wirklich treusorgende Glucken, was?», murmelte sie. «Meinst du, dass sich irgendeiner unserer lieben Kollegen solche Gedanken um uns machen würde, wenn wir ein Trauma erleiden würden?»

«Peter Baumann möglicherweise», gab Laura trocken zurück. «Zumindest würde ich es mir wünschen.»

«Ja, wahrscheinlich», erwiderte Claudia ernsthaft. «Vielleicht können wir ihm den Tipp in einem anonymen Brief zuschicken.»

«Bloß nicht. Wir sollten ihn jetzt einfach in Ruhe lassen. Es ist *seine* Reha. Ich bin sicher, dass er sich melden wird, und dann, irgendwann, kannst du ihm ja ganz harmlos von der Therapie erzählen. Außerdem ... vielleicht behandeln sie ihn in der Reha mit genau dieser Therapie.»

«Wahrscheinlich hast du recht. Aber ich mach mir echt Sorgen. Es fing richtig gut an zwischen uns ... aber plötzlich sagte er, dass ich mich nicht auf einen Psychokrüppel wie ihn einlassen soll.» Claudia schluckte und biss sich auf die Unterlippe.

«Hat er das so gesagt?»

«Wörtlich.»

«Habt ihr euch noch mal getroffen? Ich meine, ehe er in seine Reha gefahren ist?»

«Nein.»

«Auch nicht telefoniert?»

«Doch.»

«Und?»

«Es war kein besonders gutes Gespräch, Laura.»

«Ich kann's mir vorstellen.» Laura hielt vor einer roten Ampel.

«Was soll ich denn jetzt machen?»

«Nichts. Abwarten und Entwicklungen Raum geben.» Bitter lachte sie auf. «Das halten wir kaum aus. Stimmt's?»

«Hältst du es aus?» Claudia warf Laura einen angriffslustigen Blick zu.

«Schlecht. Ich red auch nur so g'scheit daher, weil es viel leichter ist, anderen Ratschläge zu geben, als sie selbst zu befolgen.»

«Dann bin ich ja beruhigt. Also, was hast du von irgendwelchen Mafiosi erzählt, die wir beeindrucken sollen?»

«Wir sind auf dem Weg zu einer Weinhandlung mit Spezialitätenabteilung, in der wir uns einfach ein bisschen umsehen … atmosphärisch und so weiter. Ich werde eine Flasche Wein kaufen, mich beraten lassen, und du lässt die Sache auf dich wirken. Alles ganz unauffällig. Dann gehen wir wieder, ich fahr dich zur Kita, und du erzählst mir von deinen Eindrücken. Atmosphärische Ermittlungen sozusagen.»

«Aha. Und warum hast du den Severin nicht mitgenommen?»

«Weil ich der Meinung bin, dass du mehr siehst als der Severin und besser schauspielern kannst. Außerdem stehen Italiener eher auf zierliche rotblonde Frauen als auf übergewichtige bayerische Männer.»

«Leuchtet mir ein», grinste Claudia. «Wo fahren wir eigentlich hin?»

«Schwabing.»

Zehn Minuten später betraten Laura und Claudia die Weinhandlung *Dolcissima* und vertieften sich in die Betrachtung diverser Antipasti und luftgetrockneter Salamiwürste, die von der Decke hingen. Ziemlich ratlos standen sie schließlich vor der riesigen Auswahl an Weinen. Außer ihnen waren nur zwei elegante Männer mittleren Alters im Laden, die offensichtlich auf etwas warteten. Einer von ihnen ging ungeduldig auf und ab, der andere sah ihm missmutig zu.

Nicht schlecht, dachte Laura und ließ den rot gekachelten Boden, die edlen hölzernen Weinregale, die indirekte Beleuchtung und die großen Schwarzweißfotos bäuerlicher Szenen aus Süditalien auf sich wirken. Dann teilte sich ein Vorhang aus roten und schwarzen Perlenschnüren, und hinter einem Weinkarton erschien ein kräftiger Mann mit dunklen Haaren und auffallend großen Händen.

«Ecco, Signori!», rief der Mann. «Hier ist der Primitivo di Puglia 2013. So gut war er selten. Der Sommer, er war besonders heiß. Molto caldo! Ah, Signore, buona sera! Sie werden sofort bedient, meine Damen! Ricardo! Ci sono due signore!» Der Mann stellte den Karton auf einen Tisch und wandte sich kurz an Laura und Claudia. Sein Deutsch war nicht schlecht, und er schien den italienischen Akzent absichtlich zu betonen. Gehört zum Geschäftsmodell, dachte Laura. Funktioniert meistens.

Jetzt erschien Ricardo, tauchte lächelnd durch die schwarz-roten Schnüre und eilte auf sie zu. Er war jung, hübsch, trug einen schmalen Bart, der seinen Mund einfasste, und hatte sein kurzes Haar mit Gel nach oben gezwungen.

«Was kann ich für Sie tun, Signora?»

«Ich suche ein besonderes Geburtstagsgeschenk für einen Weinkenner.» Laura beschloss, kein Wort Italienisch zu sprechen.

«Rosso o bianco, Signora?»

«Rotwein.»

Ricardo führte sie zu einem Regal und begann verschiedene Weine anzupreisen. Er roch intensiv nach Männerparfüm und trug am kleinen Finger der rechten Hand einen goldenen Ring mit hellem Stein. Laura schaute sich nach Claudia um, die in der Nähe der anderen Kunden gerade das Etikett einer Grappaflasche zu studieren schien.

«Wir haben uns auf Weine aus Süditalien spezialisiert. Starke, ausdrucksvolle Weine, Signora. Vini di sole. Nero d'Avola gibt es, per esempio, als billigen Tischwein oder als teuren Spitzenwein.»

«Ich suche etwas in mittlerer Preislage.»

«Gibt es auch. Ecco!» Er zog eine Flasche mit schwarzem Etikett und goldenem Aufdruck aus dem Regal und drückte sie Laura in die Hand.

«Ricardo, trag den Signori den Karton zum Auto! Ich bediene die Signora», rief der kräftige Typ, und Ricardo hob entschuldigend Schultern und Unterarme. «Stammkunden», murmelte er und entfernte sich etwas widerwillig.

Nun übernahm der andere Lauras Beratung. Er stellte sich als Eduardo Cavallino vor, Besitzer der Weinhandlung. «Che bello, eine neue Kundin. Hat uns jemand empfohlen?» Er sagte «emfollen».

«Nein, ich habe Ihr Geschäft ganz zufällig entdeckt.»

«Brava! Wir haben fast nur Stammkunden. Viele, viele Stammkunden!»

«Schön für Sie.»

«Sì, sì, molto bello. Sono molto contento. Alle sehr zufrieden. Aspetti, signora.» Er nahm Laura die Flasche ab, betrachtete sie mit gerunzelter Stirn und schüttelte den Kopf. «Ist gut, aber ich hab noch was Besseres für Sie ...» Diesmal war es eine Flasche mit dunkelrotem Etikett und schwarzer Schrift. Lacrime della Madonna, las Laura.

«Wo kommt der her?»

«Kalabrien, Signora. Limitierte Auflage.»

«Und was kostet er?»

«Fünfzig Euro, aber weil Sie zum ersten Mal hier sind … sagen wir … vierzig Euro.»

«Oh, sind alle Ihre Weine so teuer?»

«Teuer? Ma, Signora, das sind Spitzenweine! Wir haben auch einfache Tischweine, vini da tavola, die kosten unter zehn Euro. Also, was wollen Sie? Einen Tischwein oder einen Qualitätswein?»

«Einen guten Wein für ungefähr fünfundzwanzig Euro.»

Blitzschnell taxierte Eduardo Cavallino sie mit einem unfreundlichen Blick aus den Augenwinkeln, eine kalte Einordnung ihrer Person in eine bestimmte Kategorie. Gleich darauf war er wieder lebhaft und beinahe herzlich.

«Dann würde ich einen Nero d'Avola von 2012 empfehlen, der von 2013 ist teurer. Der von 2012 ist sehr gut, fruchtig und nicht ganz so stark. Wollen Sie probieren?»

«Nein, ich vertraue Ihnen.»

«Grazie. Ein Geschenk, ja? Ich hab vorhin gehört. Sollen wir einpacken? Ich mache das.»

«Nein danke, ich mach das schon selbst.» Laura wandte sich zu Claudia um. «Hast du auch was gefunden?»

«Eingelegte Oliven. Ich liebe Oliven, die mit Knoblauchzehen gefüllt sind.»

«Ah, die schenke ich Ihnen, Signora. Neue Kunden bekommen immer ein Geschenk. Sie auch ein Glas Oliven?» Cavallino lächelte breit und zog fragend seine kräftigen, dunklen Augenbrauen hoch.

«Gern. Haben Sie auch Vin Santo?»

«Naturalmente, Signora. Eine Flasche?»

«Ja, geben Sie mir eine Flasche.»

Laura bezahlte und bekam zu ihrem Wein und dem Vin Santo ein Glas mit schwarzen Oliven in Kräutern und Öl.

«Gibt es das *Dolcissima* schon lange?», fragte sie.

«Sì, genug lange. Sechs Jahre, Signora. Wohnen Sie in Schwabing?»

«Nein, außerhalb.»

«Kommen Sie wieder, Signora. Wir haben die besten Weine aus Süditalien. Die allerbesten.»

Cavallino brachte sie bis zur Tür, drückte ihnen noch zwei Karten des *Dolcissima* in die Hand, eine Liste mit Weinen und einen Prospekt des Restaurants *Montenero*, das er ihnen ganz besonders empfehlen könne. Dann waren sie draußen.

Durch das Tor zum Hinterhof des alten Mietshauses konnten sie Ricardo im Gespräch mit den beiden Männern sehen. Die drei standen nahe beisammen, schienen sehr vertraut zu sein. Zufällig schaute Ricardo zu ihnen herüber. Er hob grüßend den Arm, die anderen wandten sich ab.

Laura hatte absichtlich ein Stück entfernt vom *Dolcissima* geparkt. Als sie wieder nebeneinander im Wagen saßen, seufzte Claudia erleichtert.

«Ich finde es total schwirig, mit einem Programm im Kopf irgendwo hinzugehen. Verdacht ist doch ein Programm, oder? Du schaust nicht mehr unbefangen, sondern mit einer Art Vorurteil. Geht dir das bei Ermittlungen auch so?»

«Ja, klar. Oft sogar.»

«Und was machst du dagegen?»

«Ich mache es mir bewusst und steuere dagegen.»

«Stell ich mir aber gar nicht so leicht vor.»

«Also, nimm das Beispiel *Dolcissima*: schöne Weinhandlung, ziemlich höfliche Bedienung. Hast du etwa die ganze Zeit gedacht: Mafialaden, Mafiosi, typische Mafiosi?»

«Nein. Ich hab gedacht: typische Süditaliener. Bei mir

gibt's auch so einen Weinladen um die Ecke. Nicht ganz so edel, und die Leute sind netter. Aber als ich mir die beiden Kunden angesehen habe, ist mir was ganz anderes eingefallen.»

«Und was?»

«Ich war mir plötzlich ganz sicher, dass in dem Weinkarton nicht nur Wein ist.»

«Wie kommst du darauf?»

«Atmosphärische Ermittlung! Es war einfach mein Eindruck. Außerdem hätten die beiden ihren Karton selber raustragen können. Wahrscheinlich musste Ricardo noch etwas mit ihnen klären, aber weil wir im Laden waren, ging das nicht. Also schickte der andere ihn unter einem Vorwand mit raus. Du hast ja gesehen, wie intensiv die miteinander geredet haben. Er hat keineswegs nur den Karton ins Auto geladen.»

Laura nickte, bog in die Leopoldstraße ein und fuhr Richtung Siegestor.

«Warum sagst du nichts? Findest du blöd, was ich mir da einbilde?»

«Überhaupt nicht. Man könnte jetzt einwenden, dass es sich um Stammkunden handelte, die ein gutes, persönliches Verhältnis zu den Weinhändlern haben, oder eine besondere Beziehung zu Ricardo. Vielleicht eine homosexuelle Beziehung ...»

«Nein, das glaube ich nicht.»

«Was dann?»

«Ich vermute, dass in dem Weinkarton Drogen waren.»

«Woraus schließt du das? Abgesehen vom Atmosphärischen?»

«Einer der Männer war so ruhelos, auf so eine Art, die mich an Süchtige erinnert hat. Außerdem habe ich mich in dem Laden nicht wohlgefühlt, und diesen bulligen Besitzer konnte ich von Anfang an nicht leiden. Ende der Durchsage.»

«Danke. Ich werde beim Chef beantragen, dass ab sofort du meine Assistentin wirst und Severin das Sekretariat übernimmt.»

«Na, übertreib nicht!»

«Ich übertreibe nicht. Deine Beobachtungen sind bemerkenswert und stimmen mit meinen atmosphärischen Ermittlungen ziemlich überein. Es kann natürlich alles falsch sein, aber es steht fest, dass der Laden den Aspro-Cavallini gehört, und die sind ein Familienunternehmen der 'Ndrangheta. Sie handeln zwar mit Wein, aber ganz sicher auch mit anderen Dingen, Heroin und Kokain zum Beispiel. Sie stehen im Verdacht, Geldwäsche zu betreiben, haben ein schickes Restaurant und einen Fischhandel. Was sie in Italien machen, das weiß ich noch nicht, aber ich werde es herausfinden.»

«Kokain! Sag ich's doch! Wahrscheinlich war Kokain im Weinkarton. Als Zugabe sozusagen. Vielleicht ist ja auch was in unseren Oliven.» Sie kicherte. «Was machen wir jetzt?»

«Nichts.»

«Wieso nichts?»

«Weil wir es nicht beweisen können, das haben bisher nicht einmal die Kollegen vom OK geschafft.»

«Und was ist mit einer Hausdurchsuchung?»

«War offensichtlich ohne Ergebnis.»

«Das gibt's doch nicht.»

«Gibt's sehr wohl. Die sind meistens schneller als wir, und sie haben viele Notfallpläne.»

«Warum haben wir das eigentlich gemacht?»

«Um etwas zu lernen.»

«Und was?»

«Wie sich die Atmosphäre in einem etablierten Mafialaden anfühlt.»

Claudia boxte Laura in die Seite. «Los, gib Gas, sonst komm ich wegen deiner atmosphärischen Ermittlungen noch zu spät zur Kita!»

Laura gab Gas.

Um fünf fuhr Sergio Cavallino zu seiner Wohnung, um den Briefkasten zu überprüfen. Er durfte keine der Botschaften übersehen. Die ganze Sache war jetzt allein seine Angelegenheit, zu viel hatte er der Familie bereits verschwiegen. Es war zu spät, ihnen jetzt noch die letzten beiden Briefe zu zeigen. Das würden sie ihm nicht durchgehen lassen. Er war dabei, die Regeln zu brechen. Das hatte Eduardo instinktiv begriffen, noch ehe es ihm selbst bewusst geworden war.

Sergio stellte den Mini im Halteverbot ab und blieb ein paar lange Minuten sitzen, während er versuchte, seine Situation zu begreifen. Vielleicht misstrauten sie ihm schon viel länger, hatten ihn genau deshalb aus Mailand abgeschoben. Wegen seiner Reaktion auf Gabrieles Tod? Oder aus Gründen, die er nicht kannte? Sie fanden immer Gründe.

Vertrauen, immer redeten sie von Vertrauen. Aber sie hatten keins. Er auch nicht. Nicht einmal zu seinem Bruder Michele oder zu Vater, dem großen Boss – nicht mehr, seit ihm der Gedanke gekommen war, dass Dario Cavallino an der Ermordung Gabrieles beteiligt gewesen sein könnte.

Endlich raffte Sergio sich auf, stieg aus dem Wagen und ging zum Haus. Mit dem Rücken zur Tür blieb er stehen, überprüfte sorgfältig die parkenden Autos, die Fußgänger. Nichts erschien ungewöhnlich, niemand beobachtete ihn. Es war ein ruhiger Spätnachmittag im Mai, die Sonne stand tief, die Luft war ein bisschen zu schwer und zu warm. Sergio schloss die Haustür auf, betrat die Eingangshalle und erschrak so heftig, dass er zwei Schritte zurückwich.

In der Mitte der Halle saß eine schwarze Katze. Bei seinem Anblick sprang sie auf, begann zu fauchen und machte einen Buckel. Verwirrt stellte Sergio fest, dass er seine Waffe gezogen hatte. Schnell steckte er sie weg und rief sich selbst zur Ordnung. Langsam ging er auf das Tier zu. Mit gesträubtem Fell zog sich die Katze zurück, flüchtete blitzschnell ins Treppenhaus und verschwand nach oben.

Er folgte ihr nicht, stand einfach in der Eingangshalle und hörte sein Herz schlagen. Wieder schlug es zu laut und zu schnell. Wegen einer schwarzen Katze? Es war lächerlich! Er war lächerlich!

Noch nie hatte er in diesem Haus eine schwarze Katze gesehen. Nicht einmal eine graue oder gestreifte. Weshalb sah er plötzlich schwarze Katzen, wo zuvor nie welche gewesen waren? Vielleicht waren auch diese Katzen Botschaften. Wahrscheinlich sogar. Schwarze Katzen brachten Unglück. Gabriele hatte sie gehasst, sogar auf sie geschossen, in den Sommerferien, zu Hause in Kalabrien. Wieso dachte er schon wieder an seinen toten Bruder?

Sergio ging zum Briefkasten. Er war leer. Vor seiner Wohnungstür lag kein Umschlag und auch drinnen nicht. Er lauschte ins Treppenhaus hinauf. Die Katze rührte sich nicht. Er mochte nicht bleiben, fühlte sich nicht mehr sicher. Seine Wohnung roch säuerlich nach Alkohol und Schweiß, nach feuchten Laken und Angst.

Leise zog Sergio die Wohnungstür zu, sperrte sorgfältig

ab und machte sich auf den Rückweg zum *Montenero*. Er konnte jetzt nicht allein sein.

Laura setzte Claudia und ihre kleine Tochter am Gärtnerplatz ab. Die beiden wollten noch ein bisschen bummeln gehen. Dann hielt sie kurz in einer Parkbucht und rief Sofia an.

«Geht's gut?»

«Ja, es geht gut, Mama.» Sofias Stimme klang ein bisschen genervt.

«Sag mal, ist Patrick wirklich Vegetarier, oder wollte Luca mich auf den Arm nehmen?»

«Er ist wirklich Vegetarier, Mama. Ist doch okay, oder stört dich das?»

«Nein, es stört mich nicht. Ich will nur nicht in die Verlegenheit kommen, ihm ein Brathähnchen vorzusetzen und guten Appetit zu wünschen. Ich überlege gerade, was wir heut Abend essen könnten.»

«Irgendein Gemüse.»

«Das hilft mir enorm weiter.»

«Ach, Mama. Ich mach gerade Mathe.»

«Und ich studiere die Integrationsfähigkeit der kalabrischen Mafia.»

«Was?»

«Vergiss es. Wie wäre es mit Polenta und frischen Champignons in Sahnesoße? Dazu ein Salat. Oder mag Patrick keine Pilze?»

«Warte, ich frag ihn ...»

Laura wartete.

«Er mag Pilze.»

«Na, dann. Ich bin in einer halben Stunde zu Hause. Ciao!» Laura reihte sich wieder in den stockenden Berufsverkehr ein, überquerte endlich die Isar und stellte den Wagen in der Nähe ihrer Wohnung ab. Beim griechischen Gemüsehändler in ihrer kleinen Straße kaufte sie Champignons, Shiitake, ein Bund Petersilie und Salat. Den Ouzo, den er ihr zum Ausklang des Tages anbieten wollte, lehnte sie dankend ab.

Laura lief über die Straße und, so schnell sie konnte, die sechsundachtzig Stufen zu ihrer Wohnung hinauf. Es war ihr persönlicher Fitnesstest. Noch schaffte sie es in zwei Minuten, obwohl sie oben kaum noch Luft bekam.

Aus Gründen der Diskretion klingelte sie, Patrick öffnete und musterte sie erstaunt. «Is something wrong with you?»

«Nein!», keuchte Laura. «Ich bin nur sehr schnell gelaufen.»

«Oh.» Er nahm ihr die Tasche mit dem Gemüse ab.

«Thanks.» Sie fühlte sich wirklich wie in einer Wohngemeinschaft.

«Did you get the killer?»

«Noch nicht. Wie war's in der Schule?»

«Not too bad.» Er lächelte ihr zu, reichte ihr die Tasche zurück und verschwand in Lucas Zimmer, das jetzt seines war.

«Sofia!»

Sofias Zimmertür öffnete sich einen Spaltbreit, und ihr halbes Gesicht erschien. «Hallo, Mama, wir schreiben morgen Mathe. Ich muss unbedingt noch lernen. Bitte sei mir nicht böse.»

«Ich bin dir nicht böse, lern nur. Ich koch inzwischen.»

«Danke, Mama.»

Langsam ging Laura ins Badezimmer, wusch sich die Hände, befeuchtete ihr Gesicht mit kaltem Wasser und betrachtete sich im Spiegel. «Auf diese Weise ist das Loslassen gar nicht so schwierig», sagte sie leise zu sich selbst, legte die Hand auf ihren Magen und versuchte, das Vakuum in ihrem Bauch zu spüren. Es war gerade nicht da.

Später am Abend wickelte Laura sich in einen breiten Wollschal, setzte sich mit einem Glas Wein auf ihren kleinen Balkon und schaute auf die beleuchteten Fenster der Nachbarhäuser. Sofia und Patrick übten noch immer Mathe oder vielleicht auch etwas anderes. Das Essen hatte ihnen geschmeckt, und die Unterhaltung war nie ins Stocken geraten. Aber sie brauchten sie nicht, das konnte Laura spüren. Die beiden waren ganz und gar sich selbst genug. Später hatte sie versucht, Angelo anzurufen, doch er war nicht zu Hause gewesen. Auf dem Mobiltelefon probierte sie es nicht; sie wurde bei Einsätzen oder privaten Gesprächen selbst nicht gern unterbrochen.

Lange sah Laura zu, wie die Mondsichel hinter hellen Wolken verschwand und wieder auftauchte. Es gelang ihr sogar, fast nichts zu denken, weder an die Mafia noch ans Loslassen oder an Angelo und ihre Traurigkeit. Das Telefon klingelte, als sie gerade aufstehen wollte, um ins Bett zu gehen.

«Buona sera, amore.»

«Buona sera, Angelo.»

«Che cosa fai?»

«Ich sitze auf dem Balkon und schaue dem Mond zu.»

«Ich stehe auf meiner Terrasse und schaue dem Mond zu.»

«Wie sieht er aus?»

«Schmal.»

«Meiner auch. Was machst du sonst noch?»

«Nichts Besonderes. Ich war mit einem alten Bekannten essen, natürlich bei Raffaele im *Aglio e Olio*.»

«Kenn ich den Bekannten?»

«Nein, aber ich habe dir von ihm erzählt. Er ist Journalist, aus Florenz, und er hat mir ein paar interessante Dinge erzählt.»

«In einem bestimmten Fall?»

«Genau. Und deshalb wollte ich dich bitten, vielleicht doch noch einmal ... obwohl ich das eigentlich nicht möchte und es mir wirklich nicht leichtfällt ...»

«Madonna! Sag es schon: Was soll ich für dich herausfinden?»

Laura hörte Guerrini leise lachen.

«Du bist ja hellsichtig.»

«Bei deinen überdeutlichen Hinweisen ist es nicht besonders schwer, hellsichtig zu sein. Also, was brauchst du?»

«Informationen über einen Immobilieninvestor namens InputReal. Der will nämlich ein großes Projekt in Florenz auf die Beine stellen. Weiter sage ich jetzt nichts, ich lasse dir die Einzelheiten codiert zukommen.»

«Klingt gefährlich.»

«Ist gefährlich.»

«Dann passt es ja zu meiner Betonleiche. Die ist auch nicht ungefährlich.»

«Seid ihr schon weitergekommen?»

«Nicht wirklich. Aber ich habe angefangen, das Verhalten gut integrierter Mafiafamilien zu studieren.»

«Mach keinen Unsinn, Laura! Überlass das deinen Kollegen, die sich mit organisierter Kriminalität auskennen.»

«Na ja, so unwissend bin ich auch wieder nicht. Außerdem, caro amico, ist organisierte Kriminalität inzwischen in allen Bereichen aktiv. Du hast es am eigenen Leib erfahren, vero?»

«Wir reden schon wieder die ganze Zeit über die Arbeit. Ist dir das eigentlich klar, Laura?»

«Ja, aber du hast angefangen.»

«Tut mir leid. Also, ist der Himmel bei dir so klar wie bei mir?»

«Nein, der Mond verschwindet immer wieder hinter hellen, durchsichtigen Wolken. Sieht sehr geheimnisvoll aus.»

Wieder lachte Guerrini, und Laura schloss vor Sehnsucht nach ihm die Augen.

«Stai bene, amore?», fragte er leise.

«Nein, ich vermisse dich, Angelo. Ansonsten geht es einigermaßen. Vater lässt dich grüßen. Er hat zu mir gesagt, dass wir beide ihm und deinem Vater auf die Nerven gingen.»

«Wieso denn das?»

«Weil wir uns um Entscheidungen drücken würden.»

«Du musst doch noch eine Sieneser Hausfrau werden.»

«Oder du ein Münchner Hausmann. Wie wäre es mit einer Weinhandlung mit Spezialitäten aus der Toskana? Das geht in München immer.»

«Wie wäre es mit einem Kompromiss: Schafzucht in der südlichen Maremma, Agriturismo und hausgemachte Bioprodukte …?»

«Klingt nach viel Arbeit. Siehst du? Es geht nicht. Wir haben nichts Brauchbares gelernt. Wir werden Bullen bleiben, bis sie uns in Pension schicken. Vielleicht sollten wir auswandern.»

«Wohin?»

«Keine Ahnung.»

«Ich liebe dich trotzdem, Laura. Überschlaf mein Angebot noch mal. Vielleicht reizt es dich doch ein bisschen. Buona notte e bellissimi sogni.»

«Dormi bene, Angelo. Ti amo.» Laura kehrte in die Wohnung zurück und dachte beim Zähneputzen über Schafzucht in der südlichen Maremma nach. Und über ein Leben an der Seite eines Commissario der Polizia di Stato.

Als sie sich auf den Weg in ihr Schlafzimmer machte, war von Sofia und Patrick nichts zu hören.

Wohngemeinschaft, dachte sie und fühlte sich ziemlich verlassen und konfrontiert mit einer geradezu beängstigenden Freiheit.

DAS MONTENERO füllte sich schnell an diesem Abend. Einige Gäste saßen sogar im Garten, hüllten sich in weiche Decken, genossen die milde Luft und den Blick in den nächtlichen Himmel. Erleichtert stellte Sergio fest, dass sein Neffe Pietro Spätdienst hatte. Trotz all seiner Zweifel und seines Misstrauens war es gut, Pietro in der Nähe zu wissen. Wenn er all seine Ängste beiseiteließ, fühlte Sergio sich dem jungen Kellner näher als allen anderen. Vielleicht gerade weil Pietro ihn mit seinen Äußerungen immer wieder herausforderte.

Pietro hatte geholfen, die Spuren des unvorhergesehenen Todesfalls zu beseitigen. Ihn auszuwählen war Eduardos Entscheidung gewesen. Pietro sollte lernen und an seine Aufnahme in die Ehrenwerte Gesellschaft herangeführt werden. Doch der junge Mann war angesichts der Leiche zutiefst erschrocken gewesen. Ob denn der Tote etwas falsch gemacht hätte, hatte er Eduardo gefragt, ob er Mitglied der Familie sei oder einer anderen Familie?

Und was hatte Eduardo gemacht?

«Mach deine Arbeit und stell keine Fragen!», war seine rüde Antwort gewesen. «Fragen stellen kannst du dir sofort abgewöhnen!»

Pietro hatte seine Arbeit erledigt und nicht mehr gefragt. Aber dass er sich Gedanken machte, das konnte man ihm ansehen. Und er selbst? Hatte er je wirkliche Fragen gestellt? Klare, direkte Fragen? Wer eigentlich die Regeln aufstellte, wer Todesurteile fällte, wer die Hierarchie bestimmte, wer die letzten Entscheidungen traf? Eduardo war ziemlich weit oben in der Hierarchie, das wusste Sergio. Aber er hatte keine Ahnung davon, wie weit oben sein Cousin war. Onkel Carmine war ganz oben, genau wie Vater. Aber wer von beiden mächtiger war, das wusste Sergio nicht. Vielleicht war inzwischen Carmine der eigentliche Boss. Und die anderen, die sich ebenfalls Boss nannten? Sie waren eher eine Art Abteilungsleiter für bestimmte Sektionen oder Geschäftsbereiche.

Wieder ertappte Sergio sich dabei, dass er über Dinge nachdachte, die er besser vergessen sollte. Ziemlich abwesend begrüßte er neue Gäste und führte sie zu ihrem Tisch. Erst als er der einzigen Frau in dieser Gruppe den Stuhl zurechtrückte, erkannte er die Schwarzhaarige wieder, die ihm vor ein paar Tagen ihre Visitenkarte in die Hand gedrückt hatte.

«Ah, Signora, wie geht es Ihnen?» Er verlieh seiner Stimme einen munteren Klang. «Wie schön, Sie wieder bei uns begrüßen zu dürfen!»

Barbara Bonanni war in Begleitung von drei Männern gekommen. Zwei von ihnen waren Landsleute, das konnte Sergio sofort sehen, der dritte möglicherweise Deutscher. Sie gefielen ihm nicht, obwohl sie sehr höflich waren und aussahen wie ganz normale Geschäftsmänner. Irgendetwas stimmte nicht. War es die Körpersprache? Ihre Art, ihn anzusehen oder vielmehr: nicht anzusehen?

Rettungsboot, dachte er. Der richtige Zeitpunkt? Möglich wäre es. Seine Stirn wurde feucht.

Barbara Bonanni lächelte kühl. «Ein Geschäftsessen. Was können Sie uns empfehlen, Padrone?»

Plötzlich erinnerte Sergio sich nicht mehr daran, was er mit Marcello für diesen Abend ausgewählt hatte. Das war ihm noch nie passiert. Sein Kopf war völlig leer, eine dunkle Höhle, Totalausfall. Er lächelte entschuldigend, murmelte: «Un momento, signora», und tat so, als müsste er noch andere Gäste begrüßen, dabei griff er unauffällig nach dem Stapel von Speisekarten auf einem Beistelltisch und kehrte zu Barbara Bonanni und ihren angeblichen Geschäftsfreunden zurück.

Nachdem er jedem eine Karte in die Hand gedrückt hatte, blieb er neben der Schwarzhaarigen stehen und überflog schnell die Spezialitäten des Tages, und die Höhle in seinem Kopf füllte sich wieder. Er beugte sich vor, nahm den Duft ihres Parfüms wahr und empfahl lächelnd besonders zarten Osso buco, Faraona alla arancia, die Variationen von grünem Spargel und Marcellos hausgemachtes Erdbeereis.

Die anderen. Waren sie das?

«Und als Vorspeise?», fragte die Frau, und ihr langes Haar streifte seine Hand.

«Antipasti misti o insalata di mare, signora. Alles ganz frisch zubereitet und absolut köstlich. Ma scusatemi, signori. Ich muss in die Küche, der Koch ... er hat mir gerade ein Zeichen gegeben. Pietro wird Ihre Bestellungen aufnehmen.»

Sergio flüchtete Richtung Küche, fasste Pietro am Arm und zog ihn zur Seite. «Übernimm Tisch acht. Da sitzt die tolle Frau, die es dir angetan hat. Also, leg dich ins Zeug.»

«Aber die hat drei Typen bei sich. Wie soll ich mich da ins Zeug legen, eh?»

«Du siehst besser aus als alle drei zusammen. Viel Glück.»

Der junge Kellner sah Sergio zweifelnd an, zupfte dann

aber seinen Hemdkragen und die lange schwarze Schürze zurecht und machte sich auf den Weg zu Tisch acht. Sergio verliess die Küche durch eine der Seitentüren und schloss sich im Büro ein. Der Pin-up-Kalender hing wieder an der Wand. Ein paar Minuten lang starrte Sergio das Bild der aufreizenden Blondine an, dachte dabei aber an völlig andere Dinge – an Rettungsboote, an Eduardos Drohungen, an Onkel Carmine und an diese Schwarzhaarige …

Als sein Smartphone brummte, zuckte er zusammen. Er drehte den Kalender um, erst danach zog er das Telefon aus seiner linken Jackentasche und nahm das Gespräch an.

«Pronto.»

«Bist du das, Sergio?»

«Sì.»

«Sono Carmine. Gibt's was Neues? Neue Botschaften? Kontakte?»

«Niente.»

«Versteh ich nicht.

«Ich auch nicht. Hast du was rausgekriegt, zio?»

«Niente. Alle Informanten behaupten, sie wüssten absolut nichts. Pass auf! Mach keine Dummheiten! Verhalte dich genau so, wie wir es ausgemacht haben. Keine Aktionen, nur das Restaurant, hai capito?»

Sergio lauschte dem heiseren Flüstern und spürte derart kalten, beklemmenden Hass, dass ihm das Atmen schwerfiel.

«Hai sentito, Sergio? Bist du noch da?»

Sergio räusperte sich und holte tief Luft.

«Sì, ho sentito, ho capito!» Kaum hatte er diesen Satz ausgesprochen, war ihm der Fehler bewusst. Lange blieb es still, dann hustete Carmine leise. «Mir gefällt dein Ton nicht, Sergio. Reden wir jetzt besser nicht weiter.» Grußlos beendete Carmine das Gespräch.

Eduardo hat mit ihm geredet, dachte Sergio, und jetzt behandelt er mich wie einen, der es nicht verdient, dass man sich um ihn kümmert. Furcht kroch wieder durch seine Eingeweide. Der Bunker kam ihm in den Sinn, den er in seiner Verzweiflung als Ausweg gesehen hatte. Aber was er benötigte, war ein Bunker zum Schutz vor seiner eigenen Sippe, ein Bunker, den keiner kannte – weder die Seinen noch die anderen.

Es klopfte, und beinahe erwartete Sergio, die Stimme Eduardos zu hören. Doch es war Pietro, der draußen nach ihm rief. Ehe Sergio die Tür öffnete, drehte er den Kalender wieder auf die richtige Seite, warum, wusste er selbst nicht. Pietro schien sich über die abgeschlossene Bürotür nicht zu wundern. Er presste die Lippen zusammen und zog die Augenbrauen hoch. «Mi dispiace, Sergio. Ich wollte dich nicht stören, aber die Dame möchte doch lieber von dir bedient werden. Übrigens: Da geht gar nichts. Die hat mich nicht mal richtig angeschaut.»

«Warum hat sie dir dann letztes Mal zehn Euro Trinkgeld gegeben, wenn sie nicht an dir interessiert ist, eh?»

«Wahrscheinlich wollte sie dich beeindrucken.»

«Blödsinn.»

«Gar kein Blödsinn!»

Sergio las aus Pietros Gesichtsausdruck, dass sein Neffe mehr sagen wollte, sich aber zurückhielt. Kurz trafen sich ihre Blicke, und wieder verspürte Sergio das drängende Bedürfnis, offen mit dem Jüngeren zu reden. Doch der Augenblick ging vorüber, Pietro wandte sich ab und rief über die Schulter zurück, Sergio solle sich besser beeilen, die Signora sei bereits ungeduldig.

Am Tisch acht hatten sie gerade die Vorspeise beendet, als Sergio sich erneut nach den Wünschen seiner Gäste erkundigte.

«Ah, Padrone, setzen Sie sich doch ein bisschen zu uns. Meine Geschäftsfreunde würden Sie gern kennenlernen. Die Vorspeisen waren sehr gut ... wie macht man das?»

Barbara Bonanni nahm ihre große, elegante Handtasche vom einzigen freien Stuhl. «Bitte, Padrone. Wie schaffen Sie es, dass Ihre Köche immer Spitzenqualität produzieren? Vielleicht können wir von Ihnen lernen.»

«Ein paar Minuten habe ich Zeit, dann muss ich wieder in die Küche.» Sergio winkte zur Bar hinüber, doch Pietro schüttelte den Kopf und schickte einen anderen Kellner, der höflich lächelnd, aber schweigend Teller und Platten abräumte. Sergio setzte sich. Irgendein Muskel in seinem rechten Bein begann zu zucken.

«Also, verraten Sie uns Ihr Geheimnis, Padrone.» Das war keine Frage, sondern eine Aufforderung. Mit einer lässigen Kopfbewegung warf sie ihre langen Haare zurück und schenkte Sergio einen tiefen Blick. Diesmal trug sie Schwarz. Die Bluse unter der eng anliegenden Jacke war durchsichtig. Die silbernen Ohrringe, die einer Reihe von Tautropfen glichen, berührten ihre Schultern. Sergio schaute weg, wandte sich den Männern zu.

«Das Geheimnis», begann er, musste sich aber räuspern, denn seine Stimme klang rau und brüchig. «Das Geheimnis besteht einfach darin, dass ich mich persönlich um alles kümmere. Entschuldigen Sie meine Stimme, ich habe mich erkältet.»

«Was machen Sie persönlich, ich meine, ganz konkret?», fragte der Typ, der wie ein Deutscher aussah. Sein Italienisch war perfekt, Mailänder Akzent.

«Ganz konkret ... entwerfe ich gemeinsam mit dem Chefkoch die Speisekarte, wir denken uns neue Gerichte aus, wir fahren zusammen zum Großmarkt, damit wir immer besonders frische Zutaten bekommen. Wir achten auf Spitzenfleisch, Spitzenweine. Fisch lassen wir uns von einem speziellen Unternehmen liefern ...» Sergio übertrieb. Er fuhr keineswegs immer mit Marcello zum Großmarkt, höchstens einmal in der Woche.

«Das klingt nach viel Arbeit.» Der Italiener rechts von Sergio verzog leicht das Gesicht.

«Sicher, Signori, ein Restaurant zu führen ist harte Arbeit. Wir wollen einen Stern im Michelin, da kann man nicht einfach Pizza backen oder Lasagne in der Mikrowelle aufwärmen.»

«So ähnlich versuche ich meinen Kunden den Weg zum Erfolg zu beschreiben», sagte Barbara Bonanni. «Ohne hundertprozentigen persönlichen Einsatz geht es nicht. Eine gute Geschäftsidee reicht nicht, meine Herren. Man muss sich persönlich um alles kümmern, und es kommt noch etwas dazu ... Sie wissen es garantiert, Padrone!» Sie hob ihr Glas und prostete in die Runde. «Sie haben ja gar kein Glas, Signor Cavallino. Warten Sie, ich gebe Ihnen einfach mein Wasserglas!» Sie füllte das bauchige Glas mit Prosecco und drückte es Sergio in die Hand. «Salute, signori!», rief sie und lehnte sich zu Sergio hinüber. «Also, worauf kommt es noch an, Padrone?»

Sergio hatte inzwischen einen Krampf im rechten Bein. Er hatte keine Ahnung, worauf sie anspielte.

«Ausreichendes Startkapital, der richtige Standort ...», antwortete er vage.

«Auch das, Padrone. Aber es ist noch etwas anderes, die Basis sozusagen: die absolute Verlässlichkeit der Mitarbeiter!» Triumphierend lächelte sie in die Runde. «Hab ich recht, Padrone?»

Sergio nickte, während er versuchte, sein rechtes Bein fest auf den Boden zu stellen. Es half nichts, der Krampf wanderte auf der Rückseite seines Oberschenkels bis ins Gesäß hinauf.

«Und wie erreicht man die absolute Verlässlichkeit der Mitarbeiter, Padrone?» Der vermeintliche Deutsche grinste auf unangenehm anzügliche Weise.

«Man wählt gute Leute aus», murmelte Sergio und unterdrückte mühsam ein Stöhnen. «Man bezahlt sie anständig und bildet sie gut aus.»

«Das reicht nicht, Padrone, und Sie wissen das ganz genau. Aber Sie wollen meinen Kunden das Rezept nicht verraten, hab ich recht?»

«Ich weiß nicht, was Sie meinen, Signora.»

«Sie wissen es ganz genau, Signor Cavallino. Man muss darauf achten, dass die Mitarbeiter auf den Job angewiesen sind, dazu gibt es ein paar Tricks. Und wenn sie, nennen wir es mal ... abhängig von der Arbeit sind, dann kommen bestimmte Regeln hinzu, die man einhalten muss. Über dem Ganzen aber steht die Motivation, immer besser zu werden, erfolgreicher und sich wie eine große Familie zu fühlen, die nur stark ist, wenn ihre Mitglieder bedingungslos zusammenhalten.» Barbara Bonanni sprach leise und intensiv, ihre Wangen hatten sich ein bisschen gerötet, und sie sah dabei so umwerfend aus, dass einige Männer an den Nebentischen zu ihr herüberschauten.

«Es gehört eine Idee dazu, eine Vision, die alle zusammenhält! Was sagen Sie zu meiner Strategie, Padrone? Ist sie richtig?»

Sergio zog unbehaglich die Schultern hoch. «Ja, es ist etwas dran.»

«Haben Sie es so gemacht?»

«Zum Teil, Signora, zum Teil auch anders. Da kommt der Hauptgang! Buon appetito, genießen Sie das Essen und vergessen Sie für eine Weile alle Strategien.» Mühsam erhob er sich. Er stützte sich am Tisch ab und schaffte es zu gehen, lächelnd und mit einem kaum merklichen Humpeln.

«Was ist denn mit deinem Bein?», fragte Pietro, als Sergio wieder hinter der Bar stand und sich mit beiden Händen an der Theke festhielt.

«Ich hab einen Krampf.»

«Tut weh?»

«Ja, verdammt. Es tut scheußlich weh!»

«Du musst fest auftreten.»

«Mach ich doch die ganze Zeit.»

«Was ist denn, eh? Hat dich die Superfrau auch abblitzen lassen?»

«Sie kann mich gar nicht abblitzen lassen, weil ich nämlich nicht bei ihr landen will. Also halt dich mit deinen Bemerkungen zurück. Kapiert?»

«Sei doch nicht so empfindlich, Sergio. Was wollte sie denn von dir?»

«Sie wollte mein Geschäftsgeheimnis wissen.»

«Dein was?»

«Mein Geschäftsgeheimnis.»

«Hast du ihr angeboten, ein Mitglied der Familie zu werden? Sie könnte ja einheiraten! Dann wird sie selbst ein Geschäftsgeheimnis.» Pietro lachte. Die beiden anderen Kellner und Marcello schauten zu ihnen herüber. Wieso war Marcello schon wieder nicht in der Küche? Sergio lachte ebenfalls ein bisschen und nickte Marcello zu.

«Du musst aufpassen, Pietro. Du sagst dauernd Dinge, die ein Mitglied der Familie nicht sagen darf. Das ist gefährlich, verstehst du mich? Und jetzt sag nichts, denn Marcello kommt gerade zu uns ... ah, Marcello, deine Vorspeisen wurden am Tisch acht gerade ganz besonders gelobt.»

«Soll ich mal hingehen?»

«Brauchst du noch mehr Lob?»

«Davon kann man nie genug kriegen, außerdem ist die Frau total scharf.»

«Geh ruhig hin. Sie hat aber drei Kerle dabei.»

«Ich will sie mir bloß genauer ansehen, das wird ja noch erlaubt sein, oder?»

«Geh nur, Marcello, aber benimm dich anständig!» Pietro und Sergio lachten hinter dem Koch her, verstummten aber gleichzeitig, sobald er sich ein paar Meter entfernt hatte.

«Was ist mit Marcello? Wieso soll ich plötzlich den Mund halten, wenn er in der Nähe ist?»

«Du sollst nicht den Mund halten, Pietro. Du sollst nur nicht über die Familie reden, wenn er zuhört, und vor allem keine Witze über die Familie machen. Er mag das nicht.»

«Ho capito, der arme Marcello hat Eltern und Schwestern in Kolumbien. Die Familie hat ihn ganz schön am Haken, was?»

Erschrocken starrte Sergio seinen Neffen an. «Weißt du eigentlich, was du redest, Pietro? Wenn du nicht damit aufhörst, dann werde ich Onkel Carmine sagen, dass er dich nach Hause versetzen soll. Zu deinem eigenen Schutz, Pietro. Und ich meine, was ich sage!»

Wieder trafen sich ihre Blicke. Sergio wusste, dass Pietro von ihm etwas anderes erwartete, und ganz sicher keine Sätze, die klangen, als hätte Eduardo sie ausgesprochen. Jetzt schüttelte Pietro den Kopf und strich nervös sein Haar zurück.

«Okay, okay, ich halte die Klappe, Onkel Sergio. Aber hast du schon das Neueste gehört? Zu Hause haben sie damit angefangen, den Familien die Kinder wegzunehmen, damit sie nicht so werden wie wir. Es wird nicht mehr lang funktionieren, Onkel Sergio. Oh, entschuldige, ich muss der schönen Dame das Perlhuhn bringen. Vielleicht habe ich ja doch noch Chancen.»

Sergio widerstand dem Wunsch, einen Whisky zu trinken. Er ist verrückt, dachte er. Pietro ist verrückt. Aber vielleicht ist er nur jünger ... vor fünfzehn Jahren, da hatte ich auch verbotene Gedanken. Nur habe ich sie nie ausgesprochen. Niemals hätte ich gewagt, sie auszusprechen. Was hat Pietro gesagt? Sie nehmen den Familien die Kinder weg, damit sie nicht so werden wie wir? Wer wagt es, die Kinder wegzunehmen? Die Polizei, die Antimafia-Staatsanwälte? Die Richter? Woher weiß Pietro das, und wieso weiß ich es nicht?

«Eine Flasche Chardonnay für Tisch fünf und einen Prosecco für die Zwölf, Chef.» Der Kellner Francesco stützte beide Arme auf die Theke und grinste. «Die trinken wieder wie die Fische!»

Sergio holte die Flaschen aus dem Kühlschrank und reichte sie über den Tresen. «Ach, und Chef, am Tisch acht wollen sie noch mal von dir beraten werden.»

«Sag ihnen, dass ich im Moment keine Zeit habe. Ich werde später bei ihnen vorbeikommen. Die sollen sich von Marcello oder Pietro beraten lassen oder meinetwegen von dir.»

«Ich sag's ihnen.»

Eigentlich durfte er jetzt nicht einfach verschwinden. Das *Montenero* quoll über von Gästen, jeder wurde gebraucht. Aber Sergio hielt es nicht mehr aus. Umgeben von ständigem Gebrabbel, Klirren, Tellerklappern und Hintergrundmusik, konnte er keinen klaren Gedanken fassen. Er musste raus, wenigstens für zehn Minuten.

Unauffällig schlich er sich davon, aber dann kehrte er um und schloss sich wieder im Büro ein. Erst nach einiger Zeit wurde ihm bewusst, dass er ständig hin- und herging, und er spürte den starken Impuls, aus dem Fenster zu springen und fortzulaufen. Einfach weg, irgendwohin.

Obwohl sich der Krampf im rechten Bein inzwischen gelöst hatte, empfand Sergio noch immer dumpfe Schmerzen in Wade und Oberschenkel. Er ließ sich in den Schreibtischsessel fallen und massierte vorsichtig die Muskeln. Als der Schmerz verebbte, stützte er den Kopf in beide Hände und schloss die Augen.

Er konnte nicht wegrennen, es gab keinen sicheren Ort, nirgendwo. Plötzlich hasste er die Familie so heftig, dass es ihn schüttelte. Er musste an Leimruten denken, an denen Vögel festklebten und sich nie mehr befreien konnten. Die ganze Familie, sie alle, hingen an verdammten Leimruten: Eduardo, Onkel Carmine, Michele, seine Schwestern und Schwager, die Neffen, Nichten und sämtliche Aspros, ja sogar Dario. Alle! Und dazu alle, die mit ihnen geschäftlich verbunden waren, alle, die sich von ihnen bestechen ließen, die ihr Geld wuschen.

Pietro hatte wenigstens noch die Flügel frei. Die Flügel und den Kopf. «Sie nehmen den Familien die Kinder weg, damit sie nicht so werden wie wir», hatte er gesagt. Was sind wir geworden? Gierige Feiglinge, die Befehle ausführen, sich mächtig fühlen und sich in die Hosen machen, sobald sie aus dem Tritt geraten. So sind wir geworden.

Kaum hatte er das gedacht, fühlte er sich schuldig. Natürlich fühlte er sich schuldig. Das kam ganz automatisch, denn Gesetz Nummer eins lautete: Man denkt nicht schlecht über die Familie. Alles verdankt man der Familie und der Ehrenwerten Gesellschaft, sie ist für jeden da, der ewige Treue schwört, Treue bis in den Tod.

Jetzt gab es noch mehr Leimruten im Angebot. Ganze Rettungsboote voller Leimruten. Und die Madonna da Muntagna schaute zu.

«Warum schaust du zu?», flüsterte Sergio und öffnete langsam die Augen. Doch nicht die Madonna sah ihn an, sondern das halbnackte, blonde Mädchen auf dem Kalender überm Schreibtisch. Sergio schnitt eine Grimasse und stand auf. Plötzlich wusste er, was er tun würde. Das Risiko war ziemlich groß, aber er hatte nicht mehr viel zu verlieren. Wenn sie schon Rettungsboote schickten, dann würde er auch einsteigen.

Ein paar Minuten später schlenderte er mit einem Whiskyglas in der Hand zu Tisch acht. Er lächelte, schaute Barbara Bonanni tief in die Augen und sagte: «Sie wollten mich sprechen, Signora? Jetzt habe ich Zeit für Sie.»

«Das trifft sich gut, Padrone, setzen Sie sich doch. Meine Geschäftsfreunde wollen gerade gehen.» Sie lächelte ebenfalls.

ALS LAURA am Morgen das Dezernatsbüro betrat, waren weder Claudia noch Severin Burger zu sehen. Deshalb nutzte sie die Gelegenheit und rief ihren Ex-Ehemann an, der um diese frühe Stunde noch sehr verschlafen klang.

«Es tut mir leid, wenn ich dich geweckt habe, Ronald.»

«Es tut dir nicht leid. Aber lassen wir das.»

«Gut, lassen wir das. Ich wollte mit dir besprechen, wann Patrick bei dir wohnt und wann bei mir. Fairerweise sollten wir uns den jungen Mann teilen. Er ist schließlich auch ein Freund von Luca.»

«Du bist sauer, was?»

«Nicht so sauer, wie du vielleicht annimmst.»

«Ich wollte dich nicht ärgern, Laura. Es ging nur einfach nicht anders. Du hättest Sofia am Telefon hören sollen.»

«Ja, ich weiß. Ich habe allen Beteiligten verziehen und akzeptiert, dass ich in einer WG lebe, aber ich würde diese Erfahrung gern mit dir teilen.»

Ronald räusperte sich und schlürfte dann ein paar Schlucke offensichtlich zu heißen Kaffees.

«Verbrenn dich nicht!»

«Danke für den Hinweis. Laura, ich habe nur ein Gästezimmer, und in dem wohnt unser Sohn. Das Büro benötige ich für meine Arbeit. Wenn Sofia hier übernachtet, dann schläft sie auf dem Sofa im Wohnzimmer. Wo soll ich da bitte Patrick unterbringen? Außerdem will Sofia dann vermutlich ebenfalls hierbleiben. Das geht nicht, Laura.»

«Wenn Luca bei uns übernachtet, dann schläft er auch auf dem Sofa.»

«Aber Patrick hat ein eigenes Zimmer.»

«Nimm es wenigstens ab und zu auf dich, schließlich hast du das zusammen mit den anderen ausgeheckt!»

«Okay, ab und zu. Aber auf keinen Fall für längere Zeit.»

«Okay, akzeptiert. Dann hab ich noch was gut: Sagt dir der Name InputReal etwas?»

«Willst du etwa in deren Immobilienfonds investieren? Lass bloß die Finger davon.»

«Ich hab gerade mit Mühe und Not meine bescheidene Windkraft-Investition überlebt. Nein, was ganz anderes: Die sind möglicherweise in unsaubere Geschäfte verwickelt. Es ist nur ein vager Verdacht.»

Am anderen Ende der Verbindung schlürfte Ronald wieder seinen heißen Kaffee. «Was soll das, Laura?», sagte er endlich. «Du gibst mir grundsätzlich keine Informationen über polizeiliche Ermittlungen, aber du erwartest von mir, dass ich für dich recherchiere?»

«Im Gegensatz zu mir kannst du deinen Job nicht verlieren, wenn du mir etwas erzählst. Ich erinnere mich undeutlich daran, dass du vor einiger Zeit einen großen Artikel über Immobilienkonzerne geschrieben hast.»

«Ja.»

«Und?»

«Ach, Laura. Es ist kurz nach acht. Ich habe noch nicht geduscht und bin nicht angezogen.»

«Dann schick mir doch einfach den Artikel per E-Mail oder Fax, und wir unterhalten uns später darüber. Guter Vorschlag?»

«Nein, schlechter Vorschlag. Aber ich schick dir den Artikel. Servus.»

«Servus.» Laura fragte sich, warum auch nach Jahren der Trennung ab und zu so ein gereizter Tonfall zwischen ihnen herrschte. Es war, als könnten sie sich gegenseitig nie ganz vergeben, dass ihre Ehe kein Erfolg gewesen war – ein Phänomen, das völlig unabhängig davon auftrat, dass sie mit ihrem neuen Leben beide ziemlich zufrieden waren.

Alte Muster, dachte Laura. Auf wunderbare Weise schaffen wir es immer noch, uns gegenseitig aufzuregen, einfach dadurch, dass wir so sind, wie wir eben sind. Immerhin ... eine Erkenntnis habe ich heute schon gewonnen, obwohl es erst halb neun ist.

Nachdenklich setzte sie die Kaffeemaschine in Gang und sah zu, wie erst schaumige Milch, dann dunkler Espresso in ihre Tasse lief. Noch immer war sie allein im Dezernatsbüro. Mit ihrer Cappuccinotasse in der Hand setzte sie sich auf Claudias Schreibtisch und rief Andreas Havel an, bei dem alle wissenschaftlichen Daten des Toten im Beton zusammenliefen. Er meldete sich geradezu fröhlich und hatte sogar neue Erkenntnisse.

«Unsere kluge Mitarbeiterin, Herrscherin über die Isotope, hat tatsächlich schon einiges herausgefunden. Ich habe gerade ihren vorläufigen Bericht gelesen, und ein paar Dinge kann ich dir gleich sagen: Der Tote hat mit ziemlicher Sicherheit länger am Meer gelebt, und zwar in einer Gegend mit viel Industrie. Er bevorzugte fettes Essen, Fleisch, viele Kohlehydrate, Süßes und trank kräftig Alkohol. Um etwas über seine genaue Herkunft zu erfahren, müssen wir noch auf die detaillierteren Ergebnisse der Knochenanalyse warten. Bisher sieht es so aus, als hätte er nie lange in Deutschland gelebt. Die Genanalyse ist noch nicht fertig.»

«Klingt aufwendig.»

«Ist es auch, aber je mehr Daten wir bekommen, desto genauer können wir seine Herkunft eingrenzen.»

«Kannst du mir noch mal kurz erklären, wie das funktioniert? Ich meine, falls mein cleverer Gastschüler aus England mich befragen sollte ...»

«Aber gern, Laura. Ich würde es auch tun, wenn du keinen Gastschüler hättest.»

«Vorsicht!»

Andreas Havel lachte. «Also, pass auf: Unter Isotopen versteht man unterschiedlich schwere Atomarten eines Elements. Wir Menschen nehmen diese Isotope mit der Nahrung, der Luft und dem Wasser in unseren Körper auf. Wir tragen also sämtliche Umwelteinflüsse mit uns herum. Im Grunde seit unserer Geburt und sogar davor. Diese Umwelteinflüsse kann man dann mit der Isotopenanalyse nachweisen.»

«Danke, es reicht schon. Vereinfacht gesagt: Wer vor allem Schweine isst, besteht irgendwann aus Schweineisotopen, und Vegetarier werden zu Pflanzen.»

«Na, das ist aber sehr vereinfacht ausgedrückt, Laura. Eine kühne Hypothese.»

«So kühn auch wieder nicht. Man kann es den Menschen ja sogar ansehen. Danke, Andreas.»

«Ich schick dir den Bericht gleich rüber und sag dir sofort Bescheid, wenn wir noch mehr wissen. Bis später.»

«Bis später, Andreas.» Laura leckte den Schaum von ihrem Cappuccino. Sie fand die Vorstellung eines fleischessenden Alkoholikers, der Süßes mochte und aus einem fernen Industriegebiet am Meer stammte, einigermaßen befremdlich. Allerdings würde das erklären, warum der Tote hier nicht vermisst wurde. Ein Fremder vor irgendwoher, dessen Gewohnheiten anhand seiner Elementarteilchen entschlüsselt werden. Welch absurdes Ende.

Sie rutschte von Claudias Schreibtisch, warf ihren kleinen Rucksack über die Schulter und machte sich auf den Weg in ihr eigenes Büro. An der Tür wäre sie beinahe mit Kriminaloberrat Becker zusammengestoßen. Ein Spritzer Kaffee schwappte auf ihre Jeans.

«Pardon! Die SOKO trifft sich um zwölf Uhr. Es gibt ein paar neue Informationen.»

«Ich weiß. Guten Morgen! Wo ist eigentlich Severin?»

«Er ist in meinem Auftrag unterwegs.»

«Ach, ich dachte, er wäre *mein* neuer Mitarbeiter?»

«Sie haben ihm ja nichts zu tun gegeben.»

«Hat er sich bei Ihnen beschwert?»

«Nicht direkt, aber wir brauchen sowieso jeden einzelnen Kollegen, und er ist sehr motiviert.»

«Und, welchen Auftrag haben Sie ihm gegeben?»

«Er soll sich in einer verdächtigen Weinhandlung umsehen und die Leute dort beobachten.»

«Nein!»

«Wieso nein?»

«Weil er nicht aussieht wie ein Weintrinker.»

«Laura, was soll denn das?»

«Ach, das war nur ein Scherz. Darf ich raten, welche Weinhandlung Sie für ihn ausgesucht haben? Heißt sie vielleicht *Dolcissima*?»

«Woher wissen Sie das?»

«Weil Ihnen vermutlich die Kollegen vom OK diesen Tipp gegeben haben.»

«Und woher wissen Sie das?» Beckers Hals zeigte wieder die typische aufsteigende Röte.

«Weil ich diesen Tipp ebenfalls bekommen und mich

gestern dort ungesehen habe. Könnte es sein, Chef, dass es ein Standardtipp der Kollegen ist, um uns in die Irre zu führen? Sozusagen ihre Vorführ-Mafiosi? Damit wir ihren Ermittlungen ja nicht in die Quere kommen?»

«Meinen Sie das im Ernst?»

«Ich meine es zumindest. Bisher konnten sie den Aspro-Cavallini jedenfalls nichts Konkretes nachweisen, und sie bezeichnen sie als gut integrierte Familie. Das hat Severin übrigens auch herausgefunden ... in meinem Auftrag.»

«Ach, warum hat er dann nichts zu mir gesagt?»

«Wahrscheinlich wollte er sich die gut integrierte Weinhandlung selbst anschauen. Dabei lernt man ja was, nicht wahr?»

Becker presste die Lippen zusammen und räusperte sich angestrengt. «Und was haben Sie gelernt, Laura?»

«Dass die ziemlich gute Weine verkaufen, großzügig Oliven verschenken und viele Stammkunden haben. Der Besitzer ist mir nicht sympathisch, aber das ist ja nicht strafbar. Vermutlich handeln die sehr geschickt mit Kokain. Warum man sie dabei noch nicht erwischen konnte, ist mir nicht bekannt, nur dass man sie noch nicht erwischt hat. Möglicherweise haben sie einflussreiche Freunde in unserer schönen Stadt, die gern schnupfen. Schnupfen hat hier ja Tradition ... man muss sich nur die Liste der Prominenten ansehen, die mit dem Zeug erwischt worden sind, wenn man dann noch die ergänzt, die nicht erwischt worden sind, und die völlig unauffälligen Menschen, die schnupfen, dann kommt schon einiges zusammen. Ich meine, es lohnt sich.»

«Und damit wollen Sie sagen, dass ein Teil unserer Mitbürger mit der Mafia zusammenarbeitet. Wollen Sie das?»

«In gewisser Weise. Die Mafia liefert etwas, das viele wollen. Da das aber verboten ist, bewahrt man Stillschweigen. Das kann man übrigens auf andere Wirtschaftszweige ausdehnen.»

Kriminaloberrat Becker lockerte seinen Hemdkragen. «Ich hasse solche Fälle», murmelte er. «Alles, was Sie mir jetzt erzählt haben, weiß ich selbst. Aber ich bin heilfroh, wenn Mafiageschichten beim LKA und den Kollegen vom OK bleiben.»

«Ich auch. Sie wollen also nicht mehr, dass wir die Mafiaclans näher in Augenschein nehmen?»

«Nein, eigentlich wollte ich es sowieso nie ernsthaft. Lassen wir doch den Kollegen ihren gut integrierten Weinhändler und was da noch dranhängt und konzentrieren uns auf die Leiche. Alles andere ist sowieso reine Spekulation. Wir sollten uns an die konkreten Dinge halten.»

«Zum Beispiel an Isotope.»

Becker zuckte die Achseln. «Wenn wir nichts anderes haben, dann eben Isotope. Die sind mir wesentlich lieber als Mafiosi. Bis später!» Er zwinkerte Laura zu, sie zwinkerte zurück und fragte sich dabei, wie sie diese völlig neue Art der Kommunikation mit Becker genau einordnen sollte. Oder war es nur ein nervöses Zucken gewesen, weil sich dieser Betonfall als beinahe unlösbar herausstellte? Wenn das zutraf, versuchte Becker vermutlich gerade, ihr eigenes Zwinkern zu deuten.

Laura drehte sich nach ihm um. Kriminaloberrat Becker hatte fast schon das Ende des langen Flurs erreicht, als er plötzlich stehen blieb und sich ebenfalls umwandte. Laura hob grüßend eine Hand und ging lachend weiter. Er *hatte* versucht, es zu deuten.

Auf ihrem Rechner fand Laura die codierte Nachricht von Guerrini. In knappen Sätzen beschrieb er Della Valles

Bauprojekt in Florenz und die Verbindung zur InputReal und bat um Informationen darüber, ob die Firma sauber sei. Aber selbst wenn sie sauber sein sollte: Das stelle keine Garantie dafür dar, dass nicht noch andere Kräfte Einfluss hätten, wie bei gewissen großen Renovierungsprojekten in Florenz.

Vielleicht sollte ich doch zu den Kollegen in der Abteilung Organisierte Kriminalität wechseln, dachte Laura und drehte sich mit ihrem Bürosessel einmal um die eigene Achse. Welch eigenartige Zufälle. Ronalds Artikel war natürlich noch nicht angekommen. Dann rief sie eben noch einmal den Kollegen im LKA an.

Nachdem sie Kollege Koller erzählt hatte, dass sie in der Weinhandlung *Dolcissima* nicht besonders viel gelernt hätte, brummte er: «Beim ersten Mal funktioniert das sowieso nicht. Sie müssen mindestens einmal in der Woche hingehen. Dann tauen die allmählich auf.»

«Echt? Und was passiert, wenn die auftauen?»

«Kommt drauf an.»

«Worauf?»

«Darauf, wie die Sie einschätzen.»

«Oje, dann bin ich schon unten durch, weil ich den billigeren Wein genommen habe.»

«Tja, das war ungeschickt.»

«Sag mal, das ist doch alles ein Witz, oder? Kann es sein, dass ihr uns das *Dolcissima* empfohlen habt, weil das ein ziemlich harmloser Laden ist?»

Koller lachte.

«Ich fasse es nicht!» Laura lachte ebenfalls. «Ich habe es geahnt!»

«Na ja, jedenfalls ist der Laden nicht gerade brandheiß. War ja auch zu Ihrem Schutz, Kollegin.»

«Ich bin von Ihrer Fürsorge regelrecht gerührt, Kollege Koller. Allerdings hatte ich den Eindruck, dass der Laden durchaus heiß sein könnte. Aber ich bin natürlich ziemlich unerfahren in solchen Dingen. Eine ganz andere Frage: Habt ihr irgendwann einen Blick auf eine Bau- und Immobilienfirma namens InputReal geworfen?»

«Hat das etwas mit dem aktuellen Fall zu tun?»

«Nein, nicht direkt. Mir ist nur zu Ohren gekommen, dass es da möglicherweise unsaubere Geschäfte gibt, die mit Organisierter Kriminalität zusammenhängen.»

«Ich weiß es nicht genau, aber irgendwas könnte da gewesen sein. Ich werde mich erkundigen, sozusagen als Buße für das *Dolcissima*.»

«Alles bereits vergeben. Ich danke!»

«Noch was?»

«Das wär's.»

«Sie sind ganz schön gerissen, Kollegin.»

«Ich weiß. Ciao.»

Während Laura sich abermals mit ihrem Sessel drehte, stellte sie fest, dass ihre Arbeitsmotivation langsam wuchs. Sie wandte sich dem Rechner zu und fand zu ihrem Erstaunen den Artikel ihres Ex vor. Kommentarlos. Offensichtlich hatte er inzwischen geduscht und seinen Kaffee getrunken. Laura druckte den Artikel aus, schenkte sich ein Glas Wasser ein und begann zu lesen. Ronald hatte eine Riesengeschichte zusammengetragen. Er schrieb über die Unterwanderung deutscher und anderer europäischer Baufirmen durch die Mafia mit Hilfe von Scheinfirmen, beschrieb das Einschleusen von Schwarzarbeitern aus Süditalien und dem Osten sowie die Lieferung günstigen Betons und anderer Baumaterialien. Dann beschrieb er, wie mit dem Verkauf von Immobilien Geldwäsche betrieben und

Firmenanteile und Aktien durch unverdächtige Mittelsmänner verkauft wurden. Als Beispiele nannte er das Aufkaufen von Hotels in Ostdeutschland durch die 'Ndrangheta. Das meiste davon war Laura bekannt, doch dann erwähnte Ronald die schleichende Unterwanderung großer Immobilienfirmen, die in ganz Europa ihre Geschäfte machten. Diese seien ganz besonders interessant, um Geld zu waschen und gleichzeitig gut anzulegen, da Immobilien heute als relativ sichere Investition gälten. Neben anderen Firmen tauchte auch der Name InputReal auf, ein Unternehmen, das schnell gewachsen sei und große Projekte erfolgreich ausgeführt habe, darunter Hotelkomplexe, Kongresszentren und Industrieanlagen. Nachzuweisen seien die dunklen Kapitalquellen aber in den seltensten Fällen, zumal die guten Profite auch andere Anleger lockten.

Womit wir wieder bei der stillschweigenden Zusammenarbeit von Mafia und Mitbürger wären, dachte Laura. Beide haben in diesem Fall ähnliche Ziele, nämlich hohe Gewinne und sichere Geldanlage.

Nachdenklich trank sie ihr Wasserglas leer. Eigentlich wussten die Ermittler, was gespielt wurde, und doch konnten sie nichts Konkretes nachweisen, wenn nicht irgendein Glücksfall ihnen zu Hilfe kam. Aber genau das schien bei der InputReal der Fall zu sein. Sie griff zum Telefon und rief zum zweiten Mal an diesem Morgen Ronald an.

«Danke!», sagte sie, ehe er eine ironische Bemerkung machen konnte. «Danke vielmals! Ein sehr guter Artikel. Hat dich eigentlich die InputReal damals wegen Verleumdung oder falscher Verdächtigungen verklagt?»

«Nein. Sie haben einen bösen Brief an die Chefredaktion geschrieben und eine Gegendarstellung verlangt. Die haben sie bekommen, und damit war die Sache erledigt.

'Was für mich bedeutet, dass sie keinen zu großen Wirbel veranstalten wollten. Weshalb interessierst du dich eigentlich für die InputReal?»

«Das würde ich dir nicht so gern am Telefon erzählen. Aber wir können ja alle zusammen zum Italiener gehen. Es gibt da ein Restaurant, das *Montenero*. Angeblich soll das Essen dort hervorragend sein.»

«Das *Montenero*, diese Promikneipe? Wenn du uns einlädst, dann gern.»

«Wie wär's mit gerechter Teilung? Oder bist du gerade knapp bei Kasse?»

«Zufällig nicht, aber ich werf mein mühsam verdientes Geld nicht irgendwelchen Nobelitalienern in den Rachen, die möglicherweise auch noch kriminell sind.»

«Du hast auch überhaupt keine Vorurteile, was?»

«Doch, ich habe Vorurteile, wie jeder Mensch. Und außerdem weiß ich, warum die Mafia so gern Restaurants und Pizzerien betreibt. Man kann so wunderbar und in aller Ruhe Geschäftliches besprechen, weil in unserem freiheitlichen Land in Restaurants nicht abgehört werden darf.»

«Dann kann ich dir ja im *Montenero* in aller Ruhe die Sache mit der InputReal erzählen.»

«Warum denn ausgerechnet dort?»

«Weil ich nicht nur mit dir und den Kindern essen gehen möchte, sondern auch noch ein gewisses berufliches Interesse am *Montenero* habe. Ist das so schwer zu verstehen?»

«Dann setz doch das Essen als Sonderausgabe ab.»

«Va bene. Kommst du mit oder nicht? Falls ja, dann lass ich einen Tisch reservieren. Falls nicht, ebenfalls. Meinen Vater lade ich auch ein. Dann sind wir eine richtige Großfamilie. Also, was ist?»

«Okay, okay, ich komme mit. Wann?»

«Um acht. Ich bestelle den Tisch auf den Namen Severin.»

«Sollen Luca und ich deinen Vater abholen?»

«Das, lieber Ronald, ist wirklich sehr nett von dir. Grazie tante und bis heute Abend.»

Laura stand auf, streckte sich und schaute zu den Türmen der Frauenkirche hinüber. Sie freute sich über ihren spontanen Einfall eines Familienessens in traditioneller Besetzung. Es würde allen guttun, da war sie ziemlich sicher.

Ehe Sergio Cavallino die Augen öffnete, kehrten die Ereignisse der vergangenen Nacht in sein Bewusstsein zurück wie eine große kalte Welle, die ihm ins Gesicht schlug. Schlagartig war er hellwach. Er versuchte, seine Lage einzuschätzen. Gut war sie ganz sicher nicht, jetzt kam es darauf an herauszufinden, wie schlecht sie war.

Noch hatte niemand bemerkt, dass er wach war. Er wusste nicht einmal, ob er noch allein mit der Schwarzhaarigen war. Es fiel ihm schwer, sie in Gedanken beim Namen zu nennen. Namen waren etwas Vertrautes, mit ihr war er nicht vertraut. Die Schwarzhaarige gehörte zu den anderen.

Vorsichtig bewegte er sich unter dem weichen Laken, streckte sein linkes Bein aus, einen Arm. Niemand lag neben ihm. Natürlich nicht! Vorsichtig öffnete er ein Auge und bestätigte sich selbst, dass er wirklich ganz allein in diesem dämmrigen Schlafzimmer lag. Durch die schweren blauen Vorhänge drang nur wenig Licht, trotzdem funkelten die bunten Glasperlen des Lüsters.

Natürlich war er allein. Sie hatte ihn schließlich im Schlafzimmer eingeschlossen.

Aber er war nicht allein in dieser fremden Wohnung. Irgendwer redete leise. Vielleicht telefonierte sie, teilte den anderen mit, dass er endlich ins Rettungsboot gesprungen war.

Er fragte sich, ob seine eigenen Leute es auch schon wussten. Vergangene Nacht hatte er Pietro nach Hause gebracht und war dann weiter zur Wohnung von Barbara Bonanni gefahren. Pietro hatte beim Abschied gegrinst und ihm viel Spaß gewünscht.

«Wobei denn, eh?», hatte er wütend gefragt.

«Na, du fährst doch jetzt zu ihr.»

«Ich fahre jetzt nach Hause, du Trottel.»

«Glaubst du, ich bin blind, oder was? Alle haben doch gemerkt, dass die Schwarzhaarige total auf dich abgefahren ist. Und du auf sie, oder etwa nicht? In der Küche haben sie sogar Wetten darauf abgeschlossen, dass die Frau auf dich wartet, bis wir schließen.»

«Hat sie aber nicht. Und ich fahre jetzt nach Hause. Fuori!»

Er hatte den Wagen gewendet und war in Richtung seiner eigenen Wohnung gefahren. Vielleicht hätte er wirklich nach Hause fahren sollen. Eduardo würde längst Bescheid wissen und Carmine sicher auch.

Als er schließlich vor ihrem Haus gestanden hatte, musste er sich zwingen, auf die Klingel zu drücken. Und während er die Treppe zu ihrer Wohnung hinaufstieg, war dieses mächtige Bild vor seinen Augen gewachsen, das Bild einer Gruppe von Männern, die hinter Barbara Bonanni auf ihn warteten, die ihm drohten und ihn schlagen würden. Die ihn zwingen würden, seine Familie zu verraten.

Es waren keine Männer da gewesen. Nur die Schwarzhaarige und eine schwarze Katze, die auf einem weißen

Ledersofa im Wohnzimmer schlief. Die Katze hatte ihn zugleich erschreckt und beruhigt – sie schien die ganze Geschichte klarer zu machen, die Ereignisse der letzten Tage zusammenzufügen.

Die Schwarzhaarige hatte einen Amaretto mit ihm getrunken, und sie hatte so scharf ausgesehen, dass er es geschafft hatte, mit ihr ins Bett zu gehen, obwohl er eigentlich völlig fertig war. Sie hatten sich nicht geküsst, einfach nur gevögelt. Die härtere Gangart hatte sie vorgegeben, er hätte sich lieber in ihren Körper fallen lassen ... Trost hätte er brauchen können. Aber in ihrer fordernden Sexualität war nichts Tröstliches. Er hatte sich hinterher gefühlt wie geplündert. Lange hatte er wach gelegen, während sie neben ihm schlief, und dann hatte er beschlossen zu gehen. Leise war er aus dem Bett gestiegen und ins Badezimmer geschlichen. Als er wieder herauskam, um seine Kleidungsstücke zusammenzusuchen, saß sie im Dunkeln neben der Katze auf dem weißen Sofa und rauchte.

«An deiner Stelle würde ich wieder ins Bett gehen», sagte sie. «Ich hab noch einiges vor mit dir, Sergio Cavallino.» Dann schaltete sie das Licht ein, das ihn blendete wie eine Lampe bei Polizeiverhören. Es dauerte eine Weile, bis sich seine Augen daran gewöhnten und er sie wieder sehen konnte. Barbara Bonanni hatte einen glänzenden schwarzen Morgenmantel übergeworfen, der ihre Beine freigab. In einer Hand hielt sie die Zigarette, in der anderen eine Pistole. Trotz seiner Panik erkannte er die Waffe sofort. Es war seine eigene.

Sie lachte leise. «Geh wieder ins Bett und schlaf dich aus, Padrone. Morgen früh ist Zeit genug, alle wichtigen Dinge zu besprechen.»

«Ich muss spätestens um sechs im *Montenero* sein. Ich

hab mit dem Koch ausgemacht, dass wir gemeinsam in die Großmarkthalle fahren.»

«Du kannst ihn anrufen und die Sache abblasen.»

«Er wird misstrauisch werden.»

«Soll er doch.»

«Sie werden mich suchen, und du bist ihnen aufgefallen.»

«Natürlich bin ich ihnen aufgefallen, aber sie werden gar nichts tun, Sergio. Du vergisst, dass du ein Mörder bist und dass euer wunderbares *Montenero* hochgeht wie eine Bombe, wenn wir der Polizei verraten, wo die Leiche im Beton zur Leiche wurde.» Sie drückte ihre Zigarette im Aschenbecher aus und streichelte die Katze. Mit beiden Vordertatzen griff das Tier nach ihrer Hand, während es sich auf den Rücken rollte.

«Los, geh ins Bett!» Sie hob den Lauf der Waffe und wies damit Richtung Schlafzimmer.

Er war gegangen, und sie hatte die Tür hinter ihm abgeschlossen. Eine Flucht durchs Fenster war unmöglich, die Wohnung lag im dritten Stock. Und wohin hätte er schon flüchten können? In seine Wohnung? Ins *Montenero*? Zu Eduardo? Er konnte nirgendwohin, versuchte nicht einmal, durch die Tür mit Barbara Bonanni Kontakt aufzunehmen.

Consultant ... ha! Eine verdammte Hure war sie. Und garantiert hieß sie ganz anders und war auch kein Consultant.

Irgendwann hatte er sich aufs Bett fallen lassen und war wohl vor Erschöpfung eingeschlafen. Jedenfalls konnte er sich an nichts erinnern, nicht einmal an einen Traum. Später, als er jedes Zeitgefühl verloren hatte, merkte er, dass er Durst hatte. Und noch etwas: Seine goldene Rolex war weg.

Sergio starrte auf seinen bloßen Arm, warf die Decke von sich und sprang aus dem Bett. Sorgfältig suchte er das Laken ab, hob die Kissen hoch, schaute neben das Bett, unters Bett. Sie war nicht nur eine Hure, sondern auch eine verdammte Diebin!

Sergio zog einen Vorhang zurück. Draußen schien die Sonne, Marcello hatte umsonst auf ihn gewartet. Warum hatte er nicht angerufen? Natürlich, das Telefon war auch weg. Ganz sicher hatte er angerufen. Falls sie mit ihm gesprochen hatte, dann wusste Marcello Bescheid. Und wenn Marcello Bescheid wusste, dann wussten es auch Eduardo und Carmine, wahrscheinlich sogar Vater.

Sergio begann zu schwitzen.

Neben der Tür entdeckte er seine Kleider. Durcheinander und zerknittert lagen sie vor ihm wie ein Haufen schmutziger Wäsche. Alles war da, Unterhose, schwarzes T-Shirt, die graue Hose und die graue Jacke. Seine Brieftasche steckte noch in seinem Jackett. Kreditkarten, Ausweis, Bargeld – warum hatte sie nicht auch gleich seine Brieftasche geklaut? Aber er wusste, warum: Er sollte nicht wissen, wie spät es war, er sollte keine Waffe besitzen und nicht telefonieren. Die Brieftasche interessierte sie nicht.

Waren das Männerstimmen, die er jetzt hinter der Tür hörte? Sergio wischte Schweißtropfen von seiner Oberlippe. Seine Hände zitterten so sehr, dass es ihm Mühe bereitete, in seine Kleider zu schlüpfen. Als er es endlich geschafft hatte, betrachtete er sich in dem großen Spiegel mit Goldrahmen, der gegenüber vom Bett hing. Er sah aus wie gestern früh, als er in seinen Klamotten geschlafen hatte. Wie ein Penner stand er da, mit fahlem Gesicht, schwarzen Schatten unter den Augen und Haaren, die dringend mit Wasser und Gel geglättet werden mussten. Seine Kleidung war eine Schande. Wenn sie ihn in diesem Zustand ihren Leuten vorführte, bedeutete das die totale Entwürdigung.

Er lauschte an der Tür. Sie waren da. Er konnte sie hören. Sicher gehörten auch die Geschäftsfreunde von gestern Abend dazu.

Schritte näherten sich. Sergio wich zurück, hörte den Schlüssel, starrte auf die Klinke und riss sich mit aller Kraft zusammen. Sehr aufrecht schaute er ihnen entgegen.

SIE WAR ALLEIN, lehnte jetzt an der Wand neben der offenen Schlafzimmertür und betrachtete ihn mit einem leicht amüsierten Gesichtsausdruck. Wieder hielt sie seine Pistole in der Hand, ganz entspannt diesmal, den Lauf auf den Boden gerichtet.

«In der Küche gibt's Caffè», sagte sie, «du siehst aus, als könntest du einen vertragen.»

«Lädst du Männer immer mit der Waffe zum Caffè ein?» Sergio versuchte die Situation in den Griff zu bekommen, cool zu reagieren, irgendwie seine Würde zu wahren.

«Nur manchmal.»

«Hat Marcello auf meinem Telefon angerufen?»

«Sì.»

«Hast du mit ihm gesprochen?»

«Sì.»

«Kannst du noch etwas anderes außer *sì*?»

«Sì.»

«Dann sag was, verdammt noch mal! Was hast du Marcello gesagt?» Er war nicht cool, und sie wusste es, spielte schon wieder mit ihm.

«Dass du nicht kommen kannst.» Sie verzog spöttisch den Mund. Er hätte sie am liebsten geschlagen.

«Und das hat er geschluckt?»

«Er hat gelacht.»

«Gelacht?»

«Ja, gelacht. Und jetzt komm schon, die Jungs warten auf uns.» Barbara Bonanni hob den Lauf der Pistole und trat zwei Schritte zur Seite. «Geh langsam voraus, durch die Tür und geradeaus in die Küche.»

Sergio gehorchte. In seinen Ohren rauschte es, und er hörte die unregelmäßigen Schläge seines Herzens. Aber er ging aufrecht an der Schwarzhaarigen vorbei, den langen Flur entlang, trat über die Schwelle der Küchentür, blieb stehen, hatte plötzlich Mühe zu atmen, Mühe, die Wirklichkeit als solche wahrzunehmen.

Sechs Männer wandten ihm ihre Gesichter zu, musterten ihn schweigend von oben bis unten.

«Gestern Abend hast du noch besser ausgesehen, Padrone. Einen Caffè?», sagte einer der sogenannten Geschäftsfreunde der Bonanni. Die andern beiden waren auch da. Die übrigen Männer hatte Sergio noch nie gesehen. Mit kaum merklichem Nicken senkte er den Kopf.

«Setz dich doch, Padrone. Geschäftliches bespricht man besser im Sitzen, vero?»

Sergio beachtete den Sprecher nicht, aber er setzte sich auf den Stuhl, den ihm ein anderer hinschob. Die Schwarzhaarige stellte eine Tasse vor ihn auf den Tisch. Seine Pistole hatte sie inzwischen in den Bund ihrer Jeans gesteckt. Plötzlich schälte sich aus seinen wirren Gedanken ein neues Bild, mächtiger noch als das Bild der letzten Nacht, als er die Stufen zu Barbara Bonannis Wohnung hinaufgestiegen war. Jetzt war die Vision der Männer Wirklichkeit geworden, und Sergio bezweifelte, dass er diese Wirklichkeit überleben würde.

Falls der Unbekannte, den er umgebracht hatte, zur 'Ndrina dieser Leute gehörte, dann hatte er keine Chance. Sie würden ihn umbringen, wie er den anderen umgebracht hatte. Mit seiner eigenen Waffe würden sie ihn erschießen. Oder sie würden ihn erwürgen. Santa Madonna, bitte nicht erwürgen. Einmal hatte er zusehen müssen, wie einer erwürgt wurde. Es war ein grausamer, langsamer Tod. Erschießen war gnädiger.

«Dein Caffè wird kalt, Padrone.»

Vorsichtig hob Sergio den Blick und schaute in die Gesichter der anderen. Ihre ausdruckslosen Augen waren auf ihn gerichtet. Solche Augen kannte er seit seiner Kindheit. Jedes Mal, wenn es um wichtige Entscheidungen ging, hatten alle Mitglieder der Familie diese ausdruckslosen Augen bekommen, als wäre für eine gewisse Zeit etwas in ihnen ausgelöscht worden.

Seine Hand durfte nicht zittern, wenn er nach der Tasse griff. Mit zusammengebissenen Zähnen streckte er seine rechte Hand aus, umfasste den Henkel und führte die Tasse schnell zum Mund. Er trank, obwohl der caffè eigentlich zu heiß war, stellte ihn wieder ab, legte die rechte Hand flach auf den Tisch und versuchte, die innere Lähmung abzuschütteln. Er musste etwas sagen, irgendwie dieses furchterregende, erbarmungslose Schweigen durchbrechen, das sich zwischen den wenigen Sätzen der anderen ausbreitete. Trotz des Caffès war seine Kehle so trocken, dass er sicher war, keinen Ton herauszubekommen.

Die Schwarzhaarige lehnte hinter den Männern an der weißen, kahlen Wand. Mit dem großen Tisch und den vielen Stühlen glich diese sogenannte Küche eher einem Konferenzraum. Irgendwo tickte eine Uhr. Sergio räusperte sich.

«Grazie per il caffè.»

Sie grinsten.

«Wir sind natürlich nicht zum Frühstücken hier versammelt», sagte Barbara Bonanni mit rauer Stimme. «Sag du ihm, um was es geht, Bruno!»

Der Mann, den sie mit Bruno ansprach, war höchstens so alt wie Sergio, hatte hellbraune Locken und blaue Augen. Es war derjenige, den Sergio gestern Abend für einen Deutschen gehalten hatte. Bruno nickte und kniff leicht die Augen zusammen.

«Va bene, padrone. Wahrscheinlich ist dir längst klar, um was es hier geht. Du wirst einsehen, dass es nicht besonders klug von dir war, einen von unseren Leuten umzubringen, wo der dich doch nur ein bisschen erschrecken wollte.»

Sergio fuhr auf, doch der andere machte eine so heftige und eindeutige Handbewegung, dass er kein Wort der Verteidigung über die Lippen brachte.

«Du weißt, Padrone, was in unseren Kreisen üblich ist, wenn ein Familienmitglied von einem Angehörigen einer anderen Familie ermordet wird. Weißt du es, Sergio?»

Sergio nickte und starrte zu Boden. Unterm Tisch lief die schwarze Katze, strich an den Beinen der Männer entlang, kam auch zu ihm und rieb ihren Kopf an seiner Hose.

«Bene, du weißt es also. Wir haben lange beraten und Beschlüsse gefasst, die deine Person und deine Familie betreffen. Willst du es ihm erklären, Boss?»

Sergio schaute auf und zuckte zusammen, als die Schwarzhaarige zu sprechen begann.

«Damit hast du nicht gerechnet, was? Dass ich der Boss sein könnte, eh? Jetzt hör mal genau zu, mein Kleiner. Ich habe ernsthaft darüber nachgedacht, dich umzubringen, wir alle haben darüber nachgedacht. Sangu chiama sangu, Blut verlangt Blut. Das sind die Regeln. Aber dann fand ich diese Tradition in unserem Fall nicht besonders intelligent. Wenn wir dich umbringen, dann bringt einer von euch einen von uns um und so weiter und so weiter. Fürs Geschäft ist das nicht gut. Da wirst du mir sicher zustimmen, Padrone.»

Sergio schluckte, seine Kehle fühlte sich an wie zugeklebt.

«Stimmst du mir zu?» Ihr Tonfall klang so drohend wie spöttisch.

Sergio nickte. Die verdammte Katze ließ ihn nicht mehr in Ruhe, immer wieder stieß sie mit ihrem Kopf fordernd gegen sein Schienbein.

«Perfetto! Wir sind also einer Meinung. Andererseits muss der Tod unseres lieben Verwandten natürlich irgendwie gesühnt werden. Ich bin deshalb auf die Idee gekommen, dass unsere Familien zusammenarbeiten. Wir beobachten euch schon seit einiger Zeit. Ihr seid erfolgreich im Drogenhandel, bei Fischen und Lebensmitteln, unsere Spezialität sind Immobilien und die Baubranche. Wenn wir diese Geschäftsbereiche zusammenführen, dann sind wir unschlagbar.»

«Und wenn nicht?» Sergio erkannte seine eigene Stimme nicht.

«Das wäre sehr bedauerlich, Padrone. Nicht nur geschäftlich betrachtet, auch für dich persönlich. Ich meine, wir müssten dich umbringen und vielleicht noch ein paar andere. Sangu chiama sangu, Cavallino. Schließlich habt ihr Gabriele auf dem Gewissen, und Gabriele war ein enger Freund von mir. Ich empfinde es als meine moralische Verpflichtung, seinen Tod zu rächen!»

«Che cosa dici? Ich versteh dich nicht! Was hat das mit Gabriele zu tun?» Sergios Herz schlug so heftig, dass er meinte, es von den Wänden widerhallen zu hören.

«Ich hab es gerade erklärt. Frag deinen Boss. Vielleicht

gibt er dir eine Antwort. Davon abgesehen haben wir ganz entschieden etwas dagegen, dass ihr uns im Immobiliengeschäft Konkurrenz machen wollt. Ihr seid dabei, uns einen dicken Fisch wegzuschnappen: den Deal mit Florenz und Della Valle.»

«Was? Wovon redest du?»

«Du solltest uns nicht anlügen, Padrone. Immerhin führst du zusammen mit Eduardo die Münchner Niederlassung. Also, sag schon, was Sache ist!»

«Ich weiß es nicht. Ich habe noch nie davon gehört. Irgendwer hat euch was Falsches erzählt, um uns zu schaden. Wir haben mit Immobilien nichts zu tun.» Sergio spürte, dass er nicht besonders überzeugend log. Natürlich versuchten sie, im Immobilienhandel und in der Bauwirtschaft Fuß zu fassen. Aber bisher war das über ein paar vorsichtige Kontakte nicht hinausgegangen. Es handelte sich um ein Zukunftsprojekt. Was die Bonanni da erzählte, war ihm völlig unbekannt. Erschrocken senkte er den Blick, als er den ausdruckslosen Augen der anderen begegnete.

«Dann wird es Zeit, dass du es herausfindest, Sergio Cavallino. Wir sind an diesem Geschäft nämlich sehr interessiert, und du kannst deinen Leuten ausrichten, dass wir es uns auf keinen Fall entgehen lassen. Mach du weiter, Bruno, ich habe keine Lust mehr. Sag ihm, was er zu tun hat.» Barbara Bonanni griff nach einer Schachtel Davidoff, die auf dem Tisch lag, zog eine Zigarette heraus und steckte sie sich zwischen die Lippen. Beflissen gab ihr einer der Männer Feuer. Sie lehnte sich wieder an die Wand und rauchte schweigend, beachtete Sergio nicht länger. Bruno aber stand auf, kam langsam auf Sergio zu und blieb dicht vor ihm stehen.

«Schau mich an, Padrone», sagte er leise. «Ich will deine

Augen sehen.» Da war es wieder, dieses Flüstern, das Sergio so sehr hasste und das ihm kalte Schauer über den Rücken schickte. Auch Bruno hatte es drauf, das Flüstern der Mächtigen. Sergio musste aufschauen, es gab keine andere Möglichkeit, aber es fiel ihm verdammt schwer. So schwer, dass Bruno die Geduld verlor und ihm einen Stoß versetzte.

«Ich habe gesagt, du sollst mich ansehen!»

Sergio tat es.

«Bene. Also, hör genau zu. Sag deinen Leuten, dass wir mit ihnen zusammenarbeiten wollen, dass wir ein Treffen vereinbaren, sobald sie bereit sind. Falls sie es ablehnen, werden wir der Polizei Informationen über den Toten im Beton zukommen lassen, und ihr könnt eure Unternehmen in München vergessen – das *Montenero*, das *Dolcissima*, den Fischhandel und alles, was dranhängt. Und bilde dir nicht ein, dass ihr hierherkommen könnt, um uns auszuräuchern. Diese Wohnung ist nur für kurze Zeit angemietet. Wir werden sie noch heute verlassen.»

Dann machte er etwas, das auch Eduardo getan hatte. Er fasste zu und zog das T-Shirt eng um Sergios Hals. «Hast du alles genau verstanden, Padrone? Dann kannst du jetzt gehen, aber pass gut auf dich auf. Denk an deinen Bruder Gabriele. Das Leben ist gefährlich.»

Die anderen Männer lachten, während Bruno Sergio auf die Beine zerrte und Richtung Ausgang stieß. «Aspetta!»

Barbara Bonanni löste sich von der Wand und folgte den beiden in den Flur. Sie öffnete die Schublade eines kleinen Schranks und gab Sergio die Rolex, das Handy und seine Schlüssel zurück. «Die Pistole behalte ich noch. Falls die Zusammenarbeit gut wird, kannst du sie wiederhaben. Und kein Aufsehen, mach deinen Job wie immer. Wir kommen heute Abend zum Essen. Ciao, Kleiner!»

Bruno öffnete die Wohnungstür, und Sergio stolperte die Treppe hinunter und hinaus auf die Straße. Geplündert, entwürdigt, völlig erschöpft. Sie hatten ihn nicht geschlagen, das war gar nicht nötig gewesen.

Die Sonne war zu hell für ihn, die Geräusche der Stadt zu laut. Zum Glück war sein Mini noch da, er hatte es kaum zu hoffen gewagt. Jetzt brauchte er einen Plan. Wieder einmal. Er würde in seine Wohnung fahren, duschen, frische Kleider anziehen und ins *Montenero* fahren. Dann würde er Marcello fragen, was die Schwarzhaarige ihm gesagt hatte, danach musste er mit Eduardo reden. Und danach ... vielleicht beten.

Laura, Sofia und Patrick warteten bereits vor dem *Montenero*, als Ronald mit dem Rest der Familie ankam.

«Warum geht ihr denn nicht rein?» Ronald küsste Laura und Sofia, schüttelte Patricks Hand und klopfte ihm auf die Schulter.

«Weil es ein schöner Maiabend ist, es nach Flieder duftet und wir noch lang genug herumsitzen werden.» Laura umarmte ihren Vater und drückte Luca einen Kuss auf die Wange.

«So», sagte der alte Gottberg und nahm seinen breitkrempigen Hut ab, der ihm bei Lauras Umarmung in den Nacken gerutscht war. «So, das also ist das *Montenero*. Ich habe in der Zeitung darüber gelesen. In dieser Restaurantkritik. Es soll ganz hervorragend sein.»

«Genau deshalb habe ich es für unseren Familienausflug ausgesucht. Es gibt nichts Schöneres als eine große Familie an einem großen Tisch und gutes italienisches Essen!»

«Also los, gehen wir rein und schauen nach, ob sie einen großen Tisch und gutes Essen für uns haben», grinste Luca.

«Ich hab nämlich einen Bärenhunger.» Er ging voraus und hielt für alle die Tür auf.

Ronald drängte sich dicht neben Laura und flüsterte: «Gut gelogen, Frau Kommissarin.»

Laura beachtete ihn nicht, sondern lächelte den jungen Kellner an, der sie in Empfang nahm. An der schwarzen Weste, die er über dem weißen Hemd trug, steckte ein Namensschild: Pietro. Mit einer leichten Verbeugung lächelte Pietro zurück.

«Wir haben für Familie Severin reservieren lassen», sagte Laura.

«Ich weiß, Signora. Für sechs Personen, vero?»

«Ganz genau.»

«Warum redest du nicht Italienisch mit ihm?», flüsterte Ronald, während sie dem Kellner zu ihrem Tisch folgten.

«Weil ich heute Abend nur Deutsch kann, und du weißt genau, weshalb! Und jetzt wäre ich dir dankbar, wenn du deinen Charme spielen lassen könntest und ab sofort zum Familienoberhaupt wirst!»

Ronald grinste und bestimmte die Sitzordnung. «Patrick sitzt zwischen Sofia und Luca, dann kommt mein lieber Schwiegervater, dann Laura und ich selbst. Aber schaut euch erst mal in Ruhe um. Das ist ja wirklich ein nobles Restaurant. Die Blumengestecke, die Gemälde, sehr geschmackvoll. Wenn das Essen auch so gut ist, dann sind wir hier richtig!»

«Papa!» Sofia war rot geworden. «Bitte nicht so laut. Was ist denn los mit dir?»

«Er will mich nur ein bisschen ärgern», antwortete Laura an Ronalds Stelle. «Aber ich ärgere mich nicht, und deshalb ...»

«... höre ich sofort damit auf», grinste ihr Ex. «Danke für die Einladung, Laura.»

Pietro kehrte zurück, verteilte die Speisekarten und sprach seine Empfehlungen aus. Sie bestellten eine Orgie von Köstlichkeiten, und Laura überschlug im Geiste, was der Abend kosten würde. Angesichts der stattlichen Summe, auf die sie dabei kam, hoffte sie inständig, dass dieses Familientreffen konfliktfrei verlaufen möge.

«Netter junger Mann, dieser Patrick», flüsterte Emilio Gottberg seiner Tochter zu, und laut sagte er: «Ich freu mich richtig, dass wir mal wieder alle zusammen sind. Dich hab ich ja schon ewig nicht mehr gesehen, Ronald.»

«Ja, leider. Ich hab viel um die Ohren, Emilio.»

«Versteh ich alles, sollte ja auch kein Vorwurf sein. Läuft es gut mit dem Schreiben?»

«Mal so, mal so. Wie es bei Freiberuflern eben ist.»

«Ja, ja, kenne ich, war ja selbst Freiberufler. Sag mal, ist das ein Madonnenbild, da neben der Bartheke? Ich seh nicht mehr so gut.»

«Es ist ein Madonnenbild, Emilio, genauer gesagt handelt es sich um die Madonna della Montagna aus Polsi im Aspromonte. Unter ihrem Bild hängt übrigens noch eins, und das zeigt Padre Pio.»

«Ach», erwiderte der alte Gottberg, «dann handelt es sich hier vermutlich um ein Restaurant der Ehrenwerten Gesellschaft. Hast du das gewusst, Laura?»

«Geahnt.»

«Na, dann wird es sicher ein interessanter Abend.»

«Was ist die Ehrenwerte Gesellschaft?», fragte Patrick.

«Psst!» Sofia stieß ihn in die Seite. «Der Kellner!»

Pietro brachte die Getränke, füllte die Gläser mit

Wein und Wasser, verbeugte sich wieder und verschwand.
«Wir müssen ein bisschen aufpassen. Also, die Ehrenwerte Gesellschaft ist die Mafia, deshalb nicht so laut reden und am besten gar nicht, wenn einer der Kellner auftaucht.»

«Oh!» Patrick schaute sich vorsichtig um. «Die können einfach ein Restaurant aufmachen und werden nicht verhaftet?»

«Ja, das können die, und nicht nur in München, sondern auch bei euch in London und eigentlich überall auf der Welt. Man muss ihnen nämlich nachweisen können, dass sie etwas Verbotenes tun. Gut kochen ist nicht verboten.»

«Bist du sicher, Mama, dass wir in einem Mafia-Restaurant sitzen?», flüsterte Sofia.

«Es gilt immer die Unschuldsvermutung.»

Sofia drehte eine Locke um ihren Zeigefinger. «Kannst du nicht ja oder nein sagen?»

«Kann ich nicht, weil ich es selbst nicht genau weiß.»

«Und diese vielen Leute hier? Wissen die etwas davon?» Sofia schaute sich neugierig um.

«Die meisten kommen nur hierher, um gut zu essen und weil das Lokal gerade in ist. Alles andere ist ihnen egal. Aber ein paar sind vielleicht Geschäftspartner des Wirts.»

Interessiert beugte sich Patrick vor. «This young waiter, he seems to be nice ... ist das ein Mafioso?»

«Ihr müsst schon ein bisschen lauter reden, sonst versteh ich gar nix!» Lauras Vater legte eine Hand an sein rechtes Ohr.

«Wenn wir von Mafiosi sprechen, dann können wir schlecht lauter reden, Babbo.»

«Dann suchen wir uns eben ein anderes Thema!»

«Aber das Thema ist spannend», wandte Luca ein. «Ich sag dir die wesentlichen Dinge ins Ohr, Großpapa, dann behältst du den Überblick!»

«Na ja, versuchen können wir's ja. Aber mich interessiert mehr, wie es Patrick bei uns gefällt.»

Der junge Ire hörte nichts, denn er unterhielt sich gerade mit Sofia.

«Vielleicht können die ihre Musik ein bisschen leiser machen. Musik und das Gebrabbel der anderen Gäste, das ist zu viel für meine alten Ohren. Aber Patrick hört offensichtlich auch nichts.»

«Ich hör auch nicht besonders gut bei Hintergrundgeräuschen, Emilio.» Ronald hob sein Rotweinglas und prostete Lauras Vater zu.

Unterdessen beobachtete Laura die Kellner, und ihr fiel auf, wie höflich, beinahe herzlich, sie mit den Gästen umgingen. Ein Mann mit buntem Kopftuch kam aus der Küche und servierte eine besondere Spezialität, die geradezu jubelnd aufgenommen wurde. Zwischen Gästen und Personal herrschte eine lockere Vertrautheit, die nicht zur Mafia zu passen schien.

Jetzt tauchte hinter der Bar ein Mann auf, der von einigen Gästen lautstark begrüßt wurde. Ein sehr blasser Mann, dessen Unterlippe von einem kleinen Dreiecksbart betont wurde und dessen dunkle Augen Laura selbst aus einiger Entfernung auffielen. Er trug einen blauen Anzug und ein dunkelblaues T-Shirt, ging von Tisch zu Tisch und begrüßte die Gäste.

Als er näher kam, erkannte Laura, dass auf seinem Gesicht eine tiefe Erschöpfung lag, die er nur mühsam verbergen konnte. Seine Bewegungen wirkten steif, manchmal fahrig. Offensichtlich war er der Wirt oder Geschäftsführer des *Montenero*, und er schien entweder krank zu sein oder harte Zeiten hinter sich zu haben.

«Großvater hat gefragt, wie es dir bei uns gefällt, Patrick.» Luca wirkte fast, als wäre er der Moderator.

«Very good, es ist schön, ganz anders als in London. Mein Vater ist Steuerberater, das ist nicht so spannend wie *police inspector*.»

«Das kommt darauf an», lächelte Lauras Vater. «Kann auch ganz spannend sein. Ah, da sind die Vorspeisen!»

Pietro stellte Schalen und Platten voller Köstlichkeiten auf den Tisch. Es duftete nach Knoblauch, Zitrone, Kräutern und frischem Brot.

«Buon appetito, signori. Tutto bene? Alles zu Ihrer Zufriedenheit?» Der blasse Mann verbeugte sich mit einem Lächeln, das seine Augen nicht erreichte.

«Sieht hervorragend aus. Wir werden gleich probieren!», antwortete Ronald in seiner Funktion als Familienoberhaupt.

Der blasse Wirt nickte und ging langsam weiter.

«War das jetzt ein Obermafioso?», fragte Luca leise.

«Falls es einer war, dann einer mit großen Sorgen oder einem Magengeschwür», antwortete Ronald. «Guten Appetit, meine Lieben. Hoch lebe eure Mutter!»

Eine Weile waren sie so damit beschäftigt, die Vorspeisen zu genießen, dass Stille herrschte. Laura beobachtete weiterhin den Padrone, der sich nach seiner Runde durchs Lokal wieder zurückzog. Als Pietro gerade die leeren Platten abräumte und sich darüber freute, dass sie alles aufgegessen hatten – «Bravi, bravi!», sagte er ein paarmal –, betraten vier Männer und eine Frau das Restaurant. Pietro schaute zu ihnen hinüber und schien einen Augenblick lang irritiert zu sein. Er stellte die Teller wieder ab und ging zu den Neuankömmlingen, die neben dem Eingang stehen geblieben waren.

Laura beobachtete.

«Na, das ist ja 'ne scharfe Lady», flüsterte Ronald in ihr linkes Ohr.

«Die Vorspeise war wunderbar!» Emilio Gottberg sprach in ihr rechtes Ohr.

«Ja, Babbo, ganz köstlich!»

«Kannst du dir das eigentlich leisten, Laura? Ich finde, du bist ziemlich großzügig!»

Laura ließ die Gruppe neben der Eingangstür nicht aus den Augen. Die Frau sah wirklich sehr eindrucksvoll aus in ihrer eng anliegenden, langen Seidenbluse, den hautengen Jeans und der schwarzen, flauschigen Fellweste.

«Vielleicht ist sie Schauspielerin», vermutete Ronald.

«Und die Typen?»

«Sind ihre Bodygards. Oder ihre Lover.»

«Kannst du es dir wirklich leisten, Laura? Hast du gewusst, wie teuer dieses Restaurant ist?» Besorgt legte der alte Gottberg eine Hand auf Lauras Arm.

«Mach dir keine Sorgen, Babbo.»

Die Frau und ihre Begleiter folgten Pietro, kamen ganz nah an Laura und ihrer Familie vorbei und ließen sich zwei Tische von ihnen entfernt nieder. Die Gruppe wirkte elegant, und trotzdem stimmte etwas nicht: Das Parfüm der Männer roch aufdringlich, ihre Körpersprache war eine Spur zu ungeschlacht, die Absätze der Frau schienen zu hoch ... Laura konnte es nicht genau benennen.

«Die gehören auch zur Familie, ich meine, zur Wirtsfamilie, oder?», grinste Ronald. «Ist ja wie im Kino!»

Pietro kehrte zurück und nahm endlich das schmutzige

Geschirr mit, sein Lächeln wirkte nicht mehr ganz so echt wie zuvor.

«Ich bin dafür, dass wir das Thema Mafia hiermit beenden. Alle weiteren Fragen beantworte ich zu Hause. Einverstanden?» Auffordernd schaute Laura in die Runde.

«Du bist eine Spielverderberin, Mama. Es ist doch witzig, jedes Mal das Thema zu wechseln, wenn der Kellner kommt», protestierte Luca.

«Finde ich auch!» Sofia drehte sich um und beobachtete Pietro.

«Well», lächelte Patrick, «ich glaube, Sie wollen hier etwas finden, inspector, right?»

«Wieso? Hast du etwas verloren, Laura?», fragte Emilio Gottberg, und alle brachen in Gelächter aus.

Nach dem Hauptgang entschuldigte sich Laura für ein paar Minuten und behauptete, ihr Diensthandy hätte Laut gegeben. Der blasse Wirt war nicht wieder aufgetaucht, der Koch wuselte von Tisch zu Tisch, und die schwarzhaarige Frau und ihre halbseidenen Begleiter arbeiteten sich schweigend durch die verschiedenen Gänge.

Sofia wollte mitkommen, doch Laura schüttelte den Kopf, hielt das Telefon hoch und sagte: «Dienstgespräch!» Langsam durchquerte sie das Restaurant. Inzwischen waren alle Tische besetzt, die Menschen schwitzten und aßen, tranken und redeten immer lauter.

Armer Babbo, dachte Laura, bei dem Stimmengewirr versteht er wahrscheinlich überhaupt nichts mehr. Sie öffnete die Tür zu den Toiletten und fand sich in einem langen Flur mit indirekter Beleuchtung, Spiegeln und Gemälden an den Wänden wieder. Die Luft hier draußen war wunderbar kühl, und der Lärm der Speisenden klang nur gedämpft durch die Wände. Rechts und links vom Flur gingen mehrere Türen ab, auf den meisten stand *Privat*, die Toiletten lagen offenbar ganz am Ende. Laura bewegte sich vorsichtig und blieb stehen, als sie hinter einer der Türen Stimmen hörte. Irgendwer redete schnell und erregt. Weil Laura nichts verstehen konnte, trat sie nahe an die Tür heran. Sie fuhr zurück, als sie genau in diesem Augenblick aufgerissen wurde und ein Mann herausstürmte und mit ihr zusammenprallte. Lauras Handy fiel zu Boden, ihr selbst blieb nichts anderes übrig, als sich an dem Stürmenden festzuhalten. Irgendwie schafften sie es, nicht hinzufallen. Erst als sie ihr Gleichgewicht wiedergefunden hatten, ließen sie sich wieder los.

«Scusi, signora, mi dispiace.» Der Mann bückte sich und hob ihr Handy auf.

«Danke, das war ein bisschen unerwartet.» Jetzt erkannte Laura ihn – es war einer der beiden Männer aus dem *Dolcissima*, der kräftigere von beiden.

Eduardo Cavallino zuckte die Achseln, musterte sie prüfend und wurde plötzlich sehr aufmerksam. «Kennen wir uns, Signora? Ah, ich erinnere mich. Sie waren im *Dolcissima*, vero? Was machen Sie hier, Signora?»

«Was werde ich hier machen? Ich esse. Mit meiner ganzen Familie, falls es Sie interessiert. Sie selbst haben mir das *Montenero* empfohlen.»

«Ah, sì, mi ricordo, ich erinnere mich. Aber was machen Sie denn ausgerechnet hier? Ich meine, vor dieser Tür?»

«Ich wollte hier draußen in Ruhe telefonieren und dann die Toilette aufsuchen, falls Sie nichts dagegen haben.»

«No, no, entschuldigen Sie noch einmal. Wir sehen uns bald wieder, im *Dolcissima*, spero!» Eduardo eilte zum hinteren Ausgang des Restaurants, winkte noch einmal und wünschte einen schönen Abend. Die Tür, aus der er gekommen war, stand noch halb offen, und Laura sah in der Mitte eines kleinen Büros den Padrone zusammengesunken vor seinem Schreibtisch sitzen. Plötzlich hob er den Kopf, als spürte er, dass jemand ihn beobachtete. Für den Bruchteil einer Sekunde trafen sich ihre Blicke, dann stand er auf und schloss die Tür.

Langsam ging Laura weiter. Interessant, dachte sie. Das sah nach Ärger in der Familie Aspro-Cavallini aus. Vor der Damentoilette blieb sie kurz stehen und lauschte zum Büro hinüber. Nichts war zu hören. Als sie gerade die Toilettentür öffnete, stürmte Eduardo Cavallino erneut in den Flur und lief an ihr vorüber.

«Ich hab etwas vergessen!»

Er klopfte nicht an der Bürotür, sondern riss sie auf und knallte sie hinter sich zu.

Ziemlich großer Ärger, dachte Laura, schloss die Toilettentür und hörte erstaunt die Stimme von Eros Ramazzotti, der aus irgendeinem Lautsprecher einen seiner Hits sang. Sie betrachtete die frischen Tulpen am Fenster und lächelte über das sanfte Licht über den Spiegeln, das jedem Gesicht schmeicheln würde. Die haben wirklich nichts ausgelassen, dachte sie. Ihr Telefon summte.

«Ja?»

«Salve, Laura, mi manchi. Dove sei, cosa fai?»

«Salve, amore. Ich befinde mich gerade auf der Damentoilette eines Restaurants.»

«Was ist das für Musik?»

«Die spielen Eros Ramazzotti auf dem Klo.»

«Was ist das für ein Restaurant?»

«Ein italienisches.»

«Ist es, was ich vermute?»

«Durchaus.»

«Bist du allein?»

«Nein, meine Familie ruiniert mich gerade finanziell.»

«Ma, Laura, es könnte gefährlich werden!»

«Glaub ich nicht.»

«Was machst du denn in diesem Restaurant?»

«Ich esse.»

«Haha!»

«Und ich beobachte.»

«Die mögen es nicht, wenn man sie beobachtet.»

«Das merken die gar nicht.»

«Die merken fast alles.»

«Aber nicht, wenn sie Ärger haben und anderweitig beschäftigt sind.»

«Laura, du nimmst die Sache nicht ernst genug.»

«Doch, aber im Moment ist es nicht gefährlich. Wir speisen nur fürstlich, das ist alles.»

«Ist das auch wahr?»

«Es ist wahr, und alles Weitere erzähle ich dir an einem weniger exponierten Ort. Jetzt kommt gerade Sofia rein. Ich ruf dich später an.»

«Sei vorsichtig, Laura. Ich mach mir Sorgen.»

«Mach dir keine. Ciao!»

Laura wandte sich ihrer Tochter zu, mit der noch zwei Frauen hereingekommen waren.

«Wo bleibst du denn so lang, Mama?»

«Erst hab ich dienstlich telefoniert, und danach hat Angelo angerufen. Tut mir leid.»

«Komm jetzt mit, bitte! Es fragen sich schon alle, wo du bist, die machen sich sonst Sorgen!»

«Ach, vermutlich ist man nirgendwo so sicher wie in einem Restaurant dieser Art.»

«Glaub ich nicht. Los, komm!»
Laura folgte ihrer Tochter durch den langen Flur zurück ins Restaurant. Niemand begegnete ihnen.

«WAS WILLST DU DENN NOCH?» Sergio fuhr auf, als Eduardo zurückkehrte.

«Carmine hat gerade angerufen. Du sollst sie hinhalten, hat er gesagt. Man hat noch keine Entscheidung getroffen.»

«Und wenn sie sich nicht hinhalten lassen? Die wissen ganz genau, was sie wollen, Eduardo. Die wollen an dem Bauprojekt in Florenz beteiligt werden und an den Geschäften mit Della Valle.»

Unruhig ging Eduardo auf und ab, massierte seine Stirn, seinen Nacken.

«Genau das müssen wir verhindern, Sergio. Diese Geschäfte haben *wir* eingefädelt. Carmine ist wütend. Ich hab ihn noch nie so wütend erlebt. Er hat uns als Stümper bezeichnet, als Versager, denen er nicht vertrauen kann ...»

«Ah, aber wir sollen ihm vertrauen, was? Ich hatte keine Ahnung von der Sache mit Della Valle und Florenz. Ich habe gar nichts eingefädelt! Wie ein Trottel stand ich vor denen. Ich dachte, dass ich die Kontakte zu den Bauunternehmern halten sollte. Stattdessen hat Carmine oder ein anderer in aller Stille diese InputReal angebohrt!» Sergio hätte es am liebsten gebrüllt, aber ihm fehlte die Kraft dazu.

«Reg dich nicht so auf, cugino. Jetzt geht es darum, heil aus der Scheiße rauszukommen. Wenn wir alles richtig machen, dann schaffen wir es. Wir müssen zusammenhalten!»

«Cazzo! Wir wissen ja nicht einmal, *was* wir machen sollen, wie können wir es dann richtig machen?»

«Sie werden uns sagen, was wir machen sollen. Vielleicht heute Abend noch. Sag denen, dass wir beraten und dass die Dinge gut aussehen. Könnte ja wirklich Vorteile haben. Konzerne schließen sich zusammen, warum sollten unsere Familien das nicht auch machen, eh? Man muss mit der Zeit gehen.»

Sergio hob den Kopf und starrte Eduardo an. Irgendwas im Gesicht seines Vetters war verrutscht, gab seinen Zügen etwas Unaufrichtiges.

«Ah, du bist schon gegangen, was?»

«Wie gegangen?

«Na, mit der Zeit!»

«Es ist eine Frage der Intelligenz. Wir leben nicht schlecht ... oder wärst du lieber tot, Belocchio?»

«Sag diesen Namen nicht, capisci! Sag ihn nie mehr ...» Sergio verstummte. Er hatte geflüstert, hatte so geflüstert wie Carmine und die Bosse. In diesem Augenblick klopfte es an der Tür. Eduardo warf Sergio einen seltsamen Blick zu und öffnete. Draußen stand Pietro.

«Ein paar Gäste fragen nach dir, Sergio. Ich glaube, es ist dringend.»

«Sag ihnen, ich komme gleich.»

Pietro nickte und verschwand wieder, während Sergio sich mühsam aufraffte und sein Aussehen in einem kleinen Wandspiegel überprüfte. Falls Eduardo noch einmal seinen Spitznamen aussprechen sollte, würde er ihm das Maul stopfen und ihn so lange treten, bis er liegen blieb. Das Atmen fiel ihm schwer, er musste warten, bis sein rasender Hass abflaute und er seine Fassung halbwegs wiedergewann.

Zum Glück hatte Eduardo nichts gesagt. Er stand nur da und starrte Sergio an, als hätte er mit angesehen, was in ihm gerade abgelaufen war.

«Ich geh jetzt», murmelte er schließlich. «Wenn Carmine sich meldet, sag ich dir Bescheid.»

«Sag Carmine, er soll nicht dich, sondern mich anrufen, wenn er mir etwas mitteilen will.»

«Sergio, ich glaube ...»

«Sag es ihm!»

Noch vor Eduardo verließ Sergio das Büro und ging schnell den Flur entlang zum Gastraum. An der Tür drehte er sich noch einmal um. «Sag es ihm! Hast du verstanden! Sag es ihm!»

Natürlich redeten sie inzwischen wieder über die Mafia. Lauras Vater erklärte, dass es sich am Anfang eher um einen Geheimbund zur Selbstverteidigung gegenüber den Mächtigen und Besitzenden gehandelt hatte, damals im siebzehnten Jahrhundert.

«Aber wie es so ist», sagte er lächelnd und schaute bedeutungsvoll in die Runde. «Kaum erwischen die Leute einen Zipfel der Macht, wollen sie herrschen und reich werden. Aus vielen Revolutionären sind schon Diktatoren geworden, und vielen Rettern der Armen ging es dann doch vor allem darum, sich selbst zu retten.»

«Amen!», murmelte Ronald und winkte dem Kellner. «Was wollt ihr?»

Sie wollten eigentlich alles und bestellten schließlich eine Platte, von der jeder nehmen konnte, was ihn lockte.

«Wirklich ein tolles Restaurant», seufzte Sofia. «Ich bin

zwar so satt, dass ich gleich platze, aber ich freu mich richtig auf die Nachspeise.»

«Vielleicht sollten wir den Koch an unseren Tisch rufen und ihn loben!», schlug Laura vor.

«Du willst ihn doch bloß aus der Nähe sehen», grinste Ronald. «Vielleicht sollten wir einen Toast auf die Aspro-Cavallini aussprechen!»

«Reiß dich zusammen, Papa!» Luca runzelte die Stirn. «Ist euch eigentlich schon aufgefallen, dass hier ziemlich reiche Leute rumsitzen? Jedenfalls sehen sie so aus.»

«Natürlich, an anderen Leuten sind die nicht interessiert. Das hier ist ein Animationsbetrieb für Geschäftsbeziehungen aller Art, Luca. Ist es nicht so, Laura?» Ronald lehnte sich zurück und trank einen Schluck Wein.

«Möglicherweise», gab sie zurück und beobachtete, wie der Wirt das Restaurant betrat, sich neben den Barkeeper stellte und kurz mit ihm sprach. Dann begann er wieder mit seiner Runde durch das Lokal und setzte sich endlich zwei Tische weiter zu der Gruppe mit der dunklen Schönheit.

«Seht ihr, da findet gerade ein solches Geschäftsgespräch statt, wenn ich mich nicht irre.» Ronald zeigte mit einem Daumen über seine Schulter.

«Würdest du dich bitte etwas weniger auffällig benehmen, Ronald! Ich lege keinen Wert darauf, dass die sich mein Gesicht merken. Ich denke, wir gehen jetzt besser!»

«Aber jetzt wird es doch erst interessant, außerdem müssen wir noch unser Dessert essen.»

«Dann hör jetzt sofort mit dem Quatsch auf!», zischte Laura.

«Bitte, Papa!» Sofia presste die Lippen zusammen, und Patrick blickte aufmerksam von einem zum anderen. Diesen leicht angespannten Augenblick unterbrach die

Ankunft der Dessertplatte. Laura nahm sich vom beinahe schwarzen Schokoladeneis und ließ dabei den Wirt und seine speziellen Gäste keine Sekunde aus den Augen. Es ist schon unglaublich, dachte sie, dass mitten in München in aller Öffentlichkeit solche Treffen stattfinden. Tatsächlich eine gut integrierte Großfamilie. Die Kollegen vom OK haben immerhin Humor.

«Das Schokoladeneis ist köstlich», sagte der alte Gottberg. «Ist dir eigentlich aufgefallen, dass der Wirt sehr blass aussieht? Und sein Lächeln ist nicht echt. Hast du das bemerkt, Laura?»

«Ja, Babbo, ich habe es bemerkt. Wenn wir jetzt alle Detektiv spielen, dann fallen wir wirklich bald auf. Bitte dreh dich nicht nach ihm um, er sitzt zwei Tische hinter dir.»

«Was macht er da?»

«Er sitzt neben einer sehr aufregenden Frau und versucht ihre vier Bodyguards davon zu überzeugen, dass sie nach Hause gehen sollen», sagte Ronald mit ernstem Gesicht zu seinem Ex-Schwiegervater.

«Was macht er?»

Laura konnte ihren Vater gerade noch davon abhalten, sich umzudrehen. Patrick, Sofia und Luca prusteten los.

«Ziemlich anstrengend, Mama, was?», lachte Luca. «Also ich sitze günstig und muss mich nicht umdrehen, um den Wirt zu beobachten. Ich werde alle weiteren Entwicklungen melden.»

«Ich sehe ganz gut, Luca!»

«Aber die anderen nicht!» Luca schob einen Löffel voll Erdbeereis in den Mund und fügte undeutlich hinzu: «Ich glaube nicht, dass die da drüben sich besonders freundliche Dinge sagen.»

Nachdem Sergio ihnen die Botschaft überbracht hatte, sagten sie lange nichts. Sie betrachteten ihn nur aufmerksam, als könnte ihm im nächsten Augenblick einfallen, dass er sich geirrt hatte. Sergio wusste, dass auch seine Leute ihn beobachteten, Pietro und die anderen Kellner, Marcello, wahrscheinlich sogar einige der Gäste. Es war nicht gut, wenn die Leute an seinem Tisch schwiegen und starrten. Irgendwie musste er Bewegung in die Situation bringen.

«Es wird in Ordnung gehen», sagte er leise. «Sie müssen nur noch die Bedingungen festlegen.»

«Die Bedingungen stellen wir, Cavallino. Deine Leute müssen nur okay sagen.» Die Schwarzhaarige lächelte. «Eigentlich sind wir davon ausgegangen, dass alles klar ist. Sag ihnen, dass sie sich ihre Beratungen sparen können. Sie sollen sich mit *uns* beraten, damit wir einen Vertrag machen können. Es eilt, Cavallino!»

Unerwartet stand Pietro neben der Schwarzhaarigen und fragte nach weiteren Wünschen.

«Caffè für alle!» Mit einer herrischen Handbewegung scheuchte sie ihn fort. «Weiß dein hübscher Kellner Bescheid?»

«Nein.»

«Warum schaut er dann dauernd zu uns herüber?»

«Er findet dich aufregend! Ist dir das noch nie passiert, eh? An so was musst du doch gewöhnt sein!»

Sie antwortete nicht. Wieder herrschte Schweigen, und Sergio fiel nicht ein, wie er es durchbrechen konnte.

Pietro brachte den Caffè und warf Sergio einen fragenden Blick zu. Doch der drehte den Kopf zur Seite, und als Pietro wieder fortging, wuchs in ihm das Bedürfnis, zu schreien, das Tischtuch wegzureißen, den Tisch umzuwerfen und alle aus dem Restaurant zu jagen, die anderen Gäste, das Küchenpersonal, alle!

Aber er riss sich zusammen. Das konnte er, er hatte es gelernt. Ein Mitglied der Ehrenwerten Gesellschaft schrie nicht, warf keine Tische um. Er musste weg von diesen Leuten, sie hatten ihn schon beinahe verrückt gemacht, und sie versuchten es immer noch.

«Kommt morgen Abend wieder. Ich verspreche euch, dass wir dann über alles reden werden und dass die Zusammenarbeit unserer Familien besiegelt wird. Entschuldigt mich jetzt, mehr kann ich nicht sagen.» Er stand auf, drehte sich um und ging. Zwei Tische weiter sprach ihn ein Mann an und lobte das Essen. Sergio lächelte an ihm vorbei und ging einfach weiter, schob Pietro zur Seite, erreichte den Flur, sein Büro und verriegelte die Tür hinter sich.

«Der war aber nicht gut drauf», sagte Ronald. «Offenbar sind die Geschäftsgespräche nicht erfolgreich verlaufen.»

«Dreh dich nicht um!»

«Nein, ich dreh mich nicht um, Laura. Aber ihr müsst mir berichten, was passiert.»

«Sie stehen gerade auf und werden gleich an uns vorbeigehen.»

Und sie gingen, ziemlich schnell, mit verschlossenen Mienen und ohne Pietros Verbeugung weiter zu beachten. Kaum hatten sie das Restaurant verlassen, sprang Patrick auf und folgte ihnen so schnell, dass weder Laura noch Ronald ihn daran hindern konnten. Als Laura ebenfalls aufspringen wollte, hielt Ronald sie zurück. «Langsam, du willst doch kein Aufsehen erregen, oder? Was soll ihm denn passieren?»

«Wir haben die Verantwortung für ihn, Ronald!»

«Aber er ist siebzehn und ziemlich clever.»

«Wenn er in zwei Minuten nicht wieder da ist, geh ich ihm nach!»

«Okay, in zwei Minuten.»

Patrick kehrte nach drei Minuten zurück, sein Smartphone in der Hand, sodass es wirkte, als hätte er nur kurz telefoniert. Er ließ sich auf seinen Stuhl fallen. «Ich hab ihre Autonummer. Sie fahren einen großen dunkelblauen Audi.»

«Danke», sagte Laura.

«Und sie haben nicht bezahlt», fügte Luca hinzu. «Ich hab es genau gesehen. Sie sind einfach gegangen.»

«Wahrscheinlich war das mit dem Wirt vereinbart, sonst hätte Pietro sicher protestiert.»

«Dann sind sie vielleicht doch ein Teil der Familie», vermutete Ronald. «Es ist wirklich wie im Kino. Der Pate von Bogenhausen oder so was! Fehlen nur noch Dani de Vito oder Robert de Niro!»

«Und ich wäre gern der Staatsanwalt in diesem Film!» Lauras Vater nickte ein bisschen wehmütig vor sich hin. «Ich habe immer die Antimafia-Staatsanwälte in Italien bewundert. Männer, die ihr Leben im Kampf gegen das Organisierte Verbrechen eingesetzt haben.»

«Leise, Babbo. Vielleicht hätten sie dich dann in die Luft gesprengt wie Paolo Borsellino oder den Richter Falcone.»

«Dann wäre ich ein Held.»

«Lebendig bist du mir lieber, Babbo.»

«Mir auch, Nonno!» Sofia sah ihren Großvater so ernst an, dass er lächeln musste.

«Ich mache ja auch nur dumme Scherze. Aber ich kenne ein paar italienische Kollegen, die nicht in die Luft gesprengt wurden und trotzdem sehr erfolgreich auf diesem Gebiet waren. Auch Helden!»

«Die kennt aber keiner», erwiderte Luca. «Helden müssen ihr Leben opfern.»

«Woher nimmst du denn diese Erkenntnis, Luca?»

«Von den anderen spricht niemand. Die Toten bekommen Denkmäler, Gedenktage, Dokumentationen im Fernsehen, und es werden Bücher über sie geschrieben.»

«Dazu kann ich nur sagen, dass ein toter Held einfach tot ist. Darüber solltest du mal nachdenken, dann können wir uns wieder darüber unterhalten.»

Drüben an der Bar flüsterten Pietro und der Koch miteinander. Inzwischen war es zwanzig nach zehn, und noch immer war das *Montenero* fast vollbesetzt.

«Ist euch eigentlich aufgefallen, was diese Umgebung mit uns macht?», fragte Laura ihre Familie. «Plötzlich glaubt jeder, merkwürdige Dinge zu beobachten. Ronald fühlt sich wie im Kino, Patrick spielt Detektiv, du, Babbo, wärst gern ein heldenhafter Staatsanwalt, Sofia hat Angst um mich, wenn ich draußen etwas länger telefoniere, und Luca fällt auf, dass bestimmte Gäste nicht bezahlen.»

«Ist doch klasse! Das ist ein total guter Abend, Mama.» Luca prostete ihr mit Wasser zu.

«Was würdet ihr sagen, wenn ich die ganze Geschichte nur erfunden hätte? Wenn das hier ein stinknormales Restaurant wäre, das von friedlichen, fleißigen, langweiligen Menschen betrieben wird?»

Diesmal sagte Luca «Amen» und Sofia: «Gib dir keine Mühe, Mama. Es funktioniert nicht!»

«Did you find what you were looking for?» Patrick sah Laura fragend an.

«Not really. Aber danke für die Autonummer.»

Als Pietro die Rechnung brachte, winkte Emilio Gottberg ihn energisch zu sich und gab ihm so schnell seine Kreditkarte, dass Laura es nicht verhindern konnte.

«Bitte lass mir das Vergnügen, Laura. Diesen Abend mit euch allen habe ich sehr genossen. Es ist mir ein Bedürfnis, die Rechnung zu übernehmen ... zumal mein Konto derzeit ganz gut gefüllt ist.»

«Aber ich wollte dich einladen, Babbo!»

«Du hast mich ja eingeladen und damit basta!»

«Aber ...»

«Wie lange muss man sich zieren, ehe man eine großzügige Geste annehmen kann, ohne den Eindruck zu erwecken, man habe vielleicht genau diese Geste erhofft?» Ronald grinste.

«Du kannst richtig fies sein, Papa!» Sofia schlug mit der Serviette nach ihm.

«Ich habe das nur als allgemeine Überlegung in den Raum gestellt, mit dieser Schwierigkeit schlagen wir uns doch alle herum, oder?»

«Darüber diskutieren wir beim nächsten gemeinsamen Abendessen», erwiderte Laura. «Danke, Babbo, du bist wunderbar, und damit beschließen wir diesen unterhaltsamen Abend!»

Ronald sah aus, als wollte er schon wieder «Amen» sagen, doch Laura warf ihm einen derart warnenden Blick zu, dass er schulterzuckend aufstand und das Essen in seiner Funktion als Interims-Familienoberhaupt damit offiziell für beendet erklärte.

Pietro war froh, als sich das *Montenero* gegen elf ziemlich schnell leerte. Seit über einer Stunde war Sergio nicht mehr aufgetaucht, und Pietro machte sich Sorgen um ihn. In der

Küche rissen Marcello und seine Mannschaft ihre Scherze über die Schwarzhaarige und den Chef. Pietro beteiligte sich nicht daran, zumal er inzwischen nicht mehr an eine Affäre zwischen den beiden glaubte. Zu genau hatte er ihr Verhalten beobachtet und seine Schlüsse daraus gezogen. Überhaupt hatte er in den letzten Tagen eine Menge Schlüsse gezogen: Zum Beispiel hielt er einen Zusammenhang zwischen der Leiche im *Montenero* und der Leiche im Betonblock für möglich. Er hatte die zunehmende Nervosität seines Onkels und dessen schlechtes Aussehen registriert sowie die ungewöhnlich häufigen Besuche von Eduardo. Marcello hatte angedeutet, dass es zwischen Eduardo und Sergio Streit gegeben habe. Außerdem war die Pistole weg, die in Sergios Geheimfach gelegen hatte. Ganz zufällig hatte Pietro vor ein paar Wochen dieses Geheimfach entdeckt und erfolgreich geknackt, ohne dass Sergio es bemerkt hatte. Pietro war gut im unauffälligen Knacken von Türen und Geheimfächern.

Er war auch gut im Herausfinden von Geschäftsmodellen und Dingen, über die man nicht sprach. Die Bosse und ihre Stellvertreter hielten sich schließlich bedeckt. Je weniger die einzelnen Familienmitglieder wussten, desto sicherer liefen die Geschäfte. Jeder führte aus, was ihm aufgetragen wurde, mehr nicht.

Natürlich wussten die meisten, dass der Fischlaster außer Fischen auch Kokain, Heroin und alle möglichen Modedrogen lieferte. Aber wer das Zeug weiter verteilte, das wussten sie nicht.

Die meisten waren außerdem davon überzeugt, dass noch immer Schutzgelder kassiert wurden. Pietro allerdings war klar, dass Schutzgelder durch teuren Fisch und teure Weine ersetzt worden waren. Das war für das Unternehmen praktisch und unauffällig und für die Kunden vorteilhafter, denn den teuren Fisch, den Wein und die Spezialitäten konnten sie immerhin als Betriebsausgaben von der Steuer absetzen.

Und Pietro hatte auch herausgefunden, woher das Betriebskapital der Gesellschaft stammte. Schließlich konnte man nicht einfach so mit Heroin und Kokain handeln, nicht als armer Angehöriger der 'Ndrangheta aus dem Aspromonte, der plötzlich ein multinationales Unternehmen aus dem Hirtenstab zaubert, als hätte die Madonna da Muntagna ein Wunder bewirkt. Für Drogengeschäfte benötigte man eine Menge Bargeld.

Und das hatten sie sich geholt, die Großväter, Väter und Onkel. Umverteilung des Vermögens von oben nach unten nannte man so etwas, und bewerkstelligt wurde es durch Entführung reicher Menschen, das hatte Pietro nachgelesen und mehrfach überprüft. Denn geredet wurde nie darüber: In den siebziger Jahren des letzten Jahrhunderts waren es manchmal an die hundert Entführungen in einem Jahr gewesen. Fast alles Industrielle oder deren Frauen oder Kinder aus dem Norden Italiens. Man versteckte sie in den Bergen des Aspromonte, in Hütten, in Höhlen. Nicht alle überlebten.

Viele Millionen hatten die verschiedenen Familien der 'Ndrangheta auf diese Weise eingesammelt, investiert und vermehrt. Und sie vermehrten sie immer weiter zum Wohle aller Familienmitglieder, die alle geschworen hatten, niemals zu Verrätern zu werden.

Pietro half Francesco dabei, einen Tisch neu einzudecken, der gerade frei geworden war. Plötzlich fiel ihm ein Lied ein, das einer seiner Brüder während der letzten Ferien zu Hause gesungen hatte.

Eru nu picciuteddu ill'onorata
Facivi i cosi a regola d'onuri
Ma un iornu contra e mia ci fu a spiata
Di n'indegnu di sbirru e infami i cori ...

Ich war ein Picciotto der Ehrenwerten Gesellschaft,
ich tat die Dinge nach den Regeln der Ehre,
doch eines Tages wurde ich von einem Spion verraten,
von einem Unwürdigen mit einem Verräterherz.

Weiter wusste er nicht mehr. Nur an den Inhalt des Liedes erinnerte er sich. Dieser ehrenwerte Picciotto onorato, der Held des Liedes, würde der Polizei niemals auch nur ein Wort verraten, sondern die drei Jahre im Gefängnis absitzen und hinterher denjenigen, der ihn verraten hatte, ohne Gnade bestrafen. So war es, und so würde es immer sein. So war das Gesetz der Ehre und des Schweigens. Onore e omertà. *L'omertà é cumandamentu* – noch so ein Lied, das sie zu Hause manchmal in den Kneipen sangen. Ihm hatten diese Lieder Angst gemacht. Immer schon.

«Eh, schläfst du?» Francesco wies ungeduldig auf das frische Tischtuch. «Zieh es doch endlich glatt. Ich will nach Hause, Marcello hat mir frei gegeben.»

Pietro schaute auf die Uhr. Zwanzig nach elf.

«Wieso denn das?»

«Weil es nicht mehr viel zu tun gibt und ich jede Menge Überstunden gemacht habe.»

«Wenn es danach geht, müssten wir jetzt alle gehen und drei Wochen lang nicht wiederkommen!»

«Was sagst du da? Du hast ja Humor ...» Francesco lachte ein bisschen unsicher.

«Nein, ich habe keinen Humor! Ich finde, wir arbeiten zu viel, und das meine ich ernst!»

Francesco glättete das Tischtuch, strich immer wieder darüber, hob endlich den Kopf und sah Pietro an. «Behalt das lieber für dich. Wir arbeiten hier für eine wichtige Sache, da muss man eben viel leisten!»

«So ist es, Francesco, so ist es.» Pietro stellte die Kerze auf den Tisch. «Mach doch noch einmal die Runde bei den Gästen, ehe du gehst. Danach übernehme ich. Will nur schnell noch eine rauchen. Grazie!» Pietro wartete nicht auf Francescos Antwort, sondern ging Richtung Toiletten, schloss sorgfältig die Tür zum Restaurant, blieb vor dem Büro stehen und lauschte. Drinnen war es ganz still. Nur aus der Küche drang ab und zu das Klappern von Töpfen. Plötzlich fühlte sich Pietro unsicher. Vielleicht war es besser, nicht an dieser Tür zu klopfen. Was gab ihm das Recht dazu? Was sollte er sagen? Sergio war sein Onkel, aber auch der Chef, und vielleicht würde er wütend werden. Er wurde schnell wütend in letzter Zeit.

Pietro mochte Sergio, hatte ihn immer gemocht, mehr als die meisten anderen Familienmitglieder. Zu keinem anderen hätte er gesagt, was er zu seinem Onkel Sergio gesagt hatte. Und obwohl Sergio wütend geworden war, hatte Pietro doch genau gespürt, dass sein Onkel ihn irgendwie verstand, dass von ihm keine Gefahr drohte. Er hob die Hand, zog sie wieder zurück, atmete tief ein und klopfte. Leicht vorgebeugt lauschte er. Nichts.

Wieder klopfte er, lauter diesmal. Keine Antwort. Er klopfte ein drittes Mal.

«Sì!»

«Sono Pietro.»

«Cosa vuoi?»

«Wollte nur wissen, ob alles in Ordnung ist.»

Wieder wurde es still, dann drehte sich ein Schlüssel, und die Tür ging auf.

«Vieni.»

Pietro schlüpfte durch die halb geöffnete Tür ins Büro. Er fühlte sich unbehaglich. Hinter ihm schloss Sergio wieder ab.

«Tutto bene?»

«Blöde Frage! Du weißt doch ganz genau, dass nicht alles in Ordnung ist.» Onkel Sergio stand einfach da und starrte zu Boden, dann fuhr er sich mit der Hand über die Augen und massierte erst seine Schläfen, dann seinen Nacken. Pietro hatte nicht die geringste Ahnung, was er sagen könnte. Das Aussehen seines Onkels erschreckte ihn. Nie zuvor hatte er Sergio in so einem Zustand erlebt: gelblich weiß im Gesicht, die Augen trüb, die Haut schlaff. Sergio sah plötzlich aus wie ein alter Mann. «Was also willst du, eh?»

«Ich hab mir Sorgen um dich gemacht, weil du nicht mehr im Restaurant aufgetaucht bist. Und weil die Kerle, die mit der Schwarzhaarigen am Tisch saßen, abgezogen sind wie Schlachtschiffe. Mit denen stimmt was nicht! Deshalb habe ich an der Tür geklopft. Außerdem will ich wissen, wieso die nicht bezahlen mussten!» Und wieso du so schlecht aussiehst, fügte er in Gedanken hinzu, wagte aber nicht, es auszusprechen.

«Ich bin nicht im Restaurant, weil ich heute Abend nicht lächelnd von Tisch zu Tisch gehen kann. Weil ich die Tische lieber umschmeißen und den Gästen das Essen ins Gesicht schmieren würde! Das wäre natürlich eine Möglichkeit ...» Sergio lachte, doch es klang nicht wie Lachen, es klang wie eine Mischung aus Heulen und Husten, was

Pietro noch mehr erschreckte. «Nimm mich nicht ernst, Pietro. Ich rede nur so daher ... Nein, ich hatte einfach keine Lust und hab lieber die Einnahmen der letzten Zeit überprüft. Steht gar nicht schlecht da, das *Montenero*!»

«Das wissen wir doch sowieso.»

«Aber es ist noch beruhigender, wenn man es genau zusammenzählt, findest du nicht?» Pietro zuckte die Achseln.

«Wir könnten uns alle eine Gehaltserhöhung gönnen, wenn es nach mir ginge!», sagte Sergio und begann unvermittelt, auf und ab zu gehen. «Warum sagst du denn nichts?»

«Weil ... ich wollte dich fragen, warum die scharfe Frau und die Typen nicht bezahlt haben.»

Wieder lachte Sergio auf diese seltsame Art. «Weil sie Freunde sind, Pietro. Freunde lässt man nicht bezahlen.»

«Du hast mir aber nicht gesagt, dass sie Freunde sind. Ich hab sie gehen lassen, weil ich keinen Ärger vor den anderen Gästen wollte. Ich weiß ja, dass du die Frau kennst.»

«Hast du irgendwem erzählt, dass sie nicht bezahlt haben?» Für einen Moment unterbrach Sergio seine ruhelose Wanderung.

«Nein.»

«Sehr gut, sehr gut!»

«Aber wieso sind sie plötzlich Freunde?»

«Manche Freundschaften entwickeln sich eben sehr schnell und spontan. Barbara Bonanni ist eine verdammt erfolgreiche Frau. Könnte uns nützen.»

«Dann warst du gestern Nacht also doch bei ihr, was?» Beinahe hätte Pietro auch noch gefragt, ob er deshalb so ramponiert aussah.

«Hör auf, Fragen zu stellen. Du hast immer noch nicht begriffen, dass man in der Gesellschaft keine Fragen stellt und keine Sprüche loslässt, wie du es dauernd machst. Auch wenn du noch mit einem Bein draußen stehst, Pietro, mit dem andern bist du schon lange drin. Wie oft soll ich dich noch warnen, eh? Wie oft?»

Pietro biss sich auf die Unterlippe. «Aber ich rede doch nur mit dir über solche Sachen. Du bist mein Onkel. Wenn ich nicht mit dir reden kann, mit wem denn sonst? Du bist der Einzige! Ich mach mir wirklich Sorgen. Es sah überhaupt nicht nach Freundschaft aus, als du mit den Typen geredet hast. Die waren sauer auf dich, und die Frau auch. Und die waren immer noch wütend, als sie gingen.»

Sergio blieb dicht vor Pietro stehen und legte die Hände auf seine Schultern. «Du denkst zu viel, mein Junge. Manchmal ist denken gut und manchmal schlecht. In diesem Fall ist es schlecht. Je weniger Gedanken du dir machst, desto besser für dich. Also mach deinen Job, genieß deine Freizeit und befolge alle Anweisungen. Wenn du eine Freundin hast, dann sag ihr niemals, was du wirklich tust. Es sei denn, sie ist eine von uns. Du weißt das alles, aber ich wiederhole es, weil ich glaube, dass du es noch immer nicht begriffen hast. Und jetzt geh!»

«Ist das alles?»

«Das ist alles.»

Sergio fühlte sich wie ein mieser Verräter. Ja, er sagte diese Dinge, um Pietro zu schützen. Aber er sagte sie auch, weil er feige war, weil er der Offenheit des Jüngeren immer noch misstraute. Pietro konnte sehr wohl ein Spion sein, einer, den sie auf ihn angesetzt hatten, weil sie herausfinden wollten, ob die Gesellschaft sich auf ihn verlassen konnte.

Dabei hungerte er danach, mit Pietro über die ganze

Scheiße zu reden, die sich gerade über ihnen zusammenbraute.

Er hielt dem enttäuschten Blick seines Neffen nicht stand, schob ihn zur Tür hinaus, schloss wieder ab und presste beide Hände gegen sein Gesicht.

Onkel Carmine hatte noch immer nicht angerufen.

AM NÄCHSTEN MORGEN ließ Laura die Nummer des dunkelblauen Audi überprüfen, die Patrick aufgeschrieben hatte. Schnell stellte sich heraus, dass es sich um Nummernschilder handelte, die vor zwei Tagen als gestohlen gemeldet wurden. Unbekannte hatten sie nachts von einem Wagen abmontiert, der in einer Schwabinger Nebenstraße geparkt hatte.

Wirklich wie im Kino, dachte Laura, nur haben sie keine Sonnenbrillen getragen. Sie gab zwar eine Suchmeldung nach dem dunkelblauen Audi mit den gestohlenen Nummernschildern heraus, war aber sicher, dass die längst wieder durch legale Schilder ersetzt worden waren.

Bei dem Gedanken daran, wie stolz Patrick ausgesehen hatte, als er ihr die Autonummer überreichte, musste sie lächeln. Ganz lässig hatte er gewirkt, und trotzdem konnte Laura spüren, dass er innerlich vor Begeisterung beinahe platzte. Sofia hatte gar nicht erst vorgegeben, cool zu sein, sie schien Patrick seither noch mehr zu bewundern.

Guerrini hatte sie im anschließenden Telefongespräch vor Heldentaten jeglicher Art gewarnt. Patricks spontane Reaktion stufte er als leichtsinnig und gefährlich ein, außerdem zeigte er sich so besorgt über ihren Familienausflug ins *Montenero*, dass Laura ihn auslachte.

«Bitte betrachte diesen Fall nicht als Mafiakomödie aus Hollywood, auch wenn er in mancher Hinsicht so wirken könnte. Es handelt sich um die 'Ndrangheta. Die ist nicht lustig!»

«Zu Befehl, Commissario!», hatte Laura geantwortet, und er war wütend geworden, weil sie die Angelegenheit so komisch fand. Sie hatte sich entschuldigt, er hatte es brummend angenommen. Buona notte.

Das war letzte Nacht gewesen, jetzt hatte ein neuer Tag begonnen, und in zehn Minuten würde sich die SOKO Beton treffen. Severin Burger machte ein bedeutungsvolles Gesicht, und Claudia litt sichtlich darunter, dass Kommissar Baumann sich nicht bei ihr meldete. Laura fühlte sich an diesem Morgen nur mäßig empathisch und hielt sicheren Abstand zu den inneren Verfassungen ihrer Kollegen. Aber sie interessierte sich für die Ermittlungsergebnisse, deshalb war sie ausnahmsweise eine der Ersten im Sitzungsraum. Severin tauchte kurz nach ihr auf, dann kam Kriminaloberrat Becker. Der Profiler und Andreas Havel waren die Letzten, und Becker schaute bereits zum dritten Mal demonstrativ auf seine Armbanduhr, und zwar mit einem derart missbilligenden Gesichtsausdruck, dass selbst die einigermaßen Pünktlichen ein schlechtes Gewissen bekamen. Becker war wirklich gut in diesen Dingen.

Als er sieben Minuten nach zehn die Sitzung eröffnete, sprach er leise und beobachtete dabei eine Fliege, die laut summend unter der Deckenlampe kreiste. Nachdem er deutlich genug gemacht hatte, wie absolut notwendig es jetzt war, Ergebnisse zu liefern, erteilte er Laura das Wort. Es war ihr unangenehm. Lieber hätte sie die Berichte der Kollegen gehört und später etwas gesagt. So blieb ihr nichts weiter übrig, als ehrlich zu sein.

«Von meiner Seite gibt es nicht viel. Ich gehe gerade einigen vagen Hinweisen nach. Einer Gruppe von Verdächtigen zum Beispiel, die in einem Audi mit gestohlenen Kennzeichen vom Restaurant *Montenero* abgefahren ist. Fahndung läuft ... aber vermutlich ins Nichts. Es gibt eine große Baufirma, die möglicherweise Geld wäscht und mit Organisierter Kriminalität zu tun hat. Und es gibt einen sehr nervösen Geschäftsführer des Nobelrestaurants *Montenero*. All das muss überhaupt nicht zusammenhängen, aber wir sollten es beobachten.»

Becker, der seinerseits noch immer die Fliege beobachtete, seufzte tief und murmelte: «Beobachten Sie, beobachten Sie.»

Severin Burger, der als Nächster aufgerufen wurde, empfand die Weinhandlung *Dolcissima* als zwielichtig und plädierte für die Beschattung eines jungen Mannes namens Ricardo, der auffallend vielen Kunden sehr nahezustehen schien.

«Da läuft was anderes als Weinhandel!», sagte er mit Nachdruck.

«Und was genau?», fragte Andres Havel mit seiner sanften Stimme.

«Das kann ich nicht sagen. Ich bin nur sicher, dass etwas läuft. Irgendwas Illegales.»

«Ah!», machte Havel, und die meisten Kollegen grinsten still vor sich hin.

«Haben Sie etwas Besseres zu bieten?» Beckers Stimme klang ironisch, und Laura dachte, dass er den Kriminaltechniker auf ganz ähnliche Weise betrachtete wie zuvor die Fliege.

«Nicht viel, aber immerhin etwas», gab Havel freundlich zurück. «Eigentlich wollte unsere Biologin heute selbst kommen, leider ist eine wichtige Analyse dazwischengekommen, die sie für Kollegen aus Nordbayern machen muss. Aber sie hat mich mit den wichtigsten Informationen versorgt.» Er legte eine Pause ein und studierte die Aufzeichnungen, die vor ihm lagen.

«Ja, bitte.» Becker trommelte mit den Fingern der rechten Hand auf den Tisch.

Havel schaute kurz auf die Hand des Chefs und las dann ungerührt weiter. Schließlich nickte er. «Unsere Kollegin ist sich zu achtundneunzig Prozent sicher, dass der Tote aus der Gegend von Taranto stammt. Es hat etwas mit dem großen Aluminiumwerk dort zu tun. Sie konnte jede Menge Giftstoffe in den untersuchten Isotopen feststellen, die darauf hinweisen, dass der Mann längere Zeit in der Nähe eines Aluminiumwerks gelebt hat. Das würde mit den anderen Ergebnissen zusammenpassen. Es sieht also danach aus, als könnte der Tote Süditaliener sein. Oder zumindest ein Mensch, der lange in Süditalien gelebt hat. Die Knochenanalyse ist noch nicht abgeschlossen, aber sie wird dann auch Schlussfolgerungen über die Lebensumstände in der frühen Jugend erlauben.»

«An denen ich im Augenblick allerdings nicht besonders interessiert bin!», knurrte Becker. «Süditaliener also. Das könnte uns durchaus ein Stück weiterbringen. Was ist mit der Genanalyse? Kann die das bestätigen?»

«Schön wär's. Aber die erlaubt leider keine eindeutige Zuordnung.» Havel zuckte bedauernd die Achseln.

Zum Abschluss der Sitzung erklärte der Profiler, dass es sich mit hoher Wahrscheinlichkeit um einen ungewöhnlichen Fall von Erpressung handele. Was er ja schon in früheren Treffen geäußert habe. Es stelle sich nur noch die Frage, wer hier erpresst werden könnte und von wem.

Becker brach in Gelächter aus, in das die meisten Kollegen einstimmten. Laura lächelte nur und fragte, ob jemand einen klügeren Vorschlag habe. Daraufhin kehrte wieder Ruhe ein.

Der Profiler hatte sich nicht aus der Ruhe bringen lassen. «Ich schlage außerdem vor, dass wir in den nächsten Tagen, wenn es geht schon morgen, ein Foto des Toten veröffentlichen. Das wird den Druck auf den Adressaten der Erpressung erhöhen und, wenn wir Glück haben, auch die Erpresser nervös machen.» Der Kriminaloberrat war mit dieser Anregung einverstanden. Vielleicht würde auf diese Weise endlich Bewegung in diese zähe Geschichte kommen.

Beschlossen wurde zudem, dass zwei Kollegen das *Dolcissima* und vor allem den Angestellten Ricardo beobachten sollten. Laura bekam den Auftrag, Informationen über die InputReal zusammenzutragen, und die Sache mit dem dunkelblauen Audi und den gestohlenen Kennzeichen wurde zwei weiteren Kollegen zugeteilt. Severin Burger aber schickte der Kriminaloberrat zum Mittagessen ins *Montenero*, obwohl Laura protestierte.

«Sie werden ihm erzählen, worauf er achten soll, Laura! Es ist nicht gut, wenn Sie sich zu oft dort sehen lassen. Herrgott, Ihnen muss ich so etwas doch nicht sagen, das wissen Sie doch selber.»

«Es handelt sich um eine äußerst diffizile Ermittlung, da kann vieles schiefgehen!»

«Dann bringen Sie Ihrem neuen Assistenten bei, wie man diffizile Ermittlungen durchführt. Ich bin sicher, er kann es!»

Laura schaute sich um. Severin und alle anderen waren zum Glück schon gegangen. «Er passt nicht ins *Montenero*.»

«Wieso nicht?»

«Er ist zu bayerisch. Das *Montenero* ist ein Treffpunkt der Schickimicki-Gesellschaft.»

«Dann staffieren Sie ihn entsprechend aus. Wer in München arbeitet, sollte auch das lernen!»

«Und wer bezahlt das? Ich meine, das Essen und das Ausstaffieren?»

Becker hob beide Arme, als flehe er den Himmel um Gnade an. «Das Essen geht auf Spesenrechnung, und irgendwas Anständiges zum Anziehen wird er ja wohl haben, oder?»

«Das sieht dann aber bayerisch aus!»

«Ja und? Wir leben doch hier in Bayern. Es gibt Bayern, die im Trachtenanzug zum Italiener gehen.»

«Bene, Sie haben mich überzeugt. Vielleicht ist es sogar eine besonders gute Tarnung.» Laura hatte keine Lust mehr, sich mit Becker herumzustreiten. Sie wusste nicht einmal, weshalb sie damit angefangen hatte. Möglicherweise focht sie gerade eine Art Revierkampf aus. Hätte sie Peter Baumann allein ins *Montenero* gehen lassen, ohne zu protestieren? Zumindest eher als Severin Burger. Aber auch nicht wirklich gern. Als Halbitalienerin fühlte sie sich in der Lage, die Körpersprache ihrer Landsleute zu lesen und sogar Blicke zu deuten. Und sie konnte die Unterhaltung der Kellner verstehen. Andererseits würde es auffallen, wenn sie nach dem gestrigen Abend schon wieder auftauchte.

InputReal also. Sie hatte nicht die geringste Ahnung, wie sie näher an diese Firma herankommen könnte. Verdachtsmomente allein reichten nicht aus. Genau aus diesem Grund war es so schwierig, gegen die Organisierte Kriminalität vorzugehen. Nach deutschem Recht musste die Polizei nachweisen, dass Geschäfte illegal waren und Vermögen aus kriminellen Quellen stammte. In Italien war es umgekehrt. Da mussten die Verdächtigen beweisen, dass sie ihr Geld auf ehrliche Weise erworben hatten und ihre Geschäfte nicht mit der Mafia zusammenhingen. Ziemlich beneidenswert.

Laura beschloss, noch einmal ins Landeskriminalamt zu fahren und den Kollegen Koller ausgiebig zu befragen. Sie hatte die Hoffnung, dass Koller in der InputReal einen Informanten hatte, irgendeinen Angestellten, der seine Firma nicht besonders schätzte und sich ein bisschen was dazuverdienen wollte. So einen Angestellten zu finden war eigentlich überall möglich. Das Gesetz des Schweigens gilt nur bei den Ehrenwerten Gesellschaften, dachte sie, und selbst da beginnt es zu bröckeln. Irgendwo hatte sie gelesen, dass die Cosa Nostra in den USA ihren Mitgliedern ab und zu ein paar frisch importierte Sizilianer beimischte, um die alten Regeln lebendig zu halten. Die Globalisierung wirkte sich auf die Moral der Mafia eindeutig negativ aus. Vielleicht führte auch die Münchner Lebensweise zu einer Aufweichung der harten Gesetze, und irgendwer fing plötzlich zu reden an.

Seufzend griff sie zum Telefon und rief Koller an. Er klang nicht gerade begeistert über ihr Vorhaben, ihn noch am Vormittag zu besuchen, gab ihr aber einen Termin in genau einer Stunde. «Danke untertänigst!», sagte sie und legte auf. Lauras zweiter Anruf galt ihrem Vater.

«Grazie, Babbo, danke tausendmal für deine Ermittlungsspende gestern Abend! War die Rechnung sehr hoch?»

«Natürlich war sie sehr hoch, Laura. Aber das Vergnügen auf meiner Seite war ebenfalls sehr groß. Und da du mich nie um finanzielle Unterstützung gebeten hast, weil du viel zu stolz bist, habe ich eine Menge gespart. Mach dir also keine überflüssigen Sorgen.»

«Danke noch mal, Babbo! Wie gefällt dir übrigens Patrick?»

«Er gefällt mir gut. Weißt du, was er gestern Abend beim Abschied zu mir gesagt hat? Dass er mit Sofia zu mir kommen möchte. Er möchte mehr über die Nazi-Zeit wissen, mehr, als sie ihm im Geschichtsunterricht erzählen. Ich finde, es ist ein Riesenfortschritt, dass junge Leute heute so offen danach fragen. Deine Kinder haben mich ja auch gefragt.»

«Und du hast ihnen geantwortet, was nicht alle Großeltern können.»

«Wenn man kein Nazi war, dann ist es nicht so schwierig zu antworten.»

«Ti amo, Babbo!» Laura hörte ihn lachen.

«Was macht denn deine Mafia?»

«Dümpelt vor sich hin.»

«Interessiert dich die Geschichte jetzt?»

«Natürlich! Sonst wäre ich in ein anderes Restaurant mit euch gegangen.»

«Dann bin ich ja beruhigt. Was macht deine Traurigkeit?»

«Sie kennt ihre Grenzen!»

Wieder lachte der alte Gottberg. «Pass auf dich auf, Laura. Mit dem Verein ist nicht zu spaßen.»

«Ich passe auf.»

«Was machst du jetzt?»

«Ich bin auf dem Weg ins LKA zu einem Kollegen, der eigentlich nicht mit mir reden will. Und was machst du?»

«Ich gehe jetzt zu meiner Nachbarin, der jungen Rechtsanwältin, und dann frühstücken wir zusammen.»

«Du führst ein Luxusleben, Babbo!»

«Hab ich mir redlich verdient!»

«Genieß es! Servus!»

«Servus!»

Laura legte auf, griff nach ihrem Rucksack, schloss sorgfältig ihre Bürotür ab und machte sich auf den Weg.

Commissario Guerrini hatte schlecht geschlafen und noch schlechter geträumt. Der fliegende Hund war zurückgekehrt und wäre ihm an die Kehle gegangen, wenn er nicht rechtzeitig in die Wirklichkeit seines dämmrigen Schlafzimmers zurückgefunden hätte. Er war aus dem Bett geflüchtet, hatte ein Glas Wasser getrunken und auf seiner Dachterrasse über Sienas Dächer geschaut, bis ihm kalt wurde. Gegen sechs hielt es ihn nicht länger in der stillen Wohnung. Er duschte, zog sich an und ging durch die engen, dunklen Gassen zu seiner Lieblingsbar, in der sich um diese Zeit die Straßenkehrer zum morgendlichen Caffè trafen.

Sie waren alle schon da, als Guerrini die Bar betrat, redeten, kauten Brioche und Panini. Nachdem sie «Buon giorno, Commissario» gemurmelt hatten, ließen sie ihn in Ruhe. Der Barista stellte ihm schweigend einen Milchkaffee hin und wandte sich wieder der Kaffeemaschine zu. Es war ein eingespieltes Ritual, es reichten Blicke und wenige Worte, um sich zu verständigen. Guerrini lehnte sich an die Theke und trank mit vorsichtigen Schlucken den heißen, schaumigen Caffè. Der Fernseher lief, und die Fensterscheiben waren beschlagen. Er fühlte sich wohl zwischen diesen Männern, die ihre Arbeit bereits getan hatten und jetzt die wichtigen Dinge des Lebens besprachen, also die Benzinpreise, die Strompreise, die Lebensmittelpreise, die Fußballergebnisse und die Chancen der neuen Regierung.

Eine Weile hörte Guerrini den Diskussionen zu. Er

schob dem Barista seine Tasse hin und erhielt einen zweiten Milchkaffee und ein Cornetto. Manchmal kam auch sein Freund, der Gerichtsmediziner Salvia, in diese Bar, um zu frühstücken. Guerrini hatte gehofft, ihn an diesem Morgen zu treffen, doch Salvia tauchte nicht auf. Die Straßenkehrer gingen, einer nach dem anderen, und schließlich zahlte Guerrini und wanderte eine Weile durch die erwachende Stadt. Er schaute einer schwarzen Katze zu, die auf dem schmalen Geländer eines Balkons balancierte und mit großen gelben Augen auf ihn herabstarrte. Aus einer Fensterhöhle lächelte ihm eine blasse, alte Frau zu, während sie ihr Federbett ausschüttelte. Obwohl er die Worte seines Vaters eigentlich nicht ganz ernst genommen hatte, arbeitete etwas in ihm, und er hatte das deutliche Gefühl einer drohenden Gefahr, die er nicht einordnen konnte.

Sergio Cavallino schreckte aus unruhigem Schlaf auf und konnte sich eine Weile nicht zurechtfinden. Seine linke Wange lag auf etwas Hartem, Glattem, seine Arme ebenfalls. Sein Nacken schmerzte, und sein Mund war trocken. Er lag nicht auf dem Boden, wie er im ersten Augenblick vermutet hatte, er saß vornübergebeugt. Aber weshalb saß er? Und wo?

Sergio rührte sich nicht, ließ nur seinen Blick wandern. Rechts neben seinem Kopf erkannte er sein Mobiltelefon, daneben ein leeres Glas. Etwas weiter entfernt stand ein Drucker. Langsam hob er den Kopf, und als er das blonde Mädchen auf dem Kalender erkannte, kehrte schlagartig seine Erinnerung zurück: natürlich! Er war im Büro geblieben, nachdem er Pietro und Marcello unter Aufbietung seiner letzten Kräfte den Padrone vorgespielt hatte. Einen Padrone, der die Dinge im Griff hatte und verlässlich das

Restaurant abschloss wie an jedem Abend. Er hatte so getan, als würde auch er nach Hause gehen.

Aber er war nicht gegangen, weil es ihm vor seiner Wohnung graute. Er war sicher, dass sie auf ihn warteten, sie oder zehn schwarze Katzen, die sie geschickt hatten. Deshalb hatte er sich wieder im Büro eingeschlossen und auf Carmines Anruf gewartet. Aber Carmine hatte nicht angerufen. Niemand hatte angerufen.

Er hatte Whisky getrunken und war wohl irgendwann eingeschlafen. Er musste einfach nach vorn gekippt sein, konnte sich aber nicht daran erinnern. Beunruhigend.

Was jetzt? Sergio presste die Finger gegen seine Stirn. Er hatte Durst und das dringende Bedürfnis, auf die Toilette zu gehen. Seine Uhr. Sie hatten seine Uhr. Nein, er hatte sie zurückbekommen. In seinem Kopf ging alles durcheinander. Seine Waffe hatten sie behalten. Er brauchte sofort eine andere. Weshalb hatte er sich gestern keine besorgt? Unterm Fußboden im Vorratsraum lagerten jede Menge Waffen.

Zwanzig nach sieben. Marcello würde nicht vor neun kommen, das hatte er gestern Nacht beim Abschied gesagt. Er wollte ausschlafen. Zum Gemüsegroßmarkt fuhr er nur jeden zweiten Tag. Langsam stand Sergio auf und atmete ein paarmal tief durch, ehe er die Bürotür aufsperrte, sie einen Spalt weit öffnete und lauschte. Es war still im *Montenero*, kein Töpfeklappern drang aus der Küche, niemand räumte Gläser ein. Sergio wagte sich hinaus, lief schnell über den Flur und schloss die private Toilette hinter sich ab.

Lange wusch er sein Gesicht mit kaltem Wasser, versuchte sein Haar zu glätten, aber es half nicht viel. Um sich einigermaßen präsentabel herzurichten, würde er in seine Wohnung zurückkehren müssen. Je schneller er das tat, desto besser. Marcello durfte ihn auf keinen Fall in diesem Zustand sehen und auch keiner der anderen Köche. Niemand! Alles dauerte zu lange, selbst das Pinkeln.

Wieder lauschte Sergio, ehe er zum Vorratsraum schlich, ihn aufsperrte und hinter sich sofort wieder abschloss. Um die Stelle mit den losen Bodenbrettern freizulegen, musste er Weinkisten zur Seite räumen, viele schwere Weinkisten. Als er es endlich geschafft hatte, fühlte er sich schwach und elend. Ihm fiel ein, dass er gestern Abend wieder nichts gegessen hatte. Er kniete sich auf den Boden, weil ihm beim Bücken schwindlig wurde, und betastete die Bretter. Dieses Waffenlager kannten nur zwei in der Familie, er selbst und Eduardo. Sie handelten nicht mit den Waffen, aber es war gut, sie zu besitzen. Man konnte nie wissen, wann man seine Rechte auf nachdrückliche Weise würde durchsetzen müssen. Carmine bestand darauf, dass sich die Familie jederzeit bewaffnen konnte.

Diesmal fand Sergio schnell, wonach er suchte: eine handliche Beretta 7,65 samt Munition in einem kleinen Kunststoffkoffer. Sorgfältig setzte er die Bretter wieder ein und türmte die Weinkisten darüber.

Inzwischen war es kurz vor acht. Er musste weg! Die Putzfrauen konnten jeden Moment kommen. Er schlich aus dem Vorratsraum wie ein Einbrecher im eigenen Haus, schloss hinter sich ab und verließ das Restaurant. Dann ließ er sich in seinen Mini fallen, den Koffer fest an sich gedrückt.

So ging es nicht weiter. Ab sofort würde er sich wie ein normaler Mensch verhalten. Was machte ein normaler Mensch in seiner Situation? Zumindest schloss er nicht ständig hinter sich ab. Sergios Magen knurrte laut. Ihm war übel vor Hunger.

«Ein normaler Mensch würde etwas essen», murmelte er und legte den Koffer neben sich auf den Beifahrersitz. Ganz in der Nähe gab es eine kleine Bäckerei. Sergio fuhr los, zwang beim Einbiegen in die Straße einen anderen Fahrer zur Vollbremsung, ohne es gewollt zu haben.

Vor der Bäckerei parkte er halb auf dem Bürgersteig und schob den Koffer unter den Sitz. Dann kaufte er ein. Unmäßig. Frisches Weißbrot, acht Semmeln, Butter, Milch, süßes Gebäck. Schon auf dem Weg zurück zum Wagen biss er gierig in eine Rosinenschnecke, und es fühlte sich an wie die Errettung vom Tode.

Wieder im Wagen, zog er den kleinen Koffer hervor, nahm die Beretta heraus, lud sie und steckte sie in seine Jackentasche. Dann verschlang er die zweite Rosinenschnecke. Erst jetzt nahm er wahr, dass die Sonne schien und seine Übelkeit verschwunden war. Langsam fuhr er weiter durch die stillen Seitenstraßen von Bogenhausen, hielt endlich in einiger Entfernung vor seinem Wohnhaus.

Inzwischen war er sicher, dass niemand auf ihn wartete. Sie würden sich gedulden, natürlich würden sie das! Was blieb ihnen anderes übrig. Er selbst musste sich auch gedulden. Und sein Risiko war viel höher als ihres. Sergio griff nach der Tüte mit Lebensmitteln, stieg aus und knallte die Wagentür zu. Er hatte keinen Grund, sich zu verstecken.

Ohne zu zögern, ging er mit großen Schritten auf die Haustür zu. Aber je näher er der Tür kam, desto kürzer wurden seine Schritte. Nein – er schaffte es nicht, sich wie ein normaler Mensch zu benehmen. Noch immer grauste ihm vor seiner eigenen Wohnung, vor der Eingangshalle, selbst vor seinem Briefkasten. Sosehr er sich dessen schämte, er konnte es nicht verhindern.

Ehe er die Tür öffnete, schaute er sich nach allen Seiten

um. Die Straße war leer. Ihm wäre lieber gewesen, es wären viele Menschen unterwegs. Die Tüte im linken Arm, die Beretta in der rechten Hand, schob er die Tür mit der Schulter ganz auf. Sonnenflecken sprenkelten die Kacheln der Halle. Jemand kam die Treppe herunter. Sergio hielt den Atem an.

«Morgen, Herr Cavallino!»

Es war der Nachbar aus dem ersten Stock, ein älterer Mann. Einer der wenigen Hausbewohner, denen Sergio ab und zu begegnete. Der Mann trug eine Mülltüte, nickte Sergio zu und verschwand im Hinterhof. Langsam ließ Sergio die Pistole tiefer in seine Jackentasche rutschen und bewegte seine verkrampften Finger. Wie ein normaler Mensch schaute er in den Briefkasten und nahm die drei, vier Umschläge heraus. Unterdessen kehrte der Nachbar ohne Mülltüte zurück, stellte sich neben Sergio und öffnete ebenfalls seinen Briefkasten.

«Gestern war 'ne schwarze Katze im Treppenhaus. Die gehört nicht zufällig Ihnen?»

Sergio schüttelte den Kopf. «Nein, ich habe keine Katze.»

«Dann ist sie wahrscheinlich irgendwie ins Haus gekommen. Na ja, ich hab sie eingefangen und rausgeworfen. Sie hat ins Treppenhaus gepinkelt, den Gestank kriegt man nie mehr raus!»

«Wahrscheinlich nicht», murmelte Sergio, etwas anderes fiel ihm nicht ein. Er nickte dem Nachbarn zu und lief schnell die Stufen zu seiner Wohnungstür hinauf. Den Mann in der Nähe zu wissen, machte es leichter. Nichts lag auf dem Fußabtreter, und drinnen herrschte Halbdunkel, die Luft war kalt und abgestanden. Ein normaler Mensch würde jetzt die Rollos hochziehen und die warme

Frühlingsluft hereinlassen, dachte Sergio. Er stellte die Tüte mit den Lebensmitteln auf dem Küchentisch ab und zog das Rollo hoch. Er verfluchte sich dafür, diese Hochparterrewohnung gemietet zu haben. An die Möglichkeit zur Flucht hatte er dabei gedacht, aber nicht an eine Bedrohung von außen.

Carmine und Eduardo hatten sofort daran gedacht und sich nie vor das offene Fenster gestellt. Aber Sergio stellte sich vor das offene Fenster und lehnte sich weit hinaus, einfach, um sich selbst zu beweisen, dass es möglich war. Der Nachbar aus dem ersten Stock umrundete gerade mit vorwurfsvollem Gesichtsausdruck den Mini, der halb auf dem Bürgersteig parkte.

Mühsam unterdrückte Sergio den Impuls zu brüllen. Der Drang zu schreien war so heftig, dass seine Muskeln krampften. Er knallte das Fenster zu, lehnte sich mit dem Rücken an die Wand und wartete, bis sein Atem sich einigermaßen beruhigt hatte. Dann schaute er sich angewidert in der Küche um. Alles erschien ihm klebrig und unbehaust. Seine ganze Wohnung war ekelhaft.

Er brauchte dringend einen Caffè. Der Kaffeesatz im Filter der Espressomaschine war so festgetrocknet, dass Sergio ihn mit warmem Wasser ablösen musste. Nachdem er die Maschine endlich zum Laufen gebracht hatte, wischte er Tisch und Anrichte ab und hob die Flasche auf, die noch immer vor dem Kühlschrank am Boden lag. Der Geruch von frischem Caffè zog durch die Küche.

Sergio vermied es, ins Schlafzimmer zu gehen, zuerst würde er essen. Aber gleich darauf sprang er wieder auf und lief zur Wohnungstür, um sicherzustellen, dass er sie verriegelt hatte. Danach trank er einen halben Liter Milch direkt aus der Tüte, riss ungeduldig die Semmeln auseinander und beschmierte die groben Stücke mit Butter und Marmelade. Er aß nicht, er schlang, und er wusste es, aber er konnte nicht anders.

Erst als er die Tasse mit süßem, schwarzem Caffè vor sich stehen hatte, fühlte er sich in der Lage, die Post anzusehen, die er zuvor aus dem Briefkasten geholt hatte. Vom Bonanni-Clan war keine Nachricht dabei. Sie warteten. War nur die Frage, ob das ein gutes oder ein schlechtes Zeichen war.

Neun Uhr. Um zehn musste er im *Montenero* sein. Er zog sich aus und duschte. Er könnte sein Bankkonto abräumen und einfach wegfahren, nach Südamerika abhauen oder besser nach Australien. Einen falschen Pass hatte er schon, sogar Universitätsabschlüsse konnte er unter seinem zweiten Namen vorweisen und ein paar getürkte Zeugnisse von Arbeitgebern – eine Vorsichtsmaßnahme, von der niemand wusste. Daniele Carofiglio würde er heißen, und als solcher könnte er sogar als Wirtschaftsanwalt arbeiten.

Das Smartphone klingelte. Sergio wickelte sich in ein großes Handtuch und starrte auf das Display. Unbekannt.

«Pronto.»

«Sergio?»

«Sì.»

«Sono Carmine. Nimm das andere Handy, du weißt schon, welches. Ich ruf gleich noch mal an.»

Sergio lief ins Schlafzimmer, öffnete den Safe im Kleiderschrank, nahm das Handy heraus und schaltete es ein. Es war ein Handy für Notfälle, eins mit gefälschter SIM-Karte. Sergio achtete darauf, dass der Akku immer voll war. Bisher hatte er es nur paarmal benutzt, immer mit Michele, und immer war es um die Zusatzfracht bei den Fischlieferungen gegangen.

Es brummte in seiner Hand, vibrierte wie ein großes Insekt, am liebsten hätte er es von sich geworfen.

«Du hast Eduardo gesagt, dass ich dich anrufen soll.»

«Ja, falls du eine Antwort hast. Ich will die Antwort nicht von Eduardo hören.»

«Traust du ihm nicht? Er ist Familie, dein Cousin, einer der Unseren!»

«Ja, ich weiß. Trotzdem hätte ich die Antwort gern von dir persönlich.»

«Warum hast du diese Frau zu Hause besucht?»

«Ich habe ...»

«Versuch es nicht, Sergio.»

Dieses Flüstern, dieses verfluchte Flüstern!

«Was soll ich nicht versuchen?»

«Mich zu belügen. Also, was hast du mit der Frau gesprochen?»

«Ich habe mit ihr gevögelt, wenn du es genau wissen willst. Ich wollte rausfinden, was die von uns wollen!» Das nasse Handtuch ließ Sergio frösteln.

«Du hast ohne Anweisung gehandelt.»

«Ja.» Beinahe hätte er gesagt, dass er zum Vögeln keine Anweisung benötigte, aber es war nicht klug, Carmine noch mehr zu reizen.

«Es ist nicht mehr zu ändern, vero?»

«Nein.»

«Wir haben die Dinge besprochen, und es erscheint uns vernünftig, mit denen zu reden. Ich werde kommen, vielleicht auch Michele. Es dürfen nicht zu viele beteiligt sein, das würde auffallen. Sie sollen sich ihre Botschaften im *Montenero* abholen. Jetzt schreiben *wir* die Botschaften.»

«Bene. Hast du rausgefunden, wer die Frau ist? Welche Familie das ist?», fragte Sergio.

«Nein.»

«Sie hat von Gabriele geredet.»

«Ein Trick.»

«Es klang nicht nach Trick.»

«Du musst noch viel lernen, Sergio.»

«Zum Beispiel?»

«Dass man Erpressern nicht glaubt.»

«Ach.»

«Du hast keinen Respekt, Sergio. Es ist nicht gut, wenn man keinen Respekt hat.»

Sergio antwortete nicht, und Carmine schwieg lange. Er räusperte sich, schien vor sich hin zu pfeifen. Oder täuschte er sich?

«Was also soll ich machen?», fragte er, nur um dieses tonlose Pfeifen nicht mehr hören zu müssen.

«Sag ihnen, dass sie übermorgen ins *Montenero* kommen sollen. Spät, nach elf. Dann essen wir zusammen und bereden die Dinge, die zu bereden sind.»

«Und wenn sie das nicht wollen?»

«Sag ihnen, dass sie Bedingungen gestellt haben und dass jetzt wir welche stellen. Nur so zum Ausgleich!»

«Ich hoffe, dass die es auch so sehen.»

«Sie werden es so sehen.»

«Warum habt ihr mir nichts von der Geschichte mit dem Bauprojekt in Florenz gesagt? Ich stehe da wie ein Trottel!»

«Sagst du der Familie alles, Sergio? Den Kellnern, den Köchen? Sagst du ihnen, wer die Waren verteilt, wer liefert? Erzählst du es deinen Schwestern, deiner Mutter, eh? Also mach, was ich dir gesagt habe, und rede mit keinem darüber. Eduardo weiß Bescheid. Das ist alles. Pass auf dich auf, Sergio.»

Das Gespräch war zu Ende. Sergio warf das feuchte

Handtuch von sich, schaltete das Handy aus und legte es in den Safe zurück. Er versuchte, seine Chancen einzuschätzen. Falls er die Verhandlungen mit dem Bonanni-Clan zum Erfolg machen könnte … sie waren auf ihn angewiesen, konnten das *Montenero* keinem anderen übergeben. Ein Restaurant wie das *Montenero* war so viel wert wie sein Wirt. Selbst Michele würde es nicht schaffen, ihn zu ersetzen.

Ihm war kalt. Entschlossen stellte er sich noch einmal unter die heiße Dusche.

Waren sie wirklich auf ihn angewiesen?

Nicht aufgeben, dachte er. Aber rechtzeitig abhauen.

«VIELLEICHT SOLLTEN SIE DOCH bei uns anfangen», sagte der Erste Hauptkommissar Elias Koller und betrachtete Laura mit hochgezogenen Augenbrauen. «Ich meine, ehe Sie irgendein Unheil anrichten.»

«Was denn für ein Unheil?» Laura schlug die Beine übereinander und lächelte freundlich.

«Ah, in Zusammenhang mit der Mafia gibt's jede Menge Möglichkeiten», murmelte Koller. «Ich hab jetzt keine Lust, ins Detail zu gehen. Was also wollen S' wissen, Kollegin?»

«Ich will etwas über die InputReal wissen, und aus Ihren Andeutungen habe ich geschlossen, dass Sie mir etwas erzählen können.»

«Wollen S' an Kaffee?»

«Nein danke. Wasser wär mir lieber.»

Koller verließ das Büro und kehrte mit einer Flasche Mineralwasser und zwei Gläsern zurück. Bedächtig füllte er die Gläser, schraubte den Verschluss auf die Flasche und setzte sich wieder hinter seinen Schreibtisch.

«Sie hätten mich auch was Leichteres fragen können. Aber gut, es muss die InputReal sein. Ich hab Ihnen zuliebe noch einmal nachg'schaut. Und jetzt hörn S' amal gut zu: Es gibt heut kaum etwas Komplizierteres als die Baubranche, jedenfalls von einer bestimmten Größenordnung aufwärts. Die arbeiten mit unzähligen Subunternehmern, die alle möglichen Sachen zuliefern. Von Baumaterialien, Baumaschinen bis zu Arbeitern. Es ist ein Riesengewurschtel, bei dem die selber nicht mehr durchblicken. Und das ist die Chance für kriminelle Aktivitäten, wie Sie unschwer erraten werden. Solange die Preise stimmen und die Arbeit erledigt wird, prüft keiner nach, ob ein Subunternehmer zur Mafia gehört, ob seine Arbeiter schwarz arbeiten oder wo er seinen Beton hernimmt! So ist die Situation!» Er faltete die Hände, legte sein Kinn darauf und zog ein bisschen zu laut die Nase hoch.

«Und das ist vermutlich auch bei der InputReal der Fall?»

«Das ist ziemlich sicher auch bei der InputReal der Fall. Möglicherweise nicht einmal mit böser Absicht.»

«Nicht mit böser Ansicht?»

«Na ja, es ist ein typischer Graubereich. Der Wettbewerb ist mörderisch, und je günstiger man Aufträge abwickeln kann, desto konkurrenzfähiger ist man.»

«Natürlich.»

«Mehr kann ich leider nicht beitragen. Wir haben einmal bei der InputReal ermittelt. Vor drei Jahren. Da ging es um Schwarzarbeiter aus Serbien. Auch ein Subunternehmer. Der wurde verklagt, die InputReal konnte sich mit Unwissen herausreden. Es gibt immer wieder Verdachtsmomente, aber die Untersuchungen sind langwierig, und man braucht regelrechte Experten, um die Vernetzungen aufzudröseln.»

«Wo haben S' denn das Wort her? Aufdröseln? So was sagt doch kein Münchner!»

Koller runzelte die Stirn. «Hören S' halt nicht so genau hin! Ich arbeite mit zwei Kollegen aus Hamburg zusammen, die sagen dauernd so ein Zeug!»

«War ja nicht so ernst gemeint!» Laura lächelte dem Hauptkommissar zu, er lächelte nicht zurück.

«Noch was?», fragte er stattdessen.

«Ja. Eine delikate Frage», erwiderte Laura. «Gibt es bei der InputReal einen Informanten oder eine Informantin?»

«Gegenfrage: Aus welchem Grund interessieren Sie sich eigentlich für die Input?»

«Muss ich das beantworten?»

«Wenn Sie eine Antwort von mir wollen, dann schon.» Jetzt grinste Koller, ziemlich dreckig sogar.

«Okay. Allgemein gesagt: Es gibt einen ziemlich zwielichtigen Unternehmer in Florenz, der zusammen mit der Input ein Hotel- und Kongresszentrum bauen will. Das ist der Grund.»

«Und was haben Sie damit zu tun?»

«Die Sache könnte durchaus mit der Betonleiche zusammenhängen.»

«Und wie?» Stirnrunzelnd trank Koller ein paar Schlucke Wasser.

Ja, wie?, dachte Laura und griff ebenfalls nach ihrem Wasserglas. Schließlich sagte sie: «Es könnte sich um einen Konkurrenzkampf zwischen Mafiaclans handeln, die an diesem Projekt interessiert sind.»

Koller schüttelte den Kopf. «Na, wirklich ned! Wer so große Dinger dreht, der wirft keine Leichen auf die Prinzregentenstraße. Heutzutage arbeiten die Clans ganz still – bloß nicht auffallen. Die nageln nicht mehr sechs Leute um wie damals in Duisburg. Die machen ihre Kohle, waschen ihr Geld, und niemand merkt's. Wenn jemand umgebracht wird, dann zu Haus in Kalabrien oder Sizilien. Im Urlaub zum Beispiel. Da fällt es nicht so auf. In Deutschland gibt's jedes Mal einen Aufschrei, wenn was passiert. Das mögen die nicht.»

«Wahrscheinlich haben Sie recht. Wäre irgendwie unlogisch.»

«Warum also das Interesse an der Input?»

«Klingt wie ein Verhör, Kollege.»

«Wir verhören uns doch schon die ganze Zeit gegenseitig, ned wahr?»

«Okay, dann wüsst ich gern, ob das *Dolcissima* wirklich nur eine Weinhandlung ist.»

«Wahrscheinlich nicht, aber bisher arbeiten die so geschickt, dass wir ihnen nichts nachweisen konnten. Das wissen Sie doch!»

«Was ist mit dem *Montenero*?»

«Ich geb Ihnen jetzt ein Zuckerl, Kollegin. Morgen früh erwarten die wieder ihren Fischlieferanten. Diesmal haben wir endlich einen Durchsuchungsbefehl bekommen, nachdem wir alle Verdachtsmomente mühsam zusammengekratzt haben. Aber nur einen für den Laster, nicht fürs Restaurant. Es hat grad so g'langt!»

«Gratuliere! Und jetzt laden Sie mich dazu ein, bei der Durchsuchung mitzumachen?»

«Ganz und gar nicht, Kollegin. Lassen Sie sich bloß nicht in der Nähe vom *Montenero* sehen! Aber ich werde Ihnen hinterher erzählen, ob wir was g'funden haben.»

«Das ist wirklich großzügig von Ihnen. Können Sie mir vielleicht noch ein bisserl mehr erzählen? Ich war nämlich gestern Abend mit meiner Familie im *Montenero* Essen ...»

«Was waren Sie?» Koller starrte sie an.

«Ich war mit meiner Familie im *Montenero* ...»

«Na, Sie müssen aber gut verdienen, Kollegin!»

«Ich hab's nicht bezahlt.»

«Haben Sie dem Wirt erklärt, dass alle Ermittlungen gegen seine Familie eingestellt werden, wenn er Ihnen keine Rechnung gibt, oder was?»

«Macht ihr das so, oder wie kommen Sie auf die Idee? Wenn Sie's genau wissen wollen: Ich habe einen Vater, und der wiederum hat eine Kreditkarte.»

Koller verschränkte die Arme, wippte mit seinem Sessel und schaute an die Decke. «Wieso gehen Sie mit Ihrer Familie ins *Montenero*? Was hat Sie denn da geritten?»

«Also, hören Sie, Kollege. Sie hatten mir geraten, das *Dolcissima* zu besuchen und mit einem Freund ins *Montenero* zu gehen. Ich bin nicht mit einem Freund, sondern mit meiner Familie gegangen. Schließlich ist das *Montenero* ein etabliertes Restaurant, und es ist völlig normal, dort hinzugehen, wenn man besonders gut essen will. Ich wollte schlicht und ergreifend sehen, wie der Laden läuft, und gleichzeitig meiner Familie einen schönen Abend machen. Familien werden außerdem nicht unbedingt für ein Team von Ermittlern gehalten.»

Koller löste seinen Blick von der Decke. «Und? War's ein schöner Abend?»

«Es war ein schöner Abend. Das Essen war köstlich und der Unterhaltungswert einiger Gäste ziemlich groß, vor allem der des Wirts und des Chefs vom *Dolcissima*!»

«Reden S' nicht so g'stelzt daher, Frau Gottberg. *Wir* sind die Abteilung OK! Ich warne Sie, halten Sie ja keine Informationen zurück!»

«Wenn Sie mir einen Ansprechpartner bei der Input-Real nennen, dann erzähl ich Ihnen, was mir aufgefallen ist.»

«Solche Tricks ziehen bei mir nicht!»

«Welche dann?»

Unvermittelt fing Koller an zu lachen. «Ihnen fällt wohl immer was ein, Frau Gottberg.»

«Nicht immer.»

«Sie erwecken aber den Eindruck.»

«Das täuscht. Wir stecken bei den Ermittlungen fest, und eigentlich fällt niemandem etwas ein. Der Besuch im *Montenero* war ein Experiment. Ungefähr wie beim Topfschlagen.»

«Und was ist mit der Input? Auch Topfschlagen?»

«Nein. Inoffizielle Anfrage eines italienischen Ermittlers, der in Florenz auf diese Verdachtsmomente gestoßen ist.»

«Gut. Jetzt sind wir auf einer halbwegs ehrlichen Ebene angekommen. Ich hab ein bisserl was gut, find ich: Was also ist im *Montenero* passiert?»

Laura seufzte und erzählte von den seltsamen Gästen, die ihr Essen nicht bezahlten, vom sorgenvollen Wirt, von ihrer Begegnung mit Eduardo Cavallino und davon, dass die Kennzeichen des dunkelblauen Audi geklaut waren. Ihr Kollege hörte aufmerksam zu, schüttelte ein paarmal den Kopf und sagte schließlich: «Ganz schön viel für einmal essen gehen! Können Sie die Gäste mit dem Audi beschreiben?»

«Gern. Aber eigentlich ist es nicht nötig, denn mein Sohn Luca hat ein passables Foto der Gruppe gemacht. Ich hab's dabei, aber Sie kriegen es erst, wenn Sie mir den Informanten bei der Input verraten haben! Und zwar einen echten, keinen erfundenen!»

Koller grinste, zog ein kleines Notizbuch aus der Schreibtischschublade, blätterte eine Weile darin herum und schrieb eine Telefonnummer und ein Codewort auf einen Zettel.

«Grazie!», sagte Laura und reichte Koller das Smartphone über den Schreibtisch. «Laden Sie's auf Ihren Rechner. Wir sollten enger zusammenarbeiten, finden Sie nicht?»

Ehe Sergio seine Wohnung verließ, um ins *Montenero* zu gehen, rief er seinen Bruder Michele in Frankreich an.

«Wir laden gerade. Wird eine phantastische Lieferung diesmal. Seebarben, Calamari, Schwertfisch und Scampi, kleine Sardinen. Kannst mit Marcello deine Speisekarte aufpeppen!» Michele klang geradezu begeistert.

«Was ist mit Austern?»

«Werden eingeflogen.»

«Auch morgen?»

«Klar!»

«Bene, dann kann ich planen. Sonst brauchen wir diesmal nichts. Ist nicht die Saison für Seezungen. Im Mai schmecken die einfach nicht.»

«Aber die Nachfrage ist trotzdem da!» Michele klang erstaunt.

«Nachfrage oder nicht ... bei mir kommt nur auf die Speisekarte, was wirklich gut ist. Den Ruf als Spitzenrestaurant kann man sehr schnell verlieren. Das will ich nicht riskieren.»

Michele schwieg eine Weile und sagte dann: «Bist du sicher, dass es ein Risiko ist? Ich meine, die Dinger sind topfrisch.»

«Ich will sie nicht, basta! In ein, zwei Wochen, dann sind sie gut. Jetzt noch nicht!»

«Wie du meinst. Vermutlich hast du sogar recht. Grüß Eduardo von mir.»

«Mach ich. Ciao.»

Sergio war erleichtert, die Zusatzlieferung noch einmal

verschoben zu haben. Er traute dem Bonanni-Clan alles zu, einen zweiten Überfall auf den Fischtransporter genauso wie einen Tipp an die Drogenfahnder.

Im Spiegel überprüfte er sein Aussehen. Er hatte sich absichtlich nicht rasiert. Der Zweitagebart verlieh seinem Gesicht eine gewisse Entschlossenheit, die hilfreich sein würde, wenn er im *Montenero* seiner Mannschaft gegenübertrat. Das weiße Hemd und der dunkelblaue Anzug passten ebenfalls dazu – verdammt, er musste unbedingt dafür sorgen, dass seine Wäsche, die Hemden und Anzüge aus der Reinigung abgeholt wurden. Im Schrank hing nur noch ein frischer Anzug. Vor der Katastrophe hatte er sorgfältig darauf geachtet, dass immer genügend saubere Kleidung vorhanden war. Vor der Katastrophe.

Eine der Putzfrauen aus dem *Montenero*, eine entfernte Verwandte von Marcello, säuberte in unregelmäßigen Abständen seine Wohnung. Aber sie hatte keinen Schlüssel – so weit reichte sein Vertrauen zur Familie nicht. Und gerade jetzt würde er niemand hereinlassen. Sie würde herumschnüffeln, ganz sicher würde sie das tun.

Sergio warf einen Blick in sein Schlafzimmer. Was er sah, bereitete ihm regelrecht Schmerzen: das unbezogene Bett, das nasse Handtuch auf der Matratze, die Decke auf dem Boden. Auf dem Tischchen neben dem Bett stand eine Tasse mit braunen, eingetrockneten Kaffeerändern. Falls er heute Abend zurückkehrte, um endlich zu schlafen, würde es genauso aussehen. Ekelhaft.

Vielleicht wäre es besser, in einem Hotel zu übernachten. Dort könnte ihn keiner finden, und er würde sich sicherer fühlen. Das würde er tun. Trotzdem störte ihn dieses feuchtkühle, unbehauste Zimmer derart, dass er seine Jacke noch einmal ablegte und das Bett frisch bezog, die Tasse in die Spülmaschine stellte und schließlich erneut den kleinen Tresor öffnete, um auch die gesammelten Botschaften darin zu verstauen.

Als er das Notfallhandy sah, wurde ihm bewusst, dass er schon wieder einen Fehler begangen hatte. Einen gravierenden Fehler. Er hatte Michele mit seinem Smartphone angerufen, um ihm Anweisungen zur Zusatzfracht zu geben. Falls er abgehört wurde ... aber sie hatten nur von Seezungen geredet, und seine Nummer tauchte nicht auf Micheles Display auf. Das war wichtiger als alles andere. Michele würde sofort Carmine informieren, falls er wüsste, dass Sergio sein normales Smartphone benutzte, um über wesentliche Dinge zu reden. Davon war Sergio überzeugt. Wieder blieb er vor dem großen Spiegel im Flur stehen und betrachtete sich prüfend. Er musste aufhören, Fehler zu machen. Kein einziger durfte ihm mehr unterlaufen.

Wenn er nur diese alles untergrabende Angst loswerden könnte. Sie war es, die ihn Fehler machen ließ. Die Angst und der Brandy! Sergio kehrte in die Küche zurück und leerte den Rest der Flasche ins Spülbecken.

Die vorsichtigen Augen von Marcello, die distanzierten von Pietro. Täuschte er sich, oder entsprach sein Gefühl den Tatsachen? Pietro war damit beschäftigt, die Tische im Garten zu decken, und nickte ihm nur kurz zu. Marcello machte ein paar Vorschläge zur Änderung der Spezialitäten des Tages, und Sergio nickte sie ab und kündigte die Sardinen an, die der Fischtransporter morgen liefern würde.

«Kurz gebraten mit frischem Spinat?»

Sergio schüttelte den Kopf. «Mach Sardine in Saor, die venezianische Variante, die hatten wir vor ein paar Wochen, und das war ein Riesenerfolg.»

«Ist genug für beides da?»

«Das sehen wir erst morgen.»

«Was kommt noch?»

«Calamari, Seebarben, Scampi, Schwertfisch. Austern schickt Michele per Flugzeug.»

«Und sonst?» Marcello schaute kurz auf.

«Sonst nichts. Niente, hai capito?»

«Beh, sei doch nicht so empfindlich.»

«Ich hätte schon gesagt, wenn noch was dabei wäre. Ich sage es dir jedes Mal. Wenn ich nichts sage, dann kommt auch nichts! Da musst du nicht blöd fragen!»

«Aber es ist schon das zweite Mal ...»

«Wenn nötig, dann wird es auch ein drittes Mal passieren, verdammt noch mal! Gewisse Vorsichtsmaßnahmen sind notwendig, capisci?»

Ich habe ihn schon wieder angeschrien, dachte Sergio. Ein paar Hilfsköche schauten neugierig zu ihnen herüber, Pietro dagegen wandte ihnen den Rücken zu. «Entschuldige», murmelte Sergio, «ich bin zurzeit ein bisschen nervös. Vielleicht kannst du das verstehen.»

«Natürlich kann ich das, Sergio. Also, ich schlage vor, dass wir die Calamari grillen und ebenfalls mit Spinat oder wildem Broccoli servieren, falls ich welchen bekomme. Die Seebarben –»

«Mach das so, wie du willst!», unterbrach ihn Sergio. Ihm war scheißegal, was der Koch mit den Fischen anstellen würde. Laut sagte er: «Mit Fischen kennst du dich aus. Noch was?» Marcellos Augen, dachte Sergio. Er hat nicht nur ein Fischmaul, sondern auch glibberige Fischaugen. Jedenfalls heute.

«Die Putzfrauen haben mir diesen Umschlag in die Hand gedrückt. Irgendwer hat ihn für dich abgegeben.»

Marcello zog ein Kuvert aus der Innentasche seiner Weste und hielt es so vorsichtig in der Hand, als könnte es jederzeit explodieren.

«Wer hat den Umschlag abgegeben?»

«Keine Ahnung. Die Frauen haben ihn noch nie gesehen.»

«Es war also ein Mann?»

«Ja, wird wohl ein Mann gewesen sein. Wieso ist das wichtig? Nimmst du ihn endlich, oder soll ich ihn aufmachen?»

«Gib her!» Sergio schnappte den Brief aus Marcellos Hand und betrachtete ihn von allen Seiten. «Keine Ahnung, was das sein könnte!»

«Vielleicht ist es ein Scheck von denen, die gestern nicht bezahlt haben ...», sagte Marcello, und seine Augen verengten sich zu Schlitzen.

«Wer hat nicht bezahlt?»

«Na, die scharfe Frau und ihre Bodyguards, die alle mit dir reden wollten.»

«Woher weißt du, dass die nicht bezahlt haben?»

«Weil ich nicht blind bin, Sergio.»

«Hast du Pietro ausgefragt?»

«Pietro ist zu mir gekommen und hat gefragt, was er tun soll. Ich hab ihm gesagt, dass er keinen Aufstand machen soll. Die würden schon wiederkommen. Hab ich recht, Sergio? Sie werden doch wiederkommen!»

Sergio zögerte einen Moment. Dann fegte er die Regel beiseite, nach der Anweisungen des Bosses geheim bleiben mussten, bis er persönlich sie für andere freigab. «Sie werden bald wiederkommen, Marcello. Auch Carmine, Eduardo und Michele werden dabei sein. Spätestens dann werden sie bezahlen! Darauf kannst du dich verlassen!»

«Ah!» Marcello machte ein Gesicht, als sei ihm Sergios Antwort peinlich. «Va bene, dann mach ich mich mal an die Arbeit. Die Gäste kommen immer früher, und es ist schon nach zehn.» Ohne Sergio anzusehen, wandte er sich um und verschwand in der Küche.

Noch einer, dachte Sergio und schob den Umschlag in seine linke Jackentasche. In der rechten steckte die Pistole. Noch einer, der irgendwas weiß und mir nicht traut. Eigentlich wollte er sofort ins Büro gehen, um die Botschaft zu lesen, da bemerkte er Pietros Blick. Sein Neffe sortierte das Besteck und schaute sofort in eine andere Richtung, als Sergio langsam auf ihn zuging.

«Was ist los, Pietro?»

«Niente.»

«Plötzlich so schweigsam?»

«Du selbst hast mir gesagt, dass ich die Klappe halten soll, oder?» Mit gesenktem Kopf sortierte Pietro weiter das Besteck ein.

«Du hast also doch mit Marcello darüber geredet, dass die von gestern Abend nicht bezahlt haben.»

Pietro fuhr auf. «Ich hab ihn nur gefragt, was ich machen soll! Du warst ja nicht da!»

«Schon gut, reg dich nicht auf.»

«Ich reg mich aber auf! Irgendwas läuft hier, und keiner sagt was. Sogar in der Küche werden sie allmählich nervös.»

«Verdammt noch mal! Ich kann es nicht ändern! Du weißt ganz genau, was passiert ist. Also benutz dein Gehirn und denk nach. So was geht nicht einfach vorbei und ist vergessen. Es hat Komplikationen gegeben, und an denen arbeiten wir.»

«Wir?»

«Madonna, denk nach, dann kannst du dir selbst die

Antwort geben. Und hör endlich auf, darüber zu reden. Übermorgen kommt Carmine. Halt wenigstens dann die Klappe. Ah, ich weiß: Ich werde dir den Tag freigeben! Zu deinem eigenen Schutz!»

«Und wenn ich trotzdem komme?»

«Was ist los mit dir, Pietro?»

«Mich kotzt diese ganze Geheimnistuerei an. Mich kotzt alles an, wenn du es genau wissen willst.» Pietro knallte eine Handvoll Messer in die Besteckschublade.

«Wenn du versetzt werden willst ... ich könnte mit Carmine reden ...»

«Ich will nicht versetzt werden, Sergio. Du verstehst überhaupt nichts.»

Marcello stand schon wieder hinter der Theke und räumte herum, ab und zu warf er einen Blick zu ihnen herüber.

«Ich versteh dich ganz gut», murmelte Sergio und drückte kurz die Schulter des jungen Mannes. Als er sich umdrehte, kam er sich zum zweiten Mal wie ein Verräter vor. Pietro mit all seinen Fragen und seiner Wut verstärkte Sergios Angst, erschreckte ihn wie ein gefährliches Spiegelbild.

In diesen Spiegel wollte er nicht schauen. Sobald er ernsthaft hineinblicken würde, wäre alles hinfällig, was er bisher gemacht hatte, das wusste er. Und deshalb musste Pietro versetzt werden. Er würde mit Carmine darüber reden. Man könnte Pietro zu Michele nach Frankreich schicken oder ihn eine Weile in Mailand an die Kandare nehmen. Aber er musste weg aus München, weg aus dem *Montenero*! Zu ihrer aller Sicherheit.

«Tutto bene?», rief Marcello von der Bar herüber, und in diesem Moment hätte Sergio den Koch am liebsten über den Haufen geschossen.

Die Botschaft, die er kurz darauf im Büro aus dem Umschlag zog, bestand aus einem leeren Blatt Papier, in dessen rechter unterer Ecke er eine Telefonnummer entdeckte. Mehr hatten sie diesmal nicht für ihn übrig.

Lange saß er an seinem Schreibtisch. Er wusste, dass er für diesen Anruf das Notfallhandy benutzen müsste. Aber er hatte keine Lust dazu, nein: Es war ihm egal, scheißegal. Dieses ganze Theater, mit dem er seit Jahrzehnten lebte, kam ihm plötzlich wie ein tödliches und gleichzeitig lächerliches Spiel vor, bei dem man nicht wusste, worum es eigentlich ging – abgesehen von sehr viel Geld, Macht und den Regeln der Ehrenwerten Gesellschaft. Regeln, die angeblich von drei spanischen Rittern namens Osso, Matrosso und Carcagnosso im fünfzehnten Jahrhundert erfunden worden waren. Kriminelle Geheimbündler, die auf der Flucht zufällig auf einer Insel vor Sizilien gelandet waren. Danach hatten sie die Regeln der Ehre erfunden und die drei Arme der Mafia gegründet: die Cosa Nostra in Sizilien, die Camorra in Neapel und die 'Ndrangheta in Kalabrien. Sergio hatte nie wirklich an diesen Mythos geglaubt. Na ja, als kleines Kind vielleicht …

Aber ihm war nur zu bewusst, dass er längst in der Mitte seines Geheimbundes angekommen war, in der Mitte der Leimrute. Er klebte fest.

Er nahm sein Smartphone, und dann legte er es doch wieder weg und holte das spezielle Handy aus dem Geheimfach unter dem Bartresen. Niemand bemerkte es, das Restaurant war leer.

Wieder schloss er sich im Büro ein. Er wählte die Nummer, die auf dem großen, weißen Blatt Papier stand, und innerhalb von zwei Sekunden hatte er Barbara Bonanni am

Apparat und richtete ihr aus, was Carmine ihm aufgetragen hatte. Sie war nicht begeistert und bestand darauf, dass man sich am nächsten Tag traf.

«Das geht nicht.»

«Wieso geht das nicht?»

«Weil sie erst anreisen müssen.»

«Es gibt Flugzeuge, schon mal davon gehört?»

«Ja.»

«Warum nehmen sie dann keins?»

«Machen sie ja, aber erst übermorgen.»

«Und warum?»

«Weil sie die Sache erst klären wollen.»

«Lasst euch bloß keine faulen Tricks einfallen, Cavallino!»

«Wir wären schön blöd.»

«Du sagst es.»

«Wir treffen uns also übermorgen nach elf im Restaurant. Es wird aussehen wie eine Familienfeier.»

«Ist es ja auch, Kleiner.»

Stille. Sie war weg.

Dass er mit dieser Frau geschlafen hatte – auch so eine unerklärliche Sache, die er gebracht hatte. Manche Dinge kann man nicht erklären, man kann sie höchstens verstehen.

Es gab aber auch Dinge, die man weder erklären noch verstehen konnte. Von denen hatte er in seinem Leben bereits jede Menge erlebt.

FREITAGABEND UND SOMMER im Mai. Laura schloss das Fenster ihres Büros und räumte den Schreibtisch auf. Sofia, Patrick und Luca würden mit Freunden zum Grillen an die Isar gehen. Severin Burger hatte sich bereits verabschiedet, weil er das Wochenende in seiner Heimat verbringen wollte, Claudia war wie immer auf dem Weg zur Kita, und die SOKO Beton dümpelte vor sich hin. Laura hatte Severin nichts von der geplanten Durchsuchung des Fischlasters erzählt, sich nur ein bisschen scheinheilig nach seinem Mittagessen im *Montenero* und den dabei gewonnenen Erkenntnissen erkundigt.

«Ich hab bloß Nudeln und Salat gegessen. Die haben ja Preise!», hatte er empört geantwortet.

«Ich denke, die Rechnung geht auf Ermittlungsspesen?»

«Auf Kosten des Steuerzahlers unterstütze ich keine Mafiosi!»

«Sehr lobenswert. Gab's sonst noch was?»

«Der Wirt ist ein falscher Fuffzger, so a schlecht g'spielte Freundlichkeit hab ich schon lang nicht mehr erlebt. Da kannt einem schlecht werd'n. Ich versteh überhaupt nicht, warum der angeblich so beliebt ist.»

«Vielleicht steht er unter Druck. Vielleicht hat er sogar Angst? Da kann man nicht echt freundlich sein. Wenn er immer wie ein falscher Fuffzger auftreten würde, dann wär das *Montenero* bestimmt kein Erfolg.»

Er hatte die Achseln gezuckt und gemurmelt, dass ihm der ganze Laden unsympathisch gewesen sei, sogar die Gäste. «Da sind aufgetakelte Weiber gekommen, die haben den Wirt abgebusselt, dass es einen graust ...»

«Und haben Sie irgendwas Auffälliges oder weniger Auffälliges beobachtet?»

«Also, ich glaub nicht, dass es wichtig ist, aber der Wirt wollte ein paarmal mit einem der jungen Kellner reden. Der hat sich aber jedes Mal umgedreht und ist gegangen. Es hat ausgesehn, als wollt er nicht mit dem Wirt reden. Er hat ihn einfach stehen lassen.»

«Interessant. Hieß der junge Kellner zufällig Pietro?»

«Keine Ahnung. Woher wissen Sie denn, wie die Kellner vom *Montenero* heißen?»

«Ich hab doch mit meiner Familie gestern Abend im *Montenero* gegessen. Nicht auf Spesen, übrigens. Die Kellner tragen Namensschilder.»

«Meiner hatte keins. Aus wie vielen Personen besteht Ihre Familie?»

«Gestern Abend bestand sie aus sechs Personen.»

«Gehen wir einmal von drei Gängen aus, dann macht das ungefähr sechzig Euro pro Person, und das ist noch knapp gerechnet. Dann haben Sie ungefähr vierhundert Euro bezahlt. Stimmt das?»

«Ungefähr.»

«Vierhundert Euro, bloß um zu sehen, wie ein Mafialokal ausschaut? Geh, erzähln S' doch koan Schmäh.»

«Ach, Severin, Sie machen sich zu viele Gedanken über Dinge, die ganz unwichtig sind. Damit Sie beruhigt ins Wochenende fahren können: Mein Vater hat uns eingeladen.»

«Trotzdem!»

«Manchmal muss man das Leben genießen, auch wenn es was kostet.»

Laura lächelte, als sie wieder an seine Empörung über diese Geldverschwendung dachte. Sie hatte ihm noch für seine Bemerkung über den möglichen Konflikt zwischen Wirt und Kellner gedankt, dann war er abgezogen. Wahrscheinlich freute er sich auf Schweinsbraten mit Knödel für acht fünfzig. Sie gönnte es ihm, und zwar beinahe von Herzen. Sie warf Lederjacke und Rucksack über die Schulter, verriegelte die Tür ihres Büros und machte sich auf den Heimweg.

Niemand wartete auf sie an diesem frühen Abend, deshalb beschloss sie, zu Fuß zu gehen. Sie schlenderte durch die Fußgängerzone zum Marienplatz und stöberte eine Weile in der großen Buchhandlung, in der sie einen stark verbilligten Bildband über Australien erstand – der leider nicht in ihren Rucksack passte, also musste sie ihn unter den Arm klemmen.

In den Schluchten zwischen den Häusern machten sich dunkelblaue Schatten breit, nur ganz weit oben leuchtete der Turm des Alten Peter in den letzten rosigen Sonnenstrahlen. Laura überquerte den Viktualienmarkt, auf dem es nach Kräutern und Gewürzen duftete, obwohl die Händler ihre Marktstände schon geschlossen hatten. In der Corneliusstraße blieb sie vor den Schaufenstern der Boutiquen stehen, und auf der Isarbrücke schaute sie eine Weile dem Fluss beim Fließen zu. Und da war es wieder, ihr Bauchvakuum. In den letzten Tagen hatte sie es kaum gespürt. Ihr fiel der Refrain eines Chansons von Wolf Biermann ein:

Warte nicht auf beßre Zeiten,
warte nicht mit deinem Mut,
gleich dem Tor, der Tag für Tag
an des Flusses Ufer wartet,
bis die Wasser abgeflossen,
die doch ewig fließen.

Sie lächelte ins Wasser hinab, denn dieses Chanson hatte ihr Vater früher oft und ziemlich laut gesungen, und sie hatte als junges Mädchen mitgebrüllt. Es gab noch ein paar Liedtexte von Wolf Biermann, die er liebte, zum Beispiel: *Müsste der Strauch nicht des Glücks verdorren, ja verdorren, ohne des Leidens Wolkenbrüche ...*

Ihre toskanische Mutter hatte über die typisch deutsche Bedeutungsschwere gelacht, und Vater hatte nach kurzem Protest eingestimmt. In diesen Augenblicken hatte Laura ihre Eltern so sehr geliebt, dass es schmerzte, daran zu denken. Aber gleichzeitig machte es sie glücklich. Sie atmete tief ein und seufzte laut. Obwohl hinter ihr der Verkehr vorüberdonnerte, konnte sie das Rauschen des Wassers hören und den frischen Geruch des Flusses wahrnehmen. Sie hob den Kopf, folgte mit dem Blick den breiten Flussauen und fühlte sich zärtlich verbunden mit dieser Stadt, in die sie zufällig geboren worden war – ein Zustand, den sie genoss, denn es gab Zeiten, da empfand sie genau das Gegenteil.

Endlich löste sie sich von der breiten Mauer, die noch sonnenwarm war. Schneller als zuvor ging sie weiter, und als sie ihre kleine Straße am Hochufer erreichte, sah sie schon von weitem Ibrahim Özmer an seinem alten Auto herumpolieren. Strahlend und mit dem Putzlappen winkend, kam er ihr ein paar Schritte entgegen.

«Laura kommen, ist gut. Oben warten, jemand.»
«Guten Abend, Herr Özmer. Wer wartet oben?»
«Ich nix kennen.»
«Na, dann werde ich mal nachschauen.»
Lauras Nachbar lief voraus und schloss die Haustür für sie auf. Sein breites Lächeln schien noch breiter zu werden, als sie an ihm vorbei in den Hausflur trat.
«Danke und schönen Abend.»
«Ja, auch schönen Abend! Viel schönen Abend!»
Was hat er denn?, dachte Laura und stieg neugierig in den vierten Stock hinauf. In der zweiten Etage lehnte sie sich über das Treppengeländer und schaute nach oben, aber es war niemand zu sehen, und sie erwartete ja auch niemanden. Özmer hatte nicht so ausgesehen, als lauerte im vierten Stock irgendeine Gefahr, und trotzdem war sie vorsichtig und hielt sich an der Innenseite der Treppe, damit die alten Holzstufen nicht so knarrten – immerhin ermittelte sie in einem Fall, der vermutlich größere Dimensionen hatte, als sie bisher überschauen konnten.

Auf dem letzten Zwischenabsatz blieb sie stehen und reckte den Hals, um ihre Wohnungstür zu sehen, die in einem toten Winkel hinter der Speichertreppe lag. Ungläubig hielt sie die Luft an. An der Wand lehnte mit verschränkten Armen Angelo Guerrini und blickte ernst auf sie herab.

«Buona sera, cara», sagte er leise. «Du hast schon wieder zu lang gearbeitet.»
«Dio buono! Bist du sicher, dass du kein Geist bist?»
«Ziemlich sicher, carissima.»
«Wie kommst du dann hierher?» Immer noch ungläubig, nahm Laura die letzten Stufen.
«Mein Lancia ist zwar alt, aber er fährt noch ziemlich

schnell.» Guerrini löste sich von der Wand und kam ihr entgegen, fasste sie an den Schultern und drehte sie hin und her. «Lasciami guardare ... ja, ich denke, du bist die Frau, die mich vor beinahe zwei Wochen brutal verlassen hat. Das kann ich nicht einfach hinnehmen!» Er zog Laura so kräftig an sich, dass sie wieder keine Luft bekam. Auch sein Kuss war atemraubend, ihr wurde ganz schwindlig. Sie lehnte sich an ihn, nahm seinen Duft wahr, berührte mit den Lippen seinen warmen Hals, ließ ihre Hände unter sein Jackett gleiten und streichelte seinen Rücken.

«Veramente, Commissario», flüsterte sie, «so etwas kann man nicht einfach hinnehmen.»

«Gut, dass du es einsiehst. Ich bin also gekommen, um mich zu revanchieren!»

«Indem diesmal du mich verlässt?»

«Das wäre eine Möglichkeit.» Er nahm ihr Gesicht zwischen beide Hände, betrachtete es sehr aufmerksam und küsste sie ein zweites Mal. Diesmal sehr vorsichtig. «Aber wenn es dir nichts ausmacht, amore, dann würde ich jetzt gern mit dir in deine Wohnung gehen. Ich habe nämlich den Verdacht, dass deine freundliche türkische Nachbarin uns ganz genau beobachtet und du dabei bist, endgültig deinen guten Ruf zu verlieren.»

«Ist mir egal!» Laura steckte ihre Nase in die kleine Vertiefung an seinem Halsansatz, die sie ganz besonders liebte. «Mein Ruf ist schon lange lädiert.»

«Als Commissario kann ich es mir nicht leisten, mit einer Frau gesehen zu werden, die einen schlechten Ruf hat.» Guerrini hielt sie von sich weg und runzelte die Stirn.

«Dann, Commissario, müssen Sie wohl sofort wieder zurückfahren.»

«Ach, wissen Sie, Signora, vielleicht sollten wir doch lieber hineingehen und ein Glas Wein trinken, ehe wir weitere Entscheidungen treffen.»

«Ein kluger Vorschlag. Aber das kann man von einem Commissario ja auch erwarten.»

Guerrini drehte sie um und versetzte ihr einen Klaps auf den Hintern. Lachend sperrte Laura die Wohnungstür auf, und in diesem Moment dankte sie dem Himmel und allen Heiligen, dass ihre Kinder so selbständig waren. Guerrini griff nach seinem Rollkoffer, winkte lächelnd dem Spion an der Nachbartür und folgte Laura in die Wohnung. Fröhlich schlenderte er durch den langen Flur, schaute in alle Zimmer und trat dann auf den kleinen Balkon hinaus. Er seufzte laut und wandte sich zu Laura um. «Es ist gut, wieder hier zu sein, amore!»

Er hat diesen Ausdruck in den Augen, der mich jedes Mal umhaut, dachte sie und strich mit einer Hand über seine Brust und seinen Bauch. «Ti voglio adesso e completamente!», flüsterte sie in sein Ohr.

«Ma Signora, Sie sind ganz schön direkt! Aber bitte, bedienen Sie sich!» Guerrini warf sein Jackett über den Rollkoffer, nahm Laura an der Hand und zog sie mit sich.

«Aspetta!» Sie riss sich los, lief zur Wohnungstür und legte die Sicherheitskette vor. Auf junge Leute, die unerwartet in ihrem Schlafzimmer auftauchten, hatte sie nämlich keine Lust.

Als sie zu ihm zurückkehrte, lag er auf dem Rücken quer über ihrem Bett. Sie ließ sich einfach auf ihn fallen. Er lachte leise und ließ es zu, dass sie ihn langsam auszog, ohne ihr dabei zu helfen. Irgendwann begann sie mit Mund-zu-Mund-Beatmung und Herzmassage, was ihn sehr schnell sehr lebendig werden ließ.

Es war längst dunkel, als sie widerwillig aus dem Bett krochen und sich anzogen. Der Himmel über den Dächern der Stadt leuchtete in tiefem Blau, und die Mondsichel war nicht mehr ganz so schmal wie bei einem ihrer letzten Telefonate. Durstig tranken sie große Gläser voll Wasser und danach Nero d'Avola, jenen Wein, den Laura im *Dolcissima* gekauft hatte. Laura erzählte Angelo von ihrem Heimweg, von dem Refrain, der ihr eingefallen war.

«Sing es mir vor, auch wenn ich's nicht verstehe. Ich weiß ja, was die Worte bedeuten.»

«Aber ich brülle, ich muss das brüllen – wie damals!»

«Dann brüll!»

Laura brüllte.

«Jetzt verstehe ich, was deine Mutter mit deutscher Bedeutungsschwere gemeint hat!», lachte er, und Laura lachte mit. Aber gleich darauf wurde sie wieder ernst. «Es gibt noch so eine Stelle, die mich früher sehr bewegt hat. Komischerweise fallen mir nur noch Fragmente von all den Liedern ein. *Vom Himmel auf die Erde fallen sich die Engel tot* ... ja, genau so ging dieser Satz.»

«Sehr bedeutungsschwer.»

«Ah, sag bloß, dass Dante Alighieri nicht bedeutungsschwer ist. Vor zwei Wochen hast du mir ständig Dante vorgelesen.»

«Er hat trotzdem eine gewisse Leichtigkeit. Hast du jemals Roberto Benigni Dante rezitieren hören?»

«Hab ich. Aber die Leichtigkeit liegt an Benigni, nicht an Dante. Benigni schafft es ja sogar, in einem KZ so etwas wie Leichtigkeit zu erschaffen.»

«In *La vita è bella*, meinst du?»

«Genau. Kannst du mir den Unterschied zwischen deutscher und italienischer Bedeutungsschwere erklären?»

«Die italienische ist theatralisch, die deutsche ... einfach schwer.»

«Könnte hinkommen. Wie war eigentlich die Fahrt, was hast du erlebt?»

«Viele Autos, ein bisschen alten Zorn, schlechten Caffè und ein bisschen Sorge, dass du wütend werden könntest, wenn ich einfach vor deiner Tür stehe ...»

«Wie alt war der Zorn?»

«Ziemlich alt.»

«Della Valle?»

«Ah, Laura. Lass uns jetzt nicht über Arbeit reden.»

«Okay, reden wir nicht über Arbeit. Der Wein ist zu stark. Wenn ich dieses Glas austrinke, bin ich betrunken. Ich glaube, ich bin's schon.»

«Dann geht's dir wie mir. Weißt du eigentlich, wann deine vielen Kinder zurückkommen?»

«Nicht genau, aber ich schätze gegen elf. Vielleicht auch früher, wenn es am Fluss kalt wird.»

«Dann hätten wir also noch die Chance, essen zu gehen.»

«Durchaus, aber ich könnte uns auch was kochen.»

«Was zum Beispiel?» Guerrini beugte sich vor und legte seine Hand auf Lauras Arm.

«Schau mich nicht so an, sonst bediene ich mich noch mal!» Sie zündete die Kerze an, die auf ihrem blau lackierten Küchentisch stand, und warf einen Blick in den Kühlschrank. «Ravioli mit Spinat-Ricotta-Füllung, und zur Vorspeise Avocado und Kirschtomaten.»

Sie kochten gemeinsam und redeten schließlich doch über die Arbeit. Laura erzählte von der bevorstehenden Durchsuchung des Fischlieferanten am nächsten Morgen. «Ich bin zwar unerwünscht, aber ich werde trotzdem aus einiger Entfernung zusehen. Aus rein atmosphärischen Gründen. Kommst du mit?»

«Wenn du mich mitnimmst.»

«Ich denke, du willst nicht mit mir arbeiten?»

«Es geht ja nicht anders. Die Ravioli sind übrigens richtig gut.»

«Bio-Ravioli. Fertignahrung. Du bist nebenbei selbst schuld, wenn wir schon wieder zusammenarbeiten. Du hast mich um Hilfe in der Sache Della Valle gebeten.»

«Scusami.»

«Bist du eigentlich wegen Della Valle gekommen oder meinetwegen?»

«Danke für deine deutsche Direktheit. Wenn du es genau wissen willst, dann bin ich gekommen, weil mir dein Fall mit der einbetonierten Leiche nicht geheuer ist.»

«Wie ... nicht geheuer?»

«Santa Caterina! Muss ich noch direkter werden?»

«Bitte.»

«Ich hatte Angst um dich. Wie viele meiner Kollegen habe ich den Eindruck, dass die Polizei in Deutschland mit der 'Ndrangheta und den anderen Mafia-Organisationen umgeht, als handle es sich um etwas, das möglicherweise gar nicht existiert.»

«Grazie.»

«Für mein Kompliment an die deutsche Polizei?»

«Dafür, dass du Angst um mich hattest.» Laura lächelte ihm zu. «Übrigens glaubt die Abteilung für Organisierte Kriminalität durchaus an die Existenz der Mafia. Sie beobachtet genau, hat aber Schwierigkeiten, Beweise zu finden.»

«Das ist es ja: Bei euch dürfen Telefone nur unter extremen Voraussetzungen abgehört werden, Datenschutz für die 'Ndrangheta. Die lachen über euch. Euer sogenanntes Rückzugsgebiet ist in Wirklichkeit Operationsgebiet.»

«Deshalb, Commissario, versuche ich aus meinen Beobachtungen Schlüsse zu ziehen, und genau deshalb will ich morgen früh dabei sein, wenn dieser Fischlaster vor dem *Montenero* ankommt.»

«Es reicht nicht, Laura. Ich hab das mit Della Valle erlebt. Im Grunde kannte ich alle seine Schweinereien, aber ich konnte sie ihm nicht nachweisen. Stattdessen hat er mich schachmatt gesetzt. Einen Augenblick ... mein Handy ...» Guerrini zog das Telefon aus der Jacke, die über der Rückenlehne seines Stuhls hing. Mit gerunzelter Stirn schaute er auf das Display. «Scusami, Laura, aber das Gespräch muss ich annehmen. Es ist Bombasso, der Journalist, von dem ich dir erzählt habe.»

«Klar, red nur mit ihm.» Laura stand auf und nahm ihr Rotweinglas mit auf den Balkon, wo ein kühler Wind wehte. Vermutlich würden Patrick und Sofia bald nach Hause kommen. Sie nippte an ihrem Wein, drehte sich um und schaute in die Küche. Guerrini lehnte am Schrank und unterstrich seine Worte mit kräftigen Gesten. Sie war immer noch entzückt und ein bisschen ungläubig und hatte noch gar nicht ganz begriffen, dass er wirklich da war, nur wenige Meter von ihr entfernt.

Im Treppenhaus ging das Licht an, und sie konnte sehen, wie Patrick und Sofia ein Wettrennen bis zum dritten Stock veranstalteten, sich lange küssten und schließlich Hand in Hand die restlichen Stufen nahmen. Gleich würden sie entdecken, dass die Wohnungstür von innen verschlossen war.

Hoffentlich küssen sie sich nicht vor dem Spion der Özmers, dachte Laura. Dann wäre mein Ruf wirklich ruiniert, denn dann stehe ich als Mutter da, die ihrer Tochter erlaubt, mit dem Sohn ihrer Schwester zu schmusen. Darüber muss ich unbedingt mit den beiden reden.

Guerrini schob die Balkontür auf. «Du wirst nicht glauben, was Bombasso mir gerade gesagt hat: Della Valle hat für morgen früh einen Flug nach München gebucht! Francesco hat mir die Ankunftszeit gegeben und versucht rauszukriegen, in welchem Hotel er absteigen wird.»

«Wir stecken schon wieder mittendrin, Angelo. Ist dir das eigentlich klar?»

«Es ist mir klar, aber diesmal macht es mir sogar Spaß, amore!»

«Rache ist keine gute Motivation für Ermittlungen, Commissario Guerrini!»

«Beh, sei nicht so verdammt vernünftig, Laura.»

«Bin ich ja gar nicht ...» Laura lauschte. Noch immer hatten Sofia und Patrick nicht geklingelt.

«Was hast du denn? Stimmt etwas nicht?»

«Sie küssen sich vor der Wohnungstür, genau vor Özmers Spion.»

«Wer küsst sich?»

«Sofia und Patrick.»

«Woher weißt du das?»

«Weil ich sie im Treppenhaus gesehen habe.»

«Sofia ist erst sechzehn ...»

«Das hindert nicht daran zu küssen, wenn man verliebt ist.»

«Aber du könntest sie daran hindern. Ich als Vater würde ...»

«Angelo, bitte. Das hier ist München, und wir leben im einundzwanzigsten Jahrhundert.»

«Ich wollte nur sagen ...»

«Sag's nicht, Angelo! Die beiden lieben sich. Jetzt. Und es ist gut so.»

«Ist es das?»

«Ja. Und ich bin froh, dass Patrick ihre erste Liebe ist und nicht irgendein Schnösel, der ihr das Herz bricht.»

«Ich bin sehr gespannt auf diesen Patrick. Bist du sicher, dass er Sofias Herz nicht brechen wird?»

«Nein.»

«Laura, du bist ...»

«Ich weiß.»

Jetzt lauschten sie beide, und als endlich die Türklingel ertönte, seufzten sie gleichzeitig erleichtert auf.

Sofia fiel Guerrini um den Hals und stellte ihn stolz als Commissario der Polizia di Stato vor. Patrick schaffte es, auch in dieser Situation cool zu bleiben. Er schüttelte Guerrini die Hand, grinste und sagte: «I am very impressed! Sofia hat mir viel von Ihnen erzählt. Sie haben mit ihr gekocht, nicht wahr?»

Wie kommt er denn darauf?, dachte Laura und wartete interessiert auf Angelos Erwiderung.

«In der Tat», lächelte Guerrini und legte einen Arm um Sofias Schultern. «Ich habe ihr ein paar Tricks der italienischen Küche beigebracht, weil ihre Mutter dauernd arbeiten musste. Es hat uns beiden viel Spaß gemacht, vero, Sofia?»

«Hat es wirklich! Schade, dass du gestern noch nicht da warst, Angelo. Wir haben wahnsinnig gut gegessen. Opa war auch dabei. Außerdem war es ein Mafia-Restaurant und total spannend. Patrick hat die Nummer von einem Mafia-Auto aufgeschrieben!»

«Deine Mutter hat es mir erzählt. Sehr mutig, Patrick,

aber auch ziemlich gefährlich. Wenn solche Leute sich beobachtet fühlen, können sie ziemlich unangenehm werden.»

Patrick zuckte die Achseln. «Es war dunkel, und sie haben mich nicht gesehen. Ich wollte Inspector Gottberg helfen. Hat es geholfen?» Erwartungsvoll schaute er Laura an.

«Leider nur ein bisschen, Patrick. Die Kennzeichen waren gestohlen.»

«Na, das beweist doch, dass sie Mafiosi waren.»

«So was Ähnliches vielleicht, aber trotzdem haben wir keine Ahnung, wer die Typen sind. So, meine Lieben. Wir sollten uns ein andermal über all diese Dinge unterhalten. Ich habe um fünf Uhr früh einen Ermittlungstermin und würde gern vorher ein paar Stunden schlafen. Und Angelo hat eine lange Autofahrt hinter sich ...»

«Schon okay. Wir sind auch müde. Wieso bist du eigentlich hier, Angelo?» Sofia drehte eine ihrer langen Locken um den Finger.

«Unvorhergesehene Ermittlungen», erwiderte Guerrini so ernst, dass Sofia ihn misstrauisch musterte.

«Haben die was mit meiner Mutter zu tun?»

«Nur am Rande. Ihr solltet übrigens nicht so lange vor dem Spion eurer türkischen Nachbarn stehen bleiben. Die sehen alles!»

Sofia versuchte ihn gegen die Schulter zu boxen, doch Guerrini war schneller. Lachend flüchtete er in Lauras Schlafzimmer und knallte die Tür hinter sich zu.

«Nun hast du es ja doch noch geschafft, eine Vaterbemerkung zu landen», murmelte Laura, als sie später nebeneinanderlagen und schon halb eingeschlafen waren.

«Ist doch praktisch, dann musst du sie nicht ermahnen. Ermahnungen von Müttern erreichen meistens das Gegenteil. Bei mir haben sie es mehr als Witz aufgefasst.»

«Zu mir haben sie gesagt, dass sie gar nicht an die Özmers gedacht hatten und in Zukunft vorsichtiger sein werden.»

«Siehst du. Hast du Patrick darüber aufgeklärt, dass er für deine Nachbarn der Sohn deiner Schwester ist?»

«Hab ich.»

«Wie fand er das?»

«Er hat gelacht.»

«Netter Kerl. Schlafen die beiden eigentlich in einem Zimmer?»

«Nein.»

«Bist du sicher?»

«Nein.»

«Ma Laura. Bei uns könntest du dafür vor Gericht gestellt werden.»

«Aber Patrick heißt nicht Berlusconi, er ist siebzehn und nicht beinahe achtzig, und die beiden werden von niemandem zu irgendwas gezwungen. Könntest du jetzt dein besorgtes, verhindertes Vaterherz zur Ruhe kommen lassen? Wir haben ungefähr noch vier Stunden Schlaf vor uns. Buona notte, Angelo. Es ist wunderbar, dass du hier bist.»

Guerrini zog Laura zu sich heran und blies sanft in ihr Ohr. «Resta con me, amore. Ich vermisse dich jede Nacht, wenn wir getrennt sind.»

Sie legte ein Bein über seine Hüfte, spürte die Wärme seines Körpers und schlief sofort ein.

DIE PEINIGENDEN PFEIFTÖNE des Weckers holten Sergio Cavallino nur langsam aus dem Tiefschlaf der Erschöpfung. Er hatte Mühe, sich zu orientieren, und stieß in der Dunkelheit den Wecker vom Tisch, aber schließlich fand er die Lampe.

Halb fünf. Dreieinhalb Stunden hatte er geschlafen, eigentlich konnte er jetzt nicht aufstehen. Er fühlte sich wie betrunken, halb irgendwo anders, als wäre er in einem unbekannten Raum seines Gehirns stecken geblieben, einem Traum vielleicht, den er nicht verlassen konnte.

Der Wecker lag noch immer auf dem Boden und pfiff. Sergio schaffte es, sich aufzuraffen und auf den Bettrand zu setzen. Er schüttelte den Kopf, um klarer zu werden. Dieses Geräusch bereitete ihm Herzrasen. Langsam ließ er sich auf den Boden gleiten. Er kroch auf allen vieren herum, fand den Wecker unterm Bett, stellte ihn ab und presste erleichtert die Stirn auf das kühle Parkett.

Zwanzig vor fünf. Wenn der Anruf kam, musste er bereit sein. Der Fahrer des Fischlasters rief immer erst an, wenn er schon fast vor dem *Montenero* stand. Sergio stützte sich an der Wand ab, wankte ins Badezimmer und hielt den Kopf unter die kalte Dusche.

Besser, dachte er, es geht mir besser. Jetzt anziehen! Er schlüpfte in Jeans und Sweatshirt, trank ein Glas Wasser, setzte die Espressomaschine in Gang. Fast fünf. Zum

Glück hatte der Fahrer noch nicht angerufen. Eduardo und Marcello warteten vermutlich schon. Eduardo hatte keine Ahnung, dass diesmal wieder nichts für ihn dabei sein würde. Kaum anzunehmen, dass Michele ihm etwas von ihrer Abmachung gesteckt hatte. Michele konnte Eduardo nicht besonders leiden, obwohl er jedes Mal Grüße an ihn ausrichten ließ. Aber Marcello würde reden.

Vielleicht auch nicht. Sergio konnte nicht mehr beurteilen, welche Verbindungen es zwischen den Mitgliedern seiner Familie gab.

Endlich war die Espressomaschine bereit.

Meine Hände zittern schon wieder, dachte er, während er zusah, wie die kleine Tasse sich füllte. Als das Telefon kurz darauf klingelte, zuckte er heftig zusammen.

Es war noch dunkel, als Laura ihren alten Mercedes in der Nähe des *Montenero* auf dem Bürgersteig parkte. Nur im Osten zeigte ein kaum merklicher grauer Schimmer, dass die Morgendämmerung begonnen hatte. Die ersten Vögel sangen, und ein paar Häuser weiter rollte irgendwer eine Mülltonne an den Straßenrand.

«Bist du sicher, dass hier etwas passieren wird?» Guerrini stellte die Rückenlehne nach hinten, streckte sich aus und gähnte. «Eigentlich hatte ich mich auf einen gemütlichen Samstagmorgen mit dir gefreut. Auf eine Kokainrazzia vor Sonnenaufgang bin ich überhaupt nicht eingestellt.»

«Du musst nichts machen. Kannst ganz entspannt hier sitzen.»

«Ich bezweifle übrigens, dass du hier stehen bleiben kannst. Schräg gegenüber soll eine Razzia stattfinden. Deine Kollegen wissen nicht, dass wir Polizisten sind.»

«Wir werden sehen.»

«Vielleicht lassen die uns nur in Ruhe, weil sie denken, dass wir auf eine Lieferung warten. So was kann unangenehm werden, Laura.»

«Sscht. Schau, im *Montenero* ist gerade Licht angegangen. Vielleicht geht's bald los. Hinter uns kommt ein Auto.»

Guerrini drehte sich um und sah durch das Rückfenster. «Es ist ein Mini, er fährt ganz langsam ...»

«Jetzt hat er uns überholt und biegt gerade in den Hof des *Montenero* ein.»

«Hast du schon mal überlegt, Radioreporterin zu werden?» Guerrini legte seine Hand auf Lauras Oberschenkel.

«Lass das, ich muss mich konzentrieren.»

«Ma dai, der Mini bedeutet vermutlich gar nichts. Natürlich muss jemand da sein, wenn Fisch geliefert wird. Die können ihn ja schlecht auf die Straße kippen.»

«Mir wirfst du vor, dass ich die 'Ndrangheta nicht ernst genug nehme, und was machst du, Angelo? Da kommt der Laster!»

Die Scheinwerfer des Fischtransporters ließen die Baumstämme entlang der Straße aufscheinen und gleich wieder verschwinden. Der Lastwagen wurde langsamer und kam schließlich vor dem Restaurant zum Stehen. Es war ein blauer Kühllaster, an der Seite mit einem großen Fisch bemalt, der einen kleinen im Maul hielt. *I Pescatori* stand in schwungvollen Buchstaben unter dem Fisch.

«Der Laster ist verdammt groß», stellte Guerrini fest. «Da passt ja der halbe Fischbestand des Mittelmeers rein. Wieso brauchen die so viel Fisch?»

«Die Cavallini beliefern noch andere Restaurants in München und Umgebung.»

«Clever.»

«Wieso?»

«Das ist die moderne Art der Schutzgelderpressung. Man liefert Ware, die etwas teurer ist. Pizzo mit offizieller Rechnung und Mehrwertsteuer sozusagen. Wer cash bezahlt, kann die Mehrwertsteuer sparen. Man kann auch Rechnungen fälschen und so die Einnahmen aus dem Kokainhandel waschen. Das Geld kann im Fischlaster zurück nach Frankreich gebracht und über einen befreundeten Geschäftsmann auf ein Konto eingezahlt werden, dann wird es nach Deutschland überwiesen und hier investiert. Da, es geht weiter!»

Der Fahrer schaltete die Scheinwerfer des Lasters aus, kletterte aus der Kabine und verschwand hinter seinem Fahrzeug.

«Jetzt können wir nur raten, was die machen.» Laura ließ ihr Seitenfenster herab, um frische Luft in den Wagen zu lassen.

«Na, Fische ausladen werden sie und vielleicht ein paar Kilo Drogen. Schau ... da kommen deine Kollegen!»

Innerhalb von Sekunden wurde die stille Straße lebendig. Vermummte Polizisten sprangen aus geparkten Autos und Lieferwagen und umstellten den Fischtransporter. Von beiden Seiten fuhren Einsatzfahrzeuge zum *Montenero* und blockierten die Straße.

«Eindrucksvoll», knurrte Guerrini. «Pass auf, jetzt sind wir dran.»

Zwei Vermummte näherten sich Lauras Mercedes, Maschinenpistolen im Anschlag. Nur Augen und Münder waren zu sehen.

«Aussteigen! Und die Hände schön hochhalten!»

«Du brauchst nicht zu übersetzen, ich hab's schon kapiert!» Guerrini öffnete die Beifahrertür und stieg aus. Ihren Dienstausweis in der Rechten, kam auch Laura mit erhobenen Händen aus dem Wagen.

«Hauptkommissarin Gottberg», sagte sie. «Hier ist mein Ausweis.»

Inzwischen war Guerrini auf der Fahrerseite des Wagens angekommen und stand rechts neben Laura.

«Beide umdrehen, Beine auseinander, Hände aufs Wagendach!»

Laura drehte sich um, und Guerrini folgte ihrem Beispiel. «Langsam, Kollegen», sagte sie ruhig. «Ich reiche jetzt den Ausweis nach hinten. Ihr könnt ihn mir abnehmen.» Sie hob ihren rechten Arm, den Ausweis deutlich sichtbar zwischen den Fingern, und führte ihn langsam nach hinten. Es dauerte ein paar Sekunden, ehe er ihr aus der Hand gezogen wurde.

«Los, Arm wieder aufs Dach!»

Erstaunlich lange blieb es still hinter Laura und Guerrini, dann endlich kam eine Antwort: «Okay, wer ist der andere?»

«Ein Kollege der italienischen Antimafia-Polizei.»

«Ausweis!»

«Zeig ihm deinen Dienstausweis», flüsterte Laura. «Mach's genauso wie ich. Die sind nicht gut drauf!»

«Ist mir schon klar!»

«Hier wird nicht geflüstert!»

«Ich habe Ihre freundliche Aufforderung nur übersetzt, Kollege!»

Wieder dauerte es ziemlich lange, ehe die beiden Vermummten endlich überzeugt waren, dass es sich tatsächlich um Kollegen handelte. Laura und Guerrini durften sich umdrehen und erhielten ihre Ausweise zurück.

«Was macht ihr hier? Eure Anwesenheit ist nicht gemeldet!»

«Dasselbe könnte ich euch fragen! Wir hatten keine Ahnung von eurer Aktion. Wir beobachten das *Montenero*, weil es bestimmte Verdachtsmomente gibt. Was sucht ihr denn hier?»

«Drogenfahndung. Und ihr?»

«Mordkommission!»

«Tatsächlich? Wollt ihr mit rüberkommen?»

«Nein danke. Sucht ihr nur eure Drogen. Wir wollen lieber nicht gesehen werden.»

«Na, dann. Sorry.» Sie gingen.

Laura und Guerrini stiegen wieder in den Mercedes und schauten zu, wie der Laster durchsucht wurde. Fahnder mit Hunden kletterten auf die Ladefläche, Kisten wurden herausgereicht.

«Immerhin hat einer *Sorry* gesagt, Angelo. Findest du nicht auch, dass es manchmal ganz interessant ist, auf der anderen Seite zu stehen?»

«Interessant, aber nicht besonders angenehm. Wer hat eigentlich diese Vermummung für Polizisten erfunden? Man hat sofort das Gefühl, Terroristen gegenüberzustehen und im nächsten Moment erschossen zu werden.»

«Genau das ist ja auch die Absicht dahinter. Das weißt du doch.»

«Ich wollte nur sagen, dass es etwas von Staatsterrorismus hat.»

«Es war also durchaus sinnvoll, dass wir so früh aufgestanden sind. Du hast eine Erkenntnis gewonnen, Angelo.»

«Ja, eine, die ich schon vorher hatte. Auf was warten wir eigentlich?»

«Ich will wissen, ob die etwas finden.»

«Und was ist, wenn sie etwas finden?»

«Ich bin ziemlich sicher, dass sie nichts finden werden.»

«Aus welchem Grund?»

«Falls der Clan der Aspro-Cavallini etwas mit der Betonleiche zu tun hat, dann werden die den Teufel tun und weiter fröhlich mit Drogen handeln. Sie werden abwarten.»

«Weshalb wird dann eine Razzia durchgeführt?»

«Ich weiß nicht genau ... die Zusammenarbeit mit unseren OK-Fahndern ist nicht ganz einfach. Ich glaube, die sind einfach froh, dass sie endlich einen Durchsuchungsbefehl bekommen haben.»

«Ist das schlecht für deine Ermittlungen?»

«Ich glaube, es ist eher günstig. Diese Razzia wird einige Mitglieder des Familienunternehmens mit Sicherheit noch ein bisschen nervöser machen, als sie ohnehin schon sind.»

Laura streckte sich und gähnte. «Hoffentlich sind die bald fertig. Sofia und Patrick schlafen garantiert bis zehn. Vielleicht können wir uns auch noch ein bisschen hinlegen.»

«Ich fürchte, das wird nichts. Della Valle landet um halb zehn am Flughafen, und Francesco hat bisher nicht angerufen. Wir wissen also nicht, in welchem Hotel er absteigen wird.»

Laura lehnte sich zurück und schloss die Augen.

«Warum sagst du nichts?» Guerrini beugte sich zu ihr und legte eine Hand auf ihren Arm.

«Ich sage nichts, weil es mir gerade so geht wie dir seit einiger Zeit: Ich würde gern *nicht* mit dir arbeiten. Und ich möchte *nicht* zum Flughafen fahren und diesen Della Valle beschatten.»

Jetzt schwieg Guerrini.

«Ich habe mich im Fall der Betonleiche nur mühsam motivieren können, Angelo. Ich möchte mich nicht dauernd für die Missetaten meiner Mitmenschen verantwortlich fühlen. Das ist meine Seite. Dass du diesen Della Valle gern aus dem Verkehr ziehen willst, kann ich verstehen. Aber ich glaube nicht, dass es so direkt geht. Was ist, wenn er dich zufällig sieht? Was ist, wenn er mit einem flotten Wagen abgeholt wird? Mein alter Merc ist für Verfolgungsjagden nicht geeignet. Der schaut sich erst dreimal um, wenn ich richtig Gas gebe.»

«Wir können meinen Lancia nehmen.»

«Der ist zu auffällig mit seinem italienischen Kennzeichen.»

«Ich nehme ein Taxi.»

«Und dann sagst du dem Fahrer: Folgen Sie diesem Wagen! Ma, Angelo!»

«Wir können uns einen schnellen Wagen mieten, oder, noch besser, du leihst dir einen der Polizei-BMWs aus.»

Laura fing an zu lachen. «Du bist ganz heiß auf Della Valle, was? Ich habe einen anderen Vorschlag. Der Kollege vom OK hat mir einen Informanten bei der InputReal genannt. Ich habe Telefonnummer und Codewort. Diese Person hat vermutlich die Möglichkeit herauszufinden, was Della Valle macht, wo er wohnt und mit wem er sich treffen wird.»

«Bist du sicher?»

«Nein, natürlich nicht. Aber mir erscheint es realistischer, als Della Valle vom Flughafen bis zu seinem Hotel *nicht* aus den Augen zu verlieren. Schau, die Sonne geht auf!»

Rötliche Lichter fielen plötzlich auf die Straße, bemalten die Gebäude und den Fischlaster, sogar ihre Gesichter. Die ersten Polizisten rückten ab, die Hunde wurden verladen, Einsatzfahrzeuge fuhren davon, und Laura entdeckte Hauptkommissar Koller, der mit umwölkter Miene zu seinem Wagen ging, während sich jetzt ein paar neugierige Anwohner näher ans *Montenero* heranwagten.

«Ich schätze, die haben nichts gefunden», murmelte Guerrini. «Lass uns nach Hause fahren. Ich nehme deinen Vorschlag an. Wir stecken wirklich schon wieder mittendrin. Diesmal hab ich es nicht gemerkt, entschuldige. Was ist eigentlich mit deinem deutschen Pflichtbewusstsein passiert?»

«Ich bin dabei, es neu zu definieren», erwiderte sie, ließ den Motor an und lenkte den Mercedes dicht neben den Wagen von Koller.

«Guten Morgen, Kollege», sagte sie durch das offene Fenster. «Hat's was gebracht?»

«Frau Gottberg, ich habe Ihnen deutlich gesagt, dass ich Sie hier nicht sehen will!», brüllte Koller. «Was fällt Ihnen ein, auch noch einen italienischen Kommissar mitzubringen? Wir sind hier die OK-Ermittler, nicht Sie!»

«Wir haben uns nicht eingemischt, wir haben nur zugeschaut. Ist Zuschauen verboten? Es war eine sehr professionelle Aktion.»

«Wollen Sie sich über mich lustig machen?» Er brüllte immer noch.

«Nein! Ich will wissen, ob Sie was gefunden haben!»

«Haben Sie irgendwelche Festnahmen gesehen? Haben wir den Laster konfisziert? Beantworten Sie sich Ihre Frage selbst, verdammt noch mal! Und jetzt lassen Sie mich gefälligst durch!» Der Motor seines Wagens heulte auf, Laura setzte zurück, und Koller fuhr mit quietschenden Reifen davon.

«Eindrucksvoll», murmelte Guerrini.

«Wieso habt ihr mir nicht gesagt, dass nur Fische geliefert werden? Wo ist das andere Zeug? Was ist hier eigentlich los, eh?», flüsterte Eduardo und scharrte wütend mit seiner Stiefelspitze im Kies, während Marcello und Pietro die Fischkisten ins *Montenero* trugen.

«Michele und ich fanden es sicherer, noch zu warten. Und wie du siehst, hatten wir recht.» Sergio bewunderte seinen eigenen kühlen Tonfall.

«Carmine wird das nicht gefallen. Es wird ihm ganz und gar nicht gefallen. Es ist gegen die Regeln, Sergio.» Eduardo rauchte in hastigen Zügen. «Du hättest es mir und Carmine sagen müssen. Wir entscheiden, hast du das vergessen? Hast du das vergessen, Sergio?»

«Nein, aber es ging nicht anders. Was macht Pietro hier?»

«Was heißt: Es ging nicht anders? Woher hast du gewusst, dass es eine Razzia geben wird, he?»

«Ich habe es nicht gewusst, ich hatte nur kein gutes Gefühl.»

«Mit dir stimmt was nicht, Sergio. Ich glaube dir nicht. Du hast es gewusst!» Eduardo nahm die fast verglühte Zigarette zwischen Zeigefinger und Daumen und schnippte sie in einen Gully am Straßenrand.

«Wir können stundenlang so weiterreden: Du behauptest, dass ich es gewusst habe, und ich behaupte das Gegenteil. Hast du darauf Lust?»

Die Razzia hatte auf Sergio eine vollkommen andere Wirkung als auf Eduardo. Er fühlte sich stärker und besser als in den letzten Tagen, trotz seiner Erschöpfung. Eduardo dagegen war nervös und hatte beim Auftauchen der Polizisten geradezu panisch reagiert. Erst nachdem Sergio ihm zugeflüstert hatte, dass die Polizei nichts finden werde, hatte er sich etwas beruhigt. Aber nur etwas.

«Cazzo! Ich habe darauf keine Lust. Aber ich hab einen Verdacht, Cugino! Du steckst mit den andern unter einer Decke, was? Mit den Botschaftenschreibern! Die haben uns die Polizei auf den Hals gehetzt, vero? Als sehr direkte Botschaft. Fast so direkt wie die Leiche in Beton! Du bist es, der mit der Zeit geht, nicht ich!» Eduardo spuckte aus. «Du hast uns die ganze Zeit was vorgespielt! Das hast du getan!»

«Weißt du, was wir besonders gut können, Eduardo? Verschwörungstheorien. Darin sind wir alle richtig gut!»

«Hör auf mit deinem akademischen Gequatsche!»

Eduardo spuckte ein zweites Mal aus und griff nach einer Kiste Calamari.

«Warte!», sagte Sergio. «Was macht Pietro hier? Wer hat ihn eingeteilt?»

«Ich habe Marcello gesagt, dass er ihn einteilen soll!»

«Und warum, eh?»

«Weil er demnächst in die Gesellschaft aufgenommen wird.»

«Weiß er das?»

«Was geht es dich an, verdammt noch mal!»

«Er arbeitet für mich, er ist mein Neffe!»

«Trotzdem geht es dich nichts an. Die Gesellschaft entscheidet!» Wie ein Gewichtheber riss Eduardo die Kiste Calamari auf Brusthöhe und ging ein paar Schritte, dann drehte er sich noch mal zu Sergio um. «Kümmere dich lieber um dich selbst, Cugino. Du hast es verdammt nötig.»

Sergio nahm ebenfalls eine Kiste aus dem Laderaum. Jetzt fühlte er sich nicht mehr so gut wie vor ein paar Minuten. Als Pietro an ihm vorüberkam und zur Seite blickte, ging es ihm beinahe so schlecht wie schon einmal an diesem Morgen.

ALS LAURA, nachdem sie ausgiebig geduscht hatte, frisch geschminkt und ziemlich gut gelaunt in die Küche kam, hatten Patrick und Guerrini bereits das Frühstück zubereitet und unterhielten sich über die Mafia.

«Wo ist Sofia?» Laura goss sich Tee ein und gab ein bisschen Milch dazu.

«Sie wollte noch schlafen, bis das Bad frei ist», erwiderte Guerrini.

«Dann werde ich sie wecken!» Laura klopfte an Sofias Zimmertür. «Buon giorno, Sofi! Bad ist frei!»

«Noch fünf Minuten, bitte!»

«Wir fangen schon mit dem Frühstück an, es ist nämlich nach zehn.»

«Meinetwegen!»

Es ist schon ein eigenartiges Phänomen, dass kleine Kinder immer sehr früh wach sind, während große ein unstillbares Schlafbedürfnis zu haben scheinen, dachte Laura und erinnerte sich an ihre eigenen Schlaforgien an Wochenenden, mit denen sie ihren Vater zur Verzweiflung getrieben hatte. Ihren Vater, der damals begeisterter Frühaufsteher war und lange Sonntagsfrühstücke mit Frau und Tochter liebte. Bereits um sieben begann er mit kleinen Störmanövern, lauter Musik in der Küche zum Beispiel, oder er sang Opernarien im Badezimmer. Gegen acht klopfte er ein paarmal, steckte den Kopf ins Zimmer. Die nächste Stufe war das Aufziehen der Vorhänge, und einmal hatte er es sogar fertiggebracht, vor Lauras Tür den Staubsauger einzuschalten. Sie hatte ihr Kopfkissen nach ihm geworfen, was ihn sehr erheiterte.

«Schlaf nur, Sofi», sagte sie und kehrte zu den anderen zurück.

«Ich hab noch nie begriffen, wie Geldwäsche funktioniert!» Patrick lehnte an der offenen Balkontür und sah Guerrini erwartungsvoll an. Die beiden sprachen Englisch miteinander, schienen weder Sofia noch Laura zu vermissen.

«I will try to explain, Patrick.»

Laura liebte Guerrinis Englisch. Wie alle Italiener versuchte er die etwas härtere Sprache abzurunden. Sie setzte sich an den Frühstückstisch, trank ihren Tee und hörte zu.

«Allora, Patrick, hier ist ein praktisches Beispiel: Ein Mafiaclan verdient viel Geld durch Drogenhandel. Solche Geschäfte laufen immer mit Bargeld. Dieses Geld kann man natürlich nicht einfach auf der Bank einzahlen. Es würde auffallen. Also setzt man einen Strohmann ein, der eine günstige Immobilie kauft – für 100 000 Euro zum Beispiel. Ein oder zwei Jahre später verkauft der Strohmann dieses Haus an einen zweiten Strohmann. Diesmal für 350 000 Euro, die hat der zweite Strohmann natürlich von der Mafia bekommen. Dieses Geld ist jetzt gewaschen und auf der Bank. Damit kann man ohne Schwierigkeiten investieren und neue Geschäfte machen. Natürlich am besten wieder über einen Strohmann. Diese Strohmänner sind aufgrund ihrer guten Geschäfte bei den Banken kreditwürdig und können weiter Immobilien kaufen und verkaufen oder andere Geschäfte einfädeln. Keiner merkt, wer eigentlich dahintersteckt.»

«Und wie finden die Clans solche Strohmänner?»

«Meistens sind das ebenfalls Mitglieder der Clans. Manchmal aber auch Immobilienhändler, die gern eine hohe Provision einstecken und den Mund halten.»

Laura räusperte sich: «Ein Clan kann also, nachdem er das Geld gewaschen hat, einfach über einen Strohmann beispielsweise bei der InputReal investieren. Und man kann der Input nicht nachweisen, dass sie bewusst Mafiagelder angenommen hat.»

«Wow!» Patrick zog die Augenbrauen hoch. «Ich muss eine Facharbeit über ein wichtiges gesellschaftliches Problem schreiben. Für meine Schule zu Hause. Ich glaube, ich werde das Thema Mafia und Geldwäsche nehmen.»

«Viel Spaß!» Laura füllte Müsli in eine Schüssel und goss Milch darüber. «Material wirst du genügend finden. Guten Appetit.»

«Wollen wir nicht auf Sofia warten?» Guerrini sah Laura fragend an.

«Wenn du gern noch eine Stunde hungern möchtest. Das Schlafbedürfnis junger Mädchen ist sehr ausgeprägt.»

Patrick verzehrte mit großem Genuss drei Semmeln und eine Breze, dann entschuldigte er sich, um mit einem Freund in London zu skypen.

«Na, wie gefällt dir das Familienleben?», fragte Laura, als er die Tür hinter sich geschlossen hatte, und versetzte Angelo unterm Tisch einen sanften Stoß gegen das rechte Bein.

«In Siena muss ich in die Bar gehen, um mich am Morgen zu unterhalten, hier reicht es, wenn ich den Flur überquere. Patrick gefällt mir. Wäre gut, so einen Sohn zu haben.»

«Jeden Morgen?»

«Warum nicht? Ich könnte mich daran gewöhnen.»

«Dann kannst du ja doch Hausmann in München werden.»

«Aber nur, solange Patrick dableibt.»

«Wie soll ich das denn verstehen?»

«Ganz einfach: Luca ist ausgezogen, und ich benötige zumindest eine männliche Unterstützung, amore. Und jetzt rufen wir diesen Informanten bei der InputReal an ... ehe Sofia aufwacht und ehe Patrick zurückkommt.»

Laura lachte. «Du hast schon etwas Wesentliches vom Familienleben verstanden, Angelo. Du nutzt die Zwischenräume!»

Laura wählte die Handynummer des Informanten, und bereits nach dem dritten Klingeln meldete sich eine weibliche Stimme. Laura nannte den Code, wurde aufgefordert, ihn zu wiederholen, und nannte ihn ein zweites Mal.

«Wie viel?»

«Ich richte mich nach Ihnen», sagte Laura.

«Vierhundert.»

«Okay.»

«Um was geht's?», fragte die Stimme.

«Vielleicht nicht am Telefon ...»

«Nur am Telefon.»

Laura versuchte die Frage so knapp und harmlos wie möglich zu formulieren.

«Habe verstanden und werde mich melden.»

Das Gespräch war beendet.

«Was hat er gesagt?» Gespannt beugte Guerrini sich vor.

«Es war eine Frau. Die klang wie diese Ansagen in öffentlichen Verkehrsmitteln, wie ein Sprachroboter.»

«Und was hat sie gesagt?»

«Dass sie vierhundert will und sich melden wird.»

«Vierhundert Euro?»

«Na, was sonst? Ist dir Della Valle vierhundert Euro wert?»

«Unter Schmerzen.»

«Na ja, vielleicht nimmt mein Kollege Koller es aus seinem Informanten-Etat. Die Rechnung geht sowieso an ihn. Nehme ich jedenfalls an.»

«Was jetzt?»

«Jetzt mache ich uns einen Cappuccino, und dann warten wir. Erst auf Sofia und dann auf die Informantin. Während des Wartens könnten wir im Englischen Garten spazieren gehen …»

«… und wenn wir keine Familie wären, dann könnten wir uns auch wieder ins Bett legen und schlafen, weil wir eigentlich völlig übermüdet sind.»

«Das stimmt, aber wir haben noch eine Chance. Vielleicht verlassen unsere jugendlichen Mitbewohner das Haus, weil sie sich mit Freunden treffen wollen. Diesen Zwischenraum können wir dann sofort für unsere Bedürfnisse nutzen.» Sie stellte die Caffettiera auf den Herd und entzündete die Gasflamme. Guerrini aber trat hinter sie, schlang die Arme um sie und flüsterte in ihr linkes Ohr: «In Siena gäbe es eine Menge Zwischenräume, amore, und beim Schafezüchten auch.»

«Zumindest beim Schafezüchten bezweifle ich das, Commissario Guerrini.»

An diesem Tag beobachtete Sergio nicht nur seine Mitarbeiter, sondern auch die Gäste. Noch vor wenigen Jahren hatte er Polizisten ziemlich gut von harmlosen Mitmenschen unterscheiden können. Inzwischen war ihm diese Fähigkeit abhandengekommen, was nicht so sehr an ihm lag, sondern an der erstaunlichen Wandlung von Ermittlern. Als hätten sie Schauspielunterricht genommen, konnten sie selbst ihr Benehmen den jeweiligen Umständen anpassen.

Sergio war fest davon überzeugt, dass sein Restaurant in regelmäßigen Abständen von Polizisten in Zivil besucht wurde, doch er hatte noch nie einen von ihnen identifiziert. Nach der Razzia an diesem Morgen war er besonders auf der Hut. Die Aktion hatte ihn verunsichert – der Fischtransporter war bisher noch nie durchsucht worden. Nur das *Dolcissima* hatte zwei Razzien erlebt. Beide ohne Ergebnis.

Eduardo hatte ein unschlagbares Versteck für die etwas andere Ware. Selbst Sergio wusste nicht genau, wo. Er wusste nur, dass es sich um einen Lagerraum handelte, den ein Strohmann angemietet hatte. Einer, der offiziell mit alten Möbeln handelte. Eduardos Weinlager befand sich ganz in der Nähe dieses Verstecks, und es gab wohl eine Art Verbindungsgang oder einen Tunnel zwischen den beiden Räumen.

Auch Eduardo hatte an diesem Morgen eingesehen, dass sie ihr geschäftliches Verhalten für eine Weile ändern mussten, ganz egal, was Carmine oder der große Boss bestimmten. Nach der Razzia stellte sich die Situation völlig anders dar.

«Ich rede mit Carmine», hatte Eduardo beim Abschied gesagt. «Ich werde ihm die Sache erklären.»

Und ich muss mit Pietro reden, dachte Sergio. Ich will wissen, ob er wirklich in die Gesellschaft aufgenommen werden will. Wenn es so ist, dann haben sie ihn auf mich angesetzt, dann sind seine Sprüche nichts anderes als Fallen, die sie mir stellen. Jeden Tag. Marcello und Pietro, meine Bewacher, meine Versucher. Und was ist Eduardo? Der Vollstrecker?

Sergio riss sich zusammen und nahm Marcello eine Platte mit Austern ab, trug sie zu Tisch 9 und wünschte genussvolles Schlürfen. Die Gäste lachten fröhlich über seine Bemerkung und bestellten eine zweite Flasche Chardonnay. Alles lief wie immer, das *Montenero* war voll, die Gäste zufrieden. Marcello hatte die Fischlieferung auf der Website des Restaurants angekündigt, und die Fischliebhaber strömten herbei.

Als es gegen drei Uhr ruhiger wurde und Pietro mit den anderen Kellnern gegessen hatte, beauftragte Sergio ihn damit, eine Platte Antipasti in seine Wohnung zu bringen. Außerdem Brot, drei Flaschen Rotwein, eine Salami und einen halben Laib Pecorino.

«Könnte sein, dass Carmine und Michele früher kommen. Mein Kühlschrank ist ziemlich leer.»

Pietro zuckte die Achseln und packte zusammen, was Sergio verlangt hatte.

«Ich fahr dich rüber. Muss mich sowieso ein bisschen ausruhen. Letzte Nacht hab ich höchstens drei Stunden geschlafen.»

«Bei mir waren's auch keine fünf», erwiderte Pietro mürrisch. Gemeinsam luden sie die Platten in den Mini.

«Eigentlich muss ich gar nicht mitfahren. Das schaffst du doch alleine.» Pietro knallte die Hecktür des Mini zu.

«Ich hab aber keine Lust, dreimal hin- und herzurennen. Ich möchte mich ausruhen. Also komm mit!»

Pietro stieg ein und starrte aus dem Seitenfenster. Als Sergio den Motor anließ, erschien Marcello im Hof, winkte und rief: «Hey, wo wollt ihr denn hin?» Doch Sergio beachtete ihn nicht, sondern gab Gas.

«Hast du Marcello nicht gehört?» Pietro warf Sergio einen erstaunten Blick zu.

«No!»

«Natürlich hast du ihn gehört.»

«Ich wollte ihn nicht hören, wenn du es unbedingt wissen willst. Ich habe diese ständige Bespitzelung satt. Es geht ihn nichts an, wohin wir fahren. Überhaupt nichts! Kapiert?»

Pietro presste die Lippen zusammen und senkte den Kopf. Schweigend fuhren sie zu Sergios Wohnung, schweigend trugen sie die Platten und Kartons hinein und stellten sie in der Küche ab.

«Dann kann ich ja wieder gehen», murmelte Pietro und wandte sich zur Tür.

«Ich möchte, dass du noch bleibst. Wir machen uns einen Caffè und essen was von dem Zeug.» Sergio füllte frisches Wasser in die Espressomaschine.

«Ich hab schon gegessen.» Pietro klang irritiert.

«Dann isst du eben nichts und trinkst nur einen Caffè.»

«Was willst du denn von mir, Sergio?»

«Setz dich erst mal.»

«Weshalb soll ich mich setzen?»

«Setz dich, verdammt noch mal! Ich kann nicht mit dir reden, wenn du auf dem Weg zur Tür bist!»

Widerwillig ließ Pietro sich auf einen Stuhl fallen. «Was ist denn los mit dir, Zio?»

«Nichts ist los mit mir. Mit dir ist was los, Pietro. Ich hab mich heute früh gewundert, dass du mit uns den Fisch ausgeladen hast. Wer hat dir gesagt, dass du kommen sollst?»

«Marcello, und dem hat es Eduardo gesagt.»

«Ah, und Eduardo hat es von Carmine und der von meinem Vater. Ist dir das klar, Pietro?»

Der junge Kellner zuckte die Achseln. «Was ist denn schon dabei, wenn man Fisch auslädt? Diese Razzia war völliger Blödsinn.»

«Du kannst mir doch nicht vormachen, dass du so ahnungslos bist! Eduardo und die anderen haben nicht nur Fische erwartet, sondern wesentlich wertvollere Ware. Sie war aber nicht da, die Ware, und deshalb hatten wir alle verdammtes Glück, auch du, mio nipote. Sonst würdest du nämlich jetzt mit uns im Gefängnis sitzen, und das *Montenero* wäre geschlossen. Hier ist dein Caffè!» Sergio schob die kleine Tasse über den Tisch. «Das ist die eine Sache, die andere ist mindestens so wichtig! Eduardo hat zu mir gesagt, dass du demnächst in die Gesellschaft aufgenommen wirst. Deshalb hat er dich damals zur Beseitigung der Leiche geholt, und deshalb wollte er, dass du mit uns die Fische und das andere Zeug auslädst. Es sind die ersten Prüfungen und Weihen, Pietro. Ist dir das klar? Hast du zu Eduardo gesagt, dass du aufgenommen werden willst?»

Pietro drehte die kleine braune Tasse hin und her und schüttelte dann den Kopf.

«Du hast es ihm nicht gesagt?»

«Nein, ich habe nichts gesagt.»

«Willst du aufgenommen werden? Willst du ein picciotto d'onore werden, willst du das? Sag es mir!»

«Du redest doch die ganze Zeit davon, dass ich den Mund halten und machen soll, was von mir verlangt wird ...»

«Weil ich dich schützen wollte, weil du Sachen gesagt hast, die verdammt gefährlich werden können. Trotzdem war es Mist, was ich gesagt habe.»

«Was?» Ungläubig starrte Pietro seinen Onkel an.

«Mist, habe ich gesagt! Es war verlogener Mist! Und du hast es genau gewusst! Mach mir doch nichts vor! Deshalb bist du mir aus dem Weg gegangen. Hab ich recht?»

Wieder zuckte Pietro die Achseln.

«Auf einmal bist du vorsichtig, eh? Das kann zwei Dinge bedeuten: Entweder du fürchtest dich davor, dass ich nicht auf deiner Seite stehe, oder du bist von der Familie auf mich angesetzt worden. Ich kann mir jetzt aussuchen, was ich für wahrscheinlicher halte.»

«Du bist verrückt, Zio!»

«Natürlich bin ich verrückt. In diesem Laden wird mit der Zeit jeder verrückt. Sobald man einen Fehler macht, Pietro. Wenn man einen Fehler macht, ist man verdächtig. Dein Onkel Gabriele, mein Bruder, hat viele Fehler gemacht. Plötzlich war er tot. Damals warst du noch ein Kind, gerade dreizehn, oder? Erinnerst du dich an Gabriele?»

Pietro nickte, starrte vor sich auf den Tisch.

«Er war lustig, nicht wahr? Immer gut drauf. Weißt du auch, warum? Er hat nicht nur mit Kokain gehandelt, Pietro, er hat es selbst genommen, jede Menge. Randvoll war er von dem Zeug.»

«Warum erzählst du mir das, Sergio?»

«Weil ich möchte, dass du weißt, was los ist. Du hast selbst zu mir gesagt, dass sie den Familien die Kinder wegnehmen wollen, damit sie nicht so werden wie wir. Hast du das gesagt oder nicht?»

«Ich hab's gesagt, weil ich's in der Zeitung gelesen habe.»

«Hast du's Marcello auch gesagt?»

Pietro schüttelte den Kopf.

«Warum nicht?»

«Weil ... cazzo, du weißt genau, warum nicht!»

«Ich weiß es.»

Plötzlich hob Pietro den Kopf und sah seinen Onkel an. «Wer war der Tote, Sergio?»

«Ich hab keine Ahnung.»

«Wer hat ihn umgebracht?»

Sergio brach der Schweiß aus.

«War es Eduardo?»

«Ich weiß es nicht, Pietro. Ich weiß nur, dass es einer von uns war.» Seine Hand zitterte schon wieder. Er versteckte sie unterm Tisch. Er konnte Pietro nicht die Wahrheit sagen. Es ging einfach nicht.

«Was ist mit den Typen, die nicht bezahlt haben?»

«Sie erpressen uns, Pietro. Eine andere Familie. Sie erpressen uns mit der Leiche. Sie wollen in unser Unternehmen einsteigen.»

«Bist du deswegen so nervös?»

«Unter anderem.»

«Warum noch?»

«Ich werde nichts mehr sagen, Pietro. Es ist nicht gut für dich, wenn du zu viel weißt. Überhaupt nicht gut. Verstehst du?»

«Nein.»

«Macht nichts. Es ist völlig unwichtig! Wichtig ist nur, ob du ein Mitglied der Gesellschaft werden willst. Das musst du wissen, sonst nichts. Hast du mich verstanden? Dabei geht es nämlich um dein Leben, hast du wenigstens das kapiert?» Sergio sprang auf und wischte mit der Hand über sein schweißnasses Gesicht.

«Und jetzt geh und erzähl den andern, dass dein Onkel ein verdammter Verräter ist. Geh schon!»

Auch Pietro sprang auf und wich langsam vor Sergio zurück.

«Geh schon, geh! Wenn du's dir anders überlegst, dann sag mir Bescheid!»

«Ma, zio ...»

«Denk nach, rede später! Geh jetzt!»

Zögernd bewegte sich Pietro Richtung Wohnungstür. Dann wandte er sich noch einmal zu Sergio um. «Ich versteh nicht ...»

«Denk einfach nach! Und bete! Bete zur Madonna und zum Erzengel Gabriel!»

Mit erschrockenem Blick schlüpfte Pietro aus der Tür und zog sie leise hinter sich zu. Sergio ließ sich wieder auf einen Stuhl sinken und vergrub sein Gesicht in beiden Händen. Was er gerade getan hatte, konnte sein Ende bedeuten. Trotzdem bedauerte er es nicht. Er dachte an das Bankkonto, das er unter seinem zweiten Namen in Australien eingerichtet hatte. Ob Eduardo auch eins hatte? Oder Carmine, Michele? Sie wussten nichts voneinander, überhaupt nichts.

Endlich, am frühen Nachmittag, verließen Sofia und Patrick die Wohnung, um sich mit Luca und ein paar Freunden zu treffen. Laura und Angelo fielen aufs Bett, ehe die beiden den ersten Stock erreicht hatten.

«Noch eine Erkenntnis übers Familienleben», flüsterte Laura. «Die Zwischenräume immer zum Schlafen nutzen. Wenn die Kinder klein sind sowieso, aber wenn sie groß sind auch, allerdings aus anderen Gründen.»

«Das klingt ein bisschen wie unser Berufsleben», erwiderte Guerrini und schloss die Augen.

Zweieinhalb Stunden lang schliefen sie derart tief, dass der anschwellende Klingelton von Lauras Smartphone sie nur langsam in die Gegenwart zurückholte.

«Ja?», fragte Laura, als sie das Telefon gefunden hatte.
«Den Code.»
Verdammt, wo hatte sie den Code? Irgendwo in der Küche. Sie sprang auf und wankte noch ganz benommen durch den Flur.

«Den Code!» Die Automatenstimme wurde ungeduldig.

«Sofort!» Da war der Zettel, unter der Obstschale.

«Okay», sagte die Frau. «Das Objekt ist im Hotel Bayerischer Hof abgestiegen. Dort findet auch ein geschäftliches Treffen statt. Morgen um 10.30 Uhr. Für weitere tausend Euro kann ich den Inhalt des Gesprächs ermitteln. Geben Sie Bescheid.»

Die Verbindung wurde unterbrochen.

«Die Sache wird allmählich teuer!» Laura warf das Telefon neben Guerrini aufs Bett. «Ist dir dein Freund Della Valle tausend Euro wert? Um genau zu sein eintausendvierhundert?»

«Nein», knurrte Guerrini. «Er ist überhaupt nichts wert. Was hat der Informant denn gesagt?»

«Noch mal tausend Euro, und wir erfahren, was Della Valle mit den Leuten von der Input bespricht. Morgen um 10.30 Uhr im Bayerischen Hof. Aber vielleicht trifft er sich gar nicht mit der Input, sondern mit diesem Schweizer Anlageberater, der seine Informationsveranstaltungen dort abhält. Vielleicht ist Della Valle nur nach München gekommen, um für sein Alter vorzusorgen ...»

Blitzschnell griff Guerrini nach Lauras Handgelenk und zog sie neben sich. «Du machst dich über mein Trauma lustig, Signora.»

Laura lächelte. «Es ist so alt, dass du es endlich auf den Müll werfen solltest. Wollen wir wetten, dass du Della Valle erst erwischt, wenn es dir egal ist? Oder ein anderer wird ihn genau dann erwischen.»

«Woher willst du das wissen?» Guerrini schob den Kragen ihrer Bluse zur Seite und küsste ihren Nacken.

«Lebenserfahrung.»

«Dann wirst du also erst mit mir leben wollen, wenn es mir egal ist?»

«Natürlich!»

«Santa Caterina, wie konnte ich mich nur mit einer derart hartherzigen Person einlassen?» Er biss ziemlich kräftig in ihre Schulter.

«Au! Dieses Risiko geht man immer ein, wenn man eine Liebesbeziehung anfängt, amore!»

«Hast du noch mehr Lebensweisheiten auf Lager?»

«Jede Menge. Aber noch mal zu dem Tausend-Euro-Angebot: Lässt du dich drauf ein? Ich glaube nicht, dass Koller das ebenfalls übernehmen wird.»

Guerrini rollte sich auf den Rücken und sah an die Decke. «Ja», antwortete er nach einer Weile. «Ja, ich mache mit. Ich will wissen, was er vorhat. Noch ist es mir nicht gleichgültig. Und jetzt sag bloß nicht, dass ich ihn deshalb auf keinen Fall erwischen werde!»

«Nein!», lachte Laura. «Aber denken darf ich es schon, oder?» Sie sprang auf und lief in die Küche, um den Auftrag zu erteilen. Hinter ihr knallte ein Kissen an die Tür.

ONKEL CARMINE und Michele landeten am Sonntagmittag mit der Maschine aus Marseille am Münchner Flughafen. Eduardo, der die beiden abholte, war darüber ein bisschen erstaunt.

«In Mailand ist es zurzeit nicht gut», erklärte Carmine später im Auto. «Man steht dauernd unter Beobachtung. Die machen sich alle in die Hosen, wegen der Weltausstellung. Angeblich hat die Mafia ihre Finger in sämtlichen Bauvorhaben. Diese Typen von der Camorra sind Vollidioten. Bringen sich dauernd gegenseitig um und sind nicht vorsichtig genug mit ihren Geschäften. Das hat natürlich Auswirkungen auf uns. Sehr unangenehm! Deshalb bin ich lieber mit dem Wagen nach Marseille gefahren. Außerdem gab es eine Menge zu besprechen, vero, Michele?»

Michele nickte.

«Fahren wir gleich zu Sergio?» Eduardo musterte im Rückspiegel Carmines ernstes Gesicht.

«Nein, erst zu dir. Es gibt Dinge zu bereden, die Sergio nicht wissen muss. Jedenfalls jetzt noch nicht.»

Eduardo presste kurz die Lippen zusammen und schaute wieder in den Rückspiegel. Carmines Gesicht wirkte wie eine starre Maske.

«Ich habe übrigens inzwischen herausgefunden, wer die sind, die sich heute Abend mit uns treffen wollen», sagte er.

«Das ist eine echte Neuigkeit!»

«Ist es. Man muss nur Geduld haben. Sie nennen sich Gatti Neri, Schwarze Katzen. Draufgekommen bin ich durch die Frau, von der Marcello mir erzählt hat. Sie ist Boss geworden, weil ihr Vater im Knast sitzt – für vierzig Jahre, ha! Die Gatti wollten erst nicht, dass sie Boss wird. Aber sie hat's einfach gemacht, und die Kerle haben gekuscht. So was würde bei uns nie passieren!»

«Was machen die?»

«Immobilien, Bau international, Menschenhandel. Sind ziemlich dick drin.»

«Keine Drogen?»

«Bisher nicht. Da sehen sie wohl einen neuen Geschäftszweig. Durch uns.»

«Wie kommen die denn auf uns? Bist du eigentlich stumm, Michele?»

«Was willst du denn hören?»

«Na, du wirst dir doch auch Gedanken machen.» Eduardo bremste hinter einem Lastwagen, der knapp vor ihm auf die Überholspur wechselte.

«Natürlich mache ich mir Gedanken. Ich bin sicher, dass die uns schon eine ganze Weile beobachten. Fragt sich nur, warum ausgerechnet uns.»

«Weil wir verdammt gut im Geschäft sind», knurrte Carmine. «Und das in einem Land mit günstigen Gesetzen und viel Geld. Das ist der Grund!»

«Und was ist mit dem Kerl, der Sergio überfallen hat?» Eduardo betätigte die Lichthupe und fuhr dicht auf den Laster auf.

«Porco dio! Wieso hast du's denn so eilig?», fluchte Michele. «Ich hab keine Ahnung, was das für einer ist. Wahrscheinlich sollte er Sergio nur erschrecken.»

«Ist ihm ja auch gelungen», erwiderte Eduardo trocken.

«Wir kommen aus der Geschichte nicht raus!» Carmine räusperte sich. «Vielleicht klappt es mit der Zusammenarbeit. Wir müssen die Fehler der Camorra nicht nachmachen und auch nicht die unserer Freunde aus Sizilien. Ich bin wirklich gespannt auf heute Abend.»

Endlich gab der Laster die linke Spur frei, und Eduardo konnte Gas geben. «Und was ist mit Sergio? Was soll er nicht hören?»

«Das sollten wir später in aller Ruhe besprechen.»

«Warum nicht gleich?»

«Weil ich es sage», flüsterte Carmine, und Eduardo fuhr schweigend weiter.

Sie saßen beim zweiten Frühstück, zu dem auch Luca gekommen war, als Lauras Diensttelefon summte. Sie streckte die Hand aus.

«Nimm das Gespräch ja nicht an, Mama. Über uns regst du dich auf, wenn wir alle paar Minuten aufs Display schauen, aber selbst springst du auf, sobald das Ding brummt.»

«Ich muss es annehmen, weil es dienstlich und dringend ist!»

«Das spielt gar keine Rolle. Heute ist nämlich Sonntag, und wir frühstücken», sagte Luca.

Laura flüchtete aus der Küche ins Wohnzimmer.

«Code.»

Vielleicht ist es gar keine Frau, sondern ein Mann, dachte Laura. Jemand, der seine Stimme gut verstellen kann. Sie nannte den Code.

«Gut, dann hören Sie zu. Die Input will zwanzig Millionen in das Projekt stecken. Das Geld kommt von einem Investor, der nicht genannt werden will. Die Input tritt als juristische Person und offizieller Investor auf. Die Zielperson kann mit ungefähr fünf Prozent Vermittlungsgebühr rechnen, fünf Prozent gehen an die Input. Die Zielperson hat bereits ausgecheckt und fliegt noch heute zurück. Rechnung geht an bekannte Adresse. Ende der Durchsage.»

Nicht schlecht, dachte Laura, fünf Prozent von zwanzig Millionen. Sie ging wieder in die Küche und bat Guerrini kurz hinaus.

«Er ist weg. Dein Zielobjekt befindet sich bereits auf dem Rückflug nach Florenz.»

«Hat er bekommen, was er wollte?» Guerrini strich mit gespreizten Fingern sein Haar zurück.

«Sieht so aus.» Laura wiederholte, was der Informant gesagt hatte.

«Genau das habe ich mir gedacht. Er hat einen deutschen Investor, steckt eine dicke Provision ein, und nach außen sieht die ganze Sache völlig legal aus. Wir wissen, dass sie stinkt, können aber nichts machen, weil es bisher kein Gesetz gibt, das die Input dazu zwingen würde, den wahren Geldgeber zu nennen. Ich bin also wieder genau da, wo ich immer war.»

«Mi dispiace, Angelo.»

«Wirklich?»

«Wirklich.»

«Und du sagst nicht, dass ich ihn erst erwischen werde, wenn es mir nichts mehr bedeutet?»

«Nein.»

«Warum nicht?»

«Weil es dir möglicherweise schon jetzt nicht mehr so wichtig ist. Jedenfalls hast du keinen Wutanfall bekommen.»

«Ich könnte noch einen bekommen!»

«Das geht aber nicht, weil wir gerade ein Familienfrühstück zelebrieren. Du bist eine wichtige Bezugsperson. Da kannst du keinen Wutanfall bekommen, den du schlecht erklären kannst. Außerdem wäre es Energieverschwendung.»

«Bene, dann lass uns weiterfrühstücken. Den Wutanfall kann ich auch noch in Siena bekommen. Ohne Zeugen und ohne irgendwem etwas erklären zu müssen.»

«Noch eine Familienerkenntnis?»

«Vielleicht sind doch Schafe die Lösung.»

Laura fing an zu lachen, und Guerrini stimmte ein.

Sergio wusste, dass sie längst in der Stadt angekommen waren, aber sie ließen ihn warten. Seit er mit Pietro gesprochen hatte, konnte er es im *Montenero* kaum noch aushalten. Er hatte keine Ahnung, was seine Worte in dem jungen Kellner ausgelöst hatten. Pietro arbeitete und war freundlich zu den Gästen. Er benahm sich wie immer, ging ihm aber, wenn möglich, aus dem Weg. Vielleicht hat er längst mit Carmine und den anderen gesprochen, dachte Sergio. Wahrscheinlich hat er mit ihnen gesprochen. Deshalb lassen sie mich warten. Sie beraten darüber, was sie mit mir machen wollen. Ich bin heiß, total heiß.

Mit der rechten Hand betastete er die Beretta in der Tasche seines Jacketts. Seit dem Morgen trug er nicht nur die kleine Waffe, sondern auch seine andere Identität mit sich herum. Des Risikos war er sich bewusst. Falls sie ihn durchsuchten und den falschen Pass fänden, wäre es sein Ende, selbst wenn es vorher noch nicht beschlossene Sache gewesen war.

Vielleicht wäre genau jetzt der richtige Zeitpunkt zu gehen. Ein Taxi zum Flughafen zu nehmen und unter dem anderen Namen irgendwohin zu fliegen. Von dort aus könnte er alles Weitere planen. Australien erschien Sergio am sinnvollsten, schon wegen des Bankkontos. Allein deshalb würde er eine Aufenthaltsgenehmigung bekommen. Nur Brisbane müsste er meiden, dort hatte seine Familie eine Niederlassung ...

«Gehst du heute gar nicht nach Hause? Wird sicher 'ne lange Nacht. Was denkst du?» Es war Marcello, wer sonst. Mit seinem vorgereckten Fischkopf stand er neben Sergio, das bunte Tuch fest um sein Haar gebunden.

«Probabile», murmelte Sergio. «Warum gehst du denn nicht nach Hause?»

«Ich geh gleich. Bin hundemüde.»

«Dann bis später.»

Der Koch verzog das Gesicht und verschwand durch die Tür zu den Toiletten.

Sergio sah ihm nach. Marcello wusste von dem Treffen heute Abend! Und wenn Marcello davon wusste, dann hatte Eduardo es ihm gesagt, oder Carmine hatte ihn angerufen. Inzwischen raste Sergios Herz nicht mehr, es schmerzte einfach. Nicht heftig, eher dumpf. Vorsichtig massierte er sein Brustbein.

Vielleicht war auch alles ganz anders, und Marcello hatte nur darauf angespielt, dass eigentlich alle ihre Nächte lang waren und sie fast immer zu wenig schliefen. Obwohl diese harmlosere Deutung nicht besonders wahrscheinlich war.

Wenn ich jetzt sofort abhauen würde, hätte ich einen Vorsprung von mindestens zwei Stunden. Ich könnte nach Hause gehen, einen Koffer packen und ein Taxi rufen.

Er schaute zu Pietro hinüber, der Servietten faltete und in diesem Augenblick kurz den Kopf hob. Für den Bruchteil einer Sekunde trafen sich ihre Blicke. Hatte Pietro ihm zugelächelt? Nein, er hatte sich getäuscht. Ganz sicher hatte er sich getäuscht.

Während Angelo Guerrini nach ihrem ausgiebigen Brunch den Journalisten Bombasso anrief und über Della Valles Treffen mit der Input informierte, räumte Laura mit Sofia die Küche auf. Nicht so sehr, weil Frauen das eben machten – Patrick und Luca hatten ihre Hilfe angeboten –, sondern weil Laura mit ihrer Tochter allein sein wollte. Sie schickte die Jungs raus, schloss die Küchentür und schaltete das Radio ein.

«Was ist denn, Mama? Willst du mich verhören?»

«Nein, ich möchte nur, dass niemand zuhört, wenn wir beide uns unterhalten.»

«Was ist denn, Mama?»

Laura stellte die Tassen ab, die sie gerade in die Spülmaschine räumen wollte, und sah ihre Tochter an. «Ich mache mir Gedanken über dich und Patrick.»

«Ach Mama, wieso denn?» Sofia drehte eine Locke um ihren Zeigefinger.

«Ganz einfach, Sofi. Weil du meine Tochter bist, weil ich dich liebe und weil du sehr jung bist.»

«Patrick ist auch sehr jung!»

«Ja, genau!»

«Er ist wunderbar, Mama.»

«Das seh ich.»

«Wir werden uns auch nie mehr vor Özmers Tür küssen.»

«Sehr rücksichtsvoll, Sofia, aber das ist meine geringste Sorge.»

Sofia biss sich auf die Unterlippe. «Du hast Angst, dass wir miteinander schlafen, stimmt's?»

«Nicht Angst, Sofia ... eher Sorge, dass es zu früh sein könnte, dass ...»

«Ach Mama, wahrscheinlich wirst du mir nicht glauben, aber wir schlafen nicht miteinander. Weil ich es nicht will!»

«Oh.»

«Ja.»

«Warum willst du es denn nicht, Sofi?»

«Also, ich will es schon, aber jetzt noch nicht, verstehst du? Ich möchte sechzehn sein, und Patrick soll siebzehn sein. Vorher geht es nicht, für mich geht es einfach nicht!» Plötzlich hatte Sofia Tränen in den Augen.

In zwei Wochen wird sie sechzehn, dachte Laura. Laut sagte sie: «Das versteh ich gut, Sofi. Und Patrick, wie geht es ihm damit?»

«Er findet gut, dass ich weiß, was ich will.»

«Ich finde es auch gut.»

«Ach Mama, es ist schrecklich!» Sofia stürzte sich in Lauras Arme. «Ich liebe ihn so.»

Laura hielt ihre Tochter ganz fest und streichelte ihr dichtes, dunkles Haar. «Che tanti capelli che hai», flüsterte sie zärtlich. «Ich weiß, dass du ihn liebst, und das ist ganz wunderbar, Sofi. Jetzt mach ich mir fast keine Sorgen mehr. Du bist ein kluges Mädchen.»

«Wieso fast?», schluchzte Sofia.

«Ach, Mütter müssen sich immer ein bisschen sorgen, sonst haben sie ja nichts zu tun, wenn die Kinder groß werden.»

Sofia hob den Kopf und sah sie stirnrunzelnd an. «Du hast doch genug zu tun, Mama!»

«Stimmt. Ich kann es auch anders ausdrücken: Es hat ebenfalls was mit Liebe zu tun!»

«Ach, Mami!» Sofia weinte noch ein bisschen an Lauras

Schulter, dann trocknete sie ihre Augen mit Küchenpapier, räusperte sich und sagte: «Ist okay! Ich liebe dich auch! Und jetzt räumen wir die Küche auf.»

«Okay, jetzt räumen wir die Küche auf», wiederholte Laura lächelnd.

Als Guerrini ein paar Minuten später zu ihnen in die Küche kam, hatte Sofia ihre Fassung wiedergewonnen und sang einen Schlager mit, der gerade im Radio gespielt wurde.

«Was ist mit Bombasso?», rief Laura.

«Er wird Della Valle im Auge behalten. Mehr können wir derzeit nicht tun.»

«Ich werde mal nachfragen, was meine Kollegen von der SOKO machen. Vielleicht kommen wir da ein Stückchen weiter.» Sie drückte Guerrini das Geschirrtuch in die Hand und ließ ihn mit Sofia allein in der Küche.

«Sieht so aus, als wären wir beide das ideale Küchenteam, was?», grinste er.

«In diesem Fall muss ich dich leider enttäuschen, Angelo. Ich geh jetzt zu den andern.» Sie warf ihm einen Handkuss zu, und schon war sie fort. Es gab ohnehin nichts mehr zu tun. Guerrini hängte das feuchte Tuch über einen Haken neben der Spüle und trat auf den kleinen Balkon hinaus.

Hatte er wirklich erwartet, Della Valle etwas nachweisen zu können? Nein, nicht wirklich. Er war nach München gekommen, weil er sich Sorgen um Laura gemacht hatte. Er genoss es, hier zu sein, auch wenn das Familienleben ungewohnt für ihn war und er lieber mit ihr allein wäre.

Lauras türkische Nachbarn lachten zu ihm herüber, und Guerrini winkte ihnen zu. Als Laura zurückkam, befand er sich in einer ziemlich schwierigen Konversation mit den beiden. Statt ihn zu erlösen, hörte sie amüsiert zu, bis er rückwärtsgehend die Flucht ergriff und in die rettende Küche stolperte.

«Ich habe nichts verstanden, überhaupt nichts! Aber ich bin sicher, dass sie sich sehr um Sofias und deine Tugend sorgen.»

«Sie sind richtig nett, nicht wahr? Bei allen türkischen Tragödien, die ich mit ihnen erlebt habe, fühle ich mich trotzdem sicher neben ihnen. Wir passen gegenseitig aufeinander auf.»

«Dann brauchst du mich ja gar nicht.»

«Dich brauche ich zu überhaupt allem, Angelo, nicht nur zum Aufpassen! Zum Beispiel finde ich es wunderbar, dass ich dir jetzt erzählen kann, was meine Kollegen bemerkt haben. Und ich bin sehr neugierig auf deine Interpretation.»

«Du willst schon wieder arbeiten.»

«Gerechter Ausgleich für meine Ermittlungshilfe im Fall Della Valle. Also, pass auf: Die Jungs haben den jungen Angestellten der Weinhandlung *Dolcissima* observiert. Er hat heute, am Sonntag, viele Weinkisten an Kunden in der ganzen Stadt geliefert. Sie haben die Adressen der Kunden und wollen die Leute überprüfen. Vielleicht kommt man so doch noch an die Drogendealer ran. Interessanter finde ich aber, dass Eduardo Cavallino Besuch von zwei Männern bekommen hat, die meine Kollegen als verdächtig einstufen. Sie werden dranbleiben und mich anrufen, sobald die sich irgendwohin in Bewegung setzen.»

«Ihr habt noch gar nichts, vero? Es geht euch genauso wie mir mit Della Valle.»

«Schließt du das daraus?»

«Ja, das schließe ich daraus. Natürlich handelt es sich vermutlich um verdächtige Personen, aber das bedeutet noch lange nicht, dass sie irgendwas mit der Leiche im Beton zu tun haben oder das *Dolcissima* gerade mit Drogen beliefern. Sie werden etwas besprechen. Diese Männer besprechen ständig etwas, genau wie alle erfolgreichen Geschäftsleute, Banker, Politiker oder Polizisten. Allen gemeinsam ist, dass man ihnen nur schwer etwas nachweisen kann.»

«Wenn es so ist, dann gehen wir heute Abend ins *Montenero*, und du erzählst mir, was du von dem Laden hältst. Ich möchte etwas von dir lernen.»

«Ist das Essen dort wirklich so gut?»

«Besser.»

«Ich werde mein Bestes geben, amore.»

NEUN UHR. Weder Carmine noch Michele oder Eduardo hatten sich bei Sergio gemeldet. Das *Montenero* war voll wie immer. Pietro sah blass aus, und Marcello kam auffallend oft aus der Küche. Sergio hatte sich zwei Stunden lang um die Getränke gekümmert, dann an Francesco übergeben und seine Runde bei den Gästen gemacht.

Ich könnte längst weg sein, dachte er. In London oder Dublin. Er hatte die Flüge im Internet gefunden. Flüge mit freien Plätzen, die am frühen Abend gestartet waren. Aber er war geblieben. Er fürchtete sich vor dem Leben da draußen und beschimpfte sich selbst dafür als Feigling. Es war alles vorbereitet, der Koffer gepackt. Noch bestand die Möglichkeit ...

Als gegen elf Barbara Bonanni mit vier Begleitern das *Montenero* betrat, schlug Sergios Herz wieder mit diesem dumpfen Schmerz, den er nicht genau einschätzen konnte. Pietro schaute fragend zu ihm herüber und führte die neuen Gäste auf seine Handbewegung hin zu dem großen, freien Tisch, den sie in einer der Fensternischen reserviert hatten.

So selbstverständlich, wie es ihm möglich war, verließ Sergio das Restaurant und schloss sich im Büro ein. Er trank einen Schluck Whisky aus der Flasche. Nicht mehr. Er musste einen klaren Kopf behalten. Als er kurz darauf wieder ins Restaurant zurückkehrte, waren auch Onkel Carmine, Michele und Eduardo eingetroffen, umarmten und küssten Sergio und ließen sich von ihm zum Tisch der Bonanni führen.

Sergio hatte das Gefühl, als sende jede seiner Körperzellen Alarmsignale aus. Fast konnte er sie hören. Die anderen waren Verräter, nicht er. Seine eigene Familie würde ihn ans Messer liefern.

Die Begrüßung mit dem Bonanni-Clan fiel kurz und sachlich aus.

«Setz dich zu uns, Sergio», sagte Carmine und legte ihm eine Hand auf die Schulter.

Knochenhand, dachte Sergio, Verräterhand.

Er setzte sich, und die Hand blieb auf seiner Schulter. Sie tranken Wasser, stießen nur kurz mit Prosecco an, den Pietro eingeschenkt hatte. Pietro, der noch blasser schien als zuvor.

Barbara Bonanni redete. Sergio hörte ihre Worte, hatte aber Mühe, ihre Bedeutung zu verstehen. Sie sprach davon, dass bestimmte Dinge gesühnt werden müssten. Dinge, die sie nicht aussprechen werde, die Anwesenden wüssten aber, worum es gehe. Dabei sah sie Carmine mit einem so eiskalten Blick an, dass Sergio spürte, wie sich dessen Hand auf seiner Schulter zusammenkrampfte.

«Alte Geschichten», sagte die Bonanni. «Und neue.» Ihr Blick streifte Sergio.

Sie sprach darüber, dass eine Möglichkeit der Sühne eine Form der Zusammenarbeit wäre. «Aspro-Cavallini und Gatti Neri, klingt nicht schlecht und könnte sich lohnen.»

Gatti Neri, dachte Sergio. Wieso war er nicht selbst darauf gekommen? Er hatte von ihnen gehört, damals in Mailand. Aber es hatte viele Familien gegeben, die neben- und miteinander arbeiteten.

Jetzt übernahm Bruno, der Beinahe-Deutsche, die Verhandlungen und führte die Bedingungen der Zusammenarbeit aus. Das Geschäft mit der InputReal würden die Gatti Neri übernehmen, bezahlen müssten allerdings die Aspro-Cavallini – sozusagen als Beweis für ihre Aufrichtigkeit als Geschäftspartner. Außerdem erwarte man ein Angebot der neuen Partner. Ein persönliches. Eine Heirat zwischen entscheidenden Personen der neuen Verbindung sei unumgänglich. Aus Sicherheitsgründen und um Vertrauen zu schaffen. Bruno trank sein Glas Prosecco aus, lehnte sich zurück und betrachtete mit hochgezogenen Augenbrauen die Abordnung der Aspro-Cavallini, von denen noch keiner ein Wort gesagt hatte.

Michele und Eduardo schauten auf Carmine, der sich endlich räusperte und sehr leise zu sprechen begann. «Diese Sache haben wir bereits unter uns geklärt, Freunde. Wir schlagen eine Heirat zwischen der Signora und Sergio vor. Das ist für beide Seiten die beste Lösung.»

Die Hand auf Sergios Schulter schien in sein Fleisch zu sinken, er spürte sie auf seinen Knochen, gleichzeitig heiß und kalt. Mit einer schnellen Bewegung schüttelte er sie ab. Ihre Blicke konnte er nicht abschütteln. Alle starrten ihn an.

Die Bonanni lächelte mit kalten Augen, legte den Kopf in den Nacken. «Ich stimme zu, Freunde. Es ist die beste Lösung. Dienen ist die beste Sühne. Du bist sicher auch dieser Meinung, nicht wahr, Sergio Cavallino?»

Sergio griff nach dem Glas Prosecco, das vor ihm stand, und leerte es in einem Zug.

«Ja. Genau dieser Meinung bin ich auch. Eine gute Lösung. Wir kennen uns ja schon ein bisschen. Haben schon geübt. Vero?» Er prostete der Bonanni mit seinem leeren Glas zu und wandte sich dann an seinen Onkel Carmine.

«Grazie, zio. Danke für diese Entscheidung. Ich werde es niemals vergessen.» Er küsste Carmine auf beide Wangen und umarmte ihn. «Jetzt hole ich den besten Champagner, den wir hier haben, und danach essen wir. Pietro, bring Gläser für den Champagner!»

«Was hältst du von dieser Versammlung?», fragte Laura, während sie eine Gabel mit Vitello tonnato in den Mund steckte.

«Du bist unerträglich, Laura. Ich genieße diesen Abend, dieses Essen und dich. Die da drüben sind eine ziemlich unerfreuliche Gesellschaft. Vermutlich besprechen sie die nächste geschäftliche Expansion. Es ist allerdings bemerkenswert, dass sie das so unbefangen in aller Öffentlichkeit tun. Warten deine Kollegen eigentlich noch draußen?»

«Ich glaube schon.»

«Dann sind wir also regelrecht im Dienst. Glaubst du eigentlich, dass Schafe auch kriminell werden können?»

«Wie kommst du jetzt auf Schafe?»

«Ganz einfach: Falls sie kriminell werden können, dann wäre die Sache mit Agriturismo und Schafzucht vielleicht doch interessant für dich. Du könntest dein Arbeitsgebiet einfach verlagern.»

«Gehört eigentlich das Schafezüchten zu den Dingen, die du immer schon machen wolltest?»

«Zumindest ist es nahe an dem, was ich wollte.»

«Dann solltest du es versuchen.»

«Allein?»

«Zur Not auch allein. So ist das mit den wichtigen Dingen im Leben.»

«Ich will aber nicht!»

«Du bist schwierig, Angelo! Pass mal auf! Bei der unerfreulichen Gesellschaft ist irgendwas im Gange. Übrigens ist der junge Kellner sehr blass heute Abend, und der Wirt sieht auch nicht gerade aus wie das blühende Leben.»

«Du arbeitest ja schon wieder.»

«Jetzt steht der Wirt auf und geht. Wohin geht er denn? Zur Bar. Er holt drei Flaschen Sekt hervor. Es wird also etwas gefeiert. Wahrscheinlich stoßen sie auf ein gutes Geschäft an. Pietro legt die Flaschen in einen Sektkübel. Der Padrone sagt etwas zu ihm. Ich glaube, jetzt ist er noch blasser geworden. Der Padrone redet mit dem Koch und deutet auf die unerfreuliche Gesellschaft. Der Koch nickt und geht hinüber ... wahrscheinlich gibt es Sonderwünsche beim Essen. Was macht der Padrone jetzt? Er geht in die Küche.»

«Laura! Ich habe selbst Augen!»

«Du sollst denken, nicht schauen. Pass auf: Pietro stellt den Sektkübel auf den Tisch und öffnet eine Flasche. Der Koch redet, empfiehlt vermutlich bestimmte Gerichte. Pietro schenkt Sekt ein, öffnet eine zweite Flasche.»

«Wo ist der Padrone?»

«Keine Ahnung.»

«Was macht Pietro jetzt?»

«Er stellt die zweite Flasche zurück in den Eiskübel und geht zur Bar. Er trinkt ein Glas Wasser und geht ebenfalls in die Küche.»

«Was macht die unerfreuliche Gesellschaft?»

«Sie reden mit dem Koch. Warte, jetzt werden sie unruhig. Zumindest Eduardo Cavallino und der Mann, der neben ihm sitzt. Der Koch schaut sich um, geht schnell Richtung Küche. Die andern beiden springen auf und gehen eilig zum Eingang.» Laura sah Guerrini an. «Los, Angelo, zum Hinterausgang!»

Möglichst unauffällig bahnten sich Laura und Guerrini ihren Weg zwischen den Tischen hindurch. Als sie durch die Tür zu den Toiletten hindurch waren, fingen sie an zu laufen, den langen Flur entlang zum Hof. Das Tor stand offen, draußen heulte ein Motor auf, knirschten Reifen auf Kies. Gerade noch sahen sie den Mini davonrasen. Knapp vor ihnen sprangen Eduardo und der Unbekannte in einen dunklen Volvo.

«Los, hinterher!» Guerrini stand schon neben Lauras altem Mercedes. Sekunden später nahmen sie die Verfolgung auf, und Laura alarmierte ihre Kollegen von der SOKO, die vor dem Lokal in ihrem Wagen warteten.

«Sie sind mit Sicherheit bewaffnet», sagte Guerrini.

Laura brachte ihren alten Wagen dazu, ziemlich schnell dem Volvo zu folgen.

«Kein besonders harmonisches Familientreffen», murmelte sie, bog scharf nach rechts ab, gleich wieder nach links und erreichte das Rondell vor dem Friedensengel.

«Wo sind sie hin?»

«Runter zum Fluss!»

Die Reifen des Mercedes schlitterten in der weiten Kurve über das Kopfsteinpflaster, Guerrini hielt sich am Armaturenbrett fest.

«Sie sind schon auf der anderen Seite der Brücke, dann nach links. Der Volvo ist knapp hinter dem Mini!»

Laura gab Gas und lenkte den Wagen ebenfalls auf die Isarparallele.

«Jetzt nach rechts!»

«Maximilianstraße ... wo wollen die denn hin? Da geht's direkt ins Zentrum!»

Mini und Volvo rasten bei Rot über den Altstadtring. Laura gab der Einsatzzentrale ihre Position durch und warnte vor den Bewaffneten im Volvo, möglicherweise auch im Mini.

«Wo will der bloß hin?», rief sie, als der Mini in die Fußgängerzone fuhr, den Straßenbahnschienen folgte, über den Promenadeplatz donnerte und wieder links abbog. Der Volvo kam zweimal leicht ins Schleudern, holte aber auf. Die wenigen Fußgänger, die noch unterwegs waren, drehten sich erschrocken nach den rasenden Fahrzeugen um, ein paar retteten sich gerade noch durch einen Sprung zur Seite. Plötzlich Sirenengeheul, Streifenwagen überall, Blaulichter, die über die Hausfassaden der Löwengrube geisterten. Jagdende.

Als Laura und Guerrini ausstiegen, waren Eduardo Cavallino und sein Begleiter bereits entwaffnet und standen breitbeinig vor dem Volvo, die Arme auf dem Wagendach. Ein Stück weiter wurden der Padrone und Pietro durchsucht.

«Bringt sie alle ins Präsidium», sagte Laura. «Die jeweiligen Insassen der Autos bitte sorgfältig trennen. Danke, Kollegen, prima Arbeit!»

Sergio Cavallino zitterte, als die Polizisten ihn und Pietro in einen Streifenwagen setzten und zum Präsidium fuhren. Er war plötzlich sicher gewesen, dass der Volvo ihn einholen und rammen würde, dass Eduardo die Pistole erst auf ihn und dann auf Pietro richten und sie erschießen würde. Aus irgendeinem Grund war es anders gekommen. Vielleicht hatte die Madonna sie beschützt, oder sein Bruder Gabriele. Sergio schaute zu Pietro, der neben ihm saß. Auch Pietro zitterte.

«Ich bin stolz auf dich», sagte Sergio leise. «Du bist sehr mutig, Pietro.»

EPILOG

Kurz nach der Flucht von Sergio und Pietro umstellten Einsatzkräfte der Polizei das *Montenero*. Carmine und die gesamte Küchenmannschaft wurden festgenommen. Marcello, der Koch, hatte sich jedoch blitzschnell abgesetzt, und auch die Mitglieder der Gatti Neri waren spurlos verschwunden.

Nach ihren ausführlichen Aussagen zu den Geschäften der Aspro-Cavallini hatten Sergio und Pietro gute Chancen, ins Zeugenschutzprogramm aufgenommen zu werden. Sie deuteten an, dass Marcello für den Tod des Unbekannten im Beton verantwortlich sei, und gaben Hinweise auf Eduardos Drogenversteck. Die französische Polizei durchsuchte Micheles Fischhalle in Marseille und fand große Mengen Kokain und Heroin. Es bedeutete das Ende eines sehr erfolgreichen Geschäftszweigs der Aspro-Cavallini ... zumindest für einige Zeit. Die Identität der Leiche im Betonblock konnte erst Wochen später geklärt werden. Es handelte sich um einen bulgarischen Profikiller, der für mehrere Clans der 'Ndrangheta gearbeitet hatte.

Guerrini bedauerte zwar, dass er im *Montenero* über die Vorspeise nicht hinausgekommen war, mit großer Freude erfuhr er jedoch später, dass Della Valles Großprojekt in Florenz für längere Zeit auf Eis gelegt wurde.

Laura triumphierte mit dem Erfolg ihrer atmosphärischen Ermittlungen und überredete Guerrini, sich ein paar

Tage krankzumelden. Bei einem Spaziergang an der Isar erzählte Guerrini ihr von der These des Bürgermeisters von Palermo, Leoluca Orlando.

«Er hat gesagt, dass die Mafia nicht allein von der Polizei besiegt werden kann. Die Mafiafamilien müssen von innen heraus implodieren, weil bestimmte Leute nicht mehr mitmachen. Orlando setzt dabei auf mutige Frauen, aber es scheint zum Glück auch mutige Männer zu geben!»

«Ich bewundere Sergio und Pietro», erwiderte Laura. «Sie sind durch die Hölle gegangen und werden noch durch eine Hölle von Schuldgefühlen gehen.» Sie blieb stehen und sah Guerrini an. «Glaubst du, dass wir auch irgendwann genügend Mut entwickeln werden, um das zu tun, was wir immer schon wollten?»

«Wir sollten es ausprobieren, Laura. Ich meine, falls wir herausfinden, was wir immer schon wollten!»

Gleichzeitig brachen sie in Gelächter aus, liefen übers Kiesbett bis zum Flussufer, und Laura brüllte den Wellen nach: «Warte nicht auf bessre Zeiten, warte nicht mit deinem Mut, wie der Tor, der Tag für Tag an des Flusses Ufer wartet, bis die Wasser abgeflossen, die doch ewig fließen!»

«Dann gehen wir jetzt durch!» Guerrini zog sie hinter sich her ins Wasser.

«Wir haben Schuhe an, verdammt, es ist kalt!»

«Es spielt keine Rolle. Das hier ist eine Mutprobe, Laura!»

Das eisige Wasser reichte bis zu ihren Knien, und die Strömung zerrte an ihnen, doch sie erreichten unbeschadet das andere Ufer.

«Siehst du», sagte Guerrini. «Es ist eigentlich ganz leicht. Ci vuole coraggio, soltanto coraggio!»

Fortsetzung folgt

DANKSAGUNG

Beim Schreiben und bei der Recherche für dieses Buch habe ich viele verschiedene Quellen studiert, die mir sehr geholfen haben. So danke ich Roberto Saviano, Petra Reski und Andrea Camilleri für ihre grundlegenden Werke über die Mafia und der *Süddeutschen Zeitung* für ihre Hintergrundberichte, die auf nahezu wunderbare Weise immer genau dann erschienen, wenn ich sie brauchte.

Ganz besonders danke ich meinen Lektorinnen Dr. Nicole Seifert und Silke Jellinghaus, die stets für mich waren. Ich danke meinem Mann Paul Mayall für seine Geduld und Unterstützung, Bruna Thiergardt für ihre Ermutigung und ganz besonders meinen Leserinnen und Lesern, die mich immer wieder anspornen.

Mein Dank gilt auch dem verstorbenen Lucio Dalla, dessen Lieder mich beim Schreiben begleiteten, und Etta Scollo und ihrer wunderbaren Stimme.

QUELLEN

Paul Heyse, «Sündenregister» (Auszug), aus: *Auch ich in Arkadien! Deutsche Italiengedichte von Goethe bis George.* Lambert Schneider Verlag, 2011, Imprint der Wissenschaftlichen Buchgesellschaft, Darmstadt

Der Satz von Roberto Saviano stammt aus: *Der Kampf geht weiter, Widerstand gegen Mafia und Korruption*, übersetzt von Friederike Hausmann und Rita Seuß, Carl Hanser Verlag, München 2012

Quelle des Liedes auf Seite 123: *Drunt in da greana Au.* Mündlich überliefertes Volkslied

Quelle des Liedes auf Seite 313: *Il Canto di Malavita, La Musica della Mafia*, 2000 PIAS Recordings GmbH, Hamburg

Quelle der Lieder auf Seite 356: Wolf Biermann, *Warte nicht auf beßre Zeiten* und *Kleine Ermutigung*. Beide Texte vertonte Biermann für seine Langspielplatte *aah-ja!*, die 1974 bei CBS erschien.

Felicitas Mayall bei Kindler und rororo

Fliegende Hunde –
Begegnungen mit Australien

Laura Gottberg
Nacht der Stachelschweine
Wie Krähen im Nebel
Die Löwin aus Cinque Terre
Wolfstod
Hundszeiten
Die Stunde der Zikaden
Nachtgefieder
Zeit der Skorpione
Schwarze Katzen

Das für dieses Buch verwendete Papier ist FSC®-zertifiziert.